퓨처
워커

4

이영도 판타지 장편소설

퓨처
워커

4
시간의 장인

황금가지

차 례

제8장
시간의 장인
7

제9장
기다림의 해변
187

제10장
잊혀진 바람을 위한 변주곡
361

제8장

시간의 장인

1

 석양의 하늘은 어두웠지만 평야는 오히려 밝게 빛나고 있었다. 검붉은 색으로 물든 퀜턴 성벽 위에는 검은 그림자가 된 사나이들이 평야를 바라보고 있었다. 주리오 시장은 딤라이트를 바라보았다.
 딤라이트는 흉벽을 짚고는 어깨로 숨을 쉬고 있었다. 차마 눈앞에 펼쳐진 광경을 바라볼 엄두가 나지 않았기에, 딤라이트는 땅을 보고 있었다.
 무스타파가 말했다.
 "딤라이트. 그레이 휠드런의 지휘권을 박탈하는 문제에 대해 이야기해야 하지 않겠나."
 "무스타파!"
 검을 뽑아들 필요도 없었다. 딤라이트의 눈 자체가 예리한 나이프처럼 무스타파를 향해 쏘아졌다. 하지만 무스타파는 담담한 표정이었다. 그의 거무튀튀한 얼굴이 움직였을 때, 그것은 표정을 짓기 위한 것이 아니라 단지 말을 하기 위한 것이었다.

"보는 바와 같이, 그는 충성을 맹세한 주군을 배신하고, 헌신을 서원한 오렘을 배신하고, 우정을 약속한 친구를 배신했다. 더 이상 우리의 지휘자로서, 기사로서 대우할 수 없다고 본다."

딤라이트는 목이 메어 힘들게 말했다.

"어떻게, 어떻게 지금 그런 말을 하는가……, 어떻게 이토록 슬플 때. 무스타파. 제발……, 그 이야기는 잊어주게. 아니, 잊을 수 없다면 잠시 보류해 두세. 부탁이네."

무스타파는 쓸쓸하게 고개를 가로저었지만 다른 말은 하지 않았다. 딤라이트는 힘들게 고개를 돌려 데이든 평원을 바라보았다.

하늘을 뒤덮은 검은 안개는 꿈틀거리고 흐물거리며, 말할 수 없이 역겨운 모습으로 떠다니고 있었다. 그리고 그 아래 도열한 기치창검은 음습한 적의로 빛나고 있었다.

데스나이트들. 언제부터 저 모습이 익숙하게 느껴진 것일까. 딤라이트는 어금니를 깨물었다. 그러나 데스나이트들은 당연히 거기 있어야 된다는 듯이 평원을 가득 메우고 존재하고 있다. 그리고 그 앞, 최선두에 한 명의 기사가 나서 있었다.

완벽한 괴물에 올라탄 채 켄턴의 성벽을 쏘아보고 있는 그 기사는 다른 기사들에 비해 훨씬 작은 체구였다. 원래 하늘을 나는 기사였던 만큼 덩치가 작은 것은 당연하다. 갑주도 월등히 가벼운 것을 걸치고 있었지만 투구만은 무시무시한 것이었다. 그리고…….

그레이 휠드런의 눈이 그 투구 아래에서 빛나고 있었다.

천공의 기사들과 조금 떨어진 위치에서는 솔로처가 주먹 거리에 들어오는 것이라면 뭐든지 후려칠 듯한 모습으로 으르렁거리고 있었다.

"불합리해, 부조리해, 불가능해! 핸드레이크의 이름에 걸고, 젠장! 마법사의 이름에 걸고 맹세한다는 것은 아무래도 웃기는군. 어쨌든 백 번 양보해서 죽은 놈들이 살아난 것이 당연한 일인 것처럼 여기더라도, 그렇다면 왜 드래곤 솔저들은 부활하지 않는 거야!"

광분한 솔로처를 바라보며 어쩔 줄 몰라 하던 시몬슬은 드래곤 솔저라는 말에 고개를 돌렸다. 그곳에는 온몸에 '위험 물품, 취급 주의'라고 적어둔 것 같은 전사가 이마에 '전투 준비 완료'라고 써 붙인 것 같은 표정을 지은 채 묵묵히 황야를 바라보고 있었다.

마지막으로 남은, 그래서 소환자인 솔로처를 찾아왔던 전사는 무겁게 입을 열었다.

"파괴하더라도 다시 부활한다면……"

솔로처는 고개를 돌려 솔깃한 표정을 지었다. 용아병(龍牙兵)은 근엄하게 말했다.

"다시 파괴하면 됩니다. 솔로처."

용아병의 기지(?)는 솔로처의 입을 다물게 만들었다. 기가 막혀서 할 말을 잃어버린 솔로처는 입술을 꾹 깨문 채 평원에 도열한 데스나이트와 그레이의 모습을 쏘아보았다.

그때 서녘 하늘에서 붉게 타오르던 태양이 마침내 사라졌다. 그와 동시에 데스나이트들의 진열에서 작은 움직임이 일어났다. 주리오 시장은 눈을 가늘게 뜨며 평원을 바라보았다.

선두에 서 있던 그레이가 손을 가볍게 들어올렸다. 그러자 데스나이트들의 대열에서 한 기사가 앞으로 달려 나왔다. 기사는 들고 있던 거대한 핼버드를 한 손만으로 빙글 돌려 거꾸로 쥐었다. 히든보리 사집관은 그 무거운 핼버드를 부지깽이 다루듯 하는 모습에 신음을 토했다. 데스나이트는 핼버드를 거꾸로 쥔 채 퀸턴 성을 향해 달려오기 시작했다.

데스나이트가 타고 있는 '것'의 다리는 모두 네 개였지만, '그것'은 실팍한 앞다리 두 개만 사용하여 달리고 있었다. 가느다란 뒷다리는 어깨 위로 넘겨 마치 팔처럼 앞으로 뻗어 나와 건들거리고 있었다. 그 기이한 움직임을 바라보던 성벽 위의 사람들은 역겨움과 어지러움을 동시에 느꼈다. 히든보리 사집관은 주먹으로 입을 틀어막은 채 말했다.

"무기를 거꾸로 쥐었으니, 아무래도 사절인 듯합니다만."

주리오 시장은 찌푸린 얼굴로 고개를 끄덕였다. 데스나이트를 태운 괴물은 그런 괴상한 모습으로 달리는 것 치곤 상당한 준족이어서 데스나이트는 곧 성문 앞에 다다라 멈춰 섰다. 데스나이트는 들고 있던 핼버드를 땅에 꽂아 세우고는 빈손을 위로 들어올렸다. 사절의 전통적인 모습. 주리오 시장은 못마땅한 얼굴로 성벽으로 다가가려 했지만, 저격의 위험을 생각한 히든보리 사집관이 재빨리 시장을 만류하고 직접 흉벽 너머로 몸을 내밀었다.

"사절인가?"

"그그렇렇다다! 그그레레이이 휠휠드드런런의의 전전갈갈을을 가가

져져왔왔노노라라!"

딤라이트와 솔로처가 동시에 이를 갈았다. 딤라이트의 경우 그것은 동료의 배신에 대한 순수한 분노와 슬픔 때문이었지만 솔로처의 경우에는 일부러 그레이 휠드런의 이름을 거론하는 데스나이트의 속셈에 대한 분노였다. 과연 그 이름을 들은 성벽 위의 사람들 사이에서는 지금까지보다 훨씬 증폭된 불안이 감돌았다.

히든보리 사집관 역시 잠시 입을 다문 채 데스나이트를 쏘아보다가 조금 늦게 대답했다.

"……말해라."

"그그레레이이 휠휠드드런런은은 켄켄턴턴이이 보보호호하하고고 있있는는 그그리리폰폰 킨킨 크크라라이이의의 정정당당한 소소유유자자다. 지지금금 즉즉시시 킨킨 크크라라이이라라 불불리리는 그그리리폰폰을을 그그에에게게 보보내내도도록록."

모든 사람들은 불안스러운 눈으로 히든보리를 바라보았다. 그러나 히든보리가 대답하기에 앞서 솔로처가 재빨리 그의 어깨를 붙잡았다. 얼떨떨한 눈으로 돌아보는 히든보리를 향해 솔로처는 낮고 빠르게 속삭였다.

"이상하오. 항복 권고가 아니군. 사절은 킨 크라이를 먼저 거론하고 있소."

"아……, 그렇군요."

"조건이 나올 것 같소. 유념해서 회담을 진행하시오."

히든보리는 고개를 끄덕이고는 다시 데스나이트를 향해 외쳤다.

"그 짐승을 내놓는 대신 우리가 얻게 되는 것은 뭐지?"

데스나이트는 기다렸다는 듯이 말했다.

"켄켄턴턴의 자자유유와 안안녕녕을 보보장장한한다."

히든보리는 말문이 막혀버렸다. 조건을 예상하고 있었던 솔로처 역시 이런 파격적인 조건에는 어안이 벙벙해져 버렸다. 그러나 딤라이트는 여전히 슬픈 표정이었고 무스타파는 무뚝뚝한 얼굴로 검붉은 하늘을 쏘아보고 있을 뿐이었다. 천공의 기사들의 무반응을 예의 주시한 솔로처는 다시 히든보리에게 속삭였다.

"시간을 끄시오."

"어, 그, 그 제안을 검토할 시간을 달라!"

"즉즉시시 대대답답하하라라!"

히든보리는 거칠게, 하지만 간곡함이 배어 있는 목소리로 외쳤다.

"우리는 모두가 하나의 목소리를 내는 당신들과는 다르다. 켄턴 전체에 관련된 일인 만큼 서로 의논을 해봐야 한다."

데스나이트는 못마땅한 기색을 노골적으로 드러냈다. 원래가 무시무시해 보이는 몰골인 만큼 그가 못마땅해 한다는 것은 예삿일이 아니었다. 하지만 잠깐의 침묵 후, 데스나이트는 꽂아두었던 핼버드를 다시 뽑아들며 외쳤다.

"내내일일 저저녁녁에에 다다시시 오오겠겠다!"

그리고 데스나이트는 몸을 돌려 떠날 채비를 갖추었다. 그때 딤라이트가 외쳤다.

"이봐! 너! 나는 딤라이트 이스트필드다. 그레이 휠드런에게 내가 만나고 싶어 한다고 전해라!"

데스나이트는 몸을 반쯤 돌린 채 성벽 위의 딤라이트를 잠시 바라보았다. 그러나 대답은 하지 않았다. 데스나이트는 다시 몸을 돌려 자기 쪽 대열로 돌아갔다.

사절은 대열에 도착하자 그레이를 향해 다가갔다. 먼 거리였지만 딤라이트는 사절이 그레이에게 뭔가 말하는 모습은 보지 못했다. 하지만 그레이는 고개를 조금 움직였다. 무거운 투구와 검은 안개, 머나먼 거리에도 불구하고 딤라이트는 그레이와 눈빛이 마주쳤다는 것을 맹세할 수 있었다.

그러나 그것뿐이었다. 그레이는 그대로 몸을 돌렸다. 구령도 없고 지시도 없었지만 데스나이트들 전부는 그레이의 움직임과 동시에 일제히 몸을 돌려 멀리 떨어진 숲에 설영된 본영으로 돌아갔다. 그러리라고 짐작된다는 말이다. 검은 안개가 그들의 뒷모습을 감추었기에 그들의 행동을 끝까지 바라보기는 어려웠다.

솔로처는 재빨리 말했다.

"저 목청 좋은 친구의 말은 모든 퀜턴 시민들에게 들렸을 거요. 시장님께서는 시청으로 돌아가시자마자 시민들에게 시달리겠군. 나는 좀 천천히 돌아갈 테니 수고스럽겠지만 시민들을 상대하고 시민 대표들과 논의를 진행해 주시오. 뭐, 논의라고 해봤자 결론은 빤하지만."

주리오 시장은 고개를 끄덕였다. 그리폰 한 마리와 퀜턴 시. 누가 보더라도 데스나이트의 관대함을 칭송할 제안이다. 주리오 시장과 히든 보리 사집관이 성벽을 내려가자 솔로처는 딤라이트에게 몸을 돌리며 말했다.

"이야기 좀 합시다. 딤라이트, 무스타파."

딤라이트는 아직까지도 억장이 무너진다는 표정을 짓고 있었기 때문에 솔로처는 무스타파의 이름까지 거론해야 했다. 무스타파가 천천히 고개를 돌리자 솔로처는 말했다.

"저 제안에 대해 어떻게 생각하시오?"

"받아들이기 쉬운 제안이라고 생각합니다만."

"아니, 젠장. 그게 아니고 말이오. 그레이는 킨 크라이를 몹시 원하고 있는 모양이오. 그렇잖소?"

"······당연하잖습니까?"

"뭐요?"

"이제는 인정할 수 없지만 어쨌든 그는 한때 천공의 기사였습니다." 딤라이트가 눈을 허옇게 뒤집었지만 무스타파는 아랑곳하지 않았다. "그에게 있어 킨 크라이와 켄턴 시는 동등한, 아니 킨 크라이 쪽이 더 높은 가치를 가지는 것이 당연합니다."

"흐음······."

솔로처는 팔짱을 끼었고 그러자 그의 뒤에 서 있던 시몬슬과 용아병 역시 고개를 끄덕이며 팔짱을 끼었다.

"무스타파 당신의 경우라면 어떻겠소. 아이라와······"

무스타파는 솔로처의 질문이 끝나기도 전에 대답했다.

"기사의 서약을 침해하지 않는 한에서라면, 나라 하나와도 바꿀 수 있습니다."

솔로처는 다시 입을 다물고 말았다. 마음속으로는 놀라움의 감정을 억누르며 솔로처는 재빨리 생각했다. 이건 아이덴티티의 문제인가 보군. 천공의 기사는 어쨌든 하늘을 날아야 한다는 것인가.

그런 솔로처를 향해 이번에는 무스타파가 질문했다.

"저도 묻고 싶은 것이 있습니다. 조금 전에 마법사님께서 말씀하신 것 말씀인데, 어찌해서 저들 간악한 자들은 부활했는데 드래곤 솔저들은 부활하지 않는 것입니까?"

"아아, 핵심을 찔러주셨소."

솔로처는 그렇게만 말했다. 잠시 기다리던 무스타파는 달갑잖게 말했다.

"……대개의 사람들이 그런 대답을 할 때는……"

"그렇소. 나도 모르겠다는 말이지."

솔로처는 다시 으르렁거리기 시작했다. 시몬슬은 불안한 얼굴로 뒤로 조금 물러났다. 솔로처는 누구에게 화를 내는 건지도 분명하지 않게 분노하며 말했다.

"보통의 경우 나는 문제를 해결할 수많은 이론들을 가지고 있으며 그중 가능성이 없는 것을 솎아내는 소거법을 사용하여 가장 합리적인 해답을 선택하오. 하지만 이번의 경우에는 수많은 이론은커녕 하나의 해답도 떠오르지 않소. 죽은 자는 모두 되살아나는가? 틀렸소. 퀜턴의 시민들이 늘어나는 경향은 보이지 않소. 지금까지 퀜턴의 시민으로서 되살아난 자는 저 웃기는 별명을 가진 프리스트뿐이오. 되살아난 자들은 다시 죽지 않는가? 틀렸소. 어제 데스나이트들은 분명히 죽었소.

그럼 다시는 부활하지 않는가? 틀렸소! 저기 데스나이트들은 모두 두 번째로 부활했소! 그런데 드래곤 솔저의 경우에는 첫 번째의 부활도 이루어지지 않았어. 어떤 자는 몇 번씩 부활하는데, 어떤 자는 한 번도 부활하지 않아. 도대체가 일관된 규칙성을 찾아볼 수가 없어! 제기랄, 시몬슬! 나를 죽여라! 나도 두 번째로 부활하는지 어디 보자! 나를 죽여라아앗!"

계속 화를 내던 솔로처는 결국 자신의 말에 극도로 흥분해서는 시몬슬의 멱살을 붙잡고 흔들기 시작했다.

"나를 죽이란 말이다! 명령이다!"

실험을 위해서라면 목숨도 우습게 여기는 마법사의 정신이 잘 살아 있는 요구라 하겠지만, 당황한 시몬슬은 거의 울음을 터뜨릴 지경이 되어 '솔로처 님, 솔로처 님.' 하는 말만 반복했다. 그리고 무스타파는 근엄한 얼굴로 검을 세워들며 '소환자의 명령이시라면……' 어쩌고 하는 용아병을 말리느라 애를 먹었다. 딤라이트는 그들 모두를 내버려둔 채 성벽을 내려와 버렸다.

검붉은 석양빛을 받아 구릿빛으로 타오르는 성벽 계단은 몽환적이었다. 계단을 밟아 내려오며 딤라이트는 어지러움을 느꼈다. 절망이 발걸음을 더욱 흔들리게 만들었다. 손으로 성벽을 짚어가며 힘들게 내려서던 딤라이트는 결국 마지막 몇 단을 남겨두고 계단에 주저앉고 말았다.

몰염치한 추억들은 마구잡이로 딤라이트의 머릿속을 어지럽혔다. 일스, 해 뜨는 바다. 금빛으로 빛나는 아침의 모래사장. 하얀 절벽을 따라 달리며 바라보던 실키안 레이크의 석양. 일스의 정원은 바다다. 그들은 해풍을 따라 피어나는 장미꽃을 경배하고 수평선으로부터 정의를 배운다. 하늘 높이 날아오르면 바다의 잔파도들은 사라지고 한없는 해원만이 그들을 둘러싼다.

'그레이. 너는 그것을 모두 잊었나. 이런 지독한 꼴을 당하기 위해 우리는 이 터무니없는 시간 속에 떨어졌단 말인가.'

누군가가 그를 바라보고 있었다.

딤라이트는 고개를 들었다. 어두워가는 하늘 아래 작은 소녀가 그를 바라보고 있었다. 딤라이트는 메마른 목소리로 소녀의 이름을 불렀다.

"레이디 케이트."

케이트는 혼자였다. 뭔가 구색이 맞지 않는 옷차림을 하고 있었지만 원래 여성의 옷차림에 대한 안목이 별로 없는 데다가 슬픔 때문에 넋이 나가다시피 한 딤라이트는 그것을 알아차리지 못했다. 케이트는 입술을 오물거리다가 말했다.

"저, 딤라이트 경……, 슬퍼보여요."

"괜찮습니다. 무슨 일로? 다이앤 양은 어디 있습니까."

"다이앤은 집에 있어요. 저는, 저는 경을 만나려고 왔는데요."

딤라이트는 잠시 멍한 얼굴로 케이트를 바라보았다. 그제서야 딤라이트는 케이트의 신발이 몹시 더러워져 있는 데다가 얼굴에는 땀이 가득 말라붙어 있는 것을 알아차렸다. 끈이 풀린 모자는 위태위태하게 머리에 얹혀 있었고 치마끈의 매듭도 시원찮았다.

딤라이트의 혼란스러운 머릿속에서 간신히 정답이 도출되었다. 혼자서 나온 거야. 그러고 보니 옷차림도 이상하군. 혼자서 옷을 입고 몰래 나온 것인가.

딤라이트는 일어설까 하다가 그러면 케이트가 올려다봐야 된다는 것을 깨닫고 그대로 자리에 앉은 채 말했다.

"제게 용건이……, 볼일이 있다고 하셨습니까?"

"예. 저……, 그런데 정말 괜찮으세요?"

"괜찮습니다. 무슨 일이지요?"

케이트는 잠시 주저주저하며 딤라이트의 눈치를 살폈다. 딤라이트는 힘들게 미소를 지어 보였고 그러자 케이트는 안심하며 말했다.

"저, 이야기를 들었어요."

"이야기라고 하셨습니까?"

"예. 저……, 오후에 공부를 하고 있었는데요. 마구간에서 비명 소리 같은 소리가 들리더라고요. 그래서 다이앤에게 물어봤어요."

킨 크라이로군. 딤라이트는 고개를 끄덕였다.

"그 그리폰이 마구간에 있다고 하던데요. 저, 그러니까 주인이 없어져서……, 왜 저렇게 울고 있는 건지 물어봤거든요. 주인이 없어져서 그렇다고 하던데요."

딤라이트는 다시 목이 메는 것을 느끼며 말했다.

"그렇습니다."

"그 말이 정말인가요?"

"예. 그래서 킨 크라이는 슬퍼하고 있을 겁니다."

케이트는 이해했다는 듯이 고개를 끄덕였다. 딤라이트는 조그마한 소녀의 턱이 위아래로 움직이는 것을 슬픈 미소를 지으며 바라보았다. 그러면서 딤라이트는 케이트에게 고마움을 느꼈다. 이 소녀는 나를 위로하기 위해 무단 외출을 감행한 것인가. 저 나이에는 참으로 대단한 모험일 텐데.

그러나 다음 순간 들려온 케이트의 말은 의외의 것이었다.

"그럼, 지금은 킨 크라이에게는 주인이 없는 거죠?"

"예? 어……, 그렇다고 할 수 있습니다만."

"그리폰을 타는 것은 많이 어려운가요?"

"글쎄요. 저는 잘 알지 못합니다. 페가수스와 그리폰은 서로 다른 생물이니까요."

"그래도, 배우면 가능하겠지요?"

딤라이트는 고개를 끄덕이려다가 멈칫했다. 그는 잠시 케이트를 바라보았고 머릿속으로는 비명을 질렀다. 딤라이트는 이 소녀가 지금 무슨 말을 하고 있는 것인지 짐작했다.

케이트는 손을 들어올리며 열성적으로 말했다.

"주인이 없다면, 어, 그러니까 주인이 없으니까……, 임자가 없는 거예요. 그렇죠?"

딤라이트는 아무 말도 하지 않았다. 케이트는 자신의 손놀림에 홀려서는 더듬더듬 말했다.

"그럼 새 주인을 얻을 수도 있겠지요? 그렇죠?"

"레이디 케이트……"

"그레이 경은 말했어요. 그리폰은 하늘 끝까지라도 날아오를 수 있다고요. 그렇죠? 그리고 지금 킨 크라이는 주인이 없으니까, 에……"

케이트는 마지막 말을 얼버무리려 했다. 하지만 딤라이트는 그녀를 똑바로 쳐다보았고 그래서 케이트는 끝까지 말해야 했다.

"그럼 그 그리폰을 제게 주실 수도 있겠죠?"

딤라이트는 자신의 감정에 스스로 놀랐다. 그 순간 딤라이트는 이 작고 연약한 소녀의 뺨을 후려갈긴다는 생각을 떠올렸던 것이다. 게다가 그 욕구는 상당히 강렬했다. 지금 이 소녀는 그레이의 그리폰을 탐내고 있단 말인가? 그레이가 어떤 처지에 있는지에 대해서는 관심도 가지지 않은 채, 아니, 그를 이미 죽은 사람으로 취급하며…….

딤라이트는 재빨리 무릎 위로 두 손을 깍지 끼고 고개를 숙여 케이트의 눈을 피했다. 기대감에 젖어 반짝이는 케이트의 눈빛을 바라보고 있는 것은 그에게는 너무 힘든 일이었다. 딤라이트는 힘이 들어가 하얗게 변한 손마디를 내려다보며 말했다.

"왜……, 왜 그리폰을 가지려고 하는 겁니까."

케이트는 반색하며 대답했다.

"하늘에 올라가려고요."

어머니였나. 죽은 어머니 말인가. 하늘에 있는 어머니, 어머니, 어머니! 제기랄, 지겨워! 우습지도 않군. 킨 크라이를 타고 하늘 끝까지 올라간다 하더라도 케이트가 어머니를 만날 수는 없을 것이다. 케이트 주위의 어른들은 간특하게도 어린애를 속일 수 있다고 생각했고, 그래서 지금 그 어린애는 내 속을 뒤집어놓고 있는 것이다. 딤라이트는 이를 악문 채 말했다.

"미안합니다만 그레이는 살아 있습니다. 킨 크라이는 그의 것입니다."

케이트는 고개를 한껏 쳐들고는 부당하다는 듯이 말했다.

"예? 어, 아닌데요? 다이앤은 그랬어요. 그레이 경은 귀신이 씌어 더 이상 사람이 아니라고……"

그 빌어먹을 하녀년이! 딤라이트의 두뇌의 이성적인 부분은 퀜틴 시 전체에 그런 소문이 퍼지고 있으므로 다이앤을 탓할 바가 못 된다고 판단하고 있었지만 그의 감정은 다이앤에 대한, 그리고 케이트에 대한 증오로 활활 타오르고 있었다. 딤라이트는 다시 한번 간신히 자신을 억제하며 말했다.

"그런 소문은 믿지 마십시오."

"그럼, 그레이 경이 살아 있다면 킨 크라이는 왜 그렇게 우는 거예요? 거짓말하지 마세요. 주인이 죽었으니까 그렇게 울고 있는 거……"

그 순간 딤라이트의 증오가 그의 인내심을 넘어섰다.

"데스나이트가 되었든 어쨌든 그레이는 살아 있어! 죽은 것은 네 어머니지! 하늘 끝까지 올라가 봐야 네 어머니는……!"

딤라이트의 말끝이 사그라들었다. 케이트는 꼼짝도 하지 않은 채 딤라이트를 바라보고 있었다.

당황한 딤라이트는 숨을 몰아쉬며 케이트를 바라보았다. 겉으로 보기엔 조금 전의 그녀와 똑같았다. 하지만 뭔가가 빠져 있었다. 지금까지 그녀를 이루고 있던 무엇인가가 사라져버리고 딤라이트의 눈앞에는 그녀의 껍데기만이 남아 있는 것처럼 보였다. 딤라이트의 마음속으로 천천히, 멈출 수 없는 회한이 스며들기 시작했다. 케이트의 입술이 작게 움직였다.

"거짓말……"

"레, 레이디 케이트."

"거짓말이야……"

"레이디 케이트. 미안합니다. 실수였어요."

"거짓말이었어……. 그럴 거라고 생각했어. 하늘에 있는 것이 아니었어……"

딤라이트는 당황했다. 케이트는 그의 말을 부정하고 있는 것이 아니었다. 그녀는 이제까지 믿고 있던 사실을 부정하고 있었다.

"어머니는 죽은 거예요……. 죽었어……"

죽음? 순간 딤라이트는 소스라치게 놀랐다. 이 소녀는 죽음이라는 단어를 그가 사용하는 의미와 같은 의미로 사용하고 있었다. 케이트는 죽음을 알고 있었다. 왜? 어떻게? 순간 딤라이트는 이 도시에 찾아들었던 재난과 재앙을 떠올렸다. 제길, 이 도시의 꼬마가 죽음을 모르는 것이 더 이상한 것이다.

"엄마는 무덤에 있어……"

"레이디 케이트. 아니, 잠깐. 그러니까 그건 말입니다."

"엄마는……, 죽었어요. 그래요. 죽었어요. 레티의 프리스트처럼, 경비 대원들처럼. 죽은 거예요. 그래요."

케이트는 자신의 말을 음미하듯 천천히, 그러나 확고하게 말했다.

딤라이트는 입을 벌렸으나 그의 입술과 혀는 말을 만들어내지 못했다. 케이트는 천천히 뒷걸음질 쳤다.

"죽었어……, 죽었어……, 죽었어……."

"레이디 케이트?"

딤라이트의 당혹스러운 목소리에 대한 대답은 찢어질 듯한 비명 소리였다.

"아아아악!"

반쯤 일어나던 딤라이트는 그만 주저앉고 말았다. 케이트는 머리를 감싸 쥐며 비명을 질렀다. 그것도 한번으로 끝나는 것이 아니라 연이어 계속해서 비명을 질러댔다.

"아아아악! 아아아악! 아아아악!"

성벽 주위를 오가던 경비 대원들과 시민들이 깜짝 놀란 눈으로 그들을 바라보았다. 딤라이트는 다시 일어나려 애썼다. 그러나 케이트는 비명을 지르며 그대로 몸을 돌려 달려가기 시작했다.

"레이디 케이트!"

딤라이트는 고함을 지르며 그녀의 뒤를 따라 달렸다. 하지만 케이트는 죽을힘을 다해 달리고 있었고, 월등히 다리가 길긴 하지만 무장을 한 딤라이트의 걸음은 그렇게 빨라질 수가 없었다. 딤라이트는 갑옷을 팽개치고 싶다는 생각을 떠올리며 동시에 멀거니 구경하고 있는 켄턴 시민들에 대해 욕설을 퍼붓고 싶다는 생각도 떠올렸다. 하지만 둘 중 어느 것도 기사에게 어울리는 행동은 아니었다. 딤라이트는 입을 다문 채 다리가 빠져라 힘껏 달렸다.

황혼의 대로는 붉은 비단처럼 보였다. 그리고 그 위로 길게 늘어진 케이트의 그림자는 환상적이었다. 그의 발 바로 앞에서 노닐고 있는 그림자였지만, 딤라이트는 케이트를 붙잡을 수 없었다. 소녀는 소리높이 비명을 지르며, 그리고 기사는 말도 없이 달리며 두 사람은 켄턴의 대로를 거의 일주했다.

무작정 케이트를 따라 달리던 딤라이트는 주위의 모습이 바뀌어가는 것을 느꼈다. 하지만 해가 지기 전에 케이트를 잡아야 한다는 생각 때문에 딤라이트는 주위에 신경 쓸 겨를이 없었다. 완전한 밤이 찾아오면 조그마한 케이트의 모습을 찾는 것은 매우 어려워지리라. 그래서 딤라이트는 풀숲을 헤치고 비탈길을 따라 오르면서도 그곳이 어디인지 깨닫지 못했다.

순간, 앞을 달리던 케이트의 모습이 보이지 않게 되었다.

딤라이트는 재빨리 멈춰 섰다. 암청색 어둠은 이미 사위를 물들이고 있었고 주위는 워석거리는 소리로 가득했다. 저녁은 이미 숲의 자장가를 연주하고 있었다. 이런, 여기가 어디지? 딤라이트는 자신의 숨소리까지도 억제했다. 보이지 않는다면 소리, 소리를 찾아야 한다. 가벼운 발소리일 것이다.

엉뚱한 소리가 들려왔다.

흐느끼는 소리. 딤라이트의 이맛살이 찌푸려졌다. 숨이 막혀 꺽꺽거리는 울음소리. 작은 소녀가 사무치는 슬픔 때문에 낼 것 같은 울음소리. 딤라이트는 소리의 방향을 가늠했다. 랜턴이라도 하나 있었으면 좋았을 것을. 주위는 이미 숲이었고 딤라이트는 발에 채는 돌맹이와 종아리에 휘감기는 풀잎에 방해받으며 힘들게 울음소리를 추적했다.

'이건 길이 아닌 것 같은데. 짐승의 길인가?'

딤라이트는 발에 닿는 땅의 감각과 주위의 나무를 보며 그렇게 판단했다. 아무래도 사람들이 오가는 길은 아닌 것 같았다. 그렇다면 이 아가씨가 이용하는 지름길인가? 그런데, 그렇다면 이 길은 어디로 통하는 거지?

딤라이트의 의문에 대한 해답은 매우 고통스럽게 돌아왔다. 딤라이트는 커다란 돌덩어리를 걷어찬 오른쪽 정강이를 움켜쥔 채 소리 없이 신음을 흘렸다. 아이고, 내 다리! 뭐야, 이건. 순간 딤라이트는 섬뜩함을 느끼며 다리의 고통까지도 잊어버렸다. 그가 걷어찬 것은 단순하지만 분명히 사람의 손길이 닿았던 돌이었다. 직육면체이며, 땅에 세워져 있고, 작은 글자들이 새겨져 있는…….

묘비였다.

여기는 묘지인가? 어둡고 캄캄한 묘지였다. 어둠 속으로 솟아 있는 묘비들의 그림자가 마치 숲처럼 보였다. 정신없이 달리던 딤라이트는 이곳의 위치를 정확하게 가늠할 수 없었다. 어느 쪽이 성벽 방향이지? 주위에는 불빛도 건물의 그림자도 보이지 않았다. 도대체 어떤 지름길로 온 건지는 모르지만, 그렇게 많이 달린 것 같지도 않은데 시내에서 이렇게 떨어져버린 건가.

그때 다시 흐느껴 우는 울음소리가 들렸다.

딤라이트는 담대한 기사였지만 어두운 밤 묘지 한가운데 서서 묘비들 사이에서 들리는 울음소리를 들으면서도 완전히 침착할 수는 없었다. 목 뒤와 어깨가 긴장되어 아플 정도였다. 완전히 굳어버린 등허리 쪽의 당김은 가실 줄을 몰랐다. 딤라이트는 심호흡을 하며 천천히 주위를 둘러보았다.

다시 울음소리가 들려왔을 때는 대강 방향을 가늠할 수 있었다. 그래서 딤라이트는 천천히, 묘를 밟지 않으려 애쓰면서 울음소리가 들려온 방향으로 걸어갔다. 걸어가면서 딤라이트는 자신을 비웃었다.

'멍청한 놈. 죽은 자가 묘지를 무서워하나.'

하지만 그것은 그냥 호기였을 뿐이다. 묘지 전체에 배어 있으면서 시시각각 그의 몸을 파고드는 감각은 그를 더욱 긴장시켰다. 묘지는 다른 땅과 다르다. 뻔뻔스러울 만큼 명명백백하게 죽음을 증거하는 이 장소는 궁궐이나 항구나 들판이나 논과는 전혀 다른, 완전히 이질적인 어떤 장소였다.

울음소리가 바로 코앞에서 들려왔다.

딤라이트는 멈춰 섰다. 검푸른 하늘에선 벌써 별이 반짝이고 있었다. 그리고 케이트는 무덤에 쓰러진 채 흙과 풀을 움켜쥐곤 흐느끼고 있었다.

"레이디 케이트."

"엄마, 엄마……, 엄마."

딤라이트는 무릎을 꿇었다. 그러고는 자신의 손바닥보다 그렇게 넓지도 않은 케이트의 등을 천천히 쓰다듬었다. 케이트는 목이 막혀 꺽꺽거리는 소리를 내고 있었다. 딤라이트는 천천히 케이트를 일으켜 앉혔다. 케이트는 몸부림치려 했지만 딤라이트는 그녀의 어깨를 부드럽고 강하게 잡아선 똑바로 앉혔다.
 일어난 케이트의 모습은 가관이었다. 어둠 속이지만 옷에 덕지덕지 붙은 흙덩어리와 풀물이 든 손, 그리고 눈물과 흙먼지로 범벅이 된 얼굴은 대충 알아볼 수 있었다. 게다가 케이트는 딤라이트의 얼굴을 똑바로 보게 되자 다시 목을 놓아 울음을 터뜨렸다.
 "흐어어어엉!"
 딤라이트는 뭐라 말하려 하다가 입을 다물고, 손수건을 꺼내 케이트의 얼굴을 대충 닦아주었다. 그러고는 케이트의 코에 손수건을 가져가 조용히 코를 풀 것을 제안했다.
 "흥."
 "흐으응! 우아아아……앙."
 딤라이트는 다섯 배쯤 무거워진 것 같은 손수건을 주머니에 대충 쑤셔넣고는 케이트의 머리카락을 쓸어넘겼다.
 "레이디 케이트. 울지 말아요."
 "어마, 엄마, 어마, 주어, 죽어, 엄마 죽어, 주었어, 으허어어엉!"
 "그렇습니다. 레이디 케이트. 하지만 그렇게 슬퍼하는 것은 도리가 아닙니다."
 케이트는 딤라이트의 얼굴을 흘끔 보았다. 하지만 보이는 것은 시커먼 그림자뿐이었다. 케이트는 그 그림자를 향해 앙칼지게 외쳤다.
 "살려내요!"
 "예?"
 "살려내요! 우리 엄마 살려내요! 살려내라고요!"

이런 난감한 요구라니. 딤라이트는 고개를 가로저었다. 그러고는 말 없이 케이트를 안아올렸다. 느닷없이 허공으로 올라오게 된 케이트는 경황 중에도 질겁하며 딤라이트의 목에 매달렸다. 딤라이트는 퍽 어색한 자세로 케이트를 안아든 채 말했다.

"일단 관사로 돌아갑시다. 그리고 씻고 나서 이야기를 하도록 하지요."

"우리 엄마 살려……"

"레이디 케이트. 여기는 춥고 어둡습니다. 가서 씻고 저녁이라도 먹고 나서 이야기를 하죠."

"저녁 먹고?"

"예."

"저녁 먹고 나서 우리 엄마 살려내는 거?"

말이 되냐. 딤라이트는 이젠 힘없는 미소라도 짓고 싶었다. 그러나 케이트의 요구에 대답한 것은 그가 아니었다.

"어, 케이트니?"

딤라이트는 몸을 돌렸다. 그리고 숨을 급하게 들이켰다. 하마터면 검을 뽑아들 뻔했지만 케이트를 안고 있었기에 그런 무서운 사태는 일어나지 않았다. 그것은 다행이었다. 딤라이트는 상대가 사람이라는 것을 간신히 알아차릴 수 있었다.

그곳에는 한 여자가 서 있었다. 그 그림자를 얼핏 본 순간 딤라이트가 트롤이나 오거일 거라고 착각했을 만큼 굴강한 몸집과 위압적인 팔뚝을 자랑하는 여자였다. 그 여자는 두툼한 허릿살 위에 그 우람한 손바닥을 엎어놓고는 딤라이트를 내려다보고 있었다. 딤라이트는 강렬한 압박감 속에서 간신히 질문했다.

"저, 누구신지……"

"엄마!"

딤라이트는 빠져나간 자신의 턱이 땅 위를 굴러가는 소리를 들은 것 같았다. 케이트는 와락 몸부림을 쳤고 딤라이트는 간신히 케이트가 땅에 곤두박질치기 전에 그녀를 내려놓을 수 있었다. 땅에 내려지자마자 케이트는 그 장대한 체구의 여인네를 향해 줄달음질쳤다. 그러고는 여인의 큼직한 앞치마(딤라이트는 그것이 군용 천막이 아닌가 의심했다.)를 움켜쥐고는 고개를 한껏 뒤로 젖혀 여인의 얼굴을 올려다보았다.

"엄마……? 엄마!"

여인네는 곧 그 웅장한 체구에 어울리는 장엄한 목소리로 의아함을 표현했다.

"에구머니! 케이트? 너 여기서 뭐하고 있는 거냐? 이 지저분한 몰골하고! 너 제정신이야? 이 흙 좀 봐. 이게 사람 새끼 몰골이야, 동네 강아지 몰골이야!"

케이트는 거의 휘둘리다시피 조사를 당하며 간신히 말했다.

"어, 어? 엄마 안 죽었어?"

딤라이트는 여인의 눈에서 불꽃이 튀었다고 생각했다. 여인은 케이트의 작은 몸을 통째로 흔들며 고래고래 고함질렀다.

"이녀언! 이년! 그게 어미한테 하는 말버릇이야? 이제는 어미를 죽은 것 취급해? 어디서 배워먹은 버릇이야! 죽었다고? 죽어? 이년! 네가 죽어봐라, 이년!"

 여인은 우레 같은 목소리로 케이트와 딤라이트의 혼을 쏙 빼놓고는 그대로 묘비에 털썩 주저앉았다. 그러고는 케이트의 몸을 가볍게 들어 올려 무릎에 얹고는 그 공성추 같은 팔을 뒤로 당겼다. 여인은 곧 못 이라도 때려박을 듯한 기세로 손을 휘둘렀고, 그 손바닥과 케이트의 조그마한 엉덩이가 서로 마주치며 굉음이 울려퍼지자 딤라이트는 그만 헛바람을 삼키며 눈을 감고 말았다.

 케이트는 목이 찢어져라 비명을 질러댔지만 여인은 한 점 흔들림 없는 달인의 손놀림으로 케이트의 엉덩이를 무참하게 유린했다. 딤라이트는 케이트의 목을 따는 비명 소리에 왠지 즐거움 같은 것이 섞여 있다고 생각했지만 주위를 가득 메운 공포스러운 기운 때문에 그런 느낌을 곧 잊어버렸다. 한참 후, 여인은 씨근거리며 팔놀림을 멈추고는 이마를 쓱 훔쳤다. 그러고는 고개를 들어 딤라이트를 바라보았다. 그 눈빛을 받은 딤라이트는 직립 부동자세가 되었다.

 바싹 굳은 채 자신을 바라보고 있는 딤라이트를 향해, 여인은 퉁명스럽게 말했다.

 "누구슈? 칼잡이요?"

 하마터면 관등 성명을 댈 뻔했지만, 딤라이트는 간신히 미소를 지으며 말했다.

 "일스의 딤라이트라고 합니다. ······레이디."

 여인이 당혹하고 놀랄 거라고 생각했던 딤라이트의 기대는 무참하게 뭉개져 버렸다. 여인은 일스의 딤라이트가 뉘집 강아지 이름인가

하는 표정으로 딤라이트를 바라보았던 것이다. 딤라이트를 바라보는 그녀의 눈빛에 갑자기 의심의 기운이 서렸다.

"여기서 우리 귀염둥이랑 뭐하고 있으셨수, 딤라이트 씨?"

입 속에서 수많은 말들이 동시에 튀어나오려고 아우성을 지르고 있는 동안에도 딤라이트의 머릿속에는 한 가지 단어만이 끈질기게 맴돌고 있었다.

'귀염둥이라고?'

2

 레이저는 갑작스럽게 고개를 돌렸다.

 "파하스 씨!"

 "왜?"

 "당신 파하스입니까?"

 "……저능하다고 해줄까, 멍청하다고 해줄까? 자네가 조금 전에 나를 그 이름으로 불러놓고는 이런 황당한 질문이냐?"

 루손은 킬킬거렸지만 레이저는 차분하게 말했다.

 "둘 다 사양하겠습니다. 그럼 질문을 바꾸겠습니다. 당신 부모님은 대시인을 존경한 겁니까?"

 "뭐야?"

 "당신 부모님이 대시인을 존경했기에 당신에게 그런 이름을 붙인 겁니까?"

파하스는 그제서야 레이저의 질문을 이해했다. 파하스는 빙긋 웃으며 고개를 가로저었다.

"아니. 나는 고아였다."

"고아……"

"다섯 살 때 첫 번째 노래를 만들었고, 열 살 때 처음으로 검을 쥐었지. 열다섯 살 때 처음으로 사랑했고, 열일곱 살 때는 처음으로 사람을 죽였다. 후회하진 않아."

레이저는 그대로 파하스의 말을 받았다.

"레이디를 위해 든 검이었으니까. 그리고 스무 살 때 강간마 오크빌을 죽이고 현상금이 붙게 되었습니다. 오크빌은, 어쨌든 귀족이었으니까. 스물일곱에 헤게모니아를 중단하고 시간의 바늘에 입맞췄지요. 서른 살 때 당신은 열다섯의 당신이 처음으로 사랑했을 때 당신의 연적이었고 그 이후로 일생 동안 당신의 적수였던 부캐넌 백작을 쓰러뜨리고 그의 검을 가졌지요."

파하스는 물기 어린 눈으로 레이저를 바라보았다.

"고마운 일이군. 100년이 지나도 내 보잘것없는 이야기를 이렇듯 소상하게 기억해 주는 이가 있다니."

"진짜 파하스로군요."

"그렇다네."

"그럼……"

레이저는 쓸쓸한 표정으로 고개를 돌려 턴빌 시를 바라보았다.

"저건 진짜 거인이군요."

"동의하겠어. 자네가 어디 가서 그렇게 말하겠다면, 맞장구도 쳐주지."

파하스는 고개를 끄덕이며 역시 턴빌 시를 바라보았다. 아니, 정확하게는 턴빌 시청 지붕을 뒤꿈치로 자근자근 밟고 있는 거인을 보았다.

거인의 발길에 채인 지붕이 하늘을 가로지르고 거인의 주먹에 맞은 종탑이 와르르 무너져 내렸다. 분수대가 무너진 것인지 물줄기가 하늘로 치솟고 있었고 그 옆에선 불길이 질 수 없다는 기세로 솟아오르고 있었다. 거인은 그런 식으로 턴빌 시에 미증유의 대파괴를 선사하고 있었지만, 파하스가 보기엔 아무래도 가볍게 몸을 푸는 정도인 것으로 보였다.

팽개쳐진 듯한 모습으로 땅바닥에 드러누운 채 가쁜 숨을 몰아쉬고 있던 아프나이델이 힘없이 머리를 들어올렸다.

"설명을 할까요, 들을까요."

세운 무릎에 팔꿈치를 얹고 그 주먹 위에 다시 이마를 얹은 모습으로 앉아 있던 운차이는 한쪽 눈만 떠서 아프나이델을 바라보고는 다시 눈을 감았다.

"해."

"에, 저건 거인입니다."

"이……익!"

운차이는 무시무시한 욕설을 퍼붓는 대신 아프나이델을 확 노려보았다. 아프나이델은 숨을 들이켰고 그 모습을 보던 아일페사스의 눈꼬리가 하늘로 치솟아 올랐다.

"너! 왜 그런 눈으로 나이드를 쏘아보는 거야?"

운차이는 아일페사스를 한번 바라보기는 했지만 다른 말은 하지 않고 도로 눈을 감았다. 아프나이델은 심호흡을 하고(그보다 먼저 아일페사스를 말려야 했지만) 설명을 시작했다.

"저 거인은 루트에리노 대왕을 찾고 있었습니다. 우리는 저 거인을 붙잡아 두고 제레인트를 한 발 앞세워 턴빌로 보냈습니다. 하지만 저 거인을 오랫동안 붙잡고 있을 수는 없었습니다. 무엇보다도 제레인트의 안위가 걱정되었습니다. 그래서 나는 루트에리노 대왕에게 데려다 주겠다고 말할 수밖에 없었습니다. 그리고 우리는 턴빌에 도착했고, 이후의 상황은 아시는 바대로입니다."

운차이는 고개를 끄덕였다. 그래. 녀석들은 갑자기 나타났지……. 이 말은 어폐가 있다. 정확하게는 지축을 울리는 말발굽 소리와 함께 나타났다고 해야 하니까. 어쨌든 거인의 모습을 본 경비 대원들과 턴빌 시민들은 대혼란에 빠져버렸고 그 혼란을 틈타 파는, 아니, 신스라이프라고 해야 되나? 어쨌든 그자는 콜리의 프리스트들과 함께 사라져버렸다. 신스라이프를 추적하려 했던 운차이는 거인의 횡포를 피해 일단 턴빌을 탈출하기로 결심했고, 턴빌 외곽에서 아프나이델 일행과 만나서 이곳까지 도망쳤던 것이다.

운차이는 눈을 감은 채 말했다.

"턴빌 시민들에게 소화제를 선물해야겠군."

"예?"

"턴빌 시민들은 네 심장을 꺼내 씹어먹으려 들 테니까."

아프나이델의 얼굴이 창백해졌다. 그 옆에 앉아 있던 엑셀핸드는 노기가 충천한 얼굴로 말했다.

"이놈! 그러면 우리더러 어쩌란 말이냐! 우리도 저 거인이 단지 대왕을 찾는 줄 알았단 말이다. 거인이 저런 횡포를 부리는 것은 너희 인간들이 그를 공격했기 때문이 아니냐!"

운차이는 혀 차는 소리를 냈다. 그의 말이 맞기는 하다. 턴빌 경비대원들은 자포자기적인 공황 상태에서 거인을 향해 공격을 퍼붓기 시작했고 화살이 날아와 박히자 거인은 미친 듯이 화를 내며("우타크! 어디 있느냐!") 턴빌 시에 쑥을 재배하기로 결심했다.

"지금 거인에 의해 쑥밭이 되고 있는 턴빌 시의 시민들은 이렇게 말할걸. 애초에 데려온 쪽이 잘못 아니냐고."

"끄응!"

엑셀핸드는 이것이 부당한 질책이라고 생각했지만 더 이상 변명의 말을 꺼내지는 않았다. 그것은 드워프의 성격이 아니다. 이루릴은 슬픔이 가득한 표정으로 턴빌을 바라보며 말했다.

"거인으로 하여금 턴빌을 떠나게 해야 합니다. 그에게 루트에리노 대왕의 소재를 알려주면 되지 않을까요."

아프나이델은 한숨을 내쉬었다.

"문제는 그런 소재 같은 것은 모른다는 사실입니다."

"그게 문제인가요?"

아프나이델은 퍼뜩 정신을 차렸다. 그는 이루릴을 돌아보았지만 이루릴은 턴빌 쪽만을 쳐다보고 있었다. 이런, 그렇군. 그게 문제될 것은 없지. 이미 속였으니 또 한 번 속일 수도 있는 거지. 그러나 이번에는 에델린이 고개를 가로저었다.

"저, 글쎄요. 거인은 이제 더 이상 인간을 신뢰하지 않을 듯합니다. 그의 죽음은 속임수에서 비롯된 것이었잖습니까? 그리고 조금 전 그는 다시 한번 인간에게 속았습니다. 어쩌면, 거인은 복병을 숨겨놓고 자신을 유인했다고 생각할지도 모릅니다."

"푸후……. 상당히 가능성 있군요."

제레인트는 풀죽은 목소리로 말했다. 하지만 이루릴은 고개를 가로저었다.

"그래도 시도는 해봐야 하지 않을까요."

"어떻게 하면 좋을까요……. 나는 아무 생각도 떠오르지 않습니다. 머릿속이 뒤죽박죽이 되었어요. 생각들이 자꾸 끊어집니다. 거인을 유인한다라. 어떻게, 어디로 유인하면 좋을까요."

이루릴은 잠시 대답을 미루고 제레인트를 바라보았다. 이상하다. 저 성스럽고 활기찬 인간이 왜 이런 광경 앞에서 저렇게 무력하고 나른한 모습을 보이는 것일까. 그런 의심은 네리아도 하고 있었다. 제레인트, 이상해. 다른 때라면 가장 먼저 제대로 들지도 못할 무기 집어들고 턴빌로 달려갈 사람인데.

그때 조금 떨어진 곳에 앉아 있던 그란이 입을 열었다. 바이서스 어였다.

"거인의 폭력으로부터 턴빌을 구하는 것도 합당하지. 그러나 다레니안께서는 말씀하셨다."

"다레니안……"

"과거로 향하는 흐름과 미래로 향하는 흐름의 교차점을 찾으라고. 그런데 그 교차점은 파다. 그러니 우리는 그녀를 추적해야 되지 않을까."

"후작을 쫓고 싶다는 것 같군. 턴빌은 저렇게 내버려두고?"

"……그래. 후작과 그 똘마니들은 파를 뒤쫓아 갔다. 쳉과 미도……. 그러니 우리도 그녀를 쫓아가야 되지 않을까."

"빌어먹을, 도대체 어떻게들 된 거야, 모두!"

운차이는 결국 노성을 터뜨렸다.

"나는 지금 이 순간의 모든 것이 마음에 안 들어. 피크닉이라도 나와 있는 것처럼 이 경치 좋은 언덕에 앉아서 거인의 발 아래 박살나는 턴빌을 바라보고 있는 것도 마음에 들지 않고, 어쩔 수 없다는 식의 말만 종알거리는 너희 놈들도 마음에 들지 않아. 파하스! 레이저! 즐거운 구경인가? 그 꼴같잖은 말만 쏟아내는 입에다가 너희들의 주먹이라도 처넣어! 아프나이델! 너 혼자서 저 사지에서 탈출했나? 다른 자들은 마차 타고 유람하듯이 나온 줄 알아? 왜 혼자서 죽어가는 시늉을 하는 거야! 제레인트! 머릿속이 엉망이라고? 네놈의 머릿속이 언제 엉망이 아닐 때가 있었냐! 네놈이 생각하고 움직이는 녀석이었냐? 네 앞길은 테페리가 주관하지 않느냐! 그란! 모두 다 파를 쫓아가니 너도 쫓아가겠다고? 네가 몰려다니는 들개 새끼냐!"

느닷없이 쏟아진 운차이의 폭언은 사람들을 경악하게 만들었다. 운차이는 억울함과 분노가 담긴 시선들 하나하나를 되받아 주고는 자신의 롱 소드를 쥐며 일어났다. 아무 말도 하지 않고 있었던 덕분에 운차이의 폭언의 대상에서 빠진 네리아가 당황하며 말했다.

"어, 운차이?"

운차이는 아무 말 없이 말을 향해 걸어갔다. 네리아는 주춤주춤 따라 걸으며 말했다.

"어디…… 가는 거야? 운차이?"

운차이는 앰뷸런트 제일의 고삐를 틀어쥐더니 등자에 발도 올리지 않고 안장에 뛰어올랐다. 그리고 검을 뽑아들고는 왼손에 고삐를 감아쥐며 말했다.

"Crifentha unew gereh, fictyr-factey ash na thene ki zhapair! Rackdarph!"

운차이는 으르렁거리는 말만 남겨놓고 검을 돌려 앰뷸런트 제일의 볼기를 철썩 갈겼다.

"하아!"

그리고 운차이는 곧장 턴빌 쪽을 향해 달려가기 시작했다. 네리아는 어쩔 줄 몰라 하는 표정으로 그 뒷모습을 바라보다가 그대로 트라이던트를 감아쥐며 에보니 나이트호크 위로 뛰어올랐다. 파하스는 당혹한 표정으로 말했다.

"어, 네리아 양?"

그대로 운차이를 뒤따라 갈 기세였던 네리아가 잠시 멈추며 파하스에게 외쳤다.

"파하스! 혹시 저 말이 무슨 뜻인지 알아요?"

"어, 그러니까, '영원히 거기 주저앉아서 사이좋은 앵무새처럼 서로 지저귀고 있어라, 얼간이들아……', 이런 뜻일 겁니……"

"고마워요! 그럼!"

네리아는 에보니 나이트호크의 배를 콱 걷어찼다. 에보니 나이트호크의 거대한 검은 동체가 검은 질풍처럼 앞으로 쏘아져 나갔다.

남겨진 사람들과 이종족들은 얼이 빠진 얼굴로 운차이와 네리아의 뒷모습을 보거나 서로를 바라보았다. 혼란에 빠진 일행 가운데서, 파하스는 가슴속으로 무엇인가가 꾸물거리며 솟아오르는 것을 느꼈다.

그것은 대시인의 자각이었다. 한 자루 검과 한 대의 하프를 지니고 헤게모니아를 종단하며 모든 미녀에게 사랑을 바쳤고 모든 남자들에게 시비를 걸었던 자의 분노였다. 죽었다 깨도(실제로 그러하긴 하지만), 남자가 나를 모욕할 수는 없어. 단순하고 유치하다고 말할 수도 있는 감정이었지만 시인이라는 것이 원래 그렇다. 그들은 감정의 종복이며 노래의 노예. 파하스는 부들부들 떨었다. 차넬의 후손 앞에서 감히 어느 놈이 거인을 대적하느니 마느니 하는 것이냐!

"나도 간다!"

에델린은 조그마한 사내를 내려다보았다. 그리고 그 사내의 얼굴에 놀랐다. 파하스의 눈은 불타오르고 있었다. 그는 머리카락을 뒤로 넘기고 그 기다란 검을 힘있게 들어올리며 말했다.

"우정은, 사귀어온 시간을 돌아보는 것이기에 앞서 함께 걸어갈 시간을 내다보는 것. 헌신은, 타인에게 자신을 바치기에 앞서 스스로에 충실해지는 것. 나는 운차이와 네리아와 함께 걷겠다. 그로써 나에게

헌신하겠다."

제레인트는 머리칼을 쥐어뜯고 있었다. 운차이의 말이 그의 머릿속을 온통 헤집어놓고 있었다. 그래. 내가 생각하고 움직이는 녀석이었나? 언제 어느 때라도 내 앞길의 갈림길은 테페리께서 알려주시는 것. 그것은 나의 기득권, 그래서 오히려 잊어버린 권리. 테페리라는 길잡이가 있거늘, 내가 감히 앞길을 모르겠다는 둥 생각이 잘 안 된다는 둥 건방진 말을 꺼냈단 말인가?

'지금 나는?'

제레인트는 와락 일어나서는 아무 말 없이 후치에 올라탔다. 다른 자들도 각자의 말로 달려가기 시작했다. 파하스는 긴 검을 뽑아들어 앞으로 내뻗으며 고함질렀다.

"너 이 젠장맞을 남부 촌놈아! 거기 섰거라! 이랴!"

"하아! 이랴!"

기수들은 각자의 말에 구령을 보냈다. 날렵한 동작으로 센추리온에 오른 아일페사스는 신나게 고함지르려다 아프나이델이 아직도 꾸물거리는 것을 발견했다(덕분에 엑셀핸드도 출발하지 못하고 있었다.).

"나이드! 뭐해요? 어서 가자!"

"응? 아아, 응."

아프나이델은 더듬거리며 엑셀핸드를 세레니얼에 태우고는 그 스스로도 말 위에 올랐다. 그러고는 말을 달리기 시작했다. 하지만 그의 얼굴에는 수심이 가득했다.

아일페사스는 센추리온을 세레니얼 옆으로 붙이며 아프나이델의 얼굴을 바라보았다. 아프나이델의 입술이 벌어지며 혼잣말 같은 말이 새어나왔다.

"영원히……"

"응?"

"영원히 거기 주저앉아서, 앵무새처럼 서로 지저귀고 있어라……"

아일페사스는 어리둥절한 표정으로 아프나이델을 바라보았다. 아무리 생각해 보아도 저것이 말에게 내리는 명령이라고는 생각하기 어려웠다. 잠시 후 아일페사스는 아프나이델이 운차이의 말을 반복하고 있다는 것을 깨달았다.

"왜?"

그러나 아프나이델은 아일페사스의 질문에 거의 신경을 쓰지 않고 있었다. 그는 말을 달리는 데 필요한 최소한의 관심만 빼놓고는 자신 속으로 완전히 함몰되어 있었다. 그런 몰입 속에서 아프나이델은 더듬거렸다.

"앉아서 중얼거린다……, 앉아서 중얼거린다……"

아일페사스는 욕구 불만을 느꼈다. 비탈길을 내려가면서도 말 몰기에 주의를 기울이지 않는 아프나이델의 모습은 불안감을 주었다. 하지만 아프나이델은 그런 위험 속에서도 이마에 땀이 맺힐 것만 같은 완전한 집중력으로 생각하고 있었다.

"……서서 걸어가지 않는다?"

일행의 마지막이 그런 식으로 출발했기 때문에, 뒤에 남은 자들이 있다는 사실은 잠깐 동안 드러나지 않았다. 레이저와 루손은 언덕 위에 선 채 달려가는 사람들의 뒷모습을 바라보고 있었다. 루손은 콧날을 만지작거리다가 레이저에게 고개를 돌렸다.

"이봐, 레이저."

"응?"

"나는 절대로 거인에게는 가까이 안 가. 알았지?"

레이저는 싱긋 웃었다.

"걱정 마. 나도 그런 생각은 없으니까."

"그래?"

"그래······. 지금 내게는 더 급한 일이 있어. 그리고 그 급한 일에는 너도 관련되어 있고."

루손은 고개를 갸웃하다가 말했다.

"무슨 말이지?"

레이저는 조금 꺼림칙한 목소리로 말했다.

"그 남자가 살아나는 것, 너도 보았지? 그 밤색 머리 남자 말이야."

"아! 그래. 그랬어."

"죽었는데 되살아났어······. 마치 그덴 산의 거인이 되살아나고, 저기 달려가는 파하스가 되살아난 것처럼. 그렇다면 말이야."

"응?"

"우리들의 친구도 되살아나지 않았을까?"

레이저는 두 팔을 벌리며 극적인 어조로 말했다. 하지만 돌아온 것은 루손의 퉁명스러운 대답이었다.

"우리 친구, 누구? 이름을 말해야지."

레이저는 무릎이 꺾이는 것 같은 기분을 느꼈다.

"나크둠 말이야……"

"뭐! 나크둠이 살아난다고? 진짜?"

루손은 레이저가 기대하던 모습을 보여주었다. 안타까운 것은 그 모습이 레이저가 기대를 버렸을 때 표현되었다는 점이지만. 그래서 레이저는 너털웃음을 터뜨리며 말했다.

"아니, 그럴지도 모른다는 점이지. 나는 확인해야겠어. 거인도 살아났고, 파하스도 살아났고, 그 후작이라는 사내는 죽자마자 살아났어. 나크둠도 살아날 수 있는 것 아닐까? 가서 확인해야겠어."

"그렇구나. 그래. 어서 가자!"

"간단해서 좋군……. 나도 너처럼 생각할 수 있다면 좋겠다, 이 친구야."

"응? 무슨 뜻이야?"

"혼잣말이야."

루손은 꺼림칙한 표정으로 레이저를 쏘아보더니 말했다.

"늙은 오크들이 말하길, 혼자서 중얼거리는 오크는 때려죽이거나 추방해야 된다고 하던데……"

"……그건 정신 나간 오크를 처리하는 원로들의 지혜인가 보군. 다행스럽게도 난 미친 것이 아니니까 나를 때려죽이지는 않아도 돼."

"그래? 알았어."

루손은 그렇게 말하더니 곧 글레이브에 끈을 묶어 어깨에 걸쳤다. 그러고는 기다리지도 않고 걸어가기 시작했다. 잠시 얼떨떨한 표정으로 루손의 뒷모습을 바라보던 레이저는 웃으며 고개를 가로젓고는 그 뒤를 따라 걷기 시작했다. 그러면서 생각에 잠겼다.

현상들. 현상의 배후에는 의미가 있는 이유가 있겠지. 죽은 자들의 부활의 원인은 뭘까. 첫 번째 이유는 역시 콜리의 프리스트들의 의식. 그리고 파 L. 그라시엘. 파는 신스라이프가 된 것일까. 이 사태들은 도대체 어떻게 일어난 것인지. 하지만 중요한 것은…….

"파가 필요조건인 것인가."

말을 꺼내던 레이저는 흠칫했지만, 걸어가기 바빴던 루손은 레이저의 말을 듣지 못했다. 레이저는 소리 나지 않게 한숨을 내쉬고는 다시 자신의 생각 속으로 빠져들었다.

나크둠이 만일 부활하고, 그 부활의 원인이 파라면.

그렇다면 그 부활을 무효로 돌리지 않기 위해선…….

"파를 죽여야 해."

할슈타일 후작은 으르렁거리고 있었다. 궤헤른은 후작에게 건네기 위해 들고 왔던 찻잔을 집어던지고 말았다.

"그만 좀 하세요! 그렇잖으면 이유를 설명해 주시든가! 왜 그녀를 죽여야 된다는 겁니까? 나는 후작님에게 도덕적인 비판을 가할 사람은 아닙니다. 나는 지금 설명을 요구할 뿐이란 말입니다!"

후작은 모포를 목까지 끌어올리며 궤헤른을 멀거니 바라보았다. 궤헤른은 인내심을 발휘하며 그 눈을 들여다보았다. 저 속에서 예지가 춤추고 열정이 휘몰아쳤던 시절이 있었지. 그런데 지금의 저 눈은 뭐란 말인가.

후작의 몸은 모포 아래에서 벌벌 떨고 있었다. 후작의 입이 슬그머니 열렸다.

"파를 죽여야 해."

궤헤른은 넌덜머리를 내며 후작을 내버려두고 모닥불 가로 돌아갔다. 자리에 앉으려던 궤헤른은 흠칫하며 쳉을 보았다. 쳉은 묵묵히 후작을 쏘아보고 있었다.

궤헤른은 땅바닥에 앉으며 말했다.

"보다시피, 정신이 혼란스러우신 상태니 만큼……"

"그렇게 보이는군요."

쳉은 그렇게 말하며 궤헤른에게 찻잔을 건넸다. 궤헤른은 한 모금을 들이켰다. 하지만 차 맛도 제대로 느낄 수 없었다. 쳉의 바로 옆에 앉아 그의 어깨에 머리를 기대고 있는 미의 모습이 눈에 들어왔던 것이다.

'입장 곤란하군.'

쳉은 찻잔을 든 손을 무릎에 걸치고는 궤헤른을 돌아보았다.

"당신의 주인이 저 지경이니, 당신과 이야기를 나누고 싶군요. 어쩌실 생각입니까."

"어쩌다니요?"

"우리는 파와 콜리의 프리스트들을 쫓아갈 겁니다. 나는 마법과 신학에 대해서는 잘 모릅니다만, 내가 보기엔 파는 신스라이프의 유령에게 그 몸을 뺏긴 것처럼 보이더군요. 되찾을 겁니다. 그런데 당신들은 어쩔 생각입니까."

사무엘은 무서운 표정으로 쳉을 쏘아보았다. 그는 아직 쳉에게 한 방 맞았던 사실을 잊지 않고 있었다. 그것 때문에 숨쉬기조차 힘든 마당이었으니까.

"우리가 어디로 가는지는 우리 마음대로다, 호위 무사."

쳉은 고개를 조금 돌려 사무엘을 바라보았지만 그의 얼굴에는 아무 표정도 떠오르지 않았다. 사무엘은 윗입술을 씰룩거리며 말했다.

"어쩌다가 저 빌어먹을 도시에서 함께 탈출하긴 했지만, 그렇다고 네가 우리 동료나 손님이 된 것은 아냐. 조심스럽게 말하는 법을 배우지 그래?"

"그거 불공평하군."

"뭐?"

"나는 지금 같이 탈출한 인연 때문에 미의 납치에 대한 앙갚음을 하지 않고 있는데. 불공평하지 않아?"

사무엘은 곧장 일어섰다.

"이놈이……!"

그러나 쳉은 사무엘의 입장을 우습게 만들어버렸다, 그것도 아무 행동도 하지 않음으로써. 쳉은 사무엘이 일어나든 말든 자신과는 아무 상관도 없다는 태도로 무릎에 얹어두었던 팔을 끌어당겼다. 쳉은 천천히 차를 마시기 시작했고, 사무엘은 기성을 지르며 그런 쳉을 걷어차려 했다. 그러나 사무엘은 곧 자신의 행동을 후회하게 되었다.

"으가아아악!"

사무엘은 정강이를 부여잡고 펄쩍펄쩍 뛰었다. 쳉은 다가오는 사무엘의 발을 찻잔으로 막아냈던 것이다. 철제 찻잔에 부딪힌 데다가 뜨거운 찻물이 끼얹어졌다. 사무엘을 그 지경에 빠뜨려 놓고도 쳐다보지도 않은 채, 쳉은 재빨리 니크와 가이버를 바라보았다. 니크와 가이버 모두 험악한 표정으로 몸을 일으키고 있었다. 그러자 쳉은 한 손으로는 미를 가리며 다른 손은 장작 쪽으로 가져갔다. 그때 궤헤른이 외쳤다.

"모두 앉아!"

"파를 죽여야 해!"

궤헤른의 고함 소리에 기겁한 후작이 다시 비명처럼 외쳤다. 가이버는 싸울 맘이 없어져 버렸고 니크는 처량한 표정으로 후작을 바라보았다. 궤헤른 역시 일그러진 얼굴로 할슈타일 후작을 바라보다가 사무엘에게 고개를 돌렸다.

"적당히 하고 앉아라."

"궤헤른! 이 자식이……"

"앉으라니까."

사무엘은 참을 수 없다는 표정으로 궤헤른과 쳉을 번갈아 쳐다보더니 갑자기 저쪽으로 걸어가 버렸다. 궤헤른은 그런 사무엘의 등을 잠깐 바라보다가 쳉에게 말했다.

"당신과 함께 다니지는 못하겠군."

"피차일반이군요. 그런데, 당신네들은 어쩔 생각이신지?"

"왜 그걸 묻지요?"

"후작이 계속 반복하는 말 때문에. 당신들은 후작의 부하잖습니까. 파를 쫓아가 그녀를 죽일 겁니까?"

"……우리는 일단 좋은 의사나, 좋은 수도원 같은 곳을 찾아볼 생각이오. 후작님께서는 정양할 필요가 있으니까. 솔직히 나로선 많은 것이 혼란스럽고, 파와 콜리의 프리스트들을 추적해서 그들을 붙잡고 이것이 모두 어떻게 된 일인지 묻고 싶은 생각도 많소."

"그, 그건 절대 바, 받아들이지 않겠다. 궤헤른."

궤헤른과 쳉은 동시에 고개를 돌렸다. 할슈타일 후작은 모포를 머리 위까지 끌어올린 채 궤헤른을 쏘아보고 있었다. 궤헤른은 의아쩍은 표정으로 일어나려 했다. 그러나 후작은 잔뜩 억눌린 목소리로 외쳤다.

"거, 거기 앉아 있어! 다가오지 마!"

반쯤 일어나던 궤헤른은 다시 천천히 자리에 앉았다. 억장이 무너지는 기분이었다.

"후작님……, 아무 짓도 하지 않습니다. 안심하시고 말씀하십시오."

후작은 눈을 희번덕거리며 쳉과 궤헤른, 그리고 가이버와 니크를 흘끔흘끔 바라보았다. 그의 입에서 조금씩 말이 새어나왔다.

"우, 우리는 파를, 파를 따라가야 한다. 그리고, 그리고 그녀를 죽여야 한다. 아, 아니, 그녀가 아니다. 신스라이프를 죽여야 한다."

쳉의 눈살이 조금 찌푸려졌지만 그는 아무 말도 하지 않았다. 쳉의 눈치를 살피던 궤헤른은 되도록 부드럽게 말하려 애쓰면서 후작에게 말했다.

"왜 그래야 되는지 설명해 주십시오."

"며, 멸망은 완성의 귀결이기 때문이다. 끝나지, 끝나지 않은 것은, 와, 완성되지 않는다. 끝이 없는 노래는 미, 미완성이다. 끄, 끝맺음이 없는 이야기는 미완성이다. 죽음이 없는, 없는 인생은 미완성이다!"

"무슨 뜻인지 모르겠습니다."

"얼간아! 그래야 내가 죽을 수 있단 말이다!"

궤헤른은 거의 움직일 뻔했다. 주먹을 꽉 쥐어 자신을 억누른 궤헤른은 조심스럽게 질문했다.

"후작님이 돌아가신다고요?"

"그래, 그래!"

"후작님께서는……, 신스라이프 때문에 부활하신 것입니까? 그래서 신스라이프가 죽어야 후작님도 돌아가신다는 겁니까?"

"아냐."

궤헤른은 어리둥절해져 버렸다.

"아니라니요?"

그러나 후작은 궤헤른의 질문에 대답하지 않았다. 후작은 모포 속으로 더욱 움츠러들 뿐이었다. 궤헤른은 답답했지만 후작을 재촉하지는 않았다. 잠시 후 후작은 입을 열었다. 하지만 궤헤른을 향한 것은 아니었다.

"퓨, 퓨처 워커."

남자들의 눈이 모두 미에게 쏠렸다. 아달탄의 목을 쓸어내리고 있던 미는 천천히 고개를 돌렸다.

"미를 부르셨나요."

"너는, 너는 알고 있겠지."

"무엇을……?"

"네가 해, 했던 말, 이젠 이해해. 너의 행동, 이젠 이해해. 네가 설명해 줘. 말해 줘."

미는 고개를 조금 갸웃한 채 후작을 바라보았다. 헐떡거리던 후작은 입술을 핥고 나서 말했다.

"무, 무엇을 못 견디지. 사람은 무엇을 못 견디지."

"……심심한 것을 견딜 수 없죠."

뭔가 대단한 답변을 기대하고 있던 사람들은 황당함을 느꼈다. 다만 쳉은 그런 기대를 가진 사람이 아니었고, 그래서 그저 물끄러미 미의 얼굴을 바라보았다. 후작은 고개를 끄덕이며 말했다.

"심심한 것, 지루한 것, 그, 그건 뭐지."

"변화가 없는 것이죠."

"너, 너는 어떻게 미래를 알 수 있지."

미는 잠시 대답을 멈춘 채 후작을 바라보았다. 후작은 몇 번이나 다시 말을 하려 애쓰다가 그냥 입을 다물고는 간절한 눈으로 미를 바라보았다. 미는 조용히 대답했다.

"과거가 고정되어 있기 때문이지요."

"제길! 좋아……. 시간은, 시간은 누가 만들지."

"유피넬과 헬카네스."

"유, 유피넬과 헬카네스 양자의 관심을 받는 것은 누구지."

"인간."

"왜지. 왜 그렇지."

"인간이 시간을 만들어내니까."

케헤른의 턱이 홱 돌았다. 케헤른은 먼저 미를 보았다가, 다시 후작을 바라보았다. 그리고 그의 얼굴은 또다시 빠르게 미에게 되돌아왔다. 후작은 이제 거의 더듬지 않았다. 반면 미는 점점 더 표정과 음색을 잃어갔다.

"너는 어떻게 미래를 알 수 있지."

"내가 미래를 만드니까."

쳉의 눈썹이 급격하게 꿈틀거렸다. '내가'라고? 미는 그런 말을 쓰지 않는다. 후작은 이제 거의 원래의 날카로움을 되찾은 음색으로 말했다.

"창조하는 자는 당연히 창조되기 전부터 그것이 무엇이 될지 알아야겠지. 너는 미래를 만드니까 미래를 안다. 미래를 알기에 미래를 만들 수 있다. 설계도가 있어야 만드는 것처럼."

"예."

"파가 네게서 뺏어간 것은 뭐지."

"미래."

"그래서 너는 미래를 볼 수 없지. 뺏겼으니까."

"예."

"미래를 모르므로, 너는 이제 미래를 만들 수 없지."

"예."

"너는 누구지."
"나는 인간입니다."

3

 모닥불 속에서 반쯤 타오르던 나뭇가지가 소리를 내며 무너졌다. 궤헤른은 그 소리에 깜짝 놀라 주위를 둘러보았다. 할슈타일 후작은 모포 속에서 덜덜 떨고 있었다. 그리고 미는 쳉의 어깨에 기댄 채 졸린 표정으로 모닥불을 바라보고 있었다. 미는 쳉의 팔을 끌어안으며 젖은 음성으로 말했다.

 "으음……, 쳉. 미는 졸려. 그런데 미 이상한 기분이 들어."

 쳉의 눈에 당혹이 떠올랐다. 쳉은 고개를 돌려 궤헤른을 바라보았고, 두 사람의 눈길이 잠시 허공에서 마주쳤다.

 '당신도 본 거요?'

 '그렇소.'

 '그럼, 그건 꿈이 아닙니까?'

 '그런 것 같습니다.'

쳉은 궤헤른을 향해 고개를 끄덕이고는 미의 어깨를 감싸 안았다. 그러고는 평상시와 다를 바가 없는 목소리로 말했다.

"피곤해서 그래. 턴빌에서 빠져나올 때 너무 힘들었으니까."

"음. 그게 아니고 미 꼭 뭔가……, 꿈 같은 걸 꾼 것 같아. 이상해. 술에 취하면 이런 기분일까? 흐음."

"그만 쉬어."

미는 고개를 끄덕이고는 쳉의 무릎 위에 머리를 척 얹었다. 가이버와 니크, 사무엘 등이 바라보고 있는데도 아랑곳하지 않는 모습이었다. 거기다가 미는 아달탄을 끌어당기며 중얼거렸다.

"아달탄, 미 이불."

아달탄은 왈왈거리는 대신 미 옆에 길게 드러누웠다. 미는 눈을 감은 채 방긋 웃고는 그대로 잠이 들었다. 쳉은 그런 미의 얼굴을 가만히 내려다보다가 미의 숨소리가 한층 가지런해지자 겨우 고개를 들어 궤헤른을 바라보았다.

궤헤른은 후작을 쳐다보고 있었다. 후작 역시 어느새 온몸에 모포를 둘둘 감은 채 쓰러져 있었다. 몸을 있는 대로 웅크린, 참 보기 안쓰러운 모습이었다. 하지만 궤헤른은 후작을 방해하지 않기로 마음먹고 그대로 내버려두었다. 그는 쳉을 바라보았다.

목소리가 자연히 낮아졌다.

"이봐요, 쳉. 분명히 봤소. 그렇죠?"

"그렇습니다. 그 대화, 전부 기억합니다."

"그럼 무슨 뜻인지도 알겠소?"

"아니오. 그건 잘 모르겠습니다."

"나도 그렇소. 이거야 원. 이봐, 가이버, 니크. 자네들도 다 보고 들었나?"

긍정을 뜻하는 대답이 두 사람에게서 돌아왔다. 궤헤른은 이맛살을 심하게 찌푸린 채 모닥불을 응시했다. 잠시 후 궤헤른은 힘들게 말했다.

"나는 뭔가 불가지(不可知)에 속하는 것을 본 것 같소. 잘못 본 것은 아니군. 다른 사람들도 모두 보았으니. 여기에는 짐작할 수 없는 어떤 힘의 개입이 있는 것 같고, 그런 것에 대해 설명이나 해석을 붙이기는 꺼려지는데."

"그래요. 그런데……"

"뭐요, 쳉?"

쳉은 잠시 자신의 무릎 위에 누워 있는 미를 내려다보았다.

"미가 인간이라면, 후작은 인간이 아닌 것일까요."

"무슨 말이오?"

"죽었다가 살아났습니다, 당신의 후작은."

"그, 그렇소."

"인간이라 부를 수 있을까요."

"그럼, 인간이 아니면 뭐란 말이오!"

"한 가지는 짐작이 됩니다."

"그게 뭐요?"

"당신의 후작님은 죽고 싶어 했습니다."

"그래요."

"그리고 나는 조금 전 당신의 후작이 인간이 아니라고 말했죠. 그렇다면, 혹시 후작이 죽고 싶어 하는 것은 인간이 되고 싶어 하는 것 아닐까요?"

궤헤른은 한방 맞은 표정으로 쳉을 바라보았다. 하지만 쳉의 얼굴에는 언제나와 똑같은 무표정함만이 자리하고 있었다.

"멸망은 완성의 귀결. 완성되려면 끝이 나야 한다는 말인 것 같은데, 그럼 당신의 후작은 인간으로 완성되기 위해 부활을 거부하고 끝장나기를 바라는 것 아닌가 생각됩니다만."

치터리는 물끄러미 수평선을 바라보았다. 옆에 서 있던 육전 대원이 헛기침을 했다.

"그럼, 우리는 쫓겨난 셈이군요, 프리스트님."

"그렇군요."

"그가 어디로 갈 생각인지 아십니까?"

"짐작합니다만."

육전 대원은 잠시 기다렸다. 파도는 부두에 부딪혀 물방울을 튀겨 올리고 해원을 가로지르는 갈매기들은 기이한 노래를 불렀다. 그리고 북부의 항구에 선 남국의 프리스트는 고독한 표정을 짓고 있었다.

"자신을 찾아가고 있을 겁니다."

"무슨 말씀이신지요?"

"운차이 발탄……, 그를 찾아가고 있겠지요."

육전 대원은 다시 입을 다물었다.

다른 두 명의 육전 대원들은 호기심으로 그들 일행을 바라보고 있는 일스 사람들의 무례한 시선들을 일일이 되쏘아 주고 있었다. 일스 사람들은 조금 놀랐고 심지어 불쾌감마저 느꼈지만, 수많은 이방인들과 먼 곳의 물품들이 오가는 이곳 항구에서 조금 낯선 모습의 방랑자 네 명에 대해 오랫동안 신경을 쓸 사람은 별로 없었다.

치터리는 말했다.

"슬픈 그림자는 햇빛 아래 설 수 없겠지요."

항구 특유의 소란스러움이 아스라하게 멀어지고 있었다. 입항하는 배는 별로 없었다. 썰물이 빠져나가는 시간인지라 출항하는 배들만 있었다. 남부인들에게는 좀 차가운 바람이 불었다. 치터리는 몸을 조금 움츠리며 말했다.

"슬픈 그림자는 가문의 이름을 계승할 수 없겠지요."

"예. 그는 외로운 사내입니다. 육지에는 그의 자리가 없습니다."

"용력은 이제리스 해협의 군주를 무릎 꿇리고 담력은 블루 드래곤을 맞상대한다 하더라도……, 우리가 주지 않은 것은 가질 수 없는……. 우리는 그를 무엇이라 불러야 할까요."

육전 대원은 잠시 수평선을 바라보았다. 그리고 수평선 위로 붉게 솟아오른 배를 바라보았다. 일스의 뱃사람들의 눈이 휘둥그레지게 만들었던 붉은 서펀트의 문양이 멀리 수평선을 넘어가고 있었다.

육전 대원은 낮게 말했다.

"어쩌면, 그래서 그는 행복할지도 모르겠습니다."

"무슨 뜻인지?"

"거리낌 없이 바다로 떠나갈 수 있으니까요."

치터리는 대답하지 않았다. 육전 대원은 허리에 두 손을 얹은 채 멀어져가는 레드 서펀트의 뒷모습을 바라보았다.

"가질 수 없는 이름은 버리고, 가질 수 있는 이름조차 버리고……. 자유롭지 않습니까. 어쩌면 그는 발탄 가문이 살해된 것에 대해 분노한 것이 아닐지도 모릅니다."

"그럼 무엇 때문에?"

"그를 얽어매는 사슬이 생겨났다는 데 분노한 것이 아닐까 생각합니다."

"사슬이라……"

"운차이가 없어지면, 발탄은 그가 이어야 합니다. 육지에 그의 자리가 생겨나는 것이지요. 그의 아버지와도 만나야 하며 그를 이상한 눈초리로 바라보는 사람들과도 만나야 합니다. 그 모든 것들에 앞서, 그는 자신의 집과 부모를 떠나와야 되겠지요. 바다라 불리는 자신의 집에서, 그림 오세니아라 불리는 그의 아버지로부터."

치터리는 고개를 끄덕였다. 육전 대원은 싱긋 웃었다.

"투정일까요?"

치터리 역시 웃어버렸다.

"정확한 표현인 것 같습니다."

"그는 어린 아이입니다. 아무것도 모르는 순진한 바다의 아이. 그러나 부럽군요."

"어떤 이는 저렇게 살 수 있다는 것을 안 것으로 나는 만족합니다."

"예. 저도 저렇게 될 수는 없습니다. 인간이니까요."

일스의 아름다운 항구 도시 델하파를 떠나오며 신차이는 마지막으로 항구를 돌아보았다. 일스는 자이펀과 바이서스의 전쟁에서 중립을 지키고 있는 만큼, 육전 대원들과 치터리는 저곳에서 머물다가 적당한 자이펀 행 배를 잡아타거나 자이펀 상단과 함께하여 남으로 돌아갈 수 있을 것이다.

이시도는 투덜거리고 있었다. 이 항해의 목적이 점점 이상해지고 있다거나, 보상이 없는 항해로 끝나고 말 것 같다는 우려 때문은 아니었다. 일스의 주점에서 난동을 부릴 기회를 가지지 못했다는 것이 이시도의 짜증의 주된 원인이었다.

"일스의 검객과 겨뤄봤다면, 사이록의 수평선의 완성에 많은 도움이 되었을 텐데."

"우우우우!"

레드 서펀트의 선원들은 폭풍 같은 야유를 퍼부으며 이시도를 돛대에 매달고 싶다는 표정을 지어 보였고, 그래서 열흘쯤 투덜거리려고 작정하고 있던 이시도는 반나절 정도만 투덜거렸다. 한 손으로 돛줄을 쥔 채 델하파를 바라보던 신차이가 미소 지으며 말했다.

"내 아우와 만나거든 그와 겨뤄보게. 발탄에 전수되는 모든 검법을 대강 익힌 자일세."

"음? 잠깐만요, 선장님. 그거 소개의 말로는 좀 이상하지 않습니까? '발탄에 전수되는 모든 검법을 극한까지 수련한 무사일세.'라고 말씀하셔야 되는 거 아닙니까?"

"사실이 그러니 어쩔 수 없는데. 발탄 가문은 호구지책을 생각할 정도로 몰락했는걸. 운차이도 어린 시절부터 유목민과 대상들을 따라다니느라 대강 익히는 정도로 만족해야 했어."

"흐음. 풋내기를 상대로 목검을 휘두르고 싶지는 않습니다만."

"그렇지. 적어도 이시도 군 자네라면 육전 대원을 상대로 한다든가……"

주위의 선원들 사이에서 발랄한 웃음소리가 터져나왔다. 이시도의 꽉 구겨진 얼굴을 보며 신차이 역시 싱긋 웃었다.

"하하하. 그래도 만족할 걸세. 이보게, 이시도, 그래도 발탄이란 말이야. 운차이와의 만남은 자네에게 몇 번의 주점 난동보다 더 도움이 될 거라고 약속할 수 있네."

"선장님이 그렇게 말씀하시니, 한시라도 빨리 만나보고 싶군요. 하지만 항해 목적은 뭐로 합니까?"

"항해 목적? 이런, 이시도 군. 자유 무역선이 좋은 이유가 뭔가. 아무거나 사면 되지. 헤게모니아에서는 양모나 모피가 괜찮지. 신용장 받아둔 게 몇 장 있기는 하지만 헤게모니아에서 통과될지 모르겠군. 뭐, 필요하면 수단은 언제든지 있는 법. 그래, 일단은 헤게모니아 상로 개

척 정도로 해두세나……. 외해로 나왔군. 조타수! 진로 북서북. 돛을 펼쳐라! 탄느완까지 신나게 달려보자."

평소보다 훨씬 쾌활한 선장을 보며 이시도 역시 쾌활해졌다. 그리고 주위의 다른 선원들도 신나게 제 위치로 달려갔다. 레드 서펀트는 자유 무역선이고, 정박한 항구에 상품이 없다면 신상품을 만들어낼 수도 있다. 일스의 앞바다로 나온 레드 서펀트는 북대양을 향해 나아가기 시작했다. 그리고 신차이와 이시도는 장기판을 펼쳤다.

"저번의 그 수를 여러 번 연구했네. 이제는 안 당해."

"같은 수를 두 번 쓰지는 않습니다. 선장님. 뭐, 두 번 써도 무방할 거라고 생각되긴 합니다만."

"큰코다칠 거야. 자네의 패배를 위한 승부를 시작하세."

두 사람은 짐짓 무시무시한 얼굴로 전투 의욕에 넘치는 대화를 주고받으며 장기에 임했다.

하지만 5분도 있지 않아, 두 사람은 의자에 늘어진 채 느긋하게 하늘을 보고 구름을 보고 있었다. 두 사람 모두 생각날 때마다 한 번씩 장기말을 움직이기는 했지만 그보다 훨씬 많은 시간을 술잔을 들여다보거나 빈 파이프를 채우는 일에 사용했다. 가끔 한 사람이 두 수를 두는 일도 발생했지만, 그것을 알아보게 되면 말없이 한 수를 물리곤 했다.

두 사람 모두 상대를 재촉하지 않았고 자신도 재촉하지 않았다. 더듬더듬 주고받던 대화의 말미에서 이시도는 하늘을 올려다보며 말했다.

"저는 배를 탄 지 한 12년 되어갑니다."

"그런가. 나는 20여 년 되는군."

"신기합니다. 배 위에서는 정말 시간이 잘 가는 것 같지 않습니까? 벌써 황혼입니다."

"뭔가를 하고 싶어 할 필요가 없으니까."

"예?"

신차이는 다시 파이프를 채우고는 바닷바람으로부터 파이프를 보호하며 주의 깊게 불을 붙였다. 바다 사나이의 투박하고 거친 손이 이때만은 한없이 섬세하게 움직였다. 그러나 주위에는 그런 섬세함을 감상할 만한 사람이 없었다.

신차이는 파이프를 피워 물며 말했다.

"어떤 야심만만한 육상의 모험가가 세상의 끝까지 걷겠다는 서원을 세운다면, 그는 평생을 바쳐도 그 맹세를 완수할 수 있을지 알 수조차 없을 걸세. 하지만 자네가 이물에서 고물까지 걷겠다는 서원을 세우면, 자네는 1분 안에 그 맹세를 지킬 수 있을 걸세. 달린다면 그보다 훨씬 적은 시간으로도 가능하겠지."

이시도는 빙긋 웃었다.

"우습잖은가? 바다는 육지보다 더 넓어. 하지만 우리는 그런 맹세를 하고 지킬 수도 있지."

"배잖습니까? 바다가 아니라."

"바로 그렇네. 그리고 그것이 우리가 자유로운 이유고. 우리는 배에 갇혀 있지만 자유롭네."

"잘 모르겠습니다."

"다시 육지의 모험가를 보세. 그는 땅에 갇혀 있네. 동의해 주게. 우리가 배에 갇혀 있는 것처럼, 그는 세상에 갇혀 있네. 하지만 그는 그를 가두고 있는 세상만 보네. 우리는 우리를 가두고 있는 세상 너머도 볼 수 있지 않은가."

신차이는 장기판을 흘끔 쳐다봤지만, 자신이 둘 차례가 아니라는 것을 확인하고는 파이프를 들어올려 먼 수평선을 가리켜 보였다.

"보게. 눈만 돌리면 볼 수 있네. 이 배를 작은 육지라고 생각하게. 실제로 배는 하나의 우주니까. 우리는 이 우주를 벗어나면 죽게 되지. 바다에 빠져 죽는 거야. 그런 점에서 육지의 모험가와 마찬가지지. 육지의 모험가 역시 자신의 우주를 벗어날 도리가 없지. 하지만 우리는 우리가 알 수 없는 세계를 눈으로 볼 수 있네. 육지의 모험가는 꿈에도 볼 수 없는 것, 자신이 속한 세계를 뛰어넘는 무엇을 자연스럽게 볼 수 있다네."

신차이는 다시 파이프를 입으로 가져왔다. 담배 연기가 바람에 흩어졌다.

"이것은 육지의 모험가가 꿈꾸는 또 다른 세계들, 즉 하늘나라, 천국, 지옥도 괜찮군. 또는 초차원, 이계, 이상향……, 이렇게 그들은 보지도 못하면서 상상만 하는 그런 것과는 전혀 다르지. 우리는 볼 수 있네. 만질 수도 있고. 빠질 수도 있지."

"하하하. 알 듯 모를 듯합니다. 그러니까, 땅개들도 우리들도 갇혀 있는 것은 마찬가지지만, 땅개들의 감옥에는 창문이 없고, 우리들의 감옥에는 사방이 모두 창문이라는 말씀입니까? 그래서 땅개들은 창문 밖의 세상을 상상할 수밖에 없지만, 우리들은 눈만 뜨면 볼 수 있다?"

"그렇네."

"그런데 말씀하신 것들이 시간이 잘 가는 것과 무슨 상관입니까?"

신차이는 팔짱을 꼈다. 아무래도 이번에는 '드래곤'을 움직여야 될 것 같은데. 하지만 저 '구름'이 날아들어와 '달'을 가리면 드래곤의 움직임이 상당히 제한될 테니……, '바람'을 먼저 보내는 편이 나을까.

하지만 그건 너무 빤한 수. 어떻게 한다.

"우리는 우리 세계의 시간을 나눌 필요를 적게 느끼지."

"예?"

"예로써 설명하지. 모하메드는 조각을 좋아하지. 직접 손을 놀리는 것도 좋아하고 감상하는 것도 좋아하지. 하지만 모하메드가 카레한 탑 3층, '인간의 층'에 있다면……? 그는 조각을 할까, 감상을 할까."

이시도는 잠시 인간의 층에 있는 그 무수한 조각상들을 떠올렸다.

"감상하겠지요?"

"그렇겠지."

"그런데요?"

"우리는, 육지의 형제들처럼 그들이 속한 세계에는 존재하지도 않은 의미를 만들어내기 위해 무수한 사고(事故)와 사고(思考)를 벌이는 짓을 답습할 필요가 없단 말일세. 장군일세."

이시도는 신음을 토하지도, 한숨을 내쉬지도, 비명을 지르지도 않았다. 다만 손으론 그의 '별'을 움직이며 눈으론 돛대 꼭대기를 올려다 보았다.

"예. 그들은 의미가 있다고, 게다가 주의 깊게 찾으면 찾을 수도 있다고 믿고 있긴 하지요. 천치 같아 보이기는 하지만. 하지만 그것과 시간이 잘 가는 것과의 관계는 아직도 모르겠습니다. 장군입니다."

신차이는 신음을 토하고, 한숨을 내쉬고, 억눌린 비명을 질렀다.

"우으윽!"

이시도의 '태양'을 겨냥하여 장기판을 멋지게 가로지른 신차이의 드래곤은 어디선가 날아온 이시도의 별에 맞아 죽었다. 더군다나 이시도의 별은 드래곤이 막고 있던 자리를 차지함으로써 신차이의 태양을 압박하게 되었다. 신차이는 굴욕적인 퇴각을 시도했으나 옆으로 물러난 태양은 이시도의 바람과 마주치게 되었다.

"낭패로군. 우리는 있지도 않은 의미를 위해 시간의 길을 계속 찾아 헤맬 필요가 없다는 말일세. 달을 내줘야 하나."

"시간의 길을 헤맨다라……"

"길은, 그 위를 걷는 자에게만 길게 느껴지네. 길 위를 걷지 않는 사람에게 그것은 아무 데도 가지 않는, 항상 그곳에 있는 땅의 한 모습일 뿐이지."

"그런가요. 장군입니다. 저녁 식사가 준비된 모양인데요."

신차이는 가슴이 덜컹 내려앉는 기분을 느끼며 장기판을 쏘아보았다. 도대체 어떻게 나타난 것인지 모르지만, 장기판 한구석에서 느닷없이 중앙으로 진출한 이시도의 '마법사'가 잔인하게 웃으며 신차이의 태양을 향해 지팡이를 내밀고 있었다.

"이건 믿을 수 없어! 어떻게 마법사가 이렇게 빠르게……"

"마법사가 믿을 수 있는 일을 한다고 생각하셨습니까? 하하하."

"마법사란 믿을 수가 없어."

거인은 점잖게 말했고 운차이는 고개를 끄덕였다.

"맞아. 믿을 수 없지."

그러나 거인이 말하는 마법사와 운차이가 말하는 마법사는 서로 다른 사람이었다. 거인은 아프나이델을 향해 말하고 있었지만 험악한 소갈머리의 소유자 운차이는 거인의 말에 동조하는 척하며 어느 샌가 사라져버린 레이저에 대해 빈정거리고 있었다. 네리아만이 까르륵 웃었을 뿐 다른 사람들은 모두 운차이를 향해 혀를 차 보였다. 아프나이델 역시 등 뒤에서 중얼거리는 운차이를 무시하며 다시 한번 거인을 향해 외쳤다.

"믿어야 됩니다! 당신은 정말 죽은 거란 말입니다. 부활한 거라고요. 생각해 보세요. 당신의 눈, 그리고 오른쪽 다리. 누가 그랬습니까?"

거인은 앉은 자리에서 주먹을 들어 성벽을 후려쳤다. 콰과광! 성벽이 박살나며 거대한 돌과 흙더미가 아래로 무너져내렸지만 다행히도 인명 피해는 없었다. 턴빌 경비 대원들은 일행들이 거인을 붙잡아 놓는 동안 시민들을 모두 안전하게 대피시킨 후였다. 거인은 우레 같은 목소리로 고함질렀다.

"몰라서 묻느냐!"

아프나이델은 호흡을 여러 번 들이킨 다음에 말했다.

"그, 그럼 기억하시죠? 당신이……, 예? 기억하시지 않습니까?"

거인은 멍한 얼굴이 되었다. 하나밖에 없는 거인의 눈은 일행을 내려다보고 있었지만 실제적으로도 정신적으로도 초점은 전혀 맞지 않았다.

턴빌 경비 대원들과 데커드 시장은 일행들의 등 뒤 멀찌감치에서 각자의 무기를 쥔 채 침을 꿀꺽꿀꺽 삼키며 아프나이델과 거인의 대화를 듣고 있었다. 하지만 그들 중 그 누구도 표면상의 대책, 즉 일행들의 교섭이 원만하게 진행되지 못할 경우 거인을 매우 아프게 만들어준다는 대책을 심도 있게 고려하고 있지는 않았다. 그리고 일행들도 그들이 유사시엔 무조건 달아나리라는 것을 믿어 의심치 않았다.

범람하는 기억의 파도 속에서 표류하던 거인이 불확실한 목소리로 웅얼거렸다.

"뭐……, 나는 쓰러졌고……, 음. 하지만 다시 일어났을 때 놈들이 없었다. 기절했던 것일까?"

"기절한 것이 아닙니다. 당신은 죽었던 거란 말입니다."

거인은 자신의 가슴을 꽝꽝 때렸다.

"이놈! 아무리 거인이라도 죽은 자가 이렇게 움직일 수 있단 말이냐! 그럼 나는 뭐냐!"

"당신은 어떤 인간의 이상한 마법의 부작용으로 깨어난 것입니다. 적어도 지금은 그렇게 생각됩니다."

"마법? 마법이라고?"

거인은 다시 멍한 표정으로 아프나이델을 내려다보았다. 그러나 거인의 혼란은 길지 않았다.

"어쨌건 나는 지금 살아 있다. 그리고 살아 있는 나는 루트에리노를 응징하리라!"

아프나이델은 욕설이 목구멍까지 올라오는 것을 간신히 참으며 말했다.

"뭐, 이해는 합니다만 불가능한 소망이십니다. 대왕은 벌써 300년 전에 돌아가셨으니까요."

"뭐야?"

"믿어주십시오. 당신은 죽었습니다. 그리고 3세기 만에 다시 부활하신 거란 말입니다."

"그런 어처구니없는 말을 어떻게 믿으란 말이냐?"

그때 제레인트가 앞으로 나섰다. 제레인트는 거인이 자신을 잘 볼 수 있도록 두 팔을 활짝 펼치고 말했다.

"거인이시여. 저는 테페리의 프리스트입니다. 마법사는 거짓을 말하며 환상을 보여줄 수 있을지도 모르나 테페리의 지팡이인 저는 그럴 수 없습니다. 제가 맹세하면 안 될까요?"

거인은 팔짱을 꼈다. 잠시 후 돌아온 거인의 대답은 제레인트를 놀래게 만들었다.

"믿을 수 없다. 신이 나를 속이려 든다면 너는 그 속임수의 도구가 될 것이다."

제레인트는 말문이 막힌다는 표정으로 거인의 얼굴을 올려다보았다. 그의 입에서 부지불식간에 말들이 흘러나왔다.

"저거……, 거인 맞나?"

"엘프는 어떻습니까."

이루릴의 음악적인 목소리가 들려오자 모든 사람들은 상쾌한 기분을 느꼈다. 거인도 조금 누그러진 얼굴로 이루릴을 내려다보았다.

"유피넬의 어린 자식이 맹세하겠다는 건가."

"그렇습니다, 거인이시여. 온화한 성격의 소유자이신 거인께서 그리도 의심하시는 것이 믿어지지 않습니다만."

엑셀핸드는 잠시 고개를 돌려 무너진 성벽과 폐허가 되다시피 한 건물들, 거인의 발자국으로 엉망이 된 대로 등을 훑어보았다.

"온화하다고?"

그러나 이루릴은 조용히 웃었다.

"거인께서는 이미 여러 번에 걸쳐 많은 이들에게 속임을 당하셨습니다. 하지만 저희들이 말을 걸자 또다시 신뢰를 가지고 귀를 열어주시는군요. 거인께서 열린 마음을 가지셨다는 것을 알 수 있습니다."

거인은 이제 얼굴 전체로 웃었고 그 얼굴을 바라보던 모든 이들 역시 웃을 수 있게 되었다.

한 사람만 빼고. 운차이는 싸늘하게 웃으며 중얼거렸다.

"그건 열린 마음이 아니라 멍청하다고 하는 거지."

발끈한 네리아는 창대로 운차이의 엉덩이를 후려쳤고 운차이는 네리아를 향해 눈을 부라렸지만 네리아는 딴청을 피웠다.

"당신의 머리가 아니라 당신의 가슴에 질문하겠습니다. 제 말을 믿어주실 수 있습니까?"

"……저 마법사의 말이 진실이라고 말할 건가?"

"그렇습니다."

"믿을 수밖에 없군. 그렇다면 루트에리노는 존재하지 않는 거냐?"

이루릴은 아프나이델을 돌아보았고 아프나이델은 황급히 말했다.

"예. 그렇습니다."

"복수를 포기해야 된다는 말이군……. 그놈의 자손은 어디 있느냐!"

안심하고 있던 에델린은 기겁한 나머지 입술을 깨물었고, 그녀의 우람한 송곳니는 입술을 거의 관통할 뻔했다. 루트에리노 대왕의 자손이면 바이서스의 왕가다. 만일 거인이 그 사실을 안다면 바이서스는 고대 왕국 어쩌고 하는 이름으로 불리게 될지도 모른다.

아프나이델은 이루릴이 대답하기에 앞서 먼저 말해야 된다는 강박관념 때문에 이상한 어투로 외치고 말았다.

"그놈의 자손 말입니까?"

거인마저도 황당한 표정으로 아프나이델을 내려다보았다. 자신의 실수를 깨닫지 못하고 눈을 희번덕거리는 아프나이델을 향해 거인은 얼떨떨하게 질문했다.

"그……렇다."

"저, 대왕의 자손을 어쩌시려는 겁니까?"

"복수다."

"왜, 왜입니까? 그들은 루트에리노가 아닙니다. 루트에리노 대왕에 대해서 복수하겠다면, 저는 찬성하지는 않겠지만 이해할 수는 있습니다. 하지만 아무 죄도 없는 자손들에게 왜……"

"이노옴! 닥쳐라!"

거인은 고함을 내지르며 땅을 꽝 내리쳤다. 아프나이델은 귀를 틀어막으며 무릎을 꿇었고 조금 떨어져 있던 다른 이들도 충격음과 땅의 울림 때문에 비틀거렸다. 눈물이 그렁한 눈으로 올려다보는 아프나이델을 향해, 거인은 추상같은 목소리로 호통을 쳤다.

"어떻게 너희놈들이 그렇게 말한단 말이더냐! 너희 인간들이!"

"예?"

"어떻게 인간이 자손에게 죄 없다 말할 수 있느냐! 거인도 아니고, 드래곤도 아니고, 엘프도 아니고, 드워프도 아닌 너희 인간들이!"

제레인트는 황당한 표정으로 거인을 올려다보았다.

"저, 무슨 말씀입니까? 저희 인간들은 선조의 죄가 자손에게도 이어진다는 말씀입니까?"

"당연하지! 간악한 놈들. 이로운 것만 이어받고 해로운 것은 나 몰라라 하겠다는 거냐? 너희들은 선조의 모든 것을 이어받으면서 죄만은 이어받지 않겠다는 거냐? 멍청한 주제에 욕심만 사나운 종족 같으니. 뭐라고? 죄 없는 자손? 너희들이 선조의 죄를 상속받기를 거부한다면, 선조가 남긴 다른 모든 것들에 대해서도 그와 같아야 하지 않느냐!"

"다른…… 것들……"

"네놈들의 선조가 찾아낸 알량한 지식! 지혜! 깎아낸 산과 개간된 들판! 너희들의 배를 불려줄 그런 것들은 당연하다는 듯이 받으면서,

선조의 죄는 책임지지 않겠다는 거냐!"

거인이 땅을 내리치자마자 운차이의 등 뒤로 숨었던 네리아는 멍한 얼굴로 고개를 끄덕였다.

"어쩐지 상당히 말이 되는 것 같다······"

그녀의 속삭임은 운차이의 귀에만 들어왔다. 운차이는 입매를 일그러뜨리며 거인을 올려다보았다. 그러나 머릿속에서는 어머니의 허물을 이어받은 그의 사촌 형을 떠올리고 있었다. 우리는 이미 저 거인의 말을 알고 있었던 것일까? 그래서 신차이는 죄가 함께하는 라이브스의 이름을 상속받기를 거부함과 동시에 그를 보호할 발탄의 이름에 대한 상속까지도 포기하고 바다로 떠났던 것일까?

제레인트는 중얼거렸다.

"그렇지 않아."

거인은 제레인트를 내려다보았다. 하지만 제레인트는 거인이 아닌 다른 곳을 보고 있었다. 일행들은 제레인트의 시선이 향하는 곳을 바라보았다.

무너진 벽들과 아직껏 군데군데 피어오르는 연기 사이로 두 개의 그림자가 나타났다. 운차이는 눈을 가늘게 떴다가 다시 크게 떴다. 크고 작은 두 사람의 그림자. 네리아는 거인의 눈치를 살피며 그란에게 손을 흔들었다.

"그란. 어서 와요."

일행과 잠시 헤어져 숨겨두었던 사람을 데리러 갔던 그란은 쓰게 웃으며 대답했다.

시간의 장인 75

"솔직함에 의지하여 말하자면, 그곳으로의 이동은 고려하기 싫군. 넌 어때?"

"마, 마찬가지예요."

그란 하슬러의 왼쪽 조금 뒤에서 걷고 있던 돌맨 할슈타일은 질린 표정으로 거인을 올려다보고 있었다. 거인은 의아쩍은 표정으로 그란과 돌맨을 내려다보았다. 역시 두 사람을 보고 있던 제레인트는 환하게 웃으며 말했다.

"선조의 죄와 상관없어."

"무슨 말을 하는 거냐, 프리스트?"

"거인이여, 당신이 저 광경에서 무엇을 느낄 수 있기를. 저 남자는 저 소년의 양부와 피로 피를 씻기를 바라는 원수지간이지요. 저 소년의 아버지는 저 남자에게 못할 짓을 많이 했습니다. 하지만 저 남자는 저 소년을 데리고 왔습니다. 왜 그런지 물어볼까요? 그란. 왜 돌맨을 데려왔죠?"

"무슨 말을 하는 건가."

"말해 보세요."

"……후작의 부재로 인하여 미아가 되었으니까."

"예. 보호자가 없는 소년을 이렇게 낯선 도시에, 게다가 커다란 재난을 당한 도시에 내버려둘 수 없으니까 데려오신 거죠?"

그란은 아무 대답도 하지 않았다. 돌맨은 잠시 그란을 바라보다가 고개를 숙였다. 제레인트는 눈을 감은 채 크게 한숨을 내쉬었다.

"거인이여. 당신 말대로 선조의 죄는 우리에게 이어질지도 모르겠습니다. 말씀하신 대로 우리는 선조의 유산을 취사선택해서 받을 수는 없겠지요. 하지만 그 때문에 우리는 이미 사라진 선조를 용서하는 대신 그 후손을 용서할 수도 있을 겁니다. 거인이여. 당신은 루트에리노를 용서할 수는 없습니다. 그는 이미 존재하지 않으니까요. 그러니, 대신 그 후손을 용서하시면 어떻겠습니까?"

"내가 왜 그래야 되나?"

"용서는 가장 큰 복수니까요."

4

드라일 산맥 중턱에 있는 아름다운 호수 큐리담에 저녁이 찾아들고 있었다. 마시랜드에 소재한 일흔일곱 개 호수들 중에서도 가장 아름답기로 유명한 호수다.

저녁이 되어 집으로 돌아가는 새들을 노려 그날의 마지막 사냥을 시도하려는지 매 한 마리가 붉은 하늘을 빙빙 돌고 있었다. 매끄럽게 하늘을 활공하던 매는 이윽고 박새 한 마리를 발견했다. 매는 소리 없이 허공을 미끄러지기 시작했다.

아직 자신의 위험을 깨닫지 못한 박새는 여유 있게 날고 있었다. 하지만 많은 새들이 그렇듯이 머리 뒤까지 볼 수 있는 넓은 시계를 가진 박새는 곧 뒤쪽 높은 곳에서 날아드는 매를 발견했다. 급속한 반전 비행. 박새는 본능적으로 아래로 날기 시작했다. 나무 사이로 파고들면 매는 쫓지 못한다. 하지만 그 치명적인 속도로 매는 이미 지척까지 이

르렀다. 박새는 마지막 수단으로 미친 듯이 빙글빙글 날았다. 그때, 매는 발톱을 내밀었다.

순식간에 큐리담 호수 표면에 박새의 깃털이 흩뿌려졌다.

박새는 더 이상 빠르게 날 수 없게 되었고, 매의 두 번째 공격은 공격이라기보다는 사냥감을 집어드는 정도의 움직임이었다. 추락하는 듯한 비행을 하는 박새를 간단히 잡아올린 매는 드라일 산맥 어딘가의 절벽 틈에 있을 보금자리를 향해 일몰의 미명을 가로질러 날기 시작했다.

그 광경을 처음부터 끝까지 바라보던 눈동자가 있었다. 매가 붉은 석양 속으로 사라져 버리자, 그 눈동자의 주인은 눈을 아래로 내려 땅을 보았다. 호수 주변의 넓은 초원에는 많은 사람들이 모여 있었지만 기이하게도 기침 소리 하나 나지 않았다. 간혹 풀을 밟는 소리만이 들릴 뿐이었다.

그때 갑자기 멀리서 말발굽 소리가 났다. 호수 주변에 앉아 있거나 서 있던 사람들 모두가 말발굽 소리가 들려오는 쪽을 돌아보았다.

숲을 헤치며 달려온 기수는 빠른 동작으로 말에서 내렸다. 그는 아무런 소리 없이 곧장 매를 바라보고 있던 사람에게 달려가기 시작했다. 그래도 잘 훈련된 말은 제 자리에 서서 꼼짝도 하지 않았다. 사람들은 기수를 한번 본 다음, 지금까지의 고요함을 깨기 싫다는 듯이 조용히 일어나 그를 따라 걸어왔다.

매를 바라보던 사람은 나무 아래에 털가죽 하나를 깔고서 정좌해 있었다. 재빨리 달려온 기수는 무릎을 꿇으면서 말했다.

"다녀왔습니다, 신스라이프."

신스라이프, 현재는 작은 처녀의 모습을 하고 있는 남자는 가볍게 고개를 끄덕였다. 기수를 따라 걸어온 사람들은 별다른 말없이 기수와 신스라이프를 중심으로 둥글게 모여 앉았다. 사나이들이 모두 앉자 신스라이프는 여성의 목소리로 말했다.

"어떻게 됐지?"

기수는 잠시 머뭇거렸다. 그에게는 아직도 상대의 모습을 똑바로 바라볼 배짱이 없었다. 작은 여자의 모습을 하고 부드러운 여성의 목소리로 말하지만, 그 정체는 66년의 죽음을 뛰어넘은 시체인 것이다. 그래서 기수는 땅을 바라보며 말했다.

"고스빌과 인근 산촌을 다 조사해 보았습니다만 시원찮은 대답뿐입니다. 드라일 산맥은 1년 중 요즘이 가장 불안한 때라고 합니다. 날씨가 언제 어떻게 바뀔지 모르고 녹기 시작한 눈들이 눈사태를 일으킬 가능성도 크다고 합니다. 지금 이 시점에서 드라일 산맥을 넘겠다는 산사나이는 아무도 없었습니다."

신스라이프·파는 언짢은 표정으로 기수를 바라보았다.

"물렁한 놈들. 그래, 헤게모니아 최고의 산사나이들을 배출해 왔다는 고스빌에서 저까짓 산봉우리 하나를 넘을 자가 없단 말이더냐."

몰려 앉아 있던 남자들 중에서 주블킨이 상체를 앞으로 조금 내밀며 말했다.

"신스라이프. 말씀드리고 싶은 것이 있습니다만……"

신스라이프는 고개를 돌려 주블킨을 바라보았다. 주블킨은 여인의 눈 속에서 빛나는 남자의 눈빛에 괴리감을 느끼며 웅얼거렸다.

"꼭 저 산을 넘어야 될 필요가 뭐지요? 북해로 가시겠다면 탄느완으로 가서 배를 타고 가시는 것이 훨씬 안전합니다. 왜 목숨이 위험할지도 모르는 저 산을 넘어야 되는 겁니까. 그렇게도 급한 이유가 뭐지요?"

"내게 설명을 요구하는 거냐?"

"……신스라이프. 저희들은 모두 당신만 믿고 가족도, 고향도, 평생 동안 일궈온 모든 것들도 다 버리고 달려온 자들입니다. 이런 저희들이 최소한의 설명을 요구하는 것이 부당합니까?"

"부당한가 물었나? 대답해 주겠다. 당연히 부당하다. 어처구니없는 요구다."

주블킨의 얼굴이 굳었다. 다른 사내들의 얼굴도 모두 딱딱하게 바뀌었고 주위의 고요함은 이제 묘한 질량감을 띠게 되었다. 그 묵직한 고요 속에서 신스라이프는 말했다.

"너희들이 평생 동안 일궈온 것이라고 했느냐? 무엄한 놈들. 그 전에 너희들이 무엇 때문에 태어난 건지 생각해 보아라. 너희들은 너희들의 아비들이 자기 스스로는 바칠 수 없는 봉사를 위탁하기 위해 준비해 둔 자들 아니더냐? 너희 아비들이 나에게 봉사하라고 만들어낸 자들이 너희 아니냐?"

사내들의 얼굴에 이제 증오가 피어올랐다. 하지만 입을 여는 사람은 없었다. 전직 의사, 전직 푸줏간 주인, 전직 농부, 전직 대장장이들은 평생의 노고가 깡그리 무시되는 수모를 가만히 견디고 있었다. 그들의 첫사랑, 그들의 작업의 즐거움, 그들의 결혼식 날의 떠들썩함, 태어나 자라나며, 그들 혼자서라면 결코 느낄 수 없었을 기쁨과 슬픔을 주던 그들의 자식들······.

사내들의 어깨가 힘없이 내려앉았다.

그러나 한 사람만은 어깨를 힘껏 들어올리며 외쳤다.

"크, 큰아버님은 여기 이 사람들 덕분에 부활했습니다! 감사하게 여길 줄 알아야 합니다!"

신스라이프는 고개를 홱 돌렸다. 그곳에는 그의 조카 발레드 신스라이프가 얼굴을 떨며 그를 바라보고 있었다.

턴빌 탈주의 날, 발레드는 자신이 원하는 것이 정확하게 무엇인지도 모르는 상태에서 이들을 따라왔다. 어쩌면 그는 신스라이프 유가족의 책임자로서 의무를 다하기 위해 이들을 따라온 것일 수도 있고, 죽은 아들의 추억에 정신병자가 되다시피 한 늙은 아내로부터 도망친 것일 수도 있다. 그렇지 않으면 그의 재산이 줄어드는 것과 비례하여 점점 그로부터 멀어지고 있는 정부의 모습으로부터 도망친 것일 수도 있고.

어쨌든 발레드는 신스라이프와 콜리의 프리스트들을 따라 이곳까지 달려왔고, 지금 분노하고 있었다. 신스라이프는 눈매를 찡그렸다.

"뭐라고?"

"이, 이 사람들은 평생 동안 자신을 희생하며 당신만을 위해 살아왔어요. 나는 모, 몰랐지만 짐작할 수는 있습니다. 이 사람들을 압니다. 같은 도시에서 태어나고 자라온 사람들이니까요. 이 사람들 중 몇 명과는 오랫동안, 수십 년 동안 친교를 가져왔습니다. 그랬는데도 난 이 사람들이 콜리의 프리스트일 거라고는 죽어도 짐작하지 못했습니다. 그들이 얼마나 자신을 희생했는지 알 수 있잖습니까! 이들을 무시하지 마십시오. 그래서는 안 됩니다."

"걸을 수 있게 해준다는 이유로 신발을 공경하란 말이냐?"

"이 사람들은 다, 당신의 도구가 아닙니다!"

"천만에. 내 도구야. 그것도 시원찮은 도구지. 이 멍청한 놈들 때문에 나는 하마터면 부활하지 못할 뻔했다. 이놈들의 아비들이 살아 있었다면 멍청한 자식들의 모습에 피를 토할 것이다."

"우리는 아버지의 소유물이 아니오!"

신스라이프는 고개를 홱 돌렸다. 그리고 다른 프리스트들도 놀란 눈으로 고함을 지른 프리스트를 바라보았다. 턴빌에서 작은 잡화점을 하고 있던 도르네이였다. 도르네이는 벌겋게 된 얼굴로 신스라이프를 바라보며 말했다.

"우리 아버지들과 우리는 별개요! 우리는 아버지들의 뜻을 존중했지만, 그렇다고 해서 아버지들의 뜻이기 때문에 당신을 부활시킨 것은 아니오. 우리는 우리 자신을 위해 그 일을 한 거요. 당신은 모릅니다. 제길, 죽었다가 느닷없이 일어난 당신은 우리들의 일생을 모른단 말이오!"

신스라이프는 아무 말도 하지 않고 도르네이를 쏘아보았다. 도르네이는 벌떡 일어서며 외쳤다.

"당신은 척살당하는 희생자들을 보지 못했소. 우리는 봤소! 몇 년에 한 번씩, 마치 즐거운 잔치나 되는 것처럼 그것을 보러 갔소. 아파서 비명을 지르는 희생자들의 몸 위로 떨어지는 몽둥이를 보러 갔소. 피가 튀고 살이 뭉그러지고 뼈가 부서지는 모습을 보러 갔단 말이오! 그런 날 저녁이면 우리들은 방에 틀어박힌 채 울었소. 모여서 서로를 위로해 줄 수도 없었지. 이 빌어먹을 정체가 탄로 날지도 모르니까! 그래서 우리들은 각자의 골방에 틀어박혀서 혼자 슬퍼해야 했소. 도대체, 도대체 왜 저 사람들이 죽어야 했는지 알 수 없었소! 우리는 오로지 당신만 기다릴 수밖에 없었소. 당신이, 당신이 설명해 주기를 바랐소. 그래요, 어리석은 책임 회피일지도 모르지요. 하지만, 하지만 우리는 그렇게밖에 할 수 없었단 말이오!"

도르네이는 숨을 가누기 위해 잠시 말을 멈췄다. 콜리의 프리스트들은 도르네이의 외침을 들으며 등골이 오싹해질 정도의 차가운 슬픔을 느꼈다.

신스라이프는 끝까지 말해 보라는 듯 묵묵히 도르네이를 바라보고 있었다.

"그런데, 그런데 당신은 우리에게 아무것도 설명해 주지 않았소. 아니, 설명까지도 바라지 않소. 한 마디만 해줬어도 되었을 거요. 그것은 의미 있는 일이었다고, 옳은 일이 아닐지 몰라도 어쩔 수 없는 일이었다고, 너희들의 슬픔을 이해한다고! 그렇게 한 마디만 해주셨어도 됐을 거요. 어떻게 말하더라도 그것이 옳은 일이었다고 말할 수는 없을 겁니다. 당신은, 아니, 당신이 여덟 명의 목숨을 앗은 것을 인정하고, 여덟 명의 생명만큼이나 고귀하고 의미 있는 일에 매진할 거라고 맹세해 준다면, 가식에 불과할 뿐이라도 그렇게 말해 준다면!"

매일 의자에 앉아서 돈만 세었기 때문이야. 도르네이는 이마에 흐르는 땀을 내버려둔 채 어깨로 숨을 쉬며 신스라이프를 바라보았다. 매일 아침부터 저녁까지 의자에 앉아서 장사만 하던 늙은이에게 이런 강행군이나 이런 연설은 너무 어려운 일이야. 도르네이는 왜소해 보이지 않기 위해 어깨를 펴려 했지만 그의 어깨는 자꾸 무력하게 움츠러들 뿐이었다.

신스라이프는 헐떡거리는 도르네이를 바라보며 싱긋 웃었다.

"하고 싶은 말은 다 했나?"

도르네이는 고개를 끄덕였다. 신스라이프는 마주 고개를 끄덕여주고는 말했다.

"그럼 앉게."

"대답을 주시오! 그렇잖으면 앉을 수 없소."

"대답? 아니, 그 전에, 앉지 않겠다면 어쩌겠다는 말이지?"

"떠날 거요."

"떠난다고?"

도르네이는 로드를 힘주어 짚으며 말했다.

"이미 평생을 탕진했지만, 그래도 새 출발할 시간은 남아 있을지 모릅니다. 자비로운 콜리에게 죄를 빌며 보낼 시간은 오히려 충분할지도 모르지요. 하나뿐인 인생을 이렇게 무의미하게 보낸 것이 참을 수 없이 허무하지만, 자초한 일이니만큼 당신을 원망하지는 않겠소. 이 모든 것이 콜리의 뜻이리라 믿고 고향의 가족들에게 돌아가겠소."

신스라이프는 은은한 눈빛으로 도르네이를 바라보았다. 문득, 도르네이는 얼굴이 붉어지는 것을 느꼈다. 그는 저런 젊은 처녀가 자신을 이렇게 바라보는 것이 얼마 만인지 떠올려 보지 않을 수 없었다. 그런 적이 있기는 있었나? 도르네이는 확신할 수 없었다. 신스라이프는 조용히 말했다.

"누구 맘대로?"

도르네이는 눈을 커다랗게 뜬 채 신스라이프를 바라보았다. 신스라이프는 자리에서 일어나고 있었다. 그는 도르네이를 똑바로 쳐다보며 일어나서는 그대로 걸어왔다. 문득 불안감을 느낀 도르네이는 로드를 두 손으로 쥐며 다가오는 신스라이프를 마주보았다.

신스라이프는 걸으며 말했다.

"돌아가겠다고? 네가? 누가 보내준다고 했나."

"당신은 나를 강제할 수……"

그 순간 신스라이프의 손이 갑자기 앞으로 뻗어나왔다. 도르네이는 엉겹결에 로드를 들어올려 막으려 했지만, 신스라이프는 바로 그 로드를 노리고 있었기에 도르네이는 자기 손으로 로드를 건네준 꼴이 되었다.

신스라이프의 오른손이 로드를 움켜쥐자 깜짝 놀란 도르네이는 재빨리 로드를 끌어당겼다. 하지만 신스라이프의 오른손은 꼼짝도 하지 않았다. 도르네이의 얼굴이 창백해졌다. 뚱뚱한 편인 도르네이가 조그만 처녀에게서 로드를 빼앗으려고 낑낑거리는 모습은 코믹하게까지 보였지만 주위의 아무도 웃을 생각은 하지 못했다. 신스라이프는 도르네이의 얼굴을 똑바로 들여다보며 말했다.

"내가 너를 강제할 수 없다고?"

"이, 이거 놔! 물론, 당신은, 나를 강제할 수 없소! 뭐란 말이오? 당신이 뭔데 나를 강제한단 말이오? 오히려 내, 내가 당신을 강제해야 합당하오!"

"어째서?"

도르네이는 로드를 놓았다. 화급하게 뒤로 물러난 도르네이는 숨을 몰아쉬며 말했다.

"당신은 나에게 아무것도 지불하지 않았으니까! 나는, 내 모든 것을 지불했어. 당신을 부활시키기 위해 내 평생을 지불했어! 당신은 그냥 누워 있다가 일어났을 뿐이야. 당신은……"

"네가 그렇게 할 수 있도록 해줬지."

"뭐요?"

"네가 너의 평생을 무엇인가에 쾌척할 수 있게 해줬지. 내가 너를 만든 셈이야. 네 몸뚱아리는 네 부모가 만들었지만, 너 자신은 내가 만들었다."

"……난 그것을 원망하오! 당신이 준 것을 저주하오. 당신을 저주하오!"

"뭘 원하나."

도르네이는 씩씩거리며 신스라이프를 바라보았다. 신스라이프는 들고 있던 로드를 빙글 돌려 땅에 세우며 다시 말했다.

"뭘 원하나."

"콜리 앞에 떳떳하기를 원하오. 모든 이 앞에 떳떳하기를 원하오. 제길, 나 자신에게 떳떳하길 원하오!"

"언제까지?"

"예?"

"언제까지 떳떳할 수 있으면 좋겠나. 10년이면 되겠나? 아니면 한 달? 사흘쯤 떳떳하면 되겠나? 오늘 저녁까지만 떳떳하면 되겠나?"

"무슨 말이오? 떳떳하다는 것은 언제까지나 그렇다는……"

"웃기지 마."

도르네이는 울컥하는 표정으로 신스라이프를 쏘아보았다. 신스라이프는 세워들고 있던 로드를 만지작거리며 조용히 말했다.

"내가 죽었을 때, 만일 하루 만에 부활했다면 나는 떳떳했을 것이다. 마음씨 착한 자들은 내 행운을 기뻐해 줬을지도 모르지. 내가 1년 만에 부활했다면 사람들은 조금 이상한 눈으로 나를 봤을 것이다. 66년 만에 부활한 나는 이제 모든 이들에게서 죽음을 무서워하지 않는 불경한 늙은이라는 말을 들을 것이다."

신스라이프의 손이 천천히 움직였다. 그는 한 손으로 로드를 들고는 그 무게를 가늠하듯 위아래로 까딱거렸다.

"어떤 원한이 한 사나이로 하여금 원수를 죽이게 만들었을 때, 그 사나이는 그 순간 떳떳하며 스스로에게 자랑스러울 것이다. 하지만 1년 쯤 지나면 사나이는 그것이 최선의 길이었는지 의심할 것이다. 수십 년이 지나 원수의 자손이 찾아와서 사나이의 자식을 죽이기라도 한다면, 사나이는 회한을 느낄 것이다. 젊은 날의 혈기 때문에 자식을 잃은 사내는 눈물도 흘리지 못할 것이다."

도르네이는 고개를 가로저으며 항변하려 했다. 그러나 그때 도르네이는 신스라이프가 쥔 로드의 끝이 어느새 자신의 가슴을 똑바로 겨냥한 채 고정되어 있는 것을 보게 되었다.

갑자기 공포가 다가왔다.

도르네이는 입을 벌린 채 꺽꺽거리며 로드의 끝을 뚫어지게 바라보았다. 하지만 신스라이프는 자신이 들고 있는 로드에 대해 아무런 관심이 없는 것처럼 한가롭게 말했다.

"너도 마찬가지다."

도르네이의 눈은 이제 더 이상 커질 수 없을 만큼 커진 채 충혈되어 있었다. 신스라이프는 하늘을 올려다보며 말했다.

"턴빌 탈주의 그날, 너는 자랑스럽고 떳떳했을 것이다. 하지만 머나먼 이곳까지 고생스럽게 걸어오고 나자 너의 마음속에 들끓던 떳떳함은 차갑게 식었지. 불평하고, 짜증을 내며, 다른 의미를 찾게 되지. 이제 그날의 떳떳함과 그날의 의미는 더 이상 너에게 의미 있게 다가오지 못하니까. 그러나 새로 찾아낸 의미가 있고 그것이 너를 만족시키더라도, 그것은 시간의 흐름 끝에 사그라들 것이라는 점에서 똑같은 것이다."

신스라이프는 한숨을 내쉬듯 말했다.

"의미는 스스로 붕궤되지 않아. 시간이 의미를 바뀌게 할 뿐이다. 첫사랑의 희열이 결혼 후 권태기의 짜증으로 바뀌는 것은 뭐지? 상대에 대해 더 잘 알았기 때문에? 천만에. 옛날의 의미는 그때의 의미일 뿐이기 때문이다. 그리고 사람은 얼마 가지 않아 사라질 운명의 새 의미를 찾아내야 한다."

신스라이프의 말 끝에서, 그의 손이 갑자기 움직였다.

사내들 틈에서 비명이 솟아올랐다.

"으아악! 도르네이!"

신스라이프는 도르네이의 가슴을 찔렀고, 갈비뼈가 나뉘어지는 지점을 정확하게 찌른 로드는 놀랍게도 도르네이의 복부를 꿰뚫고 선혈과 함께 등 뒤로 튀어나왔다.

갑작스럽게 당한 재난에 도르네이는 꼬치에 꿰인 고깃덩이처럼 된 채 부르르 떨었다. 그의 손이 로드를 빼내려는 듯이 힘없이 움직였지만 그것은 안타까운 꿈틀거림으로 끝났다. 도르네이는 손을 들어올려 쳐다보았다. 그의 손은 붉게 물들어 있었다.

"피……"

신스라이프는 로드를 놓았다. 잠시 비틀거리던 도르네이는 그의 몸에서 흘러나온 피웅덩이 속으로 쓰러졌다. 털썩. 핏방울이 튀어올라 신스라이프의 가슴에 묻었다. 신스라이프는 물끄러미 도르네이의 시체를 내려다보았다.

"이, 이 무슨 악독한!"

발레드는 비명처럼 외쳤다. 콜리의 프리스트들도 흥분해 일어섰다. 주블킨은 어찌할 바를 모르고 주위를 둘러봤지만, 다른 콜리의 프리스트들은 어느새 각자 무기를 꼬나든 채 신스라이프를 노려보고 있었다. 그리고 그 선두에서는 발레드가 기성을 지르고 있었다.

"무슨 짓입니까!"

신스라이프는 발레드의 외침에 대답하는 대신 발을 들었다. 그의 발이 도르네이의 등에 올라갔다. 신스라이프는 도르네이를 밟은 채 로드를 움켜쥐었다.

"우음!"

신스라이프의 입술 사이로 짧은 신음 소리가 나오고, 로드는 위로 쑥 뽑혀 나왔다. 콜리의 프리스트들 중 많은 이가 고개를 돌려 외면했다. 신스라이프는 피에 물든 로드를 옆으로 팽개치고 나서야 몸을 돌려 발레드를 마주보았다.

"나를 불렀나?"

"그렇습니다! 이, 이게 무슨 짓이란 말입니까?"

"황혼의 막간극이라고나 할까."

"뭐요?"

발레드는 어이없다는 표정으로 신스라이프를 바라보았다. 하지만 신스라이프는 피식 웃었을 따름이었다. 갑자기 팔짱을 낀 신스라이프는 등 뒤를 향해 말했다.

"일어나게, 도르네이."

다음 순간, 콜리의 프리스트들은 온몸을 떨며 눈앞에 보이는 광경을 부정하기 시작했다.

도르네이의 몸이 들썩거렸다. 먼저 그의 손이 꿈틀거리고, 갑작스럽게 도르네이는 머리를 들었다. 얼떨떨한 눈으로 주위를 바라보던 도르네이는 갑자기 얼굴을 찌푸렸다. 지독한 피 냄새가 그를 당황하게 만든 것이다. 잠시 후 자신이 피 웅덩이 속에 코를 박고 있다는 것을 알아차린 도르네이는 기겁해 소리를 지르며 벌떡 일어났다.

"으아아아! 뭐, 뭐야?"

도르네이는 앉은 채로 뒤로 화다닥 물러났다. 파랗게 질린 얼굴로 자신의 손에 묻은 피와 붉게 물든 몸을 내려다보던 도르네이는 갑자기 전율했다.

"나, 나? 죽었……는데?"

도르네이의 질문은 대상이 없었지만, 설령 도르네이가 그의 동료 중 누군가를 지적해서 질문했다 하더라도 대답해 줄 만한 사람은 아무도 없었을 것이다. 사내들은 모두 도르네이와 신스라이프를 번갈아 쳐다보며 절대로 설명될 수 없는 현상에 대한 설명을 찾아내 보려는 안타까운 시도를 쉬지 않고 있었다. 그런 사내들을 향해, 신스라이프는 나직하게 말했다.

"짐을 챙겨라."

주블킨이 간신히 대답했다.

"예?"

"고스빌로 가서 쉰다. 내일 탄느완으로 출발하기 위해선 푹 쉬어야 될 테니 서두르도록."

"탄느완……입니까?"

'그렇다'라는 대답 없이, 신스라이프는 자신의 자리로 돌아가 도로 앉았다. 그러고는 가슴 앞에 무릎을 모아 끌어안은 채 어둠이 짙어가는 저녁 하늘을 바라보았다.

고스빌 초입에 위치하고 있다는 지리적 이점 덕에 손님 확보에 상당히 유리한 파타로 주점이었지만, 그래도 때로는 다른 주점이나 여관처럼 한산할 때가 있었다. 그리고 파타로 주점의 데브는 그런 시간을 자신만의 방식으로 사용하곤 했다.

그가 한가한 시간을 이용하는 방법은 몹시 위험한 방법이었다. 그것은 원칙적으로 수학적 확률론에 대한 심오한 도전이자 심리학적인 파탄 상태에 이르는 치명적인 수단이었다(때론 주머니도 파탄난다). 그래서 파타로 주점의 홀로 들어서던 파타로는 시니컬하게 웃으며 말했다.

"이놈아. 그렇게 신바람 내며 테이블을 닦는 이유가 뭔지 짐작이 간다."

"예?"

"후다닥 청소하고 나서 도박장으로 달려갈 생각이지?"

데브는 싱긋 웃으며 파타로의 말을 못 들은 척했다. 하지만 파타로는 그런 데브를 향해 여전히 차갑게 웃으며 말했다.

"다행스러운 일이다."

"예?"

"손님들이 닥쳤거든. 그것도 수십 명이다."

데브의 걸레가 갑자기 멈췄다. 신나게 테이블을 닦아대던 동작 그대로 굳은 채, 데브는 고개만 돌려 파타로를 바라보았다.

"농담이죠?"

"밖을 봐."

그제서야 데브는 주점 밖에서 뭔가 소란스러운 소리가 들려오고 있음을 깨달았다. 데브는 화다닥 걸레를 팽개치고는 문으로 달려갔다.

'아이고 맙소사!'

좌절한 데브의 눈에는 수백 명으로 보이는, 하지만 실제로는 수십 명 정도인 손님들이 좁은 마구간에 말을 들여 매느라 소란을 떨고 있었다. 이건 비겁해! 왜 저녁 시간도 한참 지난 이런 시간에 저렇게 많은 손님들이 들이닥치는 거야! 데브는 마음속으로 고래고래 고함을 질렀다. 그런 데브의 얼굴을 보며 파타로는 즐겁게 웃었다.

"자, 서둘러야겠다. 저 많은 손님들 식사 준비하는 것도 예삿일이 아니겠는데. 너도 어서 서둘러라. 손님들 방 정돈하고 시트 모조리 꺼내거라."

파타로는 즐거운 밤이라는 듯이 휘파람까지 불며 주방으로 들어갔다. 데브는 소리 없이 욕설을 퍼부으며 어깨를 축 늘어뜨린 채 몸을 돌렸다. 죽었다. 저 많은 손님들 시중이라니! 저건 도대체 뭐하는 사람들이지?

침실을 향해 달려가려던 데브는 갑자기 정지했다. 데브는 몸을 돌려 창문을 통해 손님들을 바라보았다.

이상하군. 상단은 아닌데. 군대도 아니고, 순례자들이나 모험가도 아닌 것 같고. 오랜 주점 생활로 손님들의 발자국만 봐도 그 손님의 직업을 때려맞출 수 있다고 장담하는 데브였지만, 이 야심한 시각에 느닷없이 닥친 손님들에 대해서는 도통 짐작할 수가 없었다. 많은 숫자.

하지만 제멋대로인 복장. 얼레? 저건 뭐야. 모두들 로드를 들고 있어? 흐음. 순례자들인가. 하지만 그렇다면 왜 복장이 저 지경들이지?

갑자기 데브의 눈이 커졌다.

홀로 들어서던 손님들 중에 그의 시선을 확 잡아끄는 여자가 있었다. 모두들 남자로만 이루어져 있는 무리 가운데 유일한 여자라는 점도 시선을 끄는 요인일 수 있지만, 데브가 놀란 것은 그 때문이 아니었다. 데브는 그 여자를 알고 있었다.

데브는 반갑게 웃으며 그 여자에게 다가갔다.

"어이!"

데브는 당황하며 걸음을 멈췄다. 손을 내미는 것은 아예 시도하지도 못했다. 파는 의아한 표정으로 그를 마주보았던 것이다. 파는 주위를 둘러보다가 자신을 가리키며 말했다.

"나를 부른 건가?"

데브는 어처구니없는 눈으로 파를 바라보았다. 그러나 곧 그의 눈빛이 바뀌었다.

"아, 실례했군요. 죄송합니다. 제가 아는 사람인 줄 알았어요. 어서 앉으십시오."

그리고 데브는 재빨리 몸을 돌려 홀을 빠져나왔다. 침실을 향해 올라가며 데브는 낮게 투덜거렸다.

"흥, 비밀이 많은 계집애. 이번에는 뭣 때문에 정체를 숨기고 있는 거야. 아는 척하면 죽이려고 들겠지. 그래봐야 양치기 주제에 도대체 무슨 비밀이 저렇게 많은 거지."

계단을 올라가던 데브의 걸음이 다시 멈췄다. 데브는 멍한 표정으로 계단을 내려다보다가 몸을 돌려 홀 쪽을 보았다. 파는 사내들과 함께 테이블에 앉아 있었다. 데브는 계단참의 어둠 속으로 몸을 숨기며 파를 내려다보았다.

'그러고 보니……, 도대체 저 계집애는 뭐지? 저희 언니보다 더 알 수 없는 년일세. 싸움은 어떻게 그렇게 잘하고……, 어라? 그러고 보니 왜 이상하다는 생각을 못했지? 남자라도 그렇게 싸울 수는 없을 텐데?'

데브는 갑작스러운 생경함을 느끼며 파를 바라보았다. 파를 자세히 바라보던 데브는 한층 더한 의혹을 느꼈다. 저런 얼굴이었나? 이상하다. 표정이 좀 바뀐 것 같은데. 정체를 숨기고 있어서 그렇겠지? 그럼, 파는 왜 자기 정체를 숨기고 저 무리 속에 있는 거지?

데브는 자신이 고스빌의 주점 종업원으로서는 감당하기 어려운 정도의 비밀에 접근하고 있다는 식의 망상을 떠올리기 시작했다. 손끝이 짜릿했다. 자아, 이건 도대체 뭘까. 데브, 데브! 정신을 바짝 차리고, 입은 굳게 다물고, 관찰하는 거야. 데브는 스스로에게 다짐하며 침실로 올라갔다.

신스라이프는 그런 데브의 뒷모습을 끝까지 바라보다가 차분히 고개를 돌렸다.

'멍청한 놈. 안 보이는 줄 아는군. 이 여자를 아는 놈일까. 그건 그렇고 이 여자의 몸은 굉장하군. 이렇게까지 밝은 눈이라니, 대단한걸.'

자신의 생각에 침잠한 채 파의 몸에 만족하고 있던 신스라이프는 갑자기 이상한 느낌을 받으며 고개를 들었다. 그와 같은 테이블에 앉아 있던 발레드와 주블킨 등이 주춤거리는 모습이 보였다.

"뭔가?"

"예? 아아, 저, 큰아버님."

발레드는 당황하며 입을 열었지만 하려던 말은 나오지 않았다. 발레드는 어쩔 줄 모르는 얼굴로 신스라이프를 바라보았다. 신스라이프는 짜증 섞인 목소리로 말했다.

"왜?"

발레드는 몇 번이나 침을 삼킨 다음에 힘들게 말을 꺼냈다.

"저, 아까 도르네이 일 말인데요. 어떻게 된 것이지요?"

"어떻게 되다니."

"왜……, 죽지 않는 겁니까?"

신스라이프의 입매가 조금 올라갔다. 신스라이프는 희미하게 웃으며 고개를 돌렸고, 그러자 다른 테이블에 앉아 있던 도르네이가 황급히 고개를 숙이는 모습이 그의 눈에 들어왔다. 신스라이프는 도르네이의 정수리를 바라보며 차갑게 말했다.

"흥. 죽지 않다니. 분명히 죽었다."

"예? 예. 예. 죽었지요. 그런데……, 살아났잖습니까? 어떻게 된 거지요?"

발레드의 말이 끝나자마자 주블킨이 낮은 목소리로, 그러나 격하게 질문했다.

"예. 신스라이프. 어떻게 된 겁니까? 여덟 번째 희생자로 부활은 끝나야 합니다. 그런데 왜 부활이 또 일어난 겁니까?"

신스라이프는 주블킨을 바라보며 짧게 혀를 찼다.

"너는 도대체 자신이 무엇을 하는 건지도 모르면서 네 평생을 그것에 바쳤군."

주블킨은 입술을 깨물었다. 신스라이프는 테이블 아래로 다리를 뻗으며 편한 자세로 말했다.

"네가 아는 바대로 지껄여보아라. 나는 도대체 어떻게 해서 부활한 건지."

"예? 아니……, 그럼 혹시 제가 아는 바와 다른 것이오?"

"그 네가 '아는 바'라는 것을 말해 보란 말이다. 그래야 네가 어떻게 잘못 알고 있는지를 말해 줄 수 있으니."

주블킨은 잠시 주위를 둘러보았다. 그와 같은 테이블에 앉은 사내들 모두와, 그리고 다른 테이블에 앉은 사내들까지도 주블킨의 대답을 기다리며 침묵했기에 홀 안은 어색한 침묵으로 가득했다. 싹싹하게 웃으며 홀로 들어서려던 파타로는 홀 안을 점령하고 있는 정적에 놀랐다. 그는 주춤했고, 그런 그를 향해 가까이 있던 사내 하나가 손짓했다. '잠시 있다가 나오시오.'

겁을 집어먹은 파타로는 도로 부엌으로 들어갔다. 파타로가 들어가고 나자 아무런 지시 없이도 두 명의 사내가 자리에서 일어났다. 사내들은 부엌으로 통하는 문의 좌우에 기대섰고, 그러자 주블킨은 내키지 않는 태도로 입을 열었다.

"66년 전, 당신은 우리들의 아버지, 혹은 형이나, 어쨌든 우리들의 선조들과 약속했습니다. 당신을 부활시키고 영생을 준다면 당신의 모든 재력을 사용하여 우리들의 복권을 도와주겠다고 말입니다."

신스라이프는 킥킥 웃었다. 주블킨은 말을 멈추고는 의아한 표정으로 신스라이프를 바라보았다.

"흐음……, 옛날 이야기처럼 말하는 것은 이해하겠는데, 나로선 위화감 느껴지는 일이군. 나에겐 엊그제 같은 일이거든?"

"그러시겠군요. 하지만 우리들에게는 까마득한 옛날 일입니다."

"좋아. 말해 봐."

주블킨은 잠시 신스라이프를 바라보았다. 기분이 좋은 건가? 그 동안 보아오던 모습과 다르군. 주블킨은 테이블 위에 두 손을 올려놓으며 말했다.

"우리들의 선조는 그 약속을 받아들였고 종단의 종규에서 그 사용이 가장 엄격하게 제약되던 권능을 사용하기로 결정했습니다. 당신이 부탁한 영생의 권능이지요. 하지만 거기서 당신은 복잡한 조건을 달았습니다. 죽어가는 당신의 그 늙은 몸으로 영원히 사는 것은 거절했지요. 그래서 문제가 복잡해졌습니다. 그냥 영생이라면 아홉 명의 인명을 희생시키면 될 겁니다. 그 정도의 희생자라면……, 흐음. 당신의 재력으로는 가능한 일이었겠지만."

"물론 그래."

신스라이프는 고개를 끄덕였고 발레드는 숨소리마저 낮춘 채 주블킨의 말에 집중했다. 주블킨은 두어 번 헛기침을 하고 나서 말을 이었다.

"그래서……, 우리들의 선조는 복잡한 계획을 세울 수밖에 없었습니다. 대개의 사람들은 아홉이라는 숫자에 현혹되어 있지만, 사실 콜리는 여덟 명의 희생으로 부활을, 그리고 아홉 명의 희생으로 영생을 부여합니다. 그래서 선조들께서는 당신의 부활과 당신의 영생을 분리시키기로 결정했지요."

"분리라……"

주블킨은 갑자기 사나운 목소리로 말했다.

"그것은 당신이 스스로를 부정했기에 일어난 일입니다. 늙은 당신이 바로 신스라이프입니다. 당신에게 영생을 준다는 것은 늙은 신스라이프에게 영생을 준다는 것입니다. 하지만 당신이 그걸 거부했지요! 결국 당신은 자신이 아닌 다른 것으로서 영생하기를 원했던 것입니다!"

신스라이프는 여전히 웃으며 말했다.

"그래, 그래. 좋아. 계속해 봐."

"그러니, 도대체 권능을 사용할 대상이 모호해지는 형국이었을 겁니다. 분리시킬 수밖에 없었지요. 당신의 부활, 그리고 영생을 받을 대상. 그리고 그것은 동시에 이루어져야 되는 일입니다. 그렇게 분리된 다음 다시 합쳐져야 되니까요."

발레드는 얼떨떨한 얼굴로 고개를 끄덕였다. 주블킨은 잠시 호흡을 가누었다가 말했다.

"그래서……, 선조들께서는 여덟 명의 희생으로 당신을 부활시키고, 아홉 명의 희생으로 그 여자에게 영생을 주었습니다. 그리고 둘을 합친 거지요."

발레드가 갑자기 끼어들었다.

"자, 잠깐만. 주블킨 씨. 여덟 명이라니? 일곱 명이었소. 일곱 명의 죽음에서 큰아버님은 부활하셨고, 그리고 그 여덟 번째 남자가 죽었을 때 그 여자가 나타났소. 어떻게 된 거요? 한 명이 모자라잖습니까?"

주블킨은 갑자기 싱긋 웃었다.

"당신의 큰아버님이 어떻게 돌아가셨는지 아십니까?"

발레드는 의아한 표정으로 주블킨을 바라보았다. 그는 고개를 돌려 신스라이프를 바라보았고, 그가 쓰게 웃고 있는 것을 보게 되었다. 무슨 말이지? 발레드는 갑자기 등골이 싸늘해지는 것을 느꼈다. 설마?

"무슨…… 말이오?"

주블킨은 신스라이프를 똑바로 바라보며 발레드에게 대답했다.

"당신의 큰아버님은 자연사한 것이 아니오. 우리들의 선조들에 의해 죽임 당했지. 신스라이프 그 자신이 바로 첫 번째 희생자였소."

발레드는 무의미하게 고개를 끄덕였다. 주블킨의 말의 의미를 이해했음을 나타내는 끄덕임, 동시에 그 의미를 자신에게 인식시키기 위한 끄덕임이었다. 그러나 조금 후 발레드는 멍한 얼굴이 되어 고개를 가로저었다. 신스라이프는 그 모습을 보며 미소 지었다.

"혼란스러워 보이는군, 발레드."

"큰아버님……, 어떻게 믿을 수 있었습니까. 어떻게 목숨을 내놓을 수 있었습니까?"

"나로선 손해가 없는 일이었으니까."

"모르겠습니다. 이해는 할 수 있습니다. 하지만……, 모르겠습니다."

"죽음을 재난이라고 생각하는 놈은 이해할 수 없지."

"예?"

신스라이프는 발레드를 똑바로 보며 웃었다. 그리고 그 순간, 발레드는 여인의 눈 속에서 자신을 바라보고 있는 무엇인가에 손끝이 싸늘해지는 기분을 느꼈다. 저 눈꺼풀 너머에서 그를 보고 있는 것은 무엇인가? 발레드는 판단할 수 없었다.

신스라이프는 고개를 조금 가로젓고는 주블킨을 쳐다보았다.

"계속해."

주블킨은 침착하게 말하려 애썼다.

"당신 자신의 죽음을 통해 첫 번째 희생자는……, 예, 바쳐졌습니다. 당신으로부터 시작하여 여덟 번째 희생자까지를 통해 당신을 부활시키는 것은 가능했습니다. 하지만 아홉 번째의 희생자를 통해 영생을 받아야 할 대상은 또 다른 문제를 가지고 있었습니다."

"그래. 그때는 없었지."

"예. 그렇지요."

질린 표정으로 신스라이프를 바라보던 발레드는 주블킨에게 묻는 눈짓을 보냈다. 주블킨은 턱으로 신스라이프를 가리키며 말했다.

"저 여자 말입니다. 저 여자는 66년 전 그때, 존재하지 않았습니다."

"그렇……군요."

"부활을 부여할 자는 신스라이프, 그러나 영생을 부여할 자는 존재하지 않았습니다. 게다가 그자는 신스라이프와 합쳐져야 될 사람입니다. 그건 보통 사람은 안 되는 것이지요."

"무슨 말인지?"

"당신을 예로 들어봅시다, 발레드. 여덟 명의 희생자로 신스라이프를 부활시키고, 아홉 명의 희생자로 당신에게 영생을 줬습니다. 그리고 당신과 신스라이프를 합친다? 불가능합니다. 당신은 이미 영생자이니까요. 발레드 자신이 영생을 구가할 뿐이지요. 당신과 신스라이프를 합치려면 당신은 사라져야 합니다. 하지만 그러면 영생자인 발레드는 없어지므로 신스라이프는 합쳐져야 할 상대를 잃게 되는 거지요."

"그렇습니까."

주블킨은 고개를 끄덕이며 신스라이프를 바라보았다. 하지만 발레드는 주블킨이 신스라이프가 아니라 그 몸, 즉 파를 바라보고 있음을 알 수 있었다. 주블킨은 파의 얼굴, 파의 몸을 바라보며 낮은 목소리로 말했다.

"예. 그래서 특별한 사람이 필요했습니다. 과거로 향하는 흐름과 미래로 향하는 흐름의 교차점, 원하는 곳에서 그 교차점을 만들 수 있는, 원하는 시점에서 현재를 고정시킬 수 있는 사람이 필요했습니다."

"원하는 시점에서……, 현재를 고정시켜요?"

신스라이프는 모처럼 찾아왔던 안온한 소속감이 점차 사라져가는 것을 느꼈다.

그를 위해 준비된 사람들, 그의 목적을 위해 움직일 사람들, 그에 대해 궁금해 하고 그에 대해 알고 싶어 하는 자들이 나누는 그에 대한 대화. 그럼에도 신스라이프는 점차 이 공간에서 멀어져가는 자신을 느꼈다.

익숙하지 않은 몸 때문일까, 아니면 익숙하지 않은 시간 때문일까.

신스라이프는 테이블 위의 촛불을 바라보았다.

초는 길고 가느다랗다. 늦은 시간에 찾아든 손님들을 위해 주인장이 새로 내온 초일 것이다. 그 표면을 타고 흐르는 촛농의 줄기는 아직 가늘고 이질적이다. 방금 태어났을 터인 불꽃은 홀 안에 어둠과 빛의 경계선을 만들지는 않았다. 그저 그곳에서 혼자 타오르고 있을 뿐. 불꽃 같지 않은 불꽃이다.

촛불을 응시하고 있던 신스라이프는 그 불꽃의 끄트머리에서 피어오르는 가느다란 검은 연기를 볼 수 있었다. 노려보고 있으면 눈물이 날 정도로 가느다란 연기였지만, 신스라이프는 눈의 아픔을 무시하며 그것을 계속 응시했다.

신스라이프는 가늘어지는 불꽃이 검은 연기로 승화되는 한 점을 찾아보려 했다. 빨간 불꽃. 가운데는 월등히 밝다. 그 밝은 안쪽 불꽃이 위로 찌르듯이 솟아오르다가 검붉은 테두리를 뚫으며 순간 검은 연기로 바뀌는 한 점.

"뭐 하시는 겁니까?"

질문 자체보다 그 속에 담긴 당혹감이 몽환 상태에 빠져 있던 신스라이프를 일깨웠다. 신스라이프는 고개를 들었다. 그리고 자신을 바라보고 있는 주블킨과 발레드의 얼굴을 보았다. 그 얼굴에는 커다란 당혹감이 담겨 있었다. 신스라이프는 시선을 조금 떨구었고, 불꽃을 만지고 있는 자신의 손가락을 보았다. 불꽃의 테두리를 따라 섬세하게 움직이며 검은 연기의 시작점을 어루만지는 손가락. 그의 손가락이 아니다. 이 처녀의 손가락.

순간, 신스라이프는 끔찍한 복통을 느끼며 급하게 상체를 숙였다.

이마로 땀이 배어나오는 것이 느껴질 정도였다. 눈을 뜨고 있는데도 눈앞에 무수한 불꽃들이 떠다녔다. 무릎 사이에 얼굴을 묻은 신스라이프는 입을 크게 벌렸다. 구토감. 입술과 눈 주위로 피가 확 몰렸다. 신스라이프는 입을 틀어막았다. 그리고는 입술이 뭉개지도록 입을 움켜쥐었다.

"신스라이프?"

"큰아버님!"

의자가 움직이는 소리, 사내들이 급하게 일어나는 소리. 그 순간 신스라이프는 상체를 폈다.

"아무 일도 아니다."

반쯤 일어났거나 완전히 일어선 사내 모두 엉거주춤한 모습으로 신스라이프를 바라보았다. 신스라이프는 평온했다. 조금 전까지의 모습 그대로 신스라이프는 등받이에 등을 기댄 채 오만한 눈으로 사내들을 보고 있었다. 주블킨은 걱정스러운 눈으로 신스라이프를 쳐다보았다.

"괜찮으신 겁니까?"

"그래."

"불편하시다면……, 말씀을 하십시오. 익숙하지 않은 몸이실 텐데."

"아무렇지도 않아."

발레드는 주춤주춤 다시 앉았다. 뭐지? 설마 생리통이라도 느끼는 것일까? 어라? 그리고 보니 여자의 몸……. 발레드는 머리를 휘저었다. 혼돈스럽고 망측스러운 기분만이 느껴져 발레드는 불쾌해졌다.

신스라이프는 발레드와 주블킨의 중간쯤 되는 허공을 바라보며 말했다.

"이야기 다 끝났나?"

주블킨은 신스라이프의 안색을 살피며 말했다.

"예. 그렇습니다. 제가 아는 바에 대해서는 대강 다 말했습니다만……, 저, 그런데 제 말을 들으셨습니까?"

"들을 필요가 있나? 어차피 잘못 알고 있을 텐데."

"저희들의 아버님께서 저희들을 속였다는 말씀입니까?"

"말하지 않음으로써 속인 것도 속인 것이라면, 그렇다."

"그분들께서 말씀하시지 않은 것이 무엇입니까?"

"너희들이 모두 머저리라는 사실."

"네?"

굳은 얼굴로 되묻는 주블킨을 무시하며, 신스라이프는 의자에서 일어났다.

"먼저 자러 가겠다."

주블킨은 엉거주춤하게 일어나며 말했다.

"어, 잠시만……. 제가 무엇을 잘못 알고 있는지 말씀해 주셔야지요?"

"때가 되면 말해 주겠다."

신스라이프는 계속 걸어가며 말했다.

"그래도, 어, 식사도 하셔야 하지 않습니까? 종일 드신 것이 별로 없는데……"

신스라이프는 몸을 홱 돌려 주블킨을 쏘아보며 외쳤다.

"넌 내가 굶어 죽기라도 할 거라고 생각하는 거니!"

고함 소리의 여운은 한참 동안 고요한 홀 안을 떠돌았다. 콜리의 프리스트들은 파랗게 질린 얼굴로 신스라이프를 바라보았다. 신스라이프 역시 자신의 고함 소리에 놀라서는 입술을 깨물었다.

잠시 후 신스라이프는 2층을 향해 달려올라 가버렸고, 프리스트들은 그 뒷모습을 바라보다가 모두 고개를 돌려 주블킨을 바라보았다.

발레드가 주블킨에게 질문했다.

"어, 어떻게 된 거지요?"

"모르……겠습니다. 그냥 실수하신 걸까요?"

"저런 것을 실수할 수도 있습니까? 단어를 잘못 고른다거나 할 수야 있지만 어떻게 말투가……?"

주블킨은 고개를 가로저으며 다시 자리에 앉았다. 발레드는 그런 주블킨을 집요하게 물고 늘어졌다.

"생각해 보십시오. 그런 것은 실수할 수가 없는 것입니다. 우리는 정말 신스라이프를 따라가고 있는 것이 확실한 겁니까?"

"예? 어, 하지만 조금 전까지는 누가 봐도 신스라이프였잖습니까."

발레드는 입을 다물었다. 묻고 싶은 것은 많았지만 그 스스로가 질문을 정확하게 할 수 없을 정도로 혼란되어 있는 상태였다. 주블킨 역시 아무 말도 꺼내지 않은 채 깊은 침묵 속으로 빠져들었다.

5

 밤의 깃털들이 바이서스 임펠의 하늘로부터 떨어져 내리고 있었다.
 바이서스의 수도 바이서스 임펠의 외성을 따라 불빛이 아른거렸다. 외성 경비 대원들이 성벽 위에 피워둔 불빛 덕택에 밤하늘에서 내려다보이는 불빛만으로도 외성의 거대한 규모를 짐작할 수 있었다. 점점이 이어진 불빛들이 검은 평원 위에 거대한 원을 그리고 있는 모습, 그리고 그 안쪽에서 반짝이는 불야성의 모습은 대륙의 모든 마법사들의 마음의 고향이자 모든 전사들의 꿈의 도시인 수도의 풍모를 한껏 자랑하고 있었다.
 차가운 밤바람 속을 날며, 시오네는 웃을 수는 없었다. 박쥐로 변신했을 때는 표정을 구사할 수 없으니까. 하지만 시오네는 웃고 싶었다.
 거기 오만하게 존재하고 있다는 것만으로도 자랑거리인 도시여, 성벽이여, 첨탑이여, 궁성이여. 게으른 옹알거림으로 꿈틀거리는 어린 인간의 도시여. 화염이 너를 뒤덮고 사막을 가로질러 달려온 병사들이 너의 어린 살점을 떼어내는 그날이 올 것을 추호도 생각지 못하는 작고 작은 도시야.

시오네는 몇 개의 바람을 지난 다음 그녀를 이끌어줄 바람과 만났다. 궁성 임펠리아로 부는 바람에 몸을 싣고 시오네는 한가롭게 활강했다.

반짝이는 가로등들이 마치 빛의 강인 것처럼 그녀의 몸 아래로 흘러갔다. 오가는 사람이 없는 야심한 밤, 검은 대로는 퍽이나 넓고 외로워 보였다. 하지만 박쥐의 시각 체계에서 시오네는 전혀 다른 것을 보고 있었다. 정확하게는 '듣고' 있었다. 비상하게 발달한 코의 주름을 통해 집중된 초음파는 목표물에 부딪혀 아스라한 반향을 일으킨다. 바이서스 임펠의 많은 지역은 대부분 돌로 된 건물들과 포장된 대로인지라 반사음은 모두 깨끗하고 선명하다. 가로등의 쇠붙이에 부딪혀 돌아오는 반사음은 날카롭게까지 느껴질 정도다. 시오네는 완전히 소리로만 이루어진 세계를 보며 날았다.

멀리서부터 둔탁하게 다가오던 반향음이 마침내 바로 앞으로 가까워졌다. 임펠리아의 거대한 돌벽에서부터 우렁찰 정도의 반사음이 다가온 것이다. 시오네는 지금까지 그녀를 실어 나르던 바람에서 살짝 비켜났다. 날개를 몇 번 파닥인 후, 시오네는 임펠리아의 성벽 군데군데 서 있는 성탑 중 최북단 성탑 위로 날아들었다. 바이서스 왕가를 수호하는 독수리와 영광의 아샤스에게 바쳐진 독수리 상의 부리에 매달린 시오네는 그대로 잠시 기다렸다. 뜰에는 두어 명의 궁성 수비 대원들이 오가고 있었지만 밤의 어둠 속으로 날아온 조그마한 흡혈 박쥐를 발견한 자는 아무도 없었다.

호흡을 가다듬은 시오네는 궁성 건물을 향해 가볍게 날아들었다. 임펠리아의 구조는 이미 속속들이 알고 있었다. 시오네는 건물 2층의 동쪽 끝에 위치한 발코니로 가볍게 날아들었다.

방안의 불은 꺼져 있었다. 발코니에 내려앉자마자 폴리모프한 시오네는 이제 검은 로브로 몸을 감싼 여인의 모습이 되어 조용히 발코니 문 옆에 기대섰다.

시오네는 문을 가볍게 밀어보았다. 하지만 역시 발코니 문은 잠겨 있었다. 예상하고 있었던 시오네는 별로 실망하지 않았다. 시오네는 문 손잡이 주위의 허공에서 손을 가볍게 휘저었다.

그녀의 입술 사이로 거의 들리지도 않는 낮은 목소리가 흘러나왔다.

"사일런스."

잠시 기다린 시오네는 조금 전과는 다른 방식으로 손을 휘저으며 캐스트했다.

"노크."

'딸깍' 하는 빗장 벗겨지는 소리는 나지 않았다. 하지만 시오네가 문을 밀자 문은 소리도 없이 부드럽게 열렸다. 시오네는 방 안으로 걸어들어 갔다.

열린 창문을 통해 쏟아지는 달빛이 방바닥에 푸르스름한 사각형을 만들어놓았다. 인간이라면 한참을 기다려야 했을 테지만 시오네는 곧 침대가 있는 위치를 찾아냈다. 시오네는 발소리도 없이 차분하게 걸어가서는 침대 옆에 멈춰 섰다.

데밀레노스 공주는 편안한 모습으로 잠들어 있었다. 잠자리인지라 모두 풀어놓은 머릿결은 자연스럽게 흩어져 있었고 그 속에서 공주의 얼굴은 하얗게 떠올라 보였다. 시오네는 그 얼굴을 보며 오른손을 품속으로 가져갔다. 다시 밖으로 나온 그녀의 손에는 커다란 나이프가 들려 있었다.

시오네는 칼집에서 나이프를 뽑은 다음 칼집을 방바닥에 던졌다. 달빛 속에 드러난 칼집은 정교한 문양이 새겨진 고급품이었다. 칼을 보는 안목이 조금이라도 있는 자라면 이 칼집이 자이펀 제품이라는 것을 단번에 알아볼 것이다.

갑자기 웃음이 터져나올 것 같았지만, 숙련된 암살자인 시오네는 그저 입술을 조금 올렸을 뿐이었다. 시오네는 칼날을 조심스럽게 만지며 함의 부탁을 떠올렸다.

'자연사인 것처럼 처리해 달라고 했나, 함?'

시오네는 고개를 가로저었다. 미안하지만 데밀레노스 공주의 심장에 꽂힌 나이프는 누가 보더라도 자이펀 군대에서 사용하는 군용 나이프라는 것을 알아볼 수 있을 거야. 시오네는 왼손을 뻗어 시트를 끌어내려 공주의 가슴을 노출시켰다. 잠옷 속에서 천천히 오르락내리락하는 공주의 가슴이 잘 보였다. 시오네는 이를 크게 드러내며 소리 없이 웃었다.

남자의 손길도, 조물거리는 아기의 손길도 닿지 않은 가슴이지. 사랑의 화살이 날아와 박히길 바라는 하얗고 순수한 가슴이여. 안타깝지만 네 품을 찾아드는 것은 자이펀과 바이서스 두 나라를 한꺼번에 집어삼킬 불꽃의 씨앗이란다.

시오네는 두 손으로 나이프를 쥔 다음 팔을 크게 들어올렸다가 힘껏 내리 찔렀다. 나이프가 공기를 가르는 날카로운 소리가 방 안으로 퍼져나가고, 살이 꿰뚫리는 끔찍한 파열음이 들려왔다.

데밀레노스 공주의 몸이 크게 경련했다. 그녀의 부릅뜬 두 눈이 허공을 응시했고 그녀의 입술이 벌어지며 들리지 않는 비명 소리를 토해 놓았다. 시오네는 나이프를 더욱 깊숙이 박아 넣기 위해 몸을 앞으로 기울이며 두 손에 체중을 실었다. 앞으로 숙인 그녀의 눈이 데밀레노스 공주의 눈과 마주쳤다.

데밀레노스 공주의 입술이 부들부들 떨리며 뭐라고 말을 꺼내려 했다. 시오네는 차갑게 웃었다.

"떠들면 안 되지……"

시오네는 그대로 머리를 숙였다. 그녀의 메마른 입술이 데밀레노스 공주의 입술을 천천히 내리눌렀다.

그 순간 시오네는 황급히 머리를 들어올렸다.

"이게 뭐지?"

마법? 잔뜩 긴장한 시오네는 마나의 움직임을 느껴보았다. 하지만 방 안의 마나는 완전한 평형 상태였다. 시오네는 어리둥절한 눈으로 데밀레노스 공주의 얼굴을 바라보았다. 하지만 그때 그녀의 등 뒤로부터 엄청난 소리가 울려퍼졌다. 쿵! 시오네는 펄쩍 뛸 듯이 놀라며 몸을 돌렸다.

발코니 문이 닫혀 있었다. 하지만 시오네를 더욱 놀라게 한 것은 닫힌 문 앞에 서 있는 검은 그림자였다. 시오네는 엉겁결에 몸을 돌리며 외쳤다.

"누구냐!"

그림자는 대답 대신 엉뚱한 말을 중얼거렸다.

"태초의 반역자, 비밀의 원수. 지순한 진리의 광휘여."

마법인 줄 알고 대비하려던 시오네는 룬 어가 아닌 것을 깨닫고는 주춤하고 말았다. 그래서 사내의 손으로부터 엄청난 빛이 터져나와 방 안을 가득 메웠을 때 시오네는 아무런 대처도 할 수 없었다.

"아아아악!"

동공을 파고드는 무지막지한 빛에 시오네는 비명을 토했다. 눈을 가린 그녀의 귀에 늙은이의 목소리가 들려왔다.

"70년, 70년이라고. 허, 허. 말했잖아? 엘, 엘프도 내 솜씨를 치, 칭찬해 줬다고. 뱀파이어, 뱀파이어쯤은 간단히 소, 속을 거라고 했잖아?"

"정말 놀랍습니다, 구다이 씨."

시오네가 뭐라고 말하기도 전에 다른 목소리가 대답했다. 그리고 시오네는 그 목소리를 알고 있었다. 시오네는 억지로 눈을 떠 대답이 들려온 곳을 바라보았다. 그곳은 방 문이었다. 그리고 방 문 앞에는 네 명의 사내들이 문을 가린 채 서 있었다. 시오네는 그들 가운데서 갈색 머리의 중년 사내를 발견하고는 앙칼지게 외쳤다.

"칼! 네놈이!"

칼은 약간 피로해 보이는 표정에 미소를 떠올리며 말했다.

"반갑군요, 시오네. 갈색 산맥에서 헤어진 후로는 처음이지요?"

시오네는 입술을 부르르 떨며 칼을 바라보다가 고개를 홱 돌려 침대를 보았다. 그곳에는 데밀레노스 공주가 가슴에 나이프가 박힌 채 쓰러져 있었다. 시오네는 믿을 수 없다는 눈으로 데밀레노스 공주의 시체를 바라보았다. 조금 전의 그 입술 감각은? 갑자기 시오네는 으르렁거리며 데밀레노스 공주의 얼굴을 움켜쥐었다.

시오네는 믿을 수 없었다. 눈에 보이는 것은 공주의 얼굴이었다. 하지만 손에 만져지는 것은 사람의 살결이 아니었다. 시오네는 이를 갈며 발코니 문 쪽을 돌아보았다.

발코니 문 앞에는 덩치가 작은 늙은이가 한 손으로 뒷짐을 진 채 서 있었다. 앞으로 나온 손은 가슴 높이에 들고 있었는데, 그 손바닥 위에는 똑바로 바라볼 수 없을 정도로 밝은 광채가 떠 있어 사내의 얼굴을 제대로 볼 수 없었다. 시오네는 눈을 잔뜩 찡그린 채 말했다.

"윌…… 오 위스프? 정령사구나!"

"그, 그렇소."

윌로위스프의 빛 뒤에서 늙은이의 목소리가 대답해 왔다. 시오네는 고개를 가로저었다.

"하지만 어떻게 그렇게 밝은……? 넌 인간이잖아!"

늙은이는 껄껄 웃으며 손을 위로 톡 쳐올렸다. 늙은이의 손바닥 위에서 맴돌던 광채는 마치 공처럼 튀어올라 천장 아래에서 맴돌았다. 늙은이는 애정이 가득 깃든 눈으로 광채를 바라보며 말했다.

"들었니? 저, 정말 이렇게 기쁠, 기쁠 수가 없구나. 무, 물론 너희들의 애정도 고맙지만, 역시 정령이 아닌 거, 것으로부터 칭찬을 들으니 조, 좋구나. 하하하. 자, 자, 이제 너도 나오너라."

늙은 정령사는 침대를 향해 가볍게 손짓했다. 늙은이의 쪼글쪼글한 손이 마치 무용수의 그것처럼 부드럽게 움직이자, 데밀레노스 공주의 모습이 갑자기 변하기 시작했다. 시오네는 이를 물었다.

데밀레노스 공주의 몸으로부터 작은 빛살들이 무수히 솟아올랐다. 솟아오른 빛 덩어리들은 천장으로 뛰어올라 맴돌았고 그래서 방 안은 빛으로 가득 차 그림자가 보이지 않을 정도로 밝아졌다. 그 밝은 빛 속에서 시오네는 침대 위에 인형이 놓여 있는 것을 발견할 수 있었다. 사람만큼이나 커다란 인형의 가슴에는 나이프가 꽂혀 있었다.

칼은 피로한 목소리로 말했다.

"소개하지요. 여기 이분은 그랜드스톰에서 오신 도스펠 씨."

턱을 만지작거리며 천장 아래를 맴돌고 있는 윌로위스프를 바라보던 프리스트가 칼의 소개에 황급히 손을 내리며 인사했다. 칼은 빙긋 웃으며 손을 돌려 반대편에 서 있던 거구의 젊은이를 가리켰다.

"퍼시발 군이야 구면일 테지요."

샌슨은 빙긋 웃으며 검을 뽑아들었다. 프림 블레이드의 기다란 검신이 윌로위스프의 빛을 받아 눈부시게 번뜩였다.

"반갑군, 시오네. 당신을 위해 와인과 장미를 준비……, 젠장! 다, 당신을 위해 많이 준비했지!"

잔뜩 긴장하고 있던 시오네는 놀라지도 못했고 정령사와 도스펠은 샌슨을 싹 무시해 버렸다. 샌슨 옆에 서 있던 네 번째 사내는 후드를 깊이 내려쓰고 있어서 표정을 볼 수 없었지만, 그의 어깨가 조금 떨리는 것은 잘 보였다.

칼은 기지개를 켜며 말했다.

"으하아암. 그래요. 준비 많이 했지. 들킬까 봐 마법사 대신 우리 시대 최고의 정령사를 데리고 왔을 정도니 우리의 준비성을 칭찬해도 좋을 거요. 구다이 씨를 소개하겠소. 70년 동안이나 정령과만 대화를 나눠온 정령사요. 그 고명한 솜씨는 보는 바와 같소."

늙은 정령사 구다이는 입이 헤벌어진 채로 연신 고개를 끄덕였다. 시오네는 활활 타오르는 눈으로 칼을 바라보았다.

"준비를 했다는 것은, 내가 올 줄 알았다는 말이군……"

"그래요."

"어떻게!"

"두 분의 조력이었소. 우선 여기 알리 씨를 소개하겠소."

네 번째 사내가 후드를 들어올렸다. 시오네는 후드 아래에서 드러난 전 자이펀 국방 대신의 얼굴을 보며 사납게 으르렁거렸다. 하지만 알리는 엄격한 얼굴로 천장을 바라보며 말했다.

"Tou daphmerq ge une ina ferhichii……"

샌슨은 궁금한 표정으로 칼을 돌아보았고 그러자 칼은 선선히 웃으며 말했다.

"암살자 치곤 살기를 너무 많이 노출시킨다고 하셨네."

시오네는 두 팔을 확 벌리며 외쳤다.

"저놈이 나의 접근을 간파했다 하더라도, 어떻게 그새 이렇게 준비할 수 있었단 말이냐!"

"올 줄 알고 있었으니까. 언제 올 줄은 몰랐기에 우리는 매일 공주의 침실에서 밤을 새워야 했소. 피곤하고 낯부끄러운 일이 이제야 끝나니……"

"어떻게 내가 올 줄 알고 있었다는 말이냐!"

"음? 아아, 이런. 피곤해서 자꾸 말이 새는군. 물론 두 분의 조력 때문이오. 하지만 두 번째 조력자께서는 이곳에 계시지 않으니 소개해 드릴 수가 없군요."

"여기 없다고?"

"그렇소. 금방 데려올 수도 없지."

"그게 누구냐!"

칼은 대답 대신 싱긋 웃었다. 그때 구다이가 찢어지는 목소리로 외쳤다.

"조, 조심해!"

구다이가 외치는 순간, 계속 질문을 던지며 준비하고 있던 시오네가 두 팔을 확 들어올렸다. 도스펠은 황급히 디바인 마크를 꺼냈고 샌슨은 고함을 내지르며 곧장 앞으로 돌격했다. 그러나 시오네는 눈 깜빡할 사이에 캐스트를 마쳤다.

"미러 이미지!"

순식간에 방 안에 네 명의 시오네가 나타났다. 돌격하던 샌슨은 협공당할 것을 염려하여 주춤하며 발을 멈췄다. 네 명의 시오네는 빠른 손놀림으로 레이피어를 뽑아들고는 네 명의 사내를 향해 육박했다. 그러나 그때 구다이가 재빨리 외쳤다.

"태초의 반역자, 비밀의 원수. 지순한 진리의 광휘여! 진실을 드러내는 너의 날갯짓을!"

정령을 부를 때 구다이는 절대로 더듬지 않았다. 시오네는 공포에 질린 표정으로 천장을 바라보았다. 저것을 잊었어! 순식간에 내려진 구다이의 명령에 천장을 가득 메우고 있던 윌로위스프들이 움직이기 시작했다. 광채가 한 곳으로 모여들자 샌슨은 팔을 크게 들어올렸다.

"찾았다!"

프림 블레이드가 허공에 빛의 장막을 그리며 시오네를 향해 쏘아져갔다. 시오네는 얼떨결에 레이피어를 들어올렸지만 샌슨은 무지막지하게 내려치던 검날을 살짝 뒤틀었다.

"크아아악!"

시오네는 잘려나간 자신의 오른손을 보며 뒤로 물러났다. 하지만 샌슨은 조금의 헛동작도 없이 어깨로 시오네의 몸을 들이박았다. 시오네는 숨이 턱 막히는 고함을 내지르며 침대 위에 쓰러졌다. 침대 위에 쓰러진 시오네를 향해 도스펠은 주저 없이 디바인 마크를 내밀었다.

"대지가 거부하는 시체여, 사라져라!"

"캬아아악!"

시오네는 비명을 내지르며 뒤로 물러났다. 앉은 채로 물러나던 시오네는 침대 머리에 부딪혔고 그러자 시오네는 몸을 돌려 벽을 긁어댔다. 시오네는 벽에 머리를 찧어대며 한사코 디바인 마크로부터 멀어지려 했고 도스펠은 그런 시오네를 향해 딱딱하게 굳은 얼굴로 디바인 마크를 내밀었다.

"캬아아악! 저리 가! 비켜! 살려줘!"

시오네를 향해 뻗어가던 도스펠의 손이 멈췄다. 하지만 도스펠은 팔을 내리지 않았다. 디바인 마크는 그대로 시오네를 향해 겨냥한 채 도스펠은 침대 발치에 멈춰 섰다.

침대 옆으로 다가온 칼은 벽을 뚫고서라도 도망갈 기세인 시오네를 측은한 표정으로 바라보며 말했다.

"좋은 대접까지야 해줄 순 없었지만……, 이렇게까지 소란을 피울 건 또 뭐요, 시오네."

"캬아악, 캬아아악! 저리 가, 저리 가!"

시오네는 눈물을 펑펑 흘리며 도리질을 했다. 칼은 고개를 가로젓고는 샌슨을 향해 눈짓을 보냈다. 샌슨은 시오네를 경계하며 침대 밑으로 손을 집어넣었고, 잠시 후 끙끙거리며 큼직한 물건을 끌어냈다.

하지만 정신없이 도리질을 하며 비명을 지르던 시오네는 샌슨이 꺼낸 것이 무엇인지 알아차리지 못했다. 그러자 칼은 차분하게 말했다.

"당신 관이 어디 있는지는 모르지만, 일단 이곳에라도 들어가시오."

시오네의 눈이 번쩍 빛났다. 관이라고? 시오네는 고개를 돌렸고 침대 옆에 놓여 있는 관을 보자마자 그곳으로 몸을 날렸다. 요란한 소리와 함께 시오네가 관 속에 들어가자 관 뚜껑이 저절로 날아올랐다. 텅!

날아오른 관 뚜껑은 정확하게 관을 덮었다. 샌슨은 다시 침대 밑에 손을 집어넣어 망치와 못을 꺼냈다. 샌슨은 손에 망치를 들고 못 몇 개는 입에 물며 말했다.

"이거오 추우하까오?"

입에 못을 문 채 말해서 발음이 부정확했지만 칼은 고개를 끄덕였다.

"그래. 충분해."

그러자 샌슨은 탕탕 소리를 내며 관 뚜껑에 못질을 하기 시작했다. 도스펠은 디바인 마크를 꼬나든 채 관을 경계했고 구다이와 알리, 그리고 칼은 관 주위에 둘러서서 샌슨이 못질하는 것을 보고 있었다. 샌슨이 못질을 끝내고 물러나자 도스펠은 관 위에 디바인 마크를 내려놓았다. 샌슨은 디바인 마크를 못질해서 관 뚜껑 위에 고정시키고 난 다음 손바닥으로 몇 번 내리치고는 싱긋 웃었다.

"자, 튼튼합니다."

"휴우······. 겨, 겨우 끝났군."

구다이는 이마의 땀을 닦으며 말했다. 칼은 미소를 지으며 모든 사람들에게 인사했다.

"수고들 하셨습니다."

"저 뱀파이어가 자기편으로부터 배신당한 것을 알면 뭐라고 할까요, 칼?"

샌슨은 관을 내려다보며 말했다. 칼은 고개를 가로저었다.

"퍼시발 군. 저 여자 역시 자기편을 배신하고 데밀레노스 공주를 살해하려 했어. 피장파장이지."

"하지만, 그것 자체가 함에게 농락당한 것이잖습니까."

칼은 대답하기에 앞서 샌슨의 손을 살폈다. 샌슨은 어리둥절한 표정으로 손에 든 망치를 내려다보다가 얼굴을 붉으락푸르락하며 말했다.

"제가 질문하는 겁니다, 예!"

칼은 겸연쩍게 웃으며 말했다.

"아아, 그래. 뭐……, 그렇긴 하지. 자신의 복수심을 가누지 못한 대가라고 할 수밖에. 자, 이제 관을 옮기도록 하지. 관을 옮기는 것은 나와 도스펠 씨가 담당할 테니 퍼시발 군 자네는 자크에게 가보게."

"지금이오?"

"그래. 자크에게 가서는 함께 연락을 보내라고 해. 잠깐……, 전갈을 바꾸지."

방문을 나서려던 샌슨은 몸을 돌려 칼을 바라보았다. 칼은 잠시 생각하다가 말했다.

"감사하다는 말과, 직접 대면을 요구한다는 말을 덧붙이게."

"예? 직접 대면이오?"

"그래. 휴전 협상에 나도 나갈 테니 함도 나오라고 전하는 거야. 알겠지? 대충 그런 의미로 정중하게 써서 보내라고 해. 이런 식으로까지 협상하겠다는 의미를 분명히 했으니, 아마도 반드시 나올 걸세. 그 친구의 얼굴을 보고 싶군."

"알겠습니다."

빛의 탑은 사상 최대의 혼란으로 돌입했다. 마법사들은 자신들이 그저 조금 흥분했다고 생각했지만, 시민들로서는 심장이 오그라붙을 것 같은 공포를 느꼈다.

바이서스 임펠 내에서 마법사 길드 '빛의 탑'은 그 앞을 오가는 시민들에게 항상 묘한 쓴웃음을 짓게 만드는 건물이었다. 시내의 적당히 지저분한 거리에서도 다시 주위의 지저분한 건물들로부터 '저렇게 지저분한 건물과 함께 서 있어야 하다니!' 하는 힐난을 듣기에 적당한 2층짜리 목조 건물의 2층이 그 이름 위대하사 빛의 탑인 것이다.

바이서스 임펠의 나이 많은 시민들만은 경외감 때문에 대화에 빛의 탑을 거론하는 일을 퍽 삼갔지만, 발랄한 청년이나 소년들은 빛의 탑이 거기 있다는 것은 알고 있을지언정 거기 대해 가장 미약한 경외감도 느끼지 못했다. 1년에 한번, 아니 10년에 한번이라도 빛의 탑의 2층 창문을 통해 반인 반수가 뛰쳐나온다거나(나이가 몹시 어린 축들의 기대다.), 지붕이 날아갈 정도의 대폭발이 일어난다거나(우주적 공포를 조금이나마 맛볼 수 있는 연령층의 기대다.), 금발을 치렁치렁 늘어뜨린 벌거벗은 엘프가 백마를 타고 나온다거나(외로운 밤 때문에 처절하게 방황하는 청소년들의, 간절하지만 말도 안 되는 기대다.) 한다면 바이서스 임펠의 시민들도 만족감을 느끼며 그것이 마법사의 길드라는 사실을 인정할 수 있었을 것이다. 하지만 빛의 탑은 항상 고요하고 조금 지저분한 건물일 뿐이었다. 그래서 바이서스 임펠의 시민들은 그 이름을 입에 올릴 때마다 조금 우스꽝스러운 기분을 느낄 수밖에 없었다.

어느 여행자가 바이서스 임펠의 시민들에게 길을 물어보았다고 하자. 친절한 시민은 상냥하게 설명해 줄 것이다.

"그러니까 죽 전진한 다음 오른쪽 두 번째 골목을 돌면 왼편에 빛의 탑이 보일 텐데……"

바로 이 부분에서 바이서스 임펠 시민은 정체를 알 수 없는 미소를 지을 테고, 물정 모르는 여행자는 어리둥절해 버리고 말 것이다. 그것은 늙어빠져 무서울 것이 하나도 없는 과수원 주인이 죽이겠다는 식으로 고함을 지를 때 어린 서리꾼들이 짓는 미소와 비슷한 것이다.

그래서 빛의 탑 바로 근처에 사는 수도 시민들은 항상 은근한 경멸과 무시로 빛의 탑을 대해 왔다. 적어도 어제까지는 그랬다는 말이다.

하지만 오늘 아침이 되자 모든 것은 처절할 만큼 달라졌다. 시민들은 숨까지 헐떡거리며 모든 것이 평온했던 어제로 돌아가기를 간절히 바랐지만 그것은 불가능한 일이었다. 어른들의 공포와는 별도로, 적어도 골목을 주름잡는 악동들만은 미쳐버릴 정도로 신나하고 있었다.

인파 한가운데서 스터벅은 잠시도 쉬지 않고 입을 나불거리고 있었다. 어제까지만 해도 그의 수다에 노이로제를 일으키거나 머리를 내저으며 도망치던 주위의 이웃들은 넋을 잃은 얼굴이 되어 스터벅의 수다를 경청하고 있었다.

스터벅은 에델브로이의 충실한 신자였고, 두 딸의 아버지이며, 건실하면서도 자상한 인격을 갖추었다고 스스로 믿고 있으며, 끈기 있지만 승률은 높지 못한 도박꾼이었지만, 이웃들이 그의 그런 면들 때문에 스터벅의 말에 귀를 기울이는 것은 아니었다. 스터벅은 빛의 탑 바로 맞은편에서 작은 잡화점을 운영하는 사나이였던 것이다. 게다가 그는 사건을 맨 처음부터 목격한 사람이기도 했다.

향후 수년간 우려먹을 것이 분명한 이야기를 스터벅은 다시 신나게 펼쳐보였다.

"뭐? 처음부터 다시? 아, 그래. 지금 막 온 사람도 있으니까. 그럼 모두들 조용히 하고 잘 들어봐. 그러니까 오늘 아침 해뜨기 직전이었지. 어제 진탕 퍼마셔서 머리가 아팠지만 나는 한 번도 가게 문 여는 시간을 놓쳐본 적이 없다고. 그래서 오늘 아침에도 에델브로이의 가호 속에 벌떡 일어났다네. 가게 문을 열려고 밖으로 나왔지. 기지개를 켜려고 몸을 주욱 펴는데 말이야, 남쪽 하늘에서 뭔가가 날아오는 것이 보이더라고. 난 그냥 새일 거라고 생각했지. 그런데 잠시 후, 들어봐. 난 아무래도 뭔가가 이상하다는 것을 느꼈단 말이야."

주위의 인파들은 아버지의 원수가 콧잔등을 후려치고 지나간다 하더라도 알아차리지 못할 정도의 집중력을 보였다. 스터벅은 그런 청중을 주욱 둘러보고 나서 말을 이었다.

"아무리 봐도 그건 새일 수가 없었어. 우리 큰아버지가 트리키 가문의 숲지기였다는 거 알고 있나? 나도 어릴 때 큰아버지를 따라 숲을 많이 싸돌아 다녔지. 그래서 새란 새는 대부분 구분한단 말이야. 바로 그랬기에 이상하다는 것을 알아차릴 수도 있었겠지. 그건 말이야, 잘 들어. 그건 날개가 없었단 말이야!"

주위의 시민들 중 숲지기 큰아버지가 없다 하더라도 날개가 없는 새라면 누구에게든 이상하게 보였을 거라고 말하는 시민은 없었다. 그들은 심지어 스터벅을 향해 엄숙한 경의를 보내기까지 했다. 스터벅 역시 이런 경천동지할 사건의 목격자로서 가져 마땅한 위엄을 맘껏 뽐내면서 말했다.

"나는 달아나지 않았어. 제자리에 꼿꼿이 서서 그것을 관찰했지. 에델브로이의 가호 속에 있는 나에게 무엇인들 무섭겠나."

무서워서 다리가 굳어버렸던 것이 아니냐고 묻는 시민도 없었다.

"그래서 나는 그것이 무엇인지를 똑똑히 알 수 있었지. 그것은 사람이었어. 유피넬과 헬카네스에 맹세코, 그것은 사람이었지. 나는 술이 덜 깬 것이 아닌가 싶어 두 눈을 비벼보았지만 아무리 봐도 그건 사람이었단 말이야."

사람이었다는 말이 몇 번이나 반복되었지만 짜증을 내는 시민도 없었다. 스터벅은 열정적으로 팔을 휘둘렀다.

"나는 입을 쩍 벌린 채 그 사람을 바라보았지. 화살처럼 곧게 날아온 그 사람은 바로 내 머리 위에서 몇 번 맴돌았지. 바로 이 위를!"

스터벅은 자신의 머리를 가리켜 보이기까지 했고, 시민들은 스터벅의 벗겨진 머리가 거룩한 징표나 되는 것처럼 바라보며 한숨을 내쉬었다.

"그러더니 그 사람이 밑으로 내려오는 거야. 난 용기를 쥐어짜서 말했지. '안녕하시오! 좋은 아침이죠?' 그러자 그제서야 그 사람은 나를 알아본 거야. 그 사람은 이 정도 높이에 뜬 채 나를 돌아보는데, 후하! 나는 하마터면 심장이 멎어버릴 뻔했지. 눈이 세 개더라고! 바로 여기, 그래. 여기에 눈이 하나 더 있더란 말이야!"

스터벅은 자신의 미간을 찌를 듯이 가리켜보였고 시민들은 바로 그 장소에서 스터벅의 세 번째 눈을 보기라도 한 것처럼 눈을 커다랗게 떴다.

"나는 질린 표정으로 그 사람을 바라보았어. 그러자 그 사내는 싱긋 웃더니 이렇게 말하는 거야. '안녕하시오, 스터벅. 아, 내가 당신의 이름을 안다고 해서 너무 놀라지는 마시오. 나는 바로 이 앞의 건물에 사는 사람이며, 당신과 이 주위의 이웃들에 대해서라면 그들의 버릇이나 취미까지도 소상하게 알고 있소.' 생각해 보게. 바로 이 앞의 건물이라니, 그건 빛의 탑이잖나! 그래서 나는 단숨에 짐작할 수 있었지. '마법사이십니까?' 그러자 그 사내는 고개를 끄덕였지. '하하! 시몬슬이라고 하는 풋내기 마법사요.' 이렇게 정중하게 말하는 거였어."

시민들은 시몬슬이라는 이름을 몇 번이나 반복해서 발음해 보며 신비로워했다. 그때 시민들 중 하나가 자신의 외가 쪽으로 그 비슷한 이름을 가진 친척이 있다고 말하여 시민들을 더욱 놀라게 만들었다. 스터벅은 주의가 다른 곳으로 돌아가는 것을 보자 재빨리 목소리를 높였다.

"자! 그래서 나는 말했지. '퍽 즐거워 보이는군요?' 실제로 그 시몬슬은 무지무지하게 흥분한 얼굴이더라고. 그러니 나 같은 사람에게 인사를 다 건넬 정도였겠지. 시몬슬은 고개를 이렇게 끄덕이며 말했어. '그래요. 기뻐하셔도 좋소, 스터벅. 당신은 내가 가져온 소식을 처음으로 듣는 사람이 될 거요.' 그자는 그렇게 말하는 거야. 바로 나에게."

시민들의 주의는 순식간에 스터벅에 옮겨갔다. 아니, 스터벅이 그토록이나 고귀한 위치에 서게 되다니! 그런데 그게 무슨 소식일까? 시민들의 고조된 시선을 충분히 즐기며 스터벅은 시몬슬의 목소리를 흉내내어 위엄 있게 말했다.

"오늘은 이 수도에서 잊혀지지 않을 날이 될 거요. 300년을 거슬러, 일곱 빛깔의 지팡이의 주인은 다시 바이서스 임펠로 돌아오실 거요. 앞으로 두어 시간쯤 후. 나는 그 전령으로 온 사람이오. 자, 이제 빛의 탑을 깨울 때가 되었소. 서둘러야겠소."

그러나 바로 그 순간 시민들은 스터벅의 기대를 배신했다. 시민들은 얼떨떨한 얼굴로 서로를 돌아보았던 것이다. 일곱 빛깔의 지팡이의 주인이 누구야? 스터벅은 절대로 시몬슬에게 되물었던 적이 없다는 듯한 태도로 이웃들을 한심스럽게 쳐다보며 외쳤다.

"이 멍청한 작자들아, 무지개의 솔로처잖아!"

스터벅은 자신이 외친 이름에 대해 이웃들이 보내온 반응 앞에 생애 최고의 기쁨을 느꼈다. 그의 아내와 딸들은 남편이자 아버지인 그의 말에 말 울음소리 정도의 가치도 부여하지 않았다. 따라서 지금 이 이웃들이 보여주는 반응이 그에게 터질 듯한 희열을 주었다는 것은 당연하다.

"솔로처! 솔로처라니, 대마법사 솔로처 말인가!"

"북방을 휩쓸고 데스나이트를 물리치고 헐스루인 공주를 가르쳤던 그 솔로처?"

"무슨 말이야? 솔로처는 까마득한 옛날에 죽었잖아?"

"부, 부활?"

이웃들은 그제서야 빛의 탑을 바라보며 모든 사정을 이해할 수 있었다. 그래서였기 때문이다. 세월마저 숨가빠할 시간이 지나고 나서 그들의 까마득한 사조가 귀환하는 것이다. 그래서 저들 마법사가 저토록이나 흥분하고 있는 것이다.

하지만 이해한다는 것과 공포는 별개의 문제였다. 마법사들의 광란을 돌아본 시민들은 다시 다리를 덜덜 떨었다.

빛의 탑 꼭대기에 올라선 한 노마법사는 생애 동안 쌓아온 모든 기술을 펼쳐 보이겠다는 식으로 푸른 하늘을 배경 삼아 갖가지 영상을 만들어내고 있었다. 먼저 그는 허공에 커다란 장미 봉오리를 만들어냈다. 그 장미 봉오리의 꽃잎 사이에서는 엘프의 손이 아닌가 싶은 하얀 손이 나와 있었는데, 그 손에는 빨간 장미가 들려 있었다. 그리고 그 장미에서는 다시 하얀 손이 나와 있었다. 이런 식으로 끝없이 장미와 손이 반복되었다.

그 옆의 여마법사는 으르렁거리는 팬텀 스티드를, 게다가 꼬리가 있어야 할 위치에 머리가 달려 있어 양쪽이 다 앞쪽인 팬텀 스티드를 수십 마리 소환하여 바이서스 임펠의 하늘을 달음박질치게 만들고 있었다. 하지만 그들은 양쪽이 다 앞쪽이기 때문에 어느 쪽으로도 달려가지 못했고, 결과적으로 제자리에서 빙글빙글 돌고 있었다.

여기까지는 간신히 참아 넘길 수 있었지만, 한 젊은 마법사가 불러낸 영상은 급히 출동한 경비 대원들을 발작하게 만들었다. 수도 경비 대장 콜라이드는 옆으로 보면 그 공포가 덜할 것이라고 믿는 것처럼 곁눈질로 하늘을 바라보며 외쳤다.

"저거, 저 드래곤 정말 안전한 겁니까?"

빛의 탑에서도 가장 온화한 마법사 키뤼시나는 온화하게 웃었다.

"물론 안전하답니다, 콜라이드."

덜 미쳤다는 이유로 동료 마법사들로부터는 은근히 따돌림을 당하지만, 바로 그렇기 때문에 경비 대원들을 상대하는 일을 자임해야 했던 슬픈 여마법사 키뤼시나는 사랑스럽지 않느냐는 표정으로 하늘의 절반을 꽉 채우다시피 한 채 꿈틀거리는 드래곤을 가리켜 보였다. 하지만 콜라이드는 절대로 그런 표정을 지을 수 없었다.

"글쎄요. 내가 특별히 까탈스러운 성격은 아닙니다만, 일곱 개의 머리가 달려 있고 그것들이 상대방의 몸통을 뜯어먹으려 드는 드래곤이 안전하다고 생각하기는 어렵습니다만? 게다가 저 몸통들은 자신의 몸통이기도 하잖습니까? 맙소사, 난 머리가 어떻게 되는 것 같습니다."

"저건 메타포일 뿐이에요."

"예?"

키뤼시나는 다시 빙긋 웃었다.

"저들을 용서하세요, 콜라이드. 저들은 그저 저녁에 집으로 돌아온 아버지에게 그날 배운 것을 보여주려고 애쓰는 아이들과 같답니다. 아버지 앞에서 노래 부르고 춤추는 어린아이. 당신에게도 아이들이 있겠죠?"

"내 자식들은 사람들의 머리 위로 뛰어다니며 노래를 불러대는 날개 달린 원숭이를 만들어내지는 않습니다만. 어이쿠, 저리가!"

날개 달린 원숭이는 낄낄거리며 콜라이드의 정수리에서 펄쩍 뛰어올랐다. 원숭이는 그대로 하늘로 솟아오르며 듣는 사람으로 하여금 넋을 잃게 만드는 아름다운 목소리로 노래를 불렀다. 한 감정 풍부한 처녀는 원숭이의 노래에 눈물을 글썽였고 늙수그레한 거한들도 눈을 찔끔거리며 거칠게 눈가를 비볐다. 비록 그 원숭이의 노래 가사가 스터벅의 가게에서 팔리는 잡동사니들의 가격 명세표를 줄줄 불러대고 있는 것에 불과하다 하더라도 그것 때문에 감동을 잃는 시민은 아무도 없었다.

키뤼시나는 미안한 듯한 미소를 지으며 원숭이를 대신하여 콜라이드에게 사과한 다음 한숨을 내쉬며 말했다.

"이 지경이니……, 사람들이 뭐라고 하던 빛의 탑은 개방되지 않는 편이 좋은 거죠. 완전히 돌아버린 마스터들이 빛의 탑 내부만을 좋아한다는 것은 콜라이드 당신에게도 퍽 다행스러운 일 아닐까요."

"충심으로 동감하고 싶습니다. 내 대원들이 아무리 날쌔다 한들, 저렇게 빠른 티테이블을 무슨 수로 검거하겠습니까."

그 작은 티테이블은, 황홀감에 젖어 사람들의 다리 사이로 8자를 그리며 달리는 개들에게 합세해서 경비 대원들의 다리 사이를 미친 듯이 달리고 있었다. 그 티테이블에 입이 달려 있었다면 주위의 개들과 마찬가지로 목이 쉬도록 짖어댔을 것은 거론할 필요도 없을 것이다.

그때 까마득한 하늘에 떠 있던 마법사(독특하게도 물구나무선 채로 하늘을 날고 있었지만 이 상황에서는 별로 신기해 보이지 않았다)가 아래에 있는 사람들에게까지 들릴 정도로 우렁차게 외쳤다.

"솔로처 님께서 오신다아!"

마법사들의 광란은 극에 달했다. 장미 봉오리를 만들어내던 마법사는 이제 사방으로 장미 꽃잎을 날려대는 장미 폭풍을 일으켜 시민들의 숨통을 막았다. 빙글빙글 돌고 있던 팬텀 스티드들은 너무 많이 돌아서 어지러움을 느끼며 추락했다. 다행히도 팬텀 스티드들은 사람들의 머리에 부딪히기 직전 보다 작고 부드러운 것으로 바뀌었지만, 그것은 사람들을 더욱 당혹하게 만들었다. 시민들은 하늘에서 떨어지는 스컹크들을 피해 무슨 말인지 알아들을 수도 없는 괴성을 지르며 아무 방향으로나 미친 듯이 달려갔다. 사람들의 혼란에 더욱 놀란 스컹크들은 엉덩이를 곧추세운 유명한 자세를 취한 다음 거침없이 발사를 개시했지만, 스컹크들이 발사한 액체에서는 갓 구운 바닐라 케이크 향이 퍼져나와 시민들을 포복절도하게 만들었다.

그리고 그 혼란 속에서 솔로처가 나타났다.

남쪽 하늘로부터 기다란 지팡이에 올라탄 솔로처가 시민들의 머리 위로 날아왔다. 그가 탄 지팡이는 시민들의 머리 위를 가볍게 한 바퀴 돌고는 천천히 아래로 내려왔다. 황금빛 비둘기들이 날아오르고 그 사이사이로 날개 달린 원숭이들과 빛발들이 한없이 하늘로 솟구쳤다. 장미 꽃잎은 이제 모든 사람들의 머리와 어깨에 더 이상 쌓일 수 없을 정도로 쌓여 있었고 대로에는 포석이 보이지 않을 정도로 꽃잎이 깔려 장밋빛 강이 만들어질 지경이었다.

바로 그런 대로 가운데로 솔로처는 그의 백발 위에 장미 꽃잎을 한껏 얹은 채 당황하며, 심지어 놀라기까지 하며 내려서고 있었다.

"이게 웬 난리람. 어쨌든 확실히 빛의 탑이 맞긴 맞나 보군."

6

"솔직히 놀랐네, 젊은이들. 아주 인상적이었네."

솔로처는 기쁜 얼굴로 말했다. 빛의 탑의 마법사들은 그것이 그들의 기량에 대한 칭찬이라고 생각하고는 희희낙락했지만 나름대로 건전한 상식을 가진 키뤼시나는 솔로처의 말을 똑바로 이해할 수 있었다.

"당신은 저희들의 꿈이자 소망이십니다."

"많은 세월이 흘렀군……, 많은 세월이."

솔로처의 독백은 키뤼시나조차도 이해할 수 없는 말이었다. 솔로처는 숨길 수 없는 감동으로 목소리를 조금 떨며 말했다.

"살아생전, 나는 항상 핸드레이크의 작은 제자 솔로처였지. 늘그막까지 그랬단 말이야. 내가 대륙의 북방을 정벌하면서 가장 많이 들었던 말이 뭐였는지 아나? '걱정 마십시오. 당신 옆에는 내가 있습니다.' 언뜻 듣기 좋은 말 같지? 하지만 그렇지 않아. 핸드레이크였다면 그런 말을 꺼낼 필요가 없었겠지. 그들은, 그들은 무의식중에 나를 조력이 필요한 인간, 그들과 같은 별 볼일 없는 인간으로……, 관두지. 그들도 물론 훌륭한 무사들이었고 장군들이었지……"

솔로처는 고개를 가로저었다. 빛의 탑의 마법사들은 그들에게 익숙지 않은 인간관계의 복잡한 문제에 잠시 얼떨떨한 표정이었지만 키뤼시나는 다시 한번 빙긋이 웃으며 고개를 끄덕였다. 솔로처는 나지막하게 말했다.

"그래도, 나는 한 번만이라도 내 사부님처럼 동료 장군들에게 미움받고 경원당하기를 바랐네. 친절하게 건네는 도움의 손길이 아니고. 건방져 보이나? 하하하."

"자존심과 고독의 문제군요. 이해합니다, 솔로처."

솔로처는 환하게 웃으며 키뤼시나를 바라보았다.

"고맙네, 아름다운 후학이여."

나이 마흔을 넘겨 원숙함이 가득한 키뤼시나는 이런 호칭에 쑥스러워하는 척함으로써 솔로처를 웃음 짓게 만들었다. 솔로처는 다시 주위를 둘러보았다.

시민들의 눈에 서린 경외감과 황홀감은 솔로처의 주름살 가득한 눈가를 촉촉하게 만들었다. 그의 말대로, 정말 많은 시간이 흐른 것이다. 시간은 그의 이름에 전설의 마력을 더하여 핸드레이크의 이름과 같은 정도의 위엄과 신비를 부여했다. 이것은 켄턴의 시민들이 그를 기억하는 것과는 전혀 다른 문제다. 켄턴의 시민들은 그와 직접적인 관련이 있는 사람들이다. 솔로처는 수도의 시민들마저 그를 되살아난 전설로

서 대할 것이라고는 상상도 하지 못했다.

솔로처는 기세 좋게 말했다.

"일단은 수도 방문의 목적부터 해결해야겠지. 수도 경비 대장 콜라이드라고 하셨나? 오래간만에 와서 길을 도통 모르겠군. 세류델헨 성으로 안내해 주겠나?"

콜라이드는 어리둥절한 표정으로 솔로처를 마주보았다.

"예? 아아, 궁성 임펠리아 말씀이십니까."

"아아, 거기. 그래. 미안하군. 우리는 세류델헨 성이라고 부르곤 했네. 어감이 좋잖나."

콜라이드는 고개를 끄덕였지만 그 즉시 솔로처를 안내하지는 않았다. 그 전에, 콜라이드는 자신의 대단한 배짱을 증명해 보였다.

"안내하기에 앞서……, 뭔가 신원을 확인할 것이 필요합니다만."

"응? 무슨 말인가. 내가 솔로처라는 것을 증명하라고?"

"아니오. 저는 당신이 솔로처이기에 더욱 증명이 필요하다고 생각합니다. 당신이……, 언데드가 아닌지."

콜라이드는 이렇게 빛의 탑의 마스터들이 모두 뛰쳐나온 거리에서 감히 그들의 사조를 의심할 정도로 배짱 센 인물이었다. 하지만 그의 부하들은 그렇지가 못해서 모두들 눈이 튀어나올 듯한 얼굴로 대장을 바라보았다.

그러나 진노한 마스터들이 이 거리 일대를 초토화시켜 버리거나 눈에 들어오는 모든 시민들에게 3년이 세 번씩 세 번 반복될 동안 악운만이 가득하라고 저주를 거는 일 등은 일어나지 않았다. 빛의 탑의 마법사들은 일제히 웃음을 터뜨린 것이다. 그들은 그야말로 재미있어 죽 겠다는 식으로 웃어대었고 어떤 마법사는 웃다가 못 견뎌 제자리에서 공중제비를 돌기도 했다. 그 가운데서 솔로처는 쓸쓸한 웃음을 지으며 콜라이드를 바라보았다. 솔로처는 뭐라고 말하려 하다가, 문득 손을 들어 태양을 가리켰다.

"햇살이 참 곱지 않나, 콜라이드?"

콜라이드는 헛기침을 했다. 태양빛 아래를 태연하게 걸을 수 있는 언데드는 극히 드물다는 사실을 떠올렸기 때문이다.

"……죄송합니다. 안내하겠습니다."

"여보게. 내가 만일 언데드였다면 내 후배들은 겉모습 따위에 신경 쓰지 않고 벌써 오래 전에 나를 박살내 놨을 걸세. 난 그들이 한번 주저해 보지도 않을 거라는 데 이 지팡이를 걸어도 좋아. 여차저차한 사정으로 부활하긴 했네. 그리고 난 지금 그 사실에 대해 설명하기 위해 전하를 찾아뵙고자 하는 것이네."

"잘 알겠습니다. 일동 차렷!"

콜라이드는 재빨리 몸을 돌려 경비 대원들에게 구령을 붙였다. 경비 대원들은 얼굴을 딱딱하게 굳힌 채 국빈 호위의 분위기를 자아냈다. 어깨에서 꺅꺅거리는 원숭이나 다리 사이로 질주하는 티테이블이 없었다면 그들은 루트에리노 대왕의 여덟별만큼이나 엄숙해 보였을지도 모른다.

먼저 달려간 경비 대원에 의해 임펠리아에 솔로처의 방문 소식이 전해졌다. 궁성의 안살림꾼이자 영접꾼 노릇도 하는 궁내 부장 리핏 트왈리전은 절망적으로 머리를 굴려봤지만 '죽었다가 되살아난 궁정 마법사'를 맞이하는 예법이 어떻게 되는지 짐작도 할 수 없었다.

리핏 트왈리전은 침착하게 생각하려 애썼고 마침내 솔로처가 죽는 그날까지 궁정 마법사였음을 떠올렸다(혹은 그런 내용의 기록을 보았음을 떠올렸다.). 그 이후로 핸드레이크나 솔로처가 있었던 지위에 도전하려 드는 마법사는 없었고, 그래서 궁정 마법사는 궁성 수비대 대장으로 직위가 변경되어 대대로 마법사가 궁성 수비 대장을 맡아왔다……라는 것까지 떠올리고는 리핏 트왈리전은 흡족한 기분을 느꼈다. 하지만 그런 기억들이 코앞에 닥친 당혹스러운 사태에 아무 도움이 되지 못한다는 것을 깨닫고, 리핏 트왈리전은 흡족해졌던 것만큼이나 빠르게 침울해졌다.

그래서 솔로처는 리핏 트왈리전이 아무런 대비도 못한 상태에서 궁성 임펠리아의 도개교를 당당하게 걸어들어 왔다. 뒤로는 환호하는 시민들과 그들을 반쯤 돌아버리게 만들 정도의 환상을 계속 만들어내는 빛의 탑의 길드원들을 대동한 채. 그래서 궁성의 안뜰에 서서 들어오는 솔로처를 보던 리핏은 절망적인 심정 속에서 왼손을 입 안에 쑤셔 넣었다.

하지만 의외의 인물이 리핏을 구원했다.

솔로처가 마침내 성문을 통과하여 차라리 기절해 버리고 싶어 하는 리핏에게로 걸어들어 올 때, 궁성 안뜰에서 밀짚모자를 눌러 쓴 정원사가 어슬렁거리며 걸어왔다. 솔로처는 잠시 걸음을 멈추고 이 인물을 바라보았다. 정원사는 모자 챙을 위로 올리고 솔로처를 보았고, 그 아래에서 여자의 얼굴이 나타나자 솔로처는 조금 놀랐다.

정원사 역시 놀란 표정으로 솔로처와 성문 밖에서 열광하는 군중들을 번갈아 보다가 자신의 손을 내려다보았다. 정원사는 손을 바지에 쓱쓱 문질러 닦고는 솔로처에게 내밀었다.

"안녕하세요. 데미라고 부르세요."

솔로처는 그 손을 마주잡고 잠깐 흔들었다.

"아, 궁성의 정원사이신가 보군요. 데미 양."

데밀레노스 공주는 미소를 지었다.

"예. 그런데 성함이?"

"솔로처라고 하오."

데미 공주는 눈을 커다랗게 뜬 채 솔로처를 바라보았다.

"혹시 아름다운 별명을 가지신 그 솔로처 말씀인가요?"

"무지개의 솔로처라고 부르는 사람도 있지요."

데미 공주는 솔로처를 위로부터 아래로 주욱 훑어보았다. 그러고는 다시 아래에서부터 위로 훑어보았다. 데미 공주는 잠시 고민에 잠긴 표정으로 솔로처를 보다가 힘들게 말했다.

"음……, 요즘 그쪽 세계 날씨는 어떤가요."

"뭐요?"

"천국 말이에요. 뭐, 날씨 이야기는 300년이 지난 지금까지도 여전히 무난한 인사고 저 같은 정원사에겐 특히 관심 있는 인사말이랍니다."

솔로처는 너털웃음을 터뜨렸다. 그가 막 천국의 날씨에 대한 해괴망측한 이야기를 지어내려고 결심했을 때 궁성 본관의 정문에서 또 다른 사내가 걸어왔다. 사내는 솔로처를 향해 약간 겸연쩍은 미소를 지으며 말했다.

"어서 오십시오, 무지개의 솔로처. 환영합니다. 저는 칼 헬턴트라고 합니다."

퍼걸러의 지붕에 있는 덩굴들 사이로 봄 햇살이 떨어졌다. 데미 공주는 뜰의 퍼걸러에 300년 만에 부활한 대마법사가 앉아 있은들 꽃에야 무슨 상관이 있느냐고 생각하는 듯, 꽃밭 앞에 쭈그려 앉은 채 퍼걸러를 싹 잊었다.

엄숙한 걸음걸이로 다가온 궁내 부원은 다기가 든 쟁반을 칼과 솔로처가 앉아 있는 테이블에 내려놓았다. 그러고는 조심스럽게 차를 따르려 했다. 하지만 칼은 손을 들어 궁내 부원을 제지하고 손수 찻주전자를 기울여 솔로처의 잔을 채워주며 말했다.

"솔직히, 좀더 조용한 방법으로 찾아주시기를 기대했습니다."

솔로처는 입술을 조금 뒤튼 채 칼의 얼굴을 마주보았지만 눈앞의 사내의 정체를 짐작할 수가 없었다.

'칼 헬턴트라고 합니다.' 이것이 칼이 솔로처에게 준 정보의 전부였다. 그래서 솔로처는 어쩔 수 없이 익숙지 않은 추리에 도전해야 했다.

정체를 밝히지 않는 사람을 상대로 정체를 추측하는 것. 헬턴트라는 성을 보니 국왕은 분명히 아니고, 직함을 밝히지 않았으니 궁성의 관료도 아닐 것이다. 그렇다면 전통적인, '허수아비 국왕을 등에 업은 베일 뒤의 국왕'이라는 것일까? 하지만 칼의 손을 본 솔로처는 그런 낭만적인 생각도 포기해 버렸다. 칼의 거친 손마디는 분명 대귀족의 손이 아니었다. 어쩔 수 없이 솔로처는 자신의 방식대로 나가기로 결심했다.

"당신 국왕이오?"

"예?"

"나는 전하를 만나러 왔소만."

자. 이제 말해 보거라, 어린 아가야. 솔로처는 진지한 태도로 칼의 대답을 기다렸다. 솔로처는 솔직한 심정으로 '제게 말하시는 것이 곧 국왕 전하께 말씀하시는 겁니다.' 또는 '국왕 전하께서는 아무나 만나 주지 않으십니다.' 어쩌고 하는 대답이 나오면 칼의 머리를 지팡이로 후려칠 생각을 하며 즐겁게 기대하고 있었다. 하지만 칼은 그렇게 말하지 않았다.

"당신의 국왕이 아닐 텐데요, 솔로처."

"뭐요?"

"당신은 죽었잖습니까. 기사라도 그 충성의 서약은 죽음이 그를 평안하게 할 때까지로 제한합니다. 더군다나 당신은 기사도 아닌 마법사이시잖습니까."

솔로처는 잠시 당황하여 칼을 바라보았다. 은근한 유혹, 교묘한 은유 등에 대해서는 준비하고 있었지만 이런 원론적인 질문을 던져올 줄은 예상하지 못했던 것이다. 더군다나 칼은 정말 궁금하다는 식으로 질문해 왔다. 솔로처는 기침을 몇 번 하고 말했다.

"그야 이 시대에 일어나는 일들에 대해 국왕 전하께 설명드려야 할 것 같아서요."

"이 시대에 일어나는 일들이오?"

"부활 말이오. 나나 천공의 기사, 그리고 데스나이트들에게 일어난 일 말이오."

칼은 찬찬히 고개를 끄덕였다.

"모르시겠지만, 사실 그 외에도 많은 이들이 부활하셨습니다."

"그야 당연하지!"

"예?"

"당연하다고 했소. 시간을 비끄러맬 수 있는 자가 우리들뿐만은 아닐 테지. 당연히 많은 자들이 부활했을 거요. 아아, 정정. 그렇다고 모든 죽은 사람들이 부활한 것은 아닐 테지. 예를 들면……, 루트에리노 대왕 같은 이는 부활하시지 않았을 거요."

칼은 눈이 번쩍 뜨이는 것을 느꼈다.

"과연 말씀하신 바대로입니다. 대왕님의 부활 소식은 없습니다."

솔로처는 신이 나서 말했다.

"그럴 줄 알았지! 그래, 또 예를 들어볼까? 흐음. 아마도 여덟 별 중 부활한 이는 아무도 없을 거요. 세류델헨 전하나 에리네드 전하께서도 부활하시지 않았을 거요."

"무지개의 대마법사님의 추측에 틀린 바 없습니다. 놀랍군요."

무지개의 대마법사라는 호칭에 솔로처의 미소가 커졌다.

"놀랄 것 없소. 원인을 아는 자는 당연히 결과도 짐작할 수 있는 거지."

"원인을 아시는 겁니까? 조금 전 시간을 비끄러맨다고 하셨는데……"

"아아, 알고 있지. 그래서 수도로 날아온 거 아니오. 나는 퀜턴에서 많은 것을 보았고 많은 것을 배웠소."

솔로처는 잠시 말을 멈춘 채 우울한 표정을 지었다. 그레이의 일을 떠올렸기 때문이다. 그와, 그리고 그의 그리폰에 일어났던 일. 그러나 그에게 결정적으로 확신을 준 것은 딤라이트의 어린 애인인 케이트였다. 솔로처는 케이트에 대해 생각하느라 다시 빙그레 웃었다. 칼은 자꾸 바뀌는 솔로처의 표정을 이상하다는 듯이 바라보았지만 아무 말 없이 기다렸다. 상념은 빠르게 지나갔고 솔로처는 다시 침착하게 말했다.

"그래서 결국 이 사태의 원인을 알게 되었지. 아, 다시 정정. 원인은 아직 모르오. 하지만 그 규칙에 대해서는 알게 되었다고 할 수 있소."

칼은 상체를 앞으로 바싹 내밀며 말했다.

"규칙을 아신다고요?"

"그렇소."

"어떤 규칙이지요?"

"국왕 전하께 알려드릴 참이오."

솔로처는 그렇게 말한 다음 등받이에 몸을 기대며 찻잔을 들어올렸다. 그리고는 짓궂은 눈으로 찻잔 너머 칼을 바라보았다. 솔로처를 살

살 구슬려 대답을 들으려고 마음먹었던 칼은 세 가지 사실을 깨닫고 아찔했다. 첫째, 솔로처는 칼의 속셈을 모조리 짐작했다는 것. 둘째, 그래서 솔로처는 거꾸로 칼을 안달복달하게 만들었다는 것. 그리고 셋째, 자신이 거기에 감쪽같이 넘어갔다는 것.

칼은 너털웃음을 터뜨리며 찻잔을 들어올렸다.

"좋습니다. 샌슨 퍼시발 군을 기억하십니까?"

"알고 있소."

"제 친구입니다. 제가 그곳으로 보냈지요."

"전하가 보낸 것이 아니란 말이군."

"예."

"네놈은 국왕을 등에 업은 이 시대의 실권자 같은 거냐?"

칼은 화를 내지 않았다. 그는 빙그레 웃었을 뿐이었다.

"아니오. 그렇지 않습니다."

"그렇게 보이는데. 국왕 전하의 손님을 가로챌 수 있는 녀석은 흔치 않아."

"저는 전하의 손님을 가로챈 적이 없습니다. 전하께서는 이곳에 계시니까요."

솔로처는 눈을 커다랗게 뜬 채 칼을 바라보았다. 그의 입에서 부지불식간에 말이 흘러나왔다.

"저, 전하?"

칼은 기절초풍하는 표정을 지어 보였다.

"예? 어이쿠! 말씀 조심하십시오. 진노한 전하께서 제 목을 쳐버리시면 어쩌실 생각이십니까?"

솔로처는 그만 어리둥절해 버렸다. 그러나 잠시 후 솔로처는 펄쩍 뛰며 몸을 돌렸다. 그러고는 쟁반을 든 채 조금 떨어진 곳에서 미소 짓고 있는 궁내 부원을 바라보았다.

궁내 부원은 웃으며 말했다.

"미안합니다, 궁정 마법사님. 나는 닐시언 바이서스라고 합니다. 모자란 머리를 나약한 몸에 얹은 채 감히 바이서스의 왕좌를 차지하고 있는 자입니다."

"……이 무슨 해괴망측한 장난이시냐고 고함질러야겠지만, 재미있군요."

솔로처는 그렇게 말하며 웃었다. 드래곤 슬레이어 길시언 바이서스의 아우이자 현 바이서스 국왕, 닐시언 바이서스는 왕홀 대신이라고 말하던 그 쟁반을 테이블에 올려놓으며 의자에 앉았다.

"예절 차리지 않아도 돼서 더욱 좋긴 합니다만, 이유는 뭡니까?"

솔로처의 질문에 닐시언 국왕은 쓴웃음을 지었다.

"암살자 때문이지요."

"예?"

"이 시대의 풍문을 들으셨는지 모르겠습니다만, 지금 바이서스는 자이펀과 전쟁 중입니다. 사실 어제만 해도 이 아름다운 궁성에 초청

받지 않은 밤손님이 찾아들었습니다. 그자는 저기 있는 제 누이 데밀레노스를 암살하려 했지요."

"맙소사, 저런!"

"예. 참으로 무서운 일……"

"정원사가 아니고 공주님이셨군요?"

"……예."

닐시언 국왕과 칼은 머쓱한 얼굴이 되어 솔로처를 바라보았다. 솔로처는 데미 공주를 돌아보며 연신 고개를 끄덕이다가 감개무량한 얼굴로 말했다.

"이건 위대한 왕가의 독특한 전통인 것인지. 왕가의 여성분들은 항상 이러셨습니까?"

닐시언 국왕은 미소를 지어보였다.

"그런 것 같습니다. 헐스루인 공주님의 이야기는 많이 들었습니다. 그분 또한 공주처럼 행세하시는 일에 서툴렀다고 들었습니다."

"어디 서투른 정도겠소. 아예 신경도 쓰지 않으셨지요. 참으로 대범하신 분이셨지요. 그분이 임펠 리버 홍수 때 보여주신 일들에 대해서는 들으셨소? 세류델헨 전하께서 절대 기록을 남기지 말도록 명하셨는데 그 이야기가 전해졌을지 모르겠군요."

닐시언은 그만 웃어버렸다.

"왕명으로도 언로를 막을 수는 없다는 것에 대한 증거가 될 것입니다. 헐스루인 공주께서 페티코트 차림으로 수재민들을 구하러 뛰어다니신 일 말씀이지요? 당시 궁정 마법사의 활약상 또한 잘 들어 알고 있습니다."

솔로처는 함박웃음을 지으며 저 유명한 임펠 리버 홍수, 즉 바이서스 임펠의 6할 이상이 침수되었던 역사적인 사건에 대한 이야기를 늘어놓기 시작했다.

그 당시 핸드레이크의 부재중 궁정 마법사 대행 정도로 취급되던 솔로처는 이 전무후무한 자연 재해에서 자신의 솜씨를 마음껏 뽐냈다. 솔로처는 바이서스 임펠을 완전 침수의 위기에서 구해 냈을 뿐 아니라 추후로 다시는 홍수가 일어나지 못하도록 임펠 리버의 모양 자체를 뜯어고쳐 버림으로써 사람들의 경탄을 한 몸에 샀다. 하지만 이 사건에서 무엇보다 유명한 것은 '페티코트 차림으로 수재민들을 구출한' 공주님에 대한 일화였다. 닐시언 국왕은, 사실 헐스루인 공주는 바쁘게 뛰어다니느라 치맛자락을 약간 걷어 올린 것에 불과했지만 공주의 속치마를 본 시민들은 커다란 충격을 받았고 그 때문에 그런 소문이 만들어졌다는 사정을 알고는 크게 웃었다.

그 동안 칼은 300년에 걸친 가족사 확인의 현장에서 소외된 위치를 겸허하게 감수해야 했다. 하지만 노마법사의 이야기가 끝을 모르고 전개되자, 칼은 점잖게 입을 열었다.

"저, 솔로처 님. 아까 부활의 규칙성에 대해 말씀하셨습니다만……"

솔로처는 눈을 껌뻑거리며 칼을 보다가 이마를 딱 쳤다.

"아아, 규칙! 그렇지. 그것에 대해 말하러 이곳까지 온 것이었지. 용서하십시오, 전하."

"아닙니다. 죽음마저도 뛰어넘어 왕가를 위해 달려와 주신 궁정 마법사의 충정에 오로지 감사할 뿐입니다. 그래, 궁정 마법사께서 발견하신 그 규칙이란 무엇입니까?"

"그것은 매우 간단한 겁니다."

솔로처는 그렇게 말을 시작했으나 그 말과는 상당히 다른 표정을 지었다. 잠시 칼과 닐시언 국왕의 얼굴을 번갈아 바라보던 솔로처는 힘들게 말을 이었다.

"그런데, 죽었다 살아난 궁정 마법사가 설명하기에는 조금 복잡합니다……"

"그런가요……"

솔로처는 자신의 머리를 벅벅 긁으며 난처해했다. 칼은 솔로처가 머릿속에 명확한 해답을 준비해 두고 있을 것을 의심치 않았다. 다만 이 노마법사는 그것을 타인에게 들려줄 준비는 별로 하지 않았던 것이다. 어디서부터 말을 꺼내야 할지 몰라 주춤거리던 솔로처는 자리에서 일어났다.

"잠시 따라오시겠습니까?"

물론 닐시언 국왕이나 칼 모두 단순히 괴벽을 부리기 위해 '아니오'라고 말하는 취미는 없었으므로, 그들은 노마법사를 따라 의자에서 일어났다. 솔로처는 휘적휘적 걸어가서는 데미 공주에게 다가섰다.

데미 공주는 꽃들에 그림자가 지자 누가 다가섰다는 것을 알아차리고는 고개를 돌려 솔로처를 바라보았다. 솔로처는 빙긋 웃으며 말했다.

"실례, 공주님이시라고요?"

"예."

"동시에 정원사이시기도 하고요."

"예."

"이 꽃은 무엇입니까?"

솔로처는 지팡이 끝을 살짝 들어 낮은 키의 화초를 가리켰다. 칼은 솔로처가 가리키는 식물을 알아볼 수 있었다. 데미 공주가 요 근래 계속 근심스러워하고 있는 팬지였다.

하지만 국왕과 자신을 이끌고 온 솔로처가 갑자기 공주와 노닥거리는 이유는 짐작할 수 없었다. 데미 공주는 걱정하는 얼굴로 말했다.

"팬지예요. 개화가 되면 쉽게 알아보실 텐데."

"수심이 깃든 얼굴입니다만?"

"아아, 잘 피어나지 않아서 걱정하고 있어요."

"아아, 그런가요. 그런데 제가 해결책을 제시할 수도 있을 것 같습니다."

데미 공주의 얼굴이 환해졌다.

"어떻게요? 화훼에도 관심이 있으신가요?"

"아니오. 걱정거리에 대처하는 보편적인 방법을 알고 있습니다."

"예?"

솔로처는 빙긋 웃으며 몸의 중심을 조금 뒤로 옮겼다.

"어떻게 해야 될지 모를 걱정거리가 있을 때 가장 좋은 해결책은, 그것을 없애버리는 거지요. 이렇게."

솔로처는 그렇게 말하며 발을 내려 팬지를 꽉 내리밟았다. 솔로처가 무슨 행동을 하는 건지 알아보기는 했지만 설마 정말로 그렇게 할 것이라고는 생각할 수 없었던 데미 공주는, 솔로처가 팬지를 다 뭉개 버릴 때까지 입만 조금 벌린 채 아무 말도 못하고 멀거니 바라보기만 했다.

솔로처는 꼼꼼하게 팬지를 밟아서는 그 피지 못한 봉오리와 줄기들이 으깨지고 녹색 진물과 초록빛 조각들만 남을 때까지 비벼댔다.

"무, 무슨 짓이오!"

분명히 늦었다고밖에 할 수 없는 시점에서 닐시언 국왕이 거친 음색으로 외쳤다. 칼은 이를 악문 채 행동으로 들어가 솔로처의 등을 밀어버렸다. 노마법사가 행여나 넘어져 허리라도 어떻게 될 것인가 걱정하는 태도는 전혀 아니었다. 칼은 솔로처를 내동댕이치듯이 밀어냈다. 두 남자 모두 이 꽃들이 데미 공주에게 어떤 의미가 있는지 잘 알고 있었다.

데미 공주는 아무 소리도 내지 않았다. 하지만 그 얼굴은 소리 높이 비명을 지르는 자의 얼굴이었다. 그녀의 손이 부들부들 떨리며 팬지에게로 다가갔다. 데미 공주는 박살난 꽃대궁을 힘들게 어루만지다가 고개를 들어 솔로처를 바라보았다. 미리 각오하고 있었지만 솔로처는 데미 공주의 눈에 담긴 비탄과 억울함에 헛바람을 들이켰다.

"왜……, 왜……?"

데미 공주는 말을 제대로 맺지도 못하고 아랫입술을 깨물었다. 그녀의 눈에서 투명한 눈물이 아롱지다가 마침내 아래로 떨어졌다. 데미 공주는 눈물을 철철 흘리며 부서진 잎사귀와 줄기들을 어루만졌다.

"왜……?"

솔로처는 입을 꽉 다물었고 팔짱까지 끼었다. 닐시언 국왕과 칼은 험악하기 짝이 없는 얼굴로 솔로처를 바라보다가 마침내 고함을 내지르려고 마음먹었다. 하지만 그들은 동시에 외쳤고 그래서 그들 자신도 자신의 목소리를 구별할 수 없어 잠깐 멈춰야 했다. 그 순간, 솔로처는 나직하게 말했다.

"데미 공주님은 정말 정원사요."

"뭐야!"

닐시언 국왕은 거의 막말로 외쳐댔다. 그가 궁정 마법사의 멱살을 잡아 패대기치기라도 할 듯한 태세로 앞으로 걸어갔을 때였다. 칼이 황급히 국왕의 어깨를 붙잡았다. 닐시언 국왕은 고개를 홱 돌렸고 칼은 재빨리 국왕의 어깨를 놓았다.

"무례를 용서하소서, 전하."

"당신도 저 꽃들이 데미에게 얼마나 소중한 것인지는 잘 알잖소!"

"예. 알고 있습니다……. 정정하겠습니다, 알고 있다고 생각했습니다."

닐시언 국왕은 칼의 횡설수설을 들으며 어이가 없는 표정을 지었다. 그러나 칼은 입술을 조금 적신 다음 힘들게 말했다.

"하지만 이제서야 공주 전하께서 얼마나 저 꽃을 사랑하시는지 알게 되었습니다."

"도대체 무슨 헛소리를 지껄이고 있는 거요!"

칼은 손을 조금 내밀며 말했다.

"보소서, 전하."

닐시언 국왕은 칼의 손을 따라 땅을 내려다보았다. 그러고는 숨을 멈추었다.

팬지는 다시 자라나고 있었다.

아니, 자라난다는 것과는 다르다. 그것은 모여들고 있었다. 부서지고 찢긴 조각들이 한데 모이며 팬지들은 제 모습을 갖춰갔다. 데미 공주는 눈물을 흘리면서도 눈을 커다랗게 뜬 채 그 모습을 바라보았다. 닐시언 국왕이 의미 없는 신음을 흘리는 가운데 원래 모습으로 돌아온 팬지는 미풍이 불자 가볍게 흔들렸다.

믿을 수 없다는 듯이 조심스럽게 꽃을 만지던 데미 공주는 고개를 들어 솔로처를 바라보았다.

"마법사님께서 하신 일인가요?"

솔로처는 고개를 가로저었다.

"아니오. 공주님께서 하셨습니다."

"제가요?"

솔로처는 자상한 미소를 지었다.

"공주님이 진짜 정원사가 아닐지도 모른다는 의심이 조금이라도 있었다면 이런 과한 실험은 하지 못했겠지요. 하지만 저는 조금 전 전하의 설명으로 확신을 가졌습니다. 공주님은 제가 모시던 힐스루인 공주님을 많이 닮으셨습니다."

데미 공주는 혼란으로 가득 찬 얼굴로 말했다.

"진짜 정원사……, 무슨 말씀이신지……"

솔로처는 데미 공주의 얼굴에서 힐스루인 공주가 아닌 또 다른 여인의 얼굴을 보았다. 어린 키티 데시. 어머니를 부활시킨 것은 바로 너였다고 솔로처가 말해 주었을 때 케이트는 꼭 저런 표정을 지었다.

"꽃들을 정말 사랑하고, 피어보지도 못한 꽃들의 죽음에 눈물 흘리고, 마침내 그들을 부활시킬 정도로 사랑하는 정원사 말입니다."

솔로처는 고개를 끄덕였다. 어린 키티 데시는 벌써 오래 전에 어머니를 부활시킬 수 있었을 것이다. 하지만 케이트는 어머니가 죽었다는 사실을 알지 못했다. 아니, 내면 깊숙한 곳에서는 알고 있었을지 몰라도 겉으로는 알지 못했다. 자신이 성숙했다고 믿는 멍청한 어른들 때문이다. 그들은 케이트의 어머니가 하늘에 있다고 말했고, 어린 키티 데시는 그 사실을 그대로 받아들이고 있었다. 하지만 딤라이트의 도움으로 어머니의 죽음을 받아들이게 된 케이트는 당장 그 어머니를 부활시켰다.

솔로처는 쓴웃음을 지었다. 레이디를 보호하는 것이 기사의 숙명이라지만, 엄숙한 딤라이트가 어린 레이디 키티 데시를 도운 사실에는 쓴웃음 이외에 다른 표정을 짓기 힘든 무엇인가가 있었다.

그래. 이것이 규칙이야.

"잠시라도 공주님께 심려를 끼쳐드린 것에 대해 사과드리겠나이다. 닐시언 전하께서는 지금 궁정 마법사를 참수한 첫 번째 바이서스 국왕이 되고 싶으신 표정이군요. 하하하. 용서하십시오, 전하."

닐시언은 고개를 갸웃거리며 말했다.

"이게 도대체……, 당신이 한 일이 아니라고요? 당신 마법이 아닙니까?"

"아닙니다."

"그럼……"

닐시언 국왕의 말은 칼에 의해 완성되었다.

"그럼 이것이 요즘 들어 일어나는 사건들의 규칙입니까?"

국왕은 칼에게 고개를 끄덕여 보이고는 다시 솔로처를 바라보았다. 솔로처는 씩 웃었다.

"그렇습니다. 전하. 바로 이것이 규칙입니다."

칼은 물어뜯기라도 할 듯한 태도로(표정은 그렇지 않았지만 급하게 달려드는 태도는 꼭 그러했다.) 질문했다.

"이해가 안 됩니다. 우리들이 죽은 이들에 대한 그리움으로, 그들에 대한 사랑으로 그들을 부활시켰단 말입니까? 하지만 그렇다면 설명되지 않는 점이 너무 많습니다. 설령……, 그래요, 대왕님은 어떻습니까? 루트에리노 대왕 말씀입니다. 그분은 바이서스 국민 전체의 사랑과 존경을 받습니다. 그런데 왜 그분은 부활하시지 않는 겁니까?"

닐시언 국왕은 깜짝 놀란 표정이 되더니 곧 솔로처가 대왕을 죽이기라도 했다는 듯한 표정으로 솔로처를 바라보았다. 솔로처는 고개를 가로저었다.

"아니오. 잘못 이해하셨소, 칼."

"예?"

"사랑이 아닙니다……. 물론 사랑이라고도 할 수 있겠지만, 그것과는 다릅니다. 나를 볼까요. 나는 대마법사의 제자입니다. 사람들이 그들의 애정으로 부활할 상대를 고른다면 나보다는 내 사부님이 부활할 가능성이 높지요. 하지만 부활한 것은 납니다."

"그럼?"

솔로처는 씁쓸한 얼굴이 되었다.

"내가 부활한 이유는 나 자신 때문입니다. 실제로 근래 일어나고 있는 많은 부활은 대개 그런 이유 때문일 겁니다."

"예?"

다시 의자에 앉은 솔로처는 차분한 태도로 설명을 시작했다. 그 설명은 그렇게 조리 있는 설명은 아니었다. 솔로처는 실험가나 학자의 성향은 넘치도록 가지고 있을진 몰라도 저술가나 연설가의 성격은 별로 가지지 못했던 것이다. 게다가 그의 주요한 관심은 인간을 다루는 기술이 아니라 마나를 다루는 기술에 있었다. 하지만 솔로처는 자신이 웅변의 대가가 아니라는 사실을 스스로가 먼저 잘 알고 있었고, 그래서 담담하게 사실만을 말했기에 닐시언 국왕과 데미 공주, 그리고 칼이 그의 설명을 듣는 데는 큰 불편이 없었다.

"부활은 두 가지 방식으로 이루어지지만 그 본질은 같소. 조금 전 말했던 키티 데시의 어머니나 공주님의 꽃 같은 경우와, 나나 천공의 기사들, 그리고 데스나이트들의 경우가 있소. 그 두 가지는 타자에 의한 부활이냐 자신에 의한 부활이냐로 나뉠 수 있소. 그러나 그 본질은 간절한 바람이라는 점에서 같소."

칼은 조심스럽게 말했다.

"글쎄요……. 솔로처 님의 경우는 켄턴 시민들의 간절한 바람으로 부활하신 것일 수도……"

"아니오!"

솔로처는 단호하게 말했다. 워낙 격한 감정의 분출에 테이블은 잠시 고요해졌다. 솔로처는 사나운 표정으로 테이블을 노려보다가 목소리를 조금 누그러뜨리며 말했다.

"아니오, 칼. 그렇지 않소. 이제는 잘 알게 되었소. 그것은 나 자신에 의한 부활이었소. 퀜턴 시민들은 유피넬의 저울에 걸린 데스나이트의 추로서 내가 부활했다는 식으로 말하지만, 절대로 그렇지 않소. 내 부활에는 전능한 신의 섭리 같은 것은 개입되지 않았소. 다만 한 인간, 그것도 자괴감에 빠져 있던 한 인간의 나약한 의지가 있을 뿐이오."

테이블은 좀더 깊은 침묵으로 빠져들었다. 칼은 힘들게 말했다.

"무슨 말씀이신지요."

"부끄러운 일이오……"

"예?"

솔로처는 슬쩍 얼굴을 쓰다듬었다.

"내 후학들은 말할 것도 없고 퀜턴 시민들이나, 이곳 바이서스 임펠의 시민들이나 모두들 나를 대마법사로 기억하고 있었소. 하지만 한 사람은 그렇지 못했지. 그건 바로 나요. 대마법사의 제자, 차석 궁정 마법사, 핸드레이크라는 저명한 책에 따라다니는 부록……. 나 스스로가 나에게 붙인 이름들이오. 다른 사람들에게 비하 받는 것이 두려워 스스로가 먼저 자신을 비하하며 사는 삶, 이해할 수 있겠소?"

"이해됩니다."

칼은 정말 이해할 수 있었다. 많은 사람들이 그렇게 행동한다. 비웃음을 당하는 것이 두려워 스스로가 먼저 자신을 비웃어버리는 사람은 의외로 많다. 아니, 거의 모든 사람들이 어느 한 시점에서 그런 행동을 취하곤 한다.

"그래서 나는 부활했던 거요. 나 스스로가 나를 안타깝게 여긴 거지. 자기 연민이라고 불러도 좋고 자기 집착이라고 불러도 좋소. 데스나이트의 예는 퍽이나 확실한 예일 거요. 그들을 안타깝게 여길 자들이 그들 자신 이외에 그 누가 있겠소? 그들이 스스로를 안타깝게 여긴 것인지 자신의 죽음에 대해 분노한 것인지는 칼 당신이 판단해 보구려. 어쨌든 여기에는 안타깝게 죽어간 자들이 스스로에게 가지는 연민과 죽음에 대해 가지는 분노, 뭐 그런 것들이 관련되어 있소. 자이펀 어에 이런 것을 나타내는 짧은 말이 있는데……"

칼은 자신도 모르게 말했다. "Hjan이지요."

솔로처는 고개를 끄덕였다.

"Hjan? 그래요. 그것인 것 같소. 어쨌든 천공의 기사들, 먼 나라까지 원정해 와서 젊고 활기찬 나이에 죽어야 했던 그들은 자신들의 죽음을 받아들이지 못하고 부활했소. 이것은 자신에 의한 부활이오. 키티 데시의 어머니나 데미 공주의 팬지 같은 경우는 아까도 말했듯이 타자에 의한 부활이고. 두 번이나 부활한 킨 크라이의 경우도 있지. 아까 말했던 그레이 휠드런의 그리폰 킨 크라이는 먼저 그레이와 함께 부활했고, 그의 죽음에 대해 절절하게 안타까워한 그레이에 의해 다시 한번 부활했소."

"그럼 대왕이나 여덟별이 부활하지 않았다고 단언하신 것은……?"

"대왕의 유명한 말씀이 해답이 될 거요. 죽음은 약속된 휴식이라는."

"아아……"

300년 후의 세대들은 다만 피상적인 느낌 속에서 고개를 끄덕였지만 실제로 그의 모습을 보고 그가 살아가는 모습을 보았던 솔로처는 깊은 한숨을 내쉬며 말했다.

"그런 분은 없으셨소. 스스로 일어서서, 스스로 걸어가지요. 오만하다고 말하는 사람도 있지만 그건 의존적이고 비겁한 자들의 눈에 보이는 모습일 뿐이었소. 그분은 끝까지 자신으로 살았고 자신으로 죽었소. 남겨둔 안타까움이 설마 조금은 있을지 몰라도, 대왕께서는 그것에 슬퍼하고 연연해하시지는 않을 거요. 따라서 이 시대의 어떤 알 수 없는 이유가 죽은 자들의 안타까움을 자극한다 하더라도 그분만은 그런 자극에서 자유로우실 거요. 내가 자신 있게 대왕을 거론한 것은 그런 확신 때문이오."

칼은 잠시 깊은 생각에 빠진 얼굴로 퍼걸러의 지붕을 장식하고 있는 덩굴들을 바라보았다. 데밀레노스 공주는 몸을 조금 앞으로 내밀며 솔로처에게 말했다.

"제가 정리해 봐도 될까요."

"듣겠습니다."

"작금의 우리들에게 일어나는 이 부활이라는 사태들은, 어떤 죽은 자들에 대해 그 스스로가, 또는 그를 기억하는 다른 사람이 가지는 안타까움에 기반하고 있다는 것인가요. 그 스스로이든 아니면 다른 사람이든 그에 대한 안타까움이 깊으면 그자는 부활한다는 것인가요."

"그렇소."

"하지만, 그런 안타까움은 어느 시대의 누구에게나 있었을 텐데요."

"공주님. 그래서 나는 규칙이라고 했지 원인이라고 하지 않았던 겁니다."

"시간 정지……"

칼이 갑자기 말했다. 솔로처와 데밀레노스 공주의 대화에 주의를 기울이고 있던 닐시언 국왕은 칼을 바라보며 반문했다.

"뭐라고 하셨습니까, 칼?"

"시간이 정지했기 때문이군요. 그렇잖습니까, 솔로처?"

솔로처는 고개를 몇 번 주억거렸지만 그것은 긍정의 뜻을 나타낸다기보다는 그저 칼의 생각하는 방식에 대한 동조였다. 솔로처는 확실성이 없는 어투로 말했다.

"그것이 가장 두드러지며, 근사하게 맞아떨어질 것 같은 원인이기는 하오. 시간이 정지하기 전에는 그 어떤 그리움과 안타까움으로도 과거를 붙잡아 매둘 수는 없었을 거요. 그리고 그 때문에 그리움과 안타까움은 더욱 깊어질 수 있었겠지. 하지만 이 시대에서 시간은 정지했고, 그래서 현재는 스스로를 사랑하여 자신을 붙들어 맸고, 과거를 향한 그리움은 그들을 불러들였소. 미래……, 미래를 그리워하고 안타까워하는 사람은 없을 거요. 그러니 미래는 오지 않는 것이고. 따라서 시간은 정지되었소."

닐시언 국왕과 데미 공주는 동시에 눈을 찌푸렸다. 솔로처는 빙긋 웃으며 말했다.

"닭이 먼저냐 달걀이 먼저냐."

"모르겠군요."

"어떤 것이 원인이고 어떤 것이 결과인지는 판단하는 것은, 때론 가장 간단해 보이는 일에서도 뜻밖에 지난한 법이지요. 더군다나 요즘과 같은 이 복잡한 사태에서는 더욱 그러할 게고."

솔로처는 말을 마치면서 자리에서 일어났다. 그는 궁성의 돌벽을 타고 기어오르는 담쟁이덩굴을 바라보았다.

"여러분들의 현재는 정지했소."

칼은 깊은 오한을 느꼈다.

"언제나 여러분들을 이끌어주던 희망 대신, 그리움이 여러분들을 이끌고 있소. 희망은 미래를 끌어오는 힘이지만 그리움은 과거를 끌어오는 힘이오. 나는 다른 현재에서는 부활할 수 없었을 거요. 나 자신의 안타까움이 아무리 깊었다 한들 그 안타까움만으로 현재를 따라잡을 수는 없었을 거요. 하지만 여러분들의 정지된 현재는 따라잡을 수 있었고, 그래서 나는 이 현재에 몸을 실었소. 그래서 나는 이 현재에서 부활한 거요. 거꾸로, 이 현재에 살고 있는 이들은 그들의 안타까움만으로 과거를 끌어올 수도 있게 되었고. 이해하시겠소?"

칼은 고개를 끄덕였다. 솔로처는 천천히 걸음을 떼어 퍼걸러 밖으로 나섰다.

"그래서는 안 된다는 것도 이해하실 테고?"

"예."

"원인을 찾아내시오. 이 현재가 정지해 버린 원인을. 이 현재가 영원히 게으른 낮잠 속에 과거의 꿈에 취해 있게 만드는 이유를. 그래서 이 현재로 하여금 잠에서 깨어나 다시 달려가게 만드시오. 더 많은 과거의 것들이 이 현재를 따라잡기 전에, 미래가 더욱 멀어지기 전에."

"솔로처, 당신께서 도와주시면……"

"안 돼."

솔로처는 단호하게 말했다. 칼은 입을 깨물었다.

"미학적인 이유에서도, 실제적인 이유에서도 그것은 불가능한 말이오. 나는 이 현재에 속한 이가 아니오. 여러분들의 문제는 여러분들이 풀어야 합당하지 않겠소?"

"그렇군요."

"실제적인 이유에서, 나는 그 원인이라는 것을 찾아내기도 어려울 거요. 그것은 이 현재에 속한 것이며 이 현재를 다른 현재들과 구분 짓는 독특한 것이니. 게다가 나는 켄턴에서 할 일이 많소."

"데스나이트의 일 말씀이군요."

"그리고, 깨어진 우정의 뒷감당도 있지."

퍼걸러에 앉아 있던 사람들은 아무도 이해하지 못했지만 되묻지도 않았다. 솔로처의 말에는 되묻는 것을 거절하는 어조가 담겨 있었다. 솔로처는 이제 대화는 마쳤다는 태도로 한숨을 내쉬고는 궁성을 바라보았다.

"이제, 미련은 없소. 다시 한번 빛의 탑을 보았고, 궁성을 봤으니."

7

 에델린은 자리에서 일어났다. 그녀 딴에는 조심스럽게 일어나는 동작이었지만 그녀의 커다란 체구의 움직임은 도저히 감출 수 있는 종류의 것이 아니었다. 그래서 모닥불 가에 앉아 있던 사람들은 일제히 고개를 돌렸다. 설명을 요구하는 그들의 시선에 에델린은 조금 난감한 표정을 짓다가 운차이를 찾아냈다.

 "운차이 씨."

 "뭐요."

 "Hjan이 뭐죠?"

 사람들의 시선이 이제는 운차이에게로 옮아갔다. 하지만 운차이는 아무런 반응 없이 들고 있던 쇠꼬챙이로 모닥불을 쑤셔댔다. 사람들이 초 단위로 조바심을 증폭시키고 있는 가운데, 운차이는 마침내 나직하게 말했다.

"그걸 왜 묻는 건지?"

에델린은 모닥불 가로 다가섰고 이루릴은 그녀에게 찻잔을(그녀 전용의 1파인트짜리 찻잔을) 건넸다. 에델린은 손바닥으로 찻잔을 감싸 그 온기를 느끼며 말했다.

"도스펠께서 말씀하시기를 솔로처께서 바이서스 임펠에 찾아오셨다는군요."

"소, 솔로처? 무지개의 솔로처가 바이서스 임펠에? 우우우와!"

네리아는 눈을 동그랗게 떴다. 그녀만큼 적극적인 경탄을 표시한 사람은 없었지만 모두들 당혹한 표정이 된 것은 마찬가지였다. 이게 도대체 어느 시대의 이야기야. 에델린은 차분하게 말했다.

"그리고 솔로처께서는, 요즘 들어 일어나고 있는 이 부활들에는 그 Hjan이라는 것이 관련되어 있다고 말씀하셨다는군요."

네리아는 눈을 동그랗게 뜬 채 운차이를 바라보았다. 운차이는 씁쓸한 표정으로 말했다.

"그건 별거 아니지. 이를테면, 네리아가 이루릴과 함께 시내를 걷다가 모든 사람들의 시선이 이루릴에게 돌아가 있는 것을 발견하게 된다면, 네리아에게는 그 Hjan이 생기는 거요. 용모에 대한 Hjan이라고 해야겠지."

"그거 비유지?"

"사실에 입각한."

"죽일 거야!"

"내가 어처구니없게도 네리아의 손에 개죽음을 당했다면, 또한 나에겐 Hjan이 생기지. 그 억울함은 다들 잘 짐작할 수 있을 거요. 그리고……"

네리아는 옆에 놓아두었던 트라이던트를 끌어와서는 그 물미 쪽으로 운차이를 후려쳤지만, 운차이는 들고 있던 쇠꼬챙이를 살짝 휘둘러 네리아의 공격을 튕겨냈다. 네리아가 손목을 부여잡은 채 죽어가는 신음 소리를 내는 동안에도 운차이의 말은 흐르는 물처럼 유려하게 계속되었다.

"파하스, 당신을 볼까."

파하스는 고개만 조금 들어 운차이를 보았다가 다시 고개를 숙였다. 그의 입에서 억눌린 목소리가 흘러나왔다.

"그래. 사이들랜드로의 도피는 도피였을 뿐이지. 내 마음의 고향은 호롱불 깜빡거리는 펍이었고 내 마음의 양식은 화려한 살롱의 은밀한 그림자 속에서 레이디와 나누는 짧고 긴박감 있는 키스였으니. 나는 자연 속으로 사라져 사이들랜드의 바람이 될 인물은 아니었어. 난 부캐넌이 아니지."

"부캐넌……?"

"난 녀석이 부러워. 그는 검객답게 싸웠고 검객답게 죽었으니. 만일 승패가 달랐더라면, 나는 부캐넌에게 목숨을 애걸했을지도 모르지. 놈에게는 남겨진 Hjan이 없을 테지. 놈은 부활하지 않을 거야."

밤바람이 윙윙거렸다. 하지만 익숙한 모험가들이 많은 일행들은 바람을 타지 않는 위치를 골라 자리를 잡고 있었기에 모닥불은 고요하게 타올랐다. 모닥불이 던지는 약한 빛이 검은 나무들에 부딪혀 나무를 발그레하게 물들였고 사람들의 그림자는 조는 듯이 흔들거렸다. 이루릴은 잘 이해되지 않는다는 표정으로 말했다.

"그럼 그 Hjan이라는 것은 안타까움인가요?"

운차이는 고개를 가로저었다.

"비슷하지만, 조금 다르오. 그것은 사람들이 보통 운명적, 혹은 숙명적이라는 이름을 붙이고 싶어 하는 커다란 재난에서 생겨나는 것이오. 늦게 일어나는 바람에 아침을 못 먹은 정도로는 Hjan이 생겨나지 않소. 당신 같은 엘프라든가, 제레인트나 에델린 같은 성직자들은 죽었다 깨도 이해하지 못하는 것일 게요. 당신은 유피넬의 어린 자식이고 제레인트나 에델린에게는 모든 것이 신의 섭리이니."

제레인트가 재빨리 끼어들었다.

"그리고 실제로 모든 것은 신의 섭리입니다."

"알았어, 알았어. 따지지 않겠어. 하지만 똑같은 말을 저 꼬마에게 해봐."

운차이는 턱으로 돌맨을 가리켰다. 돌맨은 무릎을 끌어안은 채 당장이라도 눈물이나 비명 양쪽의 하나를, 혹은 양쪽을 동시에 토해 놓을 것 같은 표정으로 모닥불을 바라보고 있었다. 제레인트는 입을 다물었다.

하지만 운차이가 정말 가리키고 싶었던 것은 돌맨의 오른쪽에 앉아서 비슷한 자세로 모닥불을 바라보고 있는 그란이었다. 그란 하슬러에게 그것이 신의 섭리였다고 말해 보라. 할슈타일 후작에 의해 그의 아내가 죽고, 그의 아들이 죽은 일에 대해서. 그리고 그것을 잊으라고 말해 보라. 아마도 상대방은 수프 애호가가 되어야 할 것이다(평생 수프보다 단단한 것은 삼키기 어려워질 테니.).

운차이는 결론지었다.

"그것은 안타까움과 미련과 그리움과 애달픔과 슬픔과 분노를 동시에 아우르는 말이며, 그런 복잡한 말들이 대개 그렇듯이 이해하기 어렵지만 여러 방면에 걸쳐 사용될 수 있는 말이오."

에델린은 고개를 끄덕이며 말했다.

"그럼 대충 이해하겠군요."

그리고 에델린은 솔로처가 칼에게 들려주었고, 그리고 다시 칼이 도스펠에게 말했고, 도스펠이 꿈을 통해 그녀에게 말해 주었던 내용들을 차분하게 설명했다. 사람들은 에델린의 설명을 들으며 고개를 끄덕였다.

아프나이델은 조심스러운 어조로 말했다.

"그럼, 차넬과 우타크에게 속아서 죽은 거인에게는 그 Hjan이 남았고, 승자인 루트에리노 대왕이나 여덟 별 같은 경우에는 남겨진 Hjan이 없다는 말씀이군요. 그래서 거인은 부활했고 대왕은 부활하지 않는 것이군요."

파하스는 나무 우듬지 너머 반짝이는 별을 올려다보며 말했다.

"내가 말했잖나. 때론 우주가 사람을 위해 움직이기도 한다네."

"하지만, 그럼, 이번에 이 우주가 멈춰버린 것은 누구를 위해서죠?"

아프나이델은 질문했고 모든 사람들이 거의 동시에 같은 대답을 떠올렸다.

그것을 입 밖으로 꺼내어 말한 사람은 이루릴이었다.

"신스라이프."

짙은 표력토의 들판 곳곳에 이끼는 끈질기게 자라나 있었다.

해변 가까운 곳의 높은 절벽 아래에 가문비나무 군락이 외로이 펼쳐져 있었다. 하지만 사납게 부는 바람 때문에 높은 언덕들은 가까스로 자라난 관목 덤불로 치부만 가린 모습으로 헐벗어 있었다. 그런 언덕들이 한없이 펼쳐져 있었다.

반대편, 해변 쪽에는 눈이 시리도록 흰 빙하가 고고하게 하늘을 이고 있었다. 구름 가득한 하늘 아래 빙하는 희고 거대하고 아름다웠다. 먼 수평선으로부터 다가오는 육중한 파도는 빙하에 부딪혀 흰 물보라가 되어 부서졌다. 하지만 긴 시간의 관점에서 볼 때 승리자는 언제나 그러했듯이 파도가 될 것이다. 협곡을 가득 메우고 흐르는 거대한 빙하는 마침내 빙산이 되고 자잘한 얼음 알갱이가 된 다음 바다 속으로 사라져갈 것이다.

신스라이프는 탄느완의 부두를 바라보았다.

털가죽으로 온몸을 감싼 사내들은 마치 공처럼 보였다. 사내들은 뒤뚱거리며 수레를 끌고 짐을 나르고 있었다. 이 한랭하고 척박한 땅에서도 사람들은 팔고 사는 일을 멈출 수 없는 듯했다. 길고 곧은 침엽수들과 물개 가죽, 둔해 보이는 커다란 물고기들이 수레에 실려 부두를 오가고 있었다.

빙산이 떠다니는 바다에서 사람들은 작살로 물고기를 잡았다. 신스라이프는 멀리 떨어진 바다를 바라보았다. 거대한 빙산 가장자리로 카약을 탄 사람들이 물살을 헤치고 있었다. 신스라이프는 싱긋 웃었다. 카약에 탄 사람은 마치 사람이 아닌 것처럼 보였다. 상반신은 사람의 모습을 하고 있지만 하반신은 조그만 카약 속에 완전히 우겨넣어져 있으므로 상반신은 사람, 하반신은 배 모양을 한 괴물처럼 보인다.

그것이 보통의 배와 카약이 다른 점이다. 카약은 모든 부분이 밀폐되어 있고 오로지 사람이 하반신을 집어넣는 부분에만 잠입구가 나 있다. 게다가 탑승자는 카약에 탄 후 잠입구 주변의 덮개를 끌어올려 가슴 주위에 묶음으로써 카약과 완전한 한 몸이 된다. 신스라이프는 그러므로 카약은 탑승물이라기보다는 옷이나 신발 같은 착용물이라고 생각했다.

부두로 통하는 길이었기에 거리는 사람으로 붐볐다. 물론 탄느완의 다른 거리에 비해 그렇다는 의미이며, 실제로 이 정도의 인원이 바이서스 임펠 같은 곳에 있었다면 고요하기 짝이 없는 거리라고 말해야 할 것이다. 하지만 이 추운 북부에서 사람들은 마음을 단단히 먹은 다음에야 집 밖 외출을 감행한다. 따라서 신스라이프는 주위로 많은 사람들이 지나가고 있다는 착각을 느꼈다. 게다가 그 사람들이 전부 신스라이프를 두세 번씩 쳐다보았기에 신스라이프의 느낌은 당연하다고 할 수 있다.

탄느완 사람들로서는 이해가 되지 않는 장면이었다. 신스라이프는 일단 작은 여자로 보인다. 그런데 그 여자는 이 사나운 추위와 매운바람 속에 셔츠 한 벌과 바지 하나만을 걸친 차림으로 서 있었다. 벌써 몇 번이나 사람들이 그에게 다가왔다. 그들은 옷을 건네주겠다거나 집으로 들어와 몸을 녹이라거나 심지어 술을 한잔 마시는 것이 어떠냐는 식의 제안을 해왔다(고지식하고 완고한 탄느완 남자들이 여자에게 이런 제안을 건네는 것은 놀라운 일이다.). 신스라이프는 그 모든 제안을 정중히 사양했다.

여섯 번째인가 일곱 번째의 사나이가 신스라이프로부터 거절의 말을 듣고는 고개를 가로저었다.

"이봐요, 아가씨. 보는 내가 다 추울 지경이란 말이오."

"나는 아무렇지도 않아요."

"원 참. 아가씨는 이사의 처녀라도 되는 거요? 가만히 서 있어도 코가 떨어져나갈 것 같구먼."

신스라이프는 빙긋 웃을 뿐 아무런 대답도 하지 않았다. 사내는 여전히 고개를 가로저으며 그에게서 멀어졌다. 신스라이프는 작게 한숨을 내쉰 다음 다시 부두를 바라보았다.

부두 저편, 거대한 배들이 묶여 있는 곳에서 주블킨은 뱃사람 하나와 격렬한 의논을 나누는 중이었다. 뱃사람은 수염을 쓸어내리며 말했다.

"이거 보쇼. 이 계절에 북해로 가겠다는 선장은 아무도 없을 거요. 다른 배를 찾아보시겠다고? 좋을 대로. 하지만 이 말을 해주지 않으면 내가 당신을 속였다고 생각할 테니 말해 주겠는데, 지금 탄느완의 부두에서 당신들이 구할 수 있는 배는 내 배뿐이오."

주블킨은 그런 식으로 넘어가지는 않겠다는 태도로 말했다.

"무슨 말씀입니까. 이렇게 배가 많은데?"

"이 배들은 모두 화물을 싣고 남쪽으로 내려갈 배요. 의심스러우면 확인해 보슈."

"당신 배는?"

"나는 이곳으로 화물을 싣고 왔고, 그래서 빈 배로 돌아갈 참이지."

"그럼 난 당신을 졸라봐야겠군요."

"하지만 난 북해로 안 갈 거란 말이오. 그러니 포기하시란 말이지."

"내가 제시하려는 금액을 안다면 그렇게 말하지는 못할 텐데."

선장은 피식 웃더니 두툼한 가슴 위에 굵은 팔을 얹어 팔짱을 끼었다. 다음 순간 선장이 꺼낸 말은 주블킨을 기막히게 만들었다.

"한 10만 셀 정도 되오?"

"뭐라고요?"

"그 정도 금액이라면 재고해 드리지. 그 이하라면 이만 작별 인사를 하고 떠나주시오."

주블킨은 어처구니가 없었다. 그러나 그때 그의 옆에 서 있던 발레드가 말을 이어받았다.

"배와 선원, 그리고 당신을 사겠다면?"

"뭐요?"

"당신 배를 빌리는 것이 아니라 아예 사겠다는 말이오. 어떻소?"

선장은 미심쩍은 표정으로 발레드를 바라보았다.

"부자이신가 본데……, 배는 팔지 않소. 이건 돈 문제가 아니란 말이오. 목숨이 걸린 문제란 말이오. 이 시기의 북해가 어떤지 아시오?"

"1만 셸."

"현금으로?"

"헤게모니아 국가 채권. 수수료 공제 없소."

"좋소."

주블킨은 사기당한 기분을 느끼며 발레드와 선장을 번갈아 쳐다보았다. 하지만 발레드는 싱긋 웃으며 외투 속으로 손을 집어넣었다. 발레드는 두툼한 봉투를 꺼내어 선장에게 건넸다.

"출항은 언제까지 가능하겠소?"

선장은 봉투를 열어 내용물을 조사하며 말했다.

"여정을 말씀해 주셔야지요."

"가장 길게 잡으시오."

"흐음. 짐을 더 실어야겠군요. 하지만 모레까지는 준비가 끝날 겁니다."

"발레드요."

"그냥 선장이라고 부르십쇼, 발레드 선주님."

"알겠소. 확인이 끝났으면 그건 돌려주셔야지?"

"착수금이 필요합니다만."

발레드는 수수료 지불을 위해 따로 준비해 둔 금화 주머니를 내밀었고 선장은 입맛을 다시며 봉투를 도로 내밀었다. 봉투와 주머니를 교환한 발레드와 선장은 악수를 나누었다. 선장은 배를 향해 걸어갔고 발레드는 멀리서 기다리고 있는 신스라이프를 향해 걸어갔다. 주블킨은 발레드를 따라가며 설명을 요구했다.

"어떻게 된 겁니까? 왜 선장이 갑자기 배를 팔겠다고 한 거죠?"

"돈 문제가 아니라고 하잖았습니까."

"그렇지요."

"그러니 돈만 충분하면 하겠다는 뜻이잖습니까."

"예?"

"그 친구가 정말 돈에 관심이 없었다면, 돈이라는 말은 꺼내지도 않았을 겁니다."

주블킨은 이해하지 못하겠다는 표정으로 고개를 갸웃거렸지만 발레드는 더 이상 설명하지 않았다. 그는 옷깃을 세우며 주위를 둘러보았다.

시야 한구석을 차지하고 고고하게 반짝이고 있는 빙하는 발레드를 으스스하게 했다. 초원과 도시에서만 살아온 그에게는 경이로운 광경이었다. 저렇게 큰 얼음이라니. 발레드는 빙하를 단순히 얼음이라 부른다는 데 신성 모독에 가까운 감정을 느꼈다.

먼 곳에서 주블킨과 발레드를 보던 신스라이프는 미소를 지었다. 선장이 발레드가 건넨 봉투를 받아드는 모습을 본 것이다. 배는 마련되었군. 신스라이프는 고개를 끄덕였다.

고통은 바로 그 순간 찾아왔다.

신스라이프는 뻣뻣하게 굳어버렸다. 지나가는 누군가가 그를 보았더라도 별 이상한 것은 느끼지 못했을 것이다. 하지만 신스라이프는 몸이 찢어지는 고통을 느꼈다. 비명도 내지르지 못한 채, 신스라이프는 육신의 안팎이 뒤집히는 느낌 속에서 전율했다. 뒤집혀진 눈동자는 눈꺼풀 속에서 명멸하는 불꽃을 바라보았다. 안개 속에서 들려오는 폭음과 바람소리 같은 것이 그의 귀를 유린했다.

신스라이프는 분노했다. 그는 자신의 내면을 향해 으르렁거렸다.

'잠자코 있어!'

말도 아니고 의미도 아닌 무엇인가가 그의 내면으로부터 솟구쳤다. 그리고 그것은 신스라이프의 것이 아니었다. 신스라이프는 이를 악물었다.

'반항하지 마. 너는 그럴 수 없어!'

느낌은 더욱 거세게 폭풍쳤다. 신스라이프는 거세게 펄떡이는 자신의 맥박 소리를 들을 수 있었다. 신스라이프는 안간힘을 다해 말했다.

'네가 어떻게 살 권리를 주장하나, 파!'

느낌은 일순 주춤했다. 기절할 듯한 고통 속에서도 신스라이프는 그 순간을 놓치지 않았다.

'너는 세상에 태어날 수 없는 존재였다. 네 부모는 외동딸을 가지게 되어 있었어. 아홉 명의 목숨을 받아, 태어날 수 없는 네가 이 땅에 나타났다. 알았나!'

느낌은 극도로 혼란스럽게 움직였다. 신스라이프의 입장에서는 미칠 지경이었다. 고통과 쾌락과 피곤함과 활기가 번갈아 그의 몸을 자극해 왔으니까. 신스라이프는 고함을 내지르기 않기 위해 가슴을 끌어안았다.

'그래. 넌 아홉 명의 목숨으로 태어난 것이다. 뭐? 아홉 번째의 희생자가 있기 훨씬 전에 네가 태어났다는 것을 말하고 싶은 거냐? 시간에 대해 잘못 알고 있군. 죽기 훨씬 전부터 죽음 후를 볼 수 있는 네 언니를 생각해 보지 그래?'

마구 범람하던 느낌의 파도가 갑자기 멎었다. 신스라이프는 휘청거리다가 아예 땅에 앉았다. 하지만 치열한 내적 싸움에서는 한 치도 물러나지 않았다.

'네 언니는 시간의 긴 흐름 속에서 아무 때나 볼 수 있다. 다른 사람들이 현재만 볼 수 있는 것과는 달리. 그리고 넌 긴 시간의 흐름 속에서 아무 때나 태어날 수 있었다. 왜 23년 전에 태어난 건지 아나? 나를 위해서지. 알겠나? 너는 아홉 번째의 희생자가 발생할 때 태어난 것이다. 그리고, 네가 태어난 시점은 23년 전이다.'

느낌은 꼼짝도 하지 않았다. 하지만 그렇다고 해서 신스라이프가 편해진 것은 아니다. 거대한 바위에 깔려 있는 사람이 바위가 움직이지 않는다고 해서 편해질 수는 없는 것처럼.

'너는 내 딸이며 내 의복이며 나다. 그렇게 만들어졌다. 나는 아홉의 목숨으로 너에게 영생을 주었다. 그리고 퓨처 워커의 동생으로 태어나 시간을 정지시킬 능력을 계승하게끔 했다. 너에겐 아무것도 없다. 말해 봐. 아버지가 죽었을 때 정말 슬펐나? 어머니가 죽었을 때 정말 슬펐나? 언니를 사랑하나? 네게 잊혀지지 않는 추억이 있나? 너에게 집착이라는 것이 있나!'

느낌은 다시 움직이기 시작했다. 신스라이프는 거북한 느낌 속에서 어떤 이름이 의식의 표면으로 떠오르는 것을 느꼈다.

'쳉? 쳉을 생각하나?'

실수였다. 조금 전의 고통과는 비교도 할 수 없는 격렬한 통증이 신스라이프를 엄습했다. 신스라이프는 혀를 깨물었다. 입술을 타고 흐르는 피는 차가운 공기와 만나 빠르게 식었고 신스라이프는 그 감각 속에서 간신히 기절하지 않았다.

'얌전히 있어. 쳉은 잊어! 넌 어차피 태어날 수 없는 존재였다. 너는 나를 위해 태어난 거야!'

하지만 소용없었다. 신스라이프는 산 채로 몸이 태워지는 느낌을 받으며 신음을 토했다. 그의 입에서 그의 의지가 아닌 목소리들이 흘러나왔다.

"나는……, 파……."

"닥쳐라. 나는 신스라이프다."

"파 L. 그라시엘……, 내 이름……. 나……, 나는……"

"아냐! 너는 존재할 수 없다. 너는 없다, 너는 없다!"

신스라이프는 '너는 없다'라는 말을 주문처럼 반복했다. 그 말의 의미를 다짐하는 것은 아니다. 신스라이프는 단순히 파가 말할 기회를 주지 않기 위해서 계속 말했다.

"너는 없다, 너는 없다, 너는 없다!"

"왜 그러십니까, 신스라이프?"

신스라이프는 잘 움직여지지 않는 고개를 힘없이 들어올렸다. 두 사내가 자신을 내려다보고 있었다. 주블킨은 걱정스러운 표정으로 말했다.

"어디가 불편하신지요? 이런 차가운 땅에 앉아 계시다니, 일어나십시오."

그러나 주블킨은 신스라이프가 일어나는 것을 도와주기 위해 손을 내밀지는 않았다. 발레드도 마찬가지였다. 그들이 신스라이프를 특별히 경멸해서 그런 것은 아니다. 그들은 무의식중에 신스라이프에게 어떤 도움이 필요할 것이라고는 생각하지 못한 것이다. 그래서 신스라이프는 힘들게 말했다.

"소……, 손을 좀 주게."

주블킨은 당황한 표정으로 신스라이프를 보다가 급히 손을 내밀었다. 발레드도 달려들어 그를 부축했다. 신스라이프는 주블킨과 발레드의 부축을 받아 일어났다.

"숙소로……, 가세."

두 남자는 아무 말 없이 잠시 서로를 쳐다보았다. 발레드가 말했다.

"내가 업고 가겠습니다."

신스라이프는 아무 말도 하지 않았다. 주블킨은 신스라이프가 발레드의 등에 업히는 것을 도와주었다. 두 사람이 걸음을 떼기 시작했을 때, 하늘에서는 눈이 내리기 시작했다. 주블킨은 조금 놀란 표정으로 하늘을 바라보았다.

"허어, 확실히 북부구먼. 이 계절에 눈이라니. 서두릅시다."

"예."

발레드는 발걸음을 재게 놀리려 했지만 곧 포기했다. 신스라이프의 몸은 가벼웠지만 두툼한 털옷 때문에 그를 안정되게 업는 것은 쉽지 않았다. 신스라이프를 떨어뜨리지 않기 위해서 발레드는 차분하고 안정된 동작으로 걸으려 애썼다.

발레드의 등 위에서, 신스라이프는 사지를 늘어뜨린 자세로 아무렇게나 얹혀 있었다. 허공에 둥둥 떠가는 기분이었다.

떨어져내린 눈송이가 신스라이프의 코끝을 스쳤다. 신스라이프는 눈꺼풀을 들어올렸다. 기울어진 세상의 모습이 눈에 들어왔다. 그리고 역시 비스듬히 떨어지고 있는 눈송이들이 보였다. 발레드의 등에 쓸리는 왼쪽 볼이 점점 뜨겁게 느껴졌다. 그리고 떨어져내린 눈송이들이 와 부딪히는 오른쪽 볼은 아프도록 차가웠다.

'열이 오르고 있어……'

신스라이프는 한심스러운 기분을 느꼈다. 그의 안에서 파는 아직도 살아 있었고, 앞으로도 그럴 것처럼 꿈틀거리고 있었다. 이 완벽한 계획의 마지막에서 이런 사소한 장애가 그를 괴롭히게 될 것이라고는 생각하지 못했기에, 신스라이프는 더욱 분노를 씹었다.

그는 '콜리의 프리스트'라는 재단사들에게 안타까움을 느낄 줄 아는 옷을 주문한 바가 없었다.

멈춰 선 김에, 궤헤른은 고개를 돌려 할슈타일 후작과 미가 대화를 나누는 모습을 보았다. 그러나 곧 자신의 행동을 후회했다. 머리가 어떻게 될 것 같은 기분이 들었기 때문이다.

"북해로 갔어야 했어요."

"늦었다."

"미는 몰랐으니까요."

"너의 약점이군."

"걷는 연습을 하는 새는 없어요."

"노력은 할 것이다."

"피상적인 주장."

"내 경우엔, 아니지."

"어째서."

"퓨처 워커가 아니므로."

"그런가요."

미의 옆을 걷고 있던 아달탄은 어쩔 줄 몰라 하는 모습으로 낑낑거리며 주인을 바라보았지만 그러한 행동으로 아무런 소득도 건지지 못했다.

궤헤른은 진저리를 치며 다시 앞을 바라보았다. 멈춰 선 일행의 앞쪽에서는 쳉이 기어다니고 있었다. 궤헤른은 해괴하기 짝이 없는 기분에 빠졌다. 등 뒤엔 알 수 없는 말을 나누는 남녀, 눈앞엔 말을 내버려두고 땅을 기는 사내.

다행히도 눈앞을 기어다니는 쳉에게는 궤헤른도 납득할 수 있는 이유가 있었다.

쳉은 기어다니기를 멈추고는 일어나서 캐시헌터의 고삐를 쥐었다. 그러고는 말 위에 올라 잠시 앞쪽의 큐리담 호수를 바라보았다. 니크는 조바심을 참지 못하고 질문했다.

"그래, 쳉, 뭔가를 발견했나?"

쳉은 귀찮다는 표정으로 고개도 돌리지 않은 채 말했다.

"고스빌로 갔군."

"고스빌?"

"그래. 미!"

쳉은 고개를 돌려 미를 불렀다. 미의 얼굴이 천천히 들렸다. 쳉은 다정하게 말했다.

"북해로 갔을 거라고 믿는 거지?"

"응."

"산을 넘는 것을 포기하고, 고스빌……. 탄느완이군. 배야. 하지만 이 계절에 북해로 가려는 선장은 별로 없을 테니 조금 지체하고 있을지도 모르겠군."

쳉은 말의 끝에서 조금 기다려주었고, 퀘헤른은 그 빈틈이 일행을 향한 배려라는 것을 알아차리고 쳉에게 질문했다.

"신스라이프 일행은 탄느완에서 배를 이용, 북해로 가려고 한다는 말이오, 쳉?"

"그렇게 생각합니다."

"흐음……. 배를 타기 전에 따라잡을 수 있겠습니까?"

"말했다시피, 이 계절에 북해를 항해하고픈 뱃사람은 별로 없을 겁니다. 북해는 이 즈음이 해빙기입니다. 수월하게 배를 몰고 다니기엔 부빙들이나 빙산의 위험이 아직 많을 겁니다. 항로가 아직 녹지 않았을 가능성도 있고. 따라서 배를 구하긴 쉽지 않을 겁니다. 탄느완에서 발이 묶였을 가능성도 있습니다."

사무엘은 피식 웃었다. 사나운 웃음이었다.

"모르는 것이 없군, 호위 무사."

"고맙군."

그리고 사무엘과 쳉은 서로를 잠시 쏘아보았다. 사무엘이 도전적으로 턱을 쑥 내밀고 있는데 반해 쳉은 고개를 조금 숙인 채 그 깊은 눈매로 사무엘을 똑바로 바라보고 있었다. 그러나 양자 모두 그 대결을 더 이상 심화시키지는 않았다. 궤헤른은 한숨을 내쉬고 싶은 마음을 달래며 고개를 돌렸다.

"후작님."

"불렀나, 궤헤른."

할슈타일 후작은 이제 거의 원래의 모습을 되찾은 상태였다. 그는 예전의 눈빛으로 주위를 둘러보았고 예전의 차가움으로 그것들을 해석했다. 하지만 예전에 비해 말수는 더욱 줄어들어 있었다. 궤헤른은 대화가 참 뻑뻑하다고 느끼며 말했다.

"들으셨다시피, 탄느완에서 신스라이프 일행을 붙잡을 수 있을 듯합니다."

"다행이군."

"이젠 설명을 좀 해주시겠습니까? 저는 불안합니다. 신스라이프가 이 모든 사건들의 원인이라면, 그를 죽이면 부활이 취소되는 것 아닌지요. 그렇다면 후작님에게는 아무 일이 없을 수가……"

궤헤른은 말꼬리를 흐렸다. 가이버와 니크, 그리고 사무엘은 어두운 표정으로 후작을 바라보았다. 후작은 평온한 어투로 말했다.

"그래. 그를 죽이면 나 역시 죽을 거라고 생각한다."

"후작님!"

"나는 이미 죽었다. 궤헤른. 이건 끔찍한 모욕에 다름없다. 나는 죽음의 권한을 누리겠다."

"살아야 합니다. 무슨 경우든지, 어떤 방식으로든 살아야 하는 겁니다!"

궤헤른은 숨을 헐떡이며 말했다. 하지만 돌아온 것은 싸늘한 웃음뿐이었다.

"언제까지."

"예?"

"언제까지 살아야 하는가."

궤헤른은 대답하지 않았다. 깔깔해진 입천장을 혀로 핥으며 궤헤른은 후작을 바라보았다. 후작은 조용히 말했다.

"죽을 때까지 아닌가."

말을 마친 후작은 말을 몰아갔다. 후작은 궤헤른과 니크의 사이를 지나쳐 쳉의 옆을 지나갔다. 그러고는 일행의 앞으로 나서서 천천히 말을 달렸다. 니크와 가이버가 먼저 그 뒤를 따랐고, 그리고 궤헤른과 사무엘이 우거지상을 한 채 말을 재촉했다. 쳉은 잠시 기다린 다음 미와 함께 달렸다.

우거진 숲과 산비탈 때문에 일행은 속력을 높일 수 없었다. 그래서 일행은 느긋한 속도로 달려갔다. 그 완만한 속도는 일행들로 하여금 각자 어두운 심정 속으로 침잠하게 만들었다.

후미에서 달리고 있던 쳉은 아무 말 없이 미를 바라보았다. 미는 아달탄을 힐끗힐끗 바라보는 동작 이외엔 오로지 앞만 보며 달리고 있었다. 아달탄은 미의 시선이 돌아올 때마다 기쁜 표정으로 날뛰었다. 쳉이 다시 고개를 돌려 앞을 바라보았을 때, 그의 귓가로 미의 목소리가 들려왔다.

"걷는 연습을 하는 새는 없는 거야. 그렇잖아?"

쳉은 잠시 침묵한 다음 역시 나직이 말했다.

"그래. 어떤 새가 날개를 다치게 될 것까지 염두에 두겠어."

두 사람 모두 사이들랜드의 들판에서 자라난 헤게모니아 평원인들이었다. 느린 속도로 달리는 말 위에서 대화를 나누는 것은 두 사람에게 조금도 어렵지 않았다.

"하지만 미는 안타깝고 무서워. 판단력이 흐려진 것이 너무 속상해."

"네게는 잘못이 없어."

"아니. 미는 북해로 갔어야 했어. 그래야 된다는 것을 알고 있었는데, 그런데도 북해로 가지 않았어."

"자의가 아니었을 텐데."

"그렇더라도……, 마찬가지야. 미가 고집을 부렸으면 벌써 오래 전에 미는 북해에 도달했을 수도 있을 거야. 퓨처 워킹을 할 수 없어서, 그래서 그만 판단을 잘못했어. 되는 대로 내버려둔 거야."

"지난 일은 어쩔 수 없어. 잊어버려."

"잊을 수가 없어. 미가 진작 북해로 갔더라면, 그럼 이 모든 바보 같은 일은 일어나지 않았을 거야. 후작님의 말이 맞아. 날개를 다친 새는 걷기 위해서, 새로운 자신에 대해 익숙해지기 위해서 노력은 했을 거야. 하지만 미는 퓨처 워킹을 할 수 없게 된 자신에 익숙해지려고 노력하지 않았어. 결국, 보통 사람들과 똑같아졌다는 것이잖아? 그런데도 미는 커다란 재난이나 당한 것처럼, 스스로 판단하거나 생각해 보려 하지 않았어. 어쩔 줄 모르고 되는 대로 내버려둔 거야."

"실제로 많은 사람들은 그렇게 행동해."

"감정 결핍."

"응?"

쳉은 고개를 들었고, 미가 미소 짓고 있는 것을 보았다. 미는 생긋 웃으며 말했다.

"쳉. 북해에 뭐가 있는지는 전혀 궁금하지도 않지? 거기 가면 무슨 일이 일어나는가, 혹은 왜 거기 가야 하는가는 전혀 생각하지 않지? 미한테만 관심 있지?"

쳉은 대답하려다가, 지금껏 자신이 했던 대답들을 전부 되짚어 보고는 씩 웃으며 고개를 끄덕였다.

"미랑 결혼하지, 바보."

쳉은 그저 어깨를 으쓱였다. 미는 차분한 태도로 설명했다.

"내버려두면 죽을 때까지도 관심 없어할 테니 미가 말해 줄게."

"듣지."

"북해엔 시간축이 있어."

"무슨 말이지?"

"시간 그 자체, 아니 그 정수라고 할까. 시간축이라는 이름이 나은 것 같아. 어쨌든 북해에는 그런 것이 있어. 디도스 같은 곳에서 파는 그거, 쳇바퀴 돌리는 다람쥐를 생각해 봐."

"전에 선물했더니 놓아줬지."

"그래. 그 쳇바퀴. 그건 어떻게 해서 돌지?"

"다람쥐가 돌리니까."

"아니……, 물론 그래. 하지만 그것이 도는 이유는 뭐지? 그것의 한 점이 고정되어 있기 때문이잖아? 만일 그것이 고정되어 있지 않다면 어떻게 돌 수 있을까?"

"무슨 말인지 알 것 같아. 어떤 것이 돌려면 거기엔 고정된 축이 있어야 된다는 말이군."

"그래. 북해에 있는 것에 미가 시간축이라는 이름을 붙인 것도 그것 때문이야. 축. 중심점."

"아아."

"사람들은 세상에 퍼져서 시간들을 만들어내고 있어. 사람이 시간의 장인이거든. 사람들은 끊임없이 시간을 과거로 보내고 새로운 시간들을 만들어내. 그래서 미는 미래를 볼 수 있어."

"궁금한 것이 있어."

"뭔데?"

쳉은 차마 묻지 못하던 것을 물을 때도 담담했다.

"네가 본 미래에서, 나는 너와 결혼하나?"

"쳉은 미래를 알려고 하는구나. 대가가 커."

"그래?"

"하지만……, 미 반칙 좀 할래. 미는 과거가 고정되어 있으니 미래를 본다고 했지?"

"응."

"쳉은 미를 사랑해. 쑥스러운 표정 짓지 마. 이상한 얼굴이 된다? 흐음. 어쨌든 그것이 고정된 과거야. 그럼 미래는 어떻게 될까."

"그런 거야?"

"응."

"그럼 누구나 퓨처 워커가 될 수 있겠군."

"아니. 절대로 그렇지 않아."

"왜? 과거를 보고는 앞으로 이러이러하게 될 것이라고 추측하는 건 누구나 가능하잖아."

"미를 웃기지 마, 쳉. 어린애도 그렇게 되지는 않는다는 것을 알잖아. 아달탄도 그건 알걸. 말을 타고 달리면서도 틀림없이 목적지에 도착할 수 있다고 장담할 수 있는 사람은 아무도 없어. 말의 발목이 부러질 수도 있고, 강물이 범람할 수도 있고, 도적을 만날 수도 있고, 길을 잃어버릴 수도 있고, 땅이 갈라질 수도 있고, 목적지가 드래곤의 공격으로 지도상에서 사라졌을 수도 있고……"

쳉은 재빨리 고개를 끄덕였다. "맞아."

"사람이 시간의 장인이야……, 쳉."

"응."

"사람은 시간을 만들어내."

"응."

"그리고 시간은 사람을 떠나가."

"응."

"쳉은 미랑 결혼해야 돼."

"응."

"쳉은 미랑 결혼해서 평생 밥 짓고 빨래하고 애 돌보며 돈 벌어오고 미만을 섬기고 미만을 생각하며 미만을 그리며 미가 히스테리를 부리면 달래주고 미가 심심하면 재롱 떨어주고 미가 졸리면 자장가 불러줘야 해."

"응."

"미가 졌어."

쳉은 싱긋 웃으며 캐시헌터의 진로를 조금 수정했다. 그러고는 팔을 옆으로 뻗었다. 미는 쳉의 손을 보고 천천히 손을 들어올렸다. 달리는 말 사이로 뻗어간 쳉과 미의 손은 허공에서 맞닿았.

미의 다섯 손가락이 쳉의 다섯 손가락 사이로 파고들었고, 두 사람은 한 손으로 말을 달리고 다른 손은 서로 깍지 낀 채 숲의 머리를 파고드는 은초록빛 햇살 속을 달려갔다.

미는 얼굴에 쓰다듬고 지나가는 바람에 말을 실어 보냈다.

"아이를 가지자."

쳉은 대답할 필요를 느끼지 못했다. 미 역시 대답을 기대하지 않았던 것처럼 조용조용하게 말을 계속했다.

"우리를 향해 칭얼거리고, 우리를 배우고, 우리를 사랑하고, 우리를 떠날 아이를 만들어서……, 쳉, 그 아이를 사랑해 주자. 바보처럼 사랑해 주자. 그러기 위해 태어났다고 믿는 것처럼, 헌신적으로 사랑해 주자."

미의 매끄러운 볼 위로 눈물이 흘러내리고 있었다. 불어 닥치는 바람은 미의 눈물을 빠르게 식혔고, 목덜미로 파고드는 차가운 눈물에 미는 소름이 돋을 것 같았다. 하지만 미는 마지막까지 말했다.

"……우리가 시간을 만드는 것처럼."

제9장
기다림의 해변

1

 칼은 말을 세웠다. 그리고 샌슨은 부끄러워졌다. 그의 부끄러움은 언덕 꼭대기에 서 있는 한 명의 남자 때문이었다.

 길 옆에 말을 세운 채 기다리고 있는 남자는 고삐를 감아쥔 두 손을 안장 위에 얹고 조용히 샌슨을 바라보고 있었다. 무늬 없는 회색 망토를 걸치고, 허리에도 역시 별 문양이 없는 롱 소드를 찬 그의 인상은 바이서스의 어느 거리를 걷든 행인의 시선을 10초 이상 잡아두기 힘들 모습이었다.

 순간적으로 샌슨은 칼과 일행이 아니게 보이려면 어떻게 해야 되는가 하는 따위 고민에 빠져버렸지만, 그 고민은 칼이 해결해 주었다. 칼은 남자를 보자마자 입을 열었다.

 "Mil forujh iha eun Karl, de firion ki iha eun Sanson Percival."

 물론 샌슨은 자이펀 어를 알지 못했지만 그를 가리키며 이름을 부르는 칼의 행동이 무엇을 의미하는지는 짐작할 수 있었다. 그래서 샌슨은 어쩔 수 없이 고개를 끄덕여 인사했다.

"안녕하십니까."

인사를 듣고서도 남자는 한참 동안 지그시 샌슨을 바라보았고 결과적으로 샌슨은 수치와 동시에 약간의 분노까지 느꼈다. 그러나 샌슨이 입을 막 열려는 순간("그래요, 잘못했어요!") 남자는 조용히 말했다.

"함이라고 합니다."

깔끔한 바이서스 어였다. 칼은 미소를 지어 보였지만 자이펀의 국방대신은 무표정한 얼굴 그대로 말했다.

"샌슨 씨는 자이펀 어를 이해하십니까?"

샌슨은 고개를 가로저었다. 그러자 함은 칼에게 말했다.

"그럼, 바이서스 어를 사용하기로 합시다."

샌슨이 감사하다고 말해야 되는가에 대해 잠깐 고민하는 사이에 칼은 말에서 내려섰고, 그 모습을 보자 함 역시 말에서 내려섰다.

"많이 기다리셨습니까, 함 씨?"

"아니오. 조금 전에 도착했습니다. 이곳에 오르자마자 두 분이 달려오시는 모습이 보이더군요."

샌슨은 머쓱한 표정으로 뒤통수를 긁적이며 말했다.

"미안합니다. 저, 무슨 못된 흉계가 있어 따라온 것은 아닙니다."

함은 그제서야 싱긋 웃었다.

"흉계가 있었다면 이렇게 드러내놓고 따라오시지는 않았겠지요. 칼 씨가 걱정되어서 따라오신 것이리라 짐작합니다만."

"⋯⋯짐작대로입니다. 칼은 검에는 도무지 소질이 없어서, 아 그렇다고 해서 제가 뭐 함 씨를 공격하겠다는 것은 아닙니다. 예, 절대로 아닙니다."

단독으로 만나기로 한 자리에 따라온 것에 대해 허둥지둥 변명하던 샌슨은 그만 포기하며 입을 닫아버렸다. 그리고 샌슨은 칼과 자신의 말고삐를 한 손에 몰아 쥔 채 조용히 뒤로 물러나는 태도를 취했다. 나는 여기 없는 것으로 취급해 주쇼.

내색하진 않았지만, 함은 그런 샌슨을 보며 흥미를 느꼈다. 그는 요사이 샌슨 퍼시발이라는 이름을 수도 없이 들었다. 하지만 지금 샌슨의 모습에서, 지옥에서 방금 데려온 것 같은 부대 하나를 신들린 듯이 운용하여 번견이 양떼를 몰아붙이듯이 자이펀의 최정예 부대 네 개를 꼼짝달싹 못하도록 휘몰아 대고 있는 무시무시한 바이서스 장수의 모습은 발견할 수 없었다. 저게 정말 칼브린 이후 바이서스 최고의 맹장이라는 샌슨 퍼시발인가? 그 공포스럽다는 사내는 칼을 따라 나온 것에 대해 몹시도 미안해하며 어울리지도 않는 말구종의 역할을 맡은 채 다소곳이 서 있었다.

칼은 길 옆의 바위를 가리키며 말했다.

"앉으실까요?"

함은 칼을 마주보는 자리에 있는 바위에 앉았다. 그렇게 앉은 두 사람은 마치 잠시 휴식을 취하고 있는 여행객들처럼 보였다. 칼은 숨을 좀 돌리고 나서 말했다.

"이렇게 나와 주셔서 감사합니다."

"저 역시 휴전 협정에 대해서는 중요하게 생각하고 있습니다."

"아니……, 사실은 그게 아닙니다."

함은 고개를 갸웃하며 칼을 바라보았다.

"휴전 협정에 대해서는 이틀 뒤에 있을 정식 협약 때 충분히 논의될 수 있겠죠. 그쪽에서도 그 준비는 착착 진행되고 있겠지요? 이쪽도 마찬가지입니다. 나오기 전에 잠시 보니, 법학자들은 전범으로 기소된 귀국의 인사들을……, 아, 함 씨도 물론 포함됩니다, 그 인사들을 기소 중지시킬 것인지 기소 유예시킬 것인지를 놓고 사투를 벌이고 있더군요."

함은 싱긋 웃었다.

"그게 그들의 일이니까요. 그런데 궁금하군요. 어떻습니까, 저는 천인공노할 인류의 적으로 규정지어져 만인의 이름으로 고발되어 있겠군요?"

"거의 비슷합니다. 수식어가 좀더 많은 편입니다."

"좋은 소식이 있습니다. 칼 당신은 자이편 내에서 어떤 종류의 고발도 당한 바 없습니다. 이쪽 율법가들은 당신에 대해 전혀 알지 못했으니까요."

함은 농담하듯 말하며 칼에 대해 살짝 비꼬았다. 커튼 뒤에 숨어서 바이서스를 조종하신 귀하의 수완에 경의를 표합니다. 그 의미를 충분히 알아들었지만, 칼은 부드럽게 말을 돌렸다.

"예. 이 휴전 협정에는 그렇듯 많은 분들이 노고를 아끼지 않고 있으니 만큼, 분명히 양국 모두가 만족할 좋은 결과가 나올 것으로 생각됩니다. 그래서 저는 휴전 협정에 대해서는 큰 우려를 가지지 않습니다. 오늘 이렇게 함 씨를 뵙고자 한 이유는 다른 이유에서지요."

"휴전 협정에 대한 논의가 아니라면……, 무슨 이유로?"

"그것보다는 더 심각한 문제를 논의하고 싶습니다. 묻겠습니다. 귀국에서는 안식에 들어야 할 자들이 지상을 배회하는 일이 일어나지 않습니까?"

함은 잠시 얼굴을 찌푸렸다.

"혹, 귀국이 디바인 웨펀이라 부르는 그 좀비들의 창궐에 대한 이야기라면 거기에 대해서는 어떤 종류의 언급도 하지 않을 작정입니다만."

"아니오. 그 이야기가 아닙니다. 아실 텐데요."

함은 찌푸린 얼굴 그대로 칼을 바라보았다.

"……알고 있습니다. 솔로처께서도 부활하셨다지요?"

"그렇습니다. 저는 그 문제에 대해 논의해 보고 싶어서 나왔습니다. 말씀하신 대로, 현재 우리나라에서는 역사가들이 목숨을 걸고서라도 만나보고 싶어 하는 자들이 지상을 걷고 있습니다. 콜로넬 계곡에서는 데스나이트들이 일어섰고 켄턴의 하늘에서는 천공의 3기사가 춤추고 있습니다."

그 속에 담긴 의미가 가공할 만한 것이라면, 말투는 아무래도 상관없다. 그래서 칼은 단조로울 정도로 평이하게 말했지만 함은 한참 동안 말문을 열지 못할 정도가 되었다. 조금 후에야 함은 힘들게 말했다.

"혹, 이유를 아십니까."

"예. 불민한 후손을 위해 선조들은 죽음까지도 뛰어넘어 배려를 남겨둔다고 하지요. 그건 아시다시피 은유적인 말이지요. 관습이나 문화, 규칙, 건축물……. 하지만 이번 경우엔 그 말 그대로의 일이 일어났습니다. 솔로처께서 해답을 가져다주셨습니다."

"직접……, 만나셨습니까?"

"예."

그 외에 다른 적합한 행동은 떠오르지 않았기에, 함은 잠시 한숨을 내쉬었다. 칼은 고개를 끄덕였다.

"개인적으로는 좀 실망스러운 경험이었습니다. 온갖 무지개가 하늘을 수놓고 땅이 갈라지고 벼락이 치는 가운데 숫염소와 사자들이 끄는 수레를 타고 오시지 않았기 때문이죠. 솔로처께서는 임펠리아의 정문으로 걸어들어 오셨습니다."

함은 쓰게 웃었다.

"그럴 필요가 없는 분이겠지요. 잘 이해합니다. 그래서, 그분께서는 뭐라고 하셨습니까?"

칼은 잠시 미간을 문지르다가 말했다.

"좀 복잡합니다. 제가 얼마나 설명을 잘할 수 있을지 모르겠습니다만. 일단 이 부활들에는 여러분들이 Hjan이라고 부르는 것이 개입되어 있는 것 같습니다."

함은 조금 놀랐다. "Hjan?"

"예. 혹 제가 자이편의 단어를 잘못 인용하더라도 용서하십시오. 솔로처께서 가로되, 크나큰 Hjan을 지닌 자는 죽은 그 자신, 또는 죽은 친구나 가족들을 부활시킬 수 있다고 하셨습니다. 그것은 사랑이나 그리움이 아니라고 하더군요. 단순한 사랑이었다면 루트에리노 대왕은 이미 몇 번에 걸쳐 그를 사랑하는 바이서스 국민들에 의해 부활되었을 거라고도 하셨습니다. 죽은 남편이나 아내들은 말할 것도 없고요. 저는 잘 이해하지 못했습니다만."

"그렇……군요. 그래서 라울은 부활하지 않았으나 베이론은 부활한 것이군요."

함이 거론한 이름들은 당연히 칼에겐 낯설었다. 하지만 함은 설명할 생각을 하지 않았다. 대신 빠르게 자신 속으로 빠져들었다. 머릿속에서 무언가가 따다닥 소리를 내며 맞아들어 가는 기분이었다.

신차이와 결투를 치렀다가 죽은 자들 중 라울 트리그로스는 허심탄회한 마음으로 결투에 임했고 남겨진 미련 없이 무사답게 죽었다. 그는 부활하지 않았다. 그리고 베이론 코다슈는 모욕당한 분노로 결투에 임했고 그 감정을 추스를 겨를도 없이 일격에, 칼 맞은 낙타 꼴로 죽었다. 그는 부활했다.

칼은 함이 생각에 잠겨 있다는 것을 알아차렸기에 부드럽게 말을 꺼냈다.

"저……, 그리고 솔로처는 이렇게 말씀하셨습니다. 자이펀보다는 바이서스에서 더 많은 부활이 일어났을 거라고요."

"예? 이유가 뭐죠?"

"우리는 그 Hjan이 뭔지도 모르니까요. 자신이 잘 알고 있는 감정은 추스를 수 있을 테지만, 그것에 대해 이름도 모르는 감정이라면 보다 쉽게 그 감정에 휘둘릴 수 있을 거라고 하셨습니다. 섬뜩한 말씀이셨습니다. 우리가 가지고 있는 것이면서도 거기에 붙여진 이름이 없다면……, 그래서 있는지조차 모르는 감정이라는 것은."

"그렇겠군요. 예. 하지만 단순히 감정 때문에 그런 일이 일어난다고는 생각하기 어렵군요."

"예. 물론 전제 조건이 있습니다."

"그 전제 조건이 뭔가요?"

칼은 대답에 앞서 잠시 하늘을 바라보았다. 세 사람이 있는 언덕은 들판의 중간쯤에 잘못 솟아난 것처럼 생긴 야트막한 야산이었다. 이곳에서 푸른 하늘은 턱없이 넓어보였다. 칼은 그 하늘 어디에선가 자신이 말하고자 하는 말의 증거가 나타나지 않을까 하는 공상을 해보았지만 하늘은 마냥 푸르를 뿐, 칼을 도와주지는 않았다. 그래서 칼은 조금 힘들게 말을 꺼냈다.

"시간이 멈췄다는 것이 그 전제 조건입니다."

다행히도 함은 칼을 바보 취급하거나 미치광이를 보는 시선을 돌리거나 하지는 않았다. 그렇다고 해서 열렬한 찬동의 의사를 표한 것도 아니지만. 함은 그저 조용히 설명을 요구하는 눈빛을 보냈다. 칼은 그 스스로도 혼란스럽게 느끼는 개념에 대하여 말을 해봄으로써, 함의 이해와 더불어 자신의 이해도 높여보고자 했다.

"현재, 시간은 느려지고 있습니다. 사물들의 시간이 느려지고 있습니다. 봉오리는 꽃으로 피어나지 않고 부패해야 할 것들은 부패하지 않습니다. 아이들, 아이들이 태어나지 않고 있습니다. 보다 개인적인 것을 말해 볼까요. 흔히들 아이들은 미래의 주인이라고 말하지만 그 주인들이 태어나지 않고 있습니다. 개인적으로, 주위의 친지들 중 자녀를 얻은 친지가 있는지 물어보고 싶습니다."

함은 이 질문에 대답하는 것이 그 황당한 가설에 대한 찬성의 증거가 된다는 것을 알고 있었지만, 그렇다는 이유만으로 거짓을 말하지는 않았다.

"없군요."

"저도 그렇습니다. 그런 표정, 이해합니다. 제 말이 우스꽝스럽게 느껴지지요? 예. 저 자신도 긴가민가하고 있습니다. 하지만 저는 제 개인적인 일들을 돌아보았습니다."

"당신의 개인적인 일?"

"함. 어떻게 말해야 할지 모르겠습니다만, 저는 미래를 꿈꾸는 사람입니다. 물론 모든 사람들이 그러하듯 제 취향에 맞는 미래를 꿈꾸지요. 그리고 그것을 위해 미력하나마 노력을 바치고 있었습니다."

함은 고개를 끄덕였다. 그러나 칼은 싱긋 웃으며 고개를 가로저었다.

"그렇게 믿고 있었다는 말이죠."

"예?"

"저는 제가 미래를 만들어간다고 생각했습니다. 하지만 아니었습니다. 보다 객관적으로 생각해 보기 위해 얼마나 노력했는지는 말하지 않겠습니다. 하지만 결론은 말씀드리죠. 저는 점점 더 사태와 상황들을 고착시키고 있었습니다. 현재를 끌어안아 버린 거라고 할 수 있지요."

"무슨 말씀인지?"

칼은 난감했다. 어떻게 말해야 할지 알 수 없었다. 먼 나라의 국방대신에게 들려주기에는 상당히 복잡한 내용들이었다.

그가 서커스를 이용하여 귀족들에게 보낸 경고는 결국 귀족들에게 경계심을 품게 할 것이다(샌슨이 습격당한 것을 보면 귀족들의 경계심은 충분히 알 수 있는 일이건만, 칼은 깨닫지 못했다.). 또한 그들은 문화 사업이 의외의 무기가 될 수 있다는 사실을 인식하게 될 것이다. 모직 산업을 다룰 권리를 획득함으로써(칼이 그들에게 준 것이다) 얻게 될 풍부한 재원을 이용하여, 그들은 더 많은 문화 사업들을 장악할 것이다. 작가, 미술가, 음악가, 조각가, 정치가, 경제학자, 기타 모든 종류의 기술자들. 어쩌면 성직자와 마법사들까지도? 그들은, 결국 문화 사업은 적절한 안목과 풍부한 재력을 가진 귀족들이 전담할 때 가장 큰 결실을 얻을 수 있다는 믿음을 사람들에게 강요하게 될 것이다. 그것은 당연한 이치다.

문화를 장악한 자들은 모든 것을 장악할 수 있다. 역시 귀족이 해야 돼. 역시 귀족다워. 이건 귀족이 해야 할 일 아닐까? 고정 관념들, 움직일 수 없는. 결국 비귀족들은 귀족들의 문화 소작농이 될 것이다.

칼이 그렇게 만들었다.

그 외에 샌슨에게는 말하지 않은 것들, 함에게는 더욱 말할 수 없었던 것들. 그 모든 계획과 비밀 활동을 재검토한 칼은 자기 자신에 대해 아찔함까지 느꼈다. 그가 한 행동들은 모두 현재를 요지부동으로 만들어버리는 것들이었다.

"너무 많습니다……. 대신 당신에 대해 말하고 싶습니다."

"저요?"

함은 얼떨떨한 표정으로 칼을 바라보았다. 칼은 굳은 얼굴로 말했다.

"당신은 휴전을 원하지요?"

함은 대답하지 않았다. 당연한 질문이었으니까. 칼 역시 말을 계속했다.

"하지만 그것은 고착입니다. 종전이 아닙니다. 휴전은 언제든지 다시 전쟁이 날 수 있다는 의미입니다. 휴전 협약 이후 양국이 어떻게 될지 대충 말해 볼까요? 가장 간단하게 말할 수 있는 것은 군비 경쟁입니다. 당신이 휴전 이후 모국에 대해 어떤 아름다운 계획을 가지고 있을지는 모르겠습니다만 당신은 결국 비대해진 군부의 수장이 될 것입니다. 당신은 하탄이 될지도 모릅니다."

강직한 성격의 함은 이 대목에서 도저히 인내심이라는 말을 생각할 처지가 못 되었다.

"불경한!"

샌슨의 눈빛 또한 예리해졌다. 하지만 함은 벌떡 일어서거나 칼자루로 손을 가져가거나 하지는 않았다. 그는 더 튀어나오려는 말들을 억지로 내리누르며 칼을 쏘아보았다. 칼은 슬프게 말했다.

"당신이 그것을 원한다는 의미가 아닙니다. 주위 상황이 당신을 그렇게 만들지도 모른다는 거죠."

"말해 보시오!"

"군비 경쟁부터 다시 시작하죠. 잠재적인 전쟁에 대비한 군수 사업의 발달과 군부의 확장은 예상할 수 있는 일입니다. 그런데 폭력의 특징이란, 그것이 에고 소드와 비슷하다는 점입니다."

샌슨의 눈이 휘둥그레졌다. 그의 손이 자연스럽게 허리춤에 있는 프림 블레이드의 칼자루로 내려가 그것을 쓰다듬었다. 칼과 함은 알 수 없었지만 프림 블레이드 역시 숨을 죽인 채 칼의 말에 귀를(?) 기울이고 있었다.

"에고 소드는 보통 칼과 달리 스스로가 자연스럽게 주인을 찾아갑니다. 보통 칼이라면 전사가 쥐거나 암살자가 쥐거나 푸줏간 주인이 쥐거나 그 용도에 충실히 사용될 겁니다. 하지만 에고 소드는 그 스스로 주인을 찾아냅니다. 물론 착한 에고 소드는 그렇지 않겠지만, 대부분의 에고 소드는 자신의 목적을 위해 주인을 찾아냅니다. 그런데 검의 목적은 무엇이죠? 폭력, 피입니다. 에고 소드는 주인의 목적을 위해 자신을 바치는 것이 아니라 자신의 목적을 위해 주인을 택할 뿐입니다."

함은 갑자기 들려온 고함 소리에 놀랐다. 그리고 그 고함 소리의 내용엔 더욱 놀랐다.

"난 아니에요! 메스꺼워요, 피라니!"

함이 떨떠름한 시선으로 바라보고 있는 곳에서는 샌슨이 허옇게 질린 표정으로 자신의 손을 내려다보고 있었다. 함과 샌슨의 얼굴과는 반대로, 칼은 차분한 얼굴로 심드렁하게 말했다.

"저 프림 블레이드 같은 경우는 좀 독특하죠. 저 에고 소드는 자신의 목적, 즉 세상이 끝날 그날까지 계속될 수다를 위해 주인을 이용합니다. 자신에겐 입이 없으니까요. 뭐, 마검보다야 훨씬 보기도 좋고 애

교스럽기도 한 버릇이지만 주인을 이용한다는 점에선 다른 에고 소드와 마찬가지입니다."

프림 블레이드가 입을(?) 다물어버린 것 역시 샌슨만이 깨달을 수 있는 일이었다. 칼은 계속 말하려 했지만 그 전에 함을 불러야 했다.

"저, 함 씨? 계속할까요."

"아, 예."

역시 무사인지라 에고 소드라는 말에 감탄하며 샌슨이 쥐고 있는 칼자루를 감상하고 있던 함은 머쓱해하며 고개를 돌렸다. 칼은 계속 말했다.

"당신 나라 안에서 자라나고 비대해진 폭력은 결국 자신의 폭력성을 발휘하기 위한 목적으로 주인을 찾아낼 겁니다. 폭력을 억눌러 주기를 바라는 목적이 아닙니다. 에고 소드와 마찬가지로, 폭력이 그런 목적으로 주인을 찾아내는 일은 드물지요. 그 폭력은 자신을 쥐고 휘둘러줄 주인을 찾게 될 겁니다. 그리고 당신은 그 주인이 될 가능성이 높습니다. 다른 명가의 수장들은 군부의 권한에 별로 관심이 없다면서요? 당신은 자연스럽게 전후 자이펀 최고의 권력자, 군대 통수권자가 될 것입니다. 그리고 어느 날, 휴전 협정은 파기되는 거지요. 당신은 바라지 않았을지 몰라도 휘하의 병사들과 장군들이 보내오는 압력은 무시할 수 없겠지요. 다시 현재의 모습으로 돌아오는 겁니다."

함은 못마땅한 표정으로 말했다.

"아무리 주위의 상황이 그러해도, 나에겐 자유의사라는 것이 있습니다."

"그런데 그 자유의사라는 것이 현재의 무한한 반복을 바라고 있습니다. 다른 예를 들어볼까요?"

"다른 예?"

"당신은 우리들로 하여금 시오네를 체포하게끔 하셨지요."

함은 입을 굳게 다문 채 칼의 설명을 기다렸다. 그가 판단하기로, 눈앞의 칼은 아무래도 설명을 좋아하는 성격인 듯했다. 과연 칼은 설명을 시작했다.

"시오네를 체포하게끔 한 것으로 당신은 휴전 의사가 견고하다는 것을 우리에게 보여주었습니다. 뭐, 우리로서는 칭찬할 만한 제스처지요. 데밀레노스 바이서스 공주님을 대신하여 감사드립니다."

"별로 말하고 싶진 않지만, 내가 그 뱀파이어를 싫어했다는 점도 한 이유가 되었습니다."

"그렇습니까? 예. 그런데 그것을 조금만 바꿔 생각해 볼까요. 시오네는 닐림의 날개의 중요 인물입니다. 내가 이해하기로 닐림의 날개는 군부를 견제하는 하탄의 중요 수단이지요. 당신은 그것을 꺾었습니다."

함은 자신의 가슴속 어딘가에서 무엇인가가 덜컹 소리를 내며 떨어졌다는 기분을 느꼈다. 칼은 시선을 조금 내리깔았다.

"당신 자신도 모르게, 혹 알고 한 일일지도 모르지만, 당신은 휴전 이후의 군부 장악을 위한 포석을 깔았습니다. 그 외에도 당신 스스로 관점을 조금 바꿔보면 유사한 목적으로 행한 일들이 있을지도 모르겠습니다."

함은 반박하려 했다. 하지만 조금 전 떨어져서 그의 가슴속에서 굴러다니고 있는 것이 함의 입을 막았다. 함은 입술을 깨문 채 생각했다.

그는 자이펀 최정예 부대를 바이서스로 파견했다. 휴전 이후에 있을 군벌의 발호에 대해 걱정하면서도. 그런데 그 부대들은 저기 있는 바이서스 건국 이후 두 명밖에 없을 맹장이라는 샌슨 퍼시발에 의해 지리멸렬하고 있다. 그렇다면?

함은, 샌슨의 손을 빌어, 라이벌이 될지도 모를 장수들을 제거해 버린 것이 된다.

"이 휴전은 사실은 종전입니다. 지금까지의 전쟁, 즉 언젠가 어느 한 쪽의 승리나 패배로 끝나게 될 형태의 전쟁은 끝났습니다. 그리고 새로운 전쟁이 시작되겠지요. 승자도 패자도 결코 나타나지 않을 영원한 전쟁 말입니다."

"영원한 전쟁이라고요? 그게 가능합니까?"

"죽은 자들이 생사를 넘는 것은 가능합니까?"

함은 입술을 질끈 깨물었다. 칼은 고개를 들어 하늘을 바라보았다. 하늘은 푸른 새틴처럼 고왔다. 그리고 마른 붓으로 한번 슥 그은 듯한 구름들이 희미한 흉터처럼 하늘 한곳에 멎어 있었다. 칼은 그 구름을 바라보았다.

"우리나라에는 차넬이라는 장수가 있었습니다."

"알고 있습니다."

"예. 그분께서 행동과 상황의 관계를 세 가지로 나누어 말씀하신 것도 아십니까?"

"상황을 호전시키는 행동은 최상이고, 상황을 악화시키는 행동은 나쁘지만, 상황에 아무런 변화도 주지 못하는 행동은 최악이라고 하셨지요."

"그분은 전략에 대해 말씀하신 것입니다만, 그때 그분은 자신도 모르게 우리의 시간의 본질을 말씀하신 듯합니다."

"시간의 본질이오?"

"우리는 흘러야 합니다."

칼은 바위에서 천천히 일어났다. 그리고 언덕 아래로 보이는 황무지를 바라보았다.

"때론 장려한 강물이 되어 도도하게 흐를 수도 있고, 때론 굽이쳐 꺾이고 폭포가 되어 산산이 부서질 수도 있습니다. 때론 절벽을 타넘고, 때론 땅 밑으로 흐르는 지하수가 되어서라도 우리는 흘러야 합니다. 고여 있을 수는 없습니다. 앞에 무엇이 있을지 모른다고 해서 영원히 현재를 묶어두는 것은 우리의 자살입니다."

함은 자신도 모르게 칼을 따라 넓은 황무지를 바라보았다. 그러나 함과 칼이 보는 것은 서로 다른 황무지였다. 칼은 북받치는 목소리로 힘들게 말했다.

"우리는 날아야 합니다."

"난다고요……"

"때론 황야를 질타하는 질풍이 되어 날 수도 있고, 때론 산에 부딪혀 갈가리 찢겨질지언정, 우리는 바람이 되어야 합니다. 우리는 유피넬과 헬카네스의 증인인 인간, 시간의 장인입니다. 우리는 흐르는 강물이 되고 불어 닥치는 바람이 되어 시간을 만들어 나가야 합니다."

함은 고개를 끄덕였다. 칼은 갑자기 몸을 돌려 함을 바라보았다. 칼을 마주보던 함은 그의 눈 가득히 담긴 슬픔에 어리둥절해졌다. 칼은, 그야말로 당장이라도 울음을 터뜨릴 것 같은 얼굴이었다.

"미안합니다."

"예?"

"미안합니다."

칼은 똑같은 말을 두 번이나 반복했다. 함은 뭐라고 말해야 할지 알 수 없게 되었다. 그러나 칼은 더 이상 말을 잇지 않았다. 그는 그대로 몸을 돌려 샌슨에게 걸어갔다. 함은 제자리에 선 채 칼의 뒷모습을 바라보고 있을 수밖에 없었다.

황무지에서 불어온 바람이 한 올, 언덕 위에 먼지 구름을 피워 올렸다. 칼은 말 위에 올랐다. 그러고는 마상에서 함을 바라보았.

그의 얼굴은 다시 원래의 표정으로 돌아와 있었다. 칼은 약한 미소를 지은 채 함에게 말했다.

"이틀 뒤의 휴전 협정 때 뵙겠습니다."

"아, 예……. 그런데……"

"제가 멋진 것을 보여드릴 테니 준비하고 나오십시오."

"멋진 것?"

칼은 장난이라도 칠 것 같은 익살스러운 얼굴로 말했다.

"아, 저는 열과 성을 다해 그 협정을 파탄낼 겁니다."

'예?'라고 되묻지도 못했다. 함은 턱이 빠진 얼굴로 칼을 바라보았다. 머릿속 어딘가에서 웅웅거리는 소리가 들려오는 것 같았다. 칼은 다시 악동 같은 얼굴로 말했다.

"그쪽 율법가들도 이제 할 일이 생길 겁니다. 휴전 협정을 최악의 방식으로 파탄냄으로써 양국 국민의 평화와 번영의 기틀이 서는 역사적인 순간을 물거품으로 만들고 자이펀과 바이서스 양쪽을 진흙탕에 던져버린 역사의 범죄자로 칼 헬턴트를 기소할 수 있겠군요."

함은 아무 말도 못했다. 칼은 싱겁게 웃었다.

"'당신만이라도 내 진심을 알아주시오.' 어쩌고 하는 소리를 해야 어울릴 것 같지만, 이 장면에 어울릴 법한 문구를 찾아내는 것은 후세의 문필가들에게 맡겨둡시다. 자이펀의 작가일지 바이서스의 작가일지야 알 수 없지만, 그들이 멋진 문구들로 가득한 아름다운 장면으로 만들어주겠지요."

그리고 칼은 손을 가볍게 흔들었다.

"귓가에 햇살을 받으며 석양까지 행복한 여행을."

'웃으며 떠나갔던 것처럼 미소를 띠고 돌아와 마침내 평안하기를'이라고 말해야 하지만, 함은 아직까지도 굳어버린 입을 어찌지 못한 채 칼을 바라보고만 있었다. 칼은 대답을 기대하지 않았다는 듯 그대로 몸을 돌렸다. 주춤거리던 샌슨은 함에게 고개를 꾸벅 숙여 보이고는 그대로 슈팅스타에 올라 칼의 뒤를 따랐다.

함은 언덕 위에 못 박힌 채 떠나가는 칼과 샌슨을 바라보았다. 황무지를 가로질러 가는 두 사람의 모습이 마침내 작은 점과 모래바람이 되어 사라질 때까지.

그리고 그때까지 그의 입 속엔 하나의 문장이 되풀이 되풀이되고 있었다.

'석양까지 행복한 **여행**을……?'

2

샌슨은 고개를 돌려 칼을 바라보았다. 무슨 말이든 걸고 싶었지만, 지금은 그럴 시기가 아니라는 프림 블레이드의 조언이 있었다.

'달아나자고, 샌슨. 함 씨는 예의바르고 품위 있는 신사처럼 보이고, 따라서 너완 전혀 다른 인종일 가능성이 높단 말이야.'

'그게 무슨 뜻인지 상세하게 말해 봐.'

'흥. 너처럼 드러내 놓고 털레털레 따라올 사람은 아니라는 거지. 함 씨는 이 회견이 위험하다고 생각했다면 틀림없이 주변에 병사들을 좌악 깔아놨을 거야.'

'이해했어.'

'칼은 함 씨의 뒤통수를 갈긴 셈이고, 따라서 함 씨가 그 숨어 있는 병사들에게 **저놈들을 잡아라** 어쩌고 하는 말을 꺼낼 정도로 침착을 되찾기 전에 우린 조금이라도 더 도망가야 한단 말이야.'

'이해했다고 했잖아. 빤한 말 하지 마.'

'와……! 거기까지 짐작했어?'

'윽.'

샌슨은 이 황야 어딘가의 바위에 프림 블레이드를 꽂아놓고 도망치고 싶은 충동을 느꼈다. 몇 백 년쯤 뒤에 바위에 꽂힌 명검의 전설을 만들어낼지도 모르는 샌슨의 계획이 실천되지 않은 까닭은 첫째, 샌슨은 전력으로 도망치고 있었고 둘째, 바위가 안 보였기 때문이었다. 그래서 샌슨은 프림 블레이드와 보다 건설적인 내용의 대화를 나누기로 결심했다.

'칼 말이야. 휴전 협정을 파탄내겠다고 했지?'

'그가 원한다면 뭐든 파탄내지 못할까. 결혼식 정도라면 나도 파탄낼 수 있어.'

'응? 어떻게?'

'응응. 샌슨 네가 결혼식장에 가는 거야. 그리고 내 칼자루를 꽉 움켜쥐면 돼. 그럼 내가 어떻게 결혼식을 파탄내는지 알 수 있게 될 거야.'

'끔찍하군……. 어쨌든 말이야. 칼은 왜 파탄낸다고 했을까?'

프림 블레이드는 잠시 침묵했다. 그 사이에 샌슨은 슈팅스타의 고삐를 조금 느슨하게 한 다음 뒤를 돌아보았다. 추격자들의 모습이나 칼의 반사광, 먼지 구름 같은 것은 보이지 않았다. 샌슨은 다시 앞을 보았다. 그때 프림 블레이드가 말했다.

'너희는 흘러야 하니까.'

'뭐?'

'싸움에 이길지 질지는 알 수 없지만, 어쨌든 계속 싸워야 하지. 멈추는 것은 너희답지 않으니까. 너희는 바람, 너희는 강물. 움직이고 번성하고 영원히 행동해야 하겠지.'

'무슨 소리야, 그렇다고 전쟁을 옹호할 수는……'

'쉽게 말하지 마.'

'응?'

'내 모습을 봐, 샌슨. 제기. 칼날에 녹이 덕지덕지 덮이고 칼자루는 낡아 부서지는, 그 광막한 시간이 흐를 때까지 나는 스스로 움직이지 못해. 그 시간을 생각하다 보면 소름 끼치다 못해 까무러칠 것 같아. 미칠 것 같아. 너는 햇수를 년으로 세겠지? 하지만, 아아! 나는 세기로 세어야 한단 말이야! 그 시간 동안, 그 진저리쳐지도록 긴 시간 동안 나는 내 스스로는 움직일 수 없어!'

샌슨은 침묵했다. 조금 후, 안정을 되찾은 목소리로 프림 블레이드는 말했다.

'때론 아버지가 나를 마검으로 만들어주었으면 하고 생각해. 그럼, 그럼 난 적당히 악명을 날리다가 용광로나 화산에 던져지겠지? 차라리 그게 낫겠지. 그 기막힐 정도로 긴 시간 동안 이 식물인간 같은 모습의 형벌을 참아내는 것보단, 그게 훨씬 나을 것 같아.'

'프림.'

'너희는 움직여야 해.'

프림 블레이드는 단호한 목소리로 말했다.

'이건 검의 논리라고 말할지도 모르겠지. 아아, 그래. 난 검이야. 검이 검의 논리를 말하는 것이 뭐 어때? 전쟁의 결과가 무섭다고 해서 아예 전쟁을 그만둘 수는 없어. 끝까지 가야 하는 거야.'

'난……, 모르겠어. 휴전을 하면 최소한 지지는 않는 거야. 게다가 더 이상 피를 흘리지 않아도 되고.'

'칼이 말할 때 뭘 들은 거야? 이 상태에서 휴전을 한다면 그건 현실과 타협하는, 또는 현실 속으로 함몰되는 거야. 그럼 이 전쟁은 계속돼. 이건 혈우병과 마찬가지야. 너희는 영원히 피를 흘리게 될 거란 말이야. 다친 팔은 낫게 하든가 잘라내든가 해야 돼. 계속 흐르는 피만 막고 있어선 언젠가는 인간 자체가 죽을 거란 말이야.'

프림 블레이드는 잠시 멈췄다가 다시 말했다.

'아니, 정정할래. 죽지는 않겠군. 이 현실이 계속된다면, 인간은 죽지 않겠군. 하지만 피를 흘려야 된다는 것은 마찬가지야. 모르겠어. 이 세상은 유령들의 전장이 되는 걸까? 아이도 낳지 못하고 그렇다고 죽지도 못하니, 그건 유령이야. 유령들이 영원히 싸움을 계속하는 거지.'

'하지만…….'

'싸워야 해. 미래가 뭐가 될지 몰라서 주춤거리지 마. 휴전은 얄팍한 타협이야. 그런 건 없어. 아니, 그런 것이 있다고 하더라도 그건 인간 스스로가 결정해야 돼. 누군가가 고정시킨 현실 때문이 아니라. 일어나서 걸어가. 자손들에게 죄를 짓는 것 같아? 미안하지만, 너희들의 선조들도 자신을 위해 그들의 인생과 싸웠어. 너희들도 너희들의 인생을 위해 싸우기만 하면 돼. 너희들의 자손들은 스스로를 위해 싸우겠지. 왜냐하면 너희들은 그렇게 만들어져 있으니까. 그 싸움은 노래가 될 수도 있겠고 탑이 될 수도 있겠고 아름다운 그림이 될 수도 있겠지. 아침에 일어났을 땐 졸음과 싸우는 거야. 힘껏 일할 땐 게으름과 싸우는 거야. 논쟁을 벌일 땐 상대방과 설전을 하지. 자이편이 적이라면 검을 들고 일어나 싸워. 뭐가 옳은지는 여가 선용의 시간을 위해 남겨둬. 방해물은 항상 생기고, 싸움은 영원한 것이야. 내 앞에서 움직일 수 있다는 것을 자랑스럽게 여기고, 움직여!'

프림 블레이드의 목소리에 익살맞은 기운이 섞여들어 갔다.

'봐, 지금도 방해물이 있어. 위대한 전사 샌슨, 싸워야겠군.'

'뭐?'

그때 현실의 목소리가 샌슨의 귀에 들어왔다.

"퍼시발 군. 말을 잠시 멈춰보게."

샌슨은 당황하며 슈팅스타를 멈췄지만 결국 칼을 한참 지나치고 말았다. 샌슨은 말을 돌려 다시 걸어왔고, 그 때문에 칼이 뭣 때문에 멈추라고 했는지 묻지 않아도 되게 되었다.

그들이 달려온 언덕 쪽에서 뽀얀 먼지 구름이 피어나고 있었다. 샌슨은 이를 갈았다.

"함 녀석." 더 이상 존칭은 사용되지 않았다. "부대를 매복시켜 뒀던 모양이군요. 비겁한 놈!"

칼은 '자네 역시 1대1의 회담에 따라나오지 않았는가' 등의 말은 하지 않았다. 대신 칼은 미간을 조금 찌푸리며 말했다.

"물을 테니, 자네나 프림 양 누구라도 좀 대답해 주시게. 저 추격대는 함이 직접 지휘하고 있을까?"

"그럴 가능성이 높긴 합니다만 지금까지의 정황에서는 확신을 가질 만한 것들이 없습니다."

"가능성은 높단 말이지?"

"그렇지요. 중간 지점에서 만나기로 한 것 아닙니까. 대여섯 시간 거리나 되는 길을 혼자서 되돌아갈 리는 없을 테고, 저라면 저 부대와 합류하겠습니다."

칼은 고개를 끄덕이며 품속에 손을 집어넣었다. 샌슨이 바라보는 가운데 그의 품속에서 나온 것은 작은 스크롤이었다. 칼은 멋쩍은 얼굴로 말했다.

"비겁한 칼 녀석이라고 불러도 할 말 없겠군."

"예?"

칼은 대답 대신 고삐를 놓고는 두 손으로 스크롤을 찢었다.

스크롤이 찢어지자 그 속에서 광선이 튀어올랐다. 위로 솟구쳐 오른 광선은 샌슨으로 하여금 레브네인 호수의 모습을 떠올리게 했다. 광선은 까마득한 하늘로 솟아올라 구름을 뚫었고, 잠시 후 사라졌다. 샌슨은 칼을 바라보았다.

칼은 손을 툭툭 털고는 말했다.

"자, 잘 부탁하네."

"방금 그건 일종의 응원 같은 것이었습니까? 예. 그럼 저는 추적대와 용감히 맞서 싸우고 칼은 그 사이에 도망치는 것이군요. 멋진 응원이었습니다. 비겁하다고 말하지 않겠어요. 칼은 달아나셔야……"

"으윽. 아냐. 그건 일종의 커뮤니케이션 수단이었네, 퍼시발 군. 뒤를 보게."

샌슨은 뒤를 돌아보았다.

전방에서, 그들을 추적하는 것과 비슷한 먼지 구름들이 일어나고 있었다. 지평선 곳곳에서 일어나는 그 먼지 구름을 보며 샌슨은 숨이 턱 막히는 희열을 느꼈다. 바람을 타고 가늘게 말발굽 소리들이 들려왔다. 두두두두두. 절대의 전투력과 치명적인 돌격력으로 땅 위를 질타하는 말발굽 소리.

그리고 힘찬 나팔 소리가 울렸다.

나팔 소리는 황무지 위를 거침없이 휘몰아쳤다. 황무지 전체가 진저리를 치며 들고 일어나는 듯했다. 샌슨은 그 나팔 소리를 잘 알고 있었다. 피가 끓어오르는 느낌 속에 샌슨은 프림 블레이드를 천천히 뽑아들었다. 나의 최고의 경의로서. 말발굽 소리는 이제 몸이 흔들릴 지경으로 커졌다. 그리고 시시각각 커지는 먼지 구름들 사이로 갑주의 번득임이 무지개를 그렸다. 샌슨은 소름이 돋을 듯한 유쾌함을 느꼈다. 그는 검을 높이 들고 목이 터져라 고함질렀다.

"장미의 기사여, 오라! 죽음과 삶은 내 알 바 아니다. 칠흑의 땅 위에 피의 장미 꽃잎을 날릴 뿐!"

샌슨의 목소리에 화답하듯 나팔 소리가 다시 울렸다. 금속성의 맑고 날카로운 소리들은 천둥처럼 황무지 위를 치달렸다. 그리고 그들 심장 속에서 용솟음치는 피의 소환에 맞춰 지옥의 노래를 부르는 전사들의 합창이 들려왔다.

장미의 기사들이 그들을 향해 달려오고 있었다.

앞으로 내밀어진 일스 기사단의 창검은 사방으로 흰 무지개를 퍼뜨렸다. 불꽃처럼 휘날리는 말들의 갈기 위로 일스 기사단의 강철 투구가 번득였다. 슬릿 위로 새겨진 장미 문양은 마치 흐르는 피처럼 보였다. 일스의 대장장이들의 손길이 얼마나 가해졌을까, 지독하게 연마된 갑주의 강철은 로열 블루의 빛을 뿜어내고 있었다.

선두에 달리던 기사는 앞으로 내뻗고 있던 거대한 창을 들어올렸다. 그것은 창이 아니었다. 기사가 팔을 휘두르자, 거대한 깃발이 펼쳐졌다. 장미와 정의의 오렘의 문장이 거대한 깃발 가득히 화려한 불꽃을 뿜어내고 있었다. 기수는 다시 뿔나팔을 들어올렸다. 벽력 같은 나팔 소리가 다시 황무지를 진동시켰다.

빠…… 빠바바바…… 바……!

빠…… 빠바바바…… 바……!

저들이 바로 일스 기사단이었다. 그레이, 무스타파, 딤라이트 천공의 기사의 가장 올바른 후계자들, 대륙 최고의 단위 전투력이다. 검과 파괴의 레티의 아들들이 파괴를 위해 검을 든 프리스트들이라면, 저들은 정의를 위해 신에게 몸을 바친 무사들이다. 샌슨은 미친 듯이 웃었다. 그는 고개를 돌려 외쳤다.

"칼! 함을 어떤 상태로 가져다 바칠까요?"

칼은 씁쓸한 표정을 지으며 말고삐를 당겼다. 일스 기사단의 돌격을 방해하지 않기 위해서는 최고 속력으로 옆으로 비켜나야 할 것이다. 죽을 맛이겠군.

"전쟁의 예법이 요구하는 한 정중하게. 하지만 여의치 않다면 시체라도 상관없네. 그것이 전쟁의 예법이니."

"알겠습니다! 자, 누가 일스 기사단을 앞지르는지 보십시오!"

그리고 샌슨은 검을 높이 들어올려 휘저었다.

"바이서스, 루트에리노!"

그리고 샌슨은 앞으로 달려갔다. 칼은 싱긋 웃으며 옆으로 달리기 시작했다. 마상에서 칼은 일스 기사단의 나팔 소리에 귀를 기울였다.

슬프고, 아름답고, 격정적인 나팔 소리였다.

천막의 입구에 쳐져 있는 천을 들추고 밖을 바라보던 칼은 고개를 끄덕였다. 야영지 곳곳에 피워둔 화톳불이 불을 밝히고 있을 뿐 주위는 고요했다. 불침번을 서는 병사들 한두 명이 오갈 따름으로, 휴전 협상을 준비하던 사절단과 법학자들은 모두 기진맥진한 채 잠든 지 오래였다.

이 며칠은 그들에게는 행군이나 다름없었다. 그래도 막중한 임무를 의식하고 매일 저녁 졸리는 것을 참아가며 휴전 협정서의 초안을 잡기 위해 상의를 거듭해 온 그들이었지만, 조금 전 저녁 식사 시간에 칼이 던진 선언 즉 휴전 협상은 하지 않을 것이라는 선언은 그들 모두를 얼빠지게 만들었다. 아마도 그들은 황당함과 허탈감에 일찌감치 곯아떨어졌을 것이다.

칼은 천을 도로 내리고는 고개를 돌려 천막 중앙을 바라보았다. 그곳에는 커다랗고 묵직해 보이는 관이 놓여 있었다. 칼은 잠시 관 뚜껑을 노크하고픈 생각을 떠올렸지만 꾹 참으며 말했다.

"시오네. 나와도 좋아요."

관 뚜껑이 천천히 움직였다. 텅. 가벼운 소리를 내며 관 뚜껑이 옆으로 떨어지자 시오네는 일어났다. 그녀는 주위를 둘러싸고 있을 종군 프리스트들과 허옇게 질린 얼굴의 병사들을 찾아보려 했지만 막사 안에는 칼뿐이었다. 시오네는 고개를 갸웃했다.

"너 혼자뿐인가?"

칼은 피로한 얼굴이었다. 그는 테이블 대신 사용하고 있던 궤짝 위에 놓인 두 개의 잔 가운데 하나를 들어올리며 말했다.

"그렇습니다."

"이유가 뭐지?"

"거기 앉으시는 것이 어떻습니까. 아, 관에서 나오는 것은 곤란합니다. 거기 관 귀퉁이에라도 앉으시지요."

시오네는 어리둥절한 표정으로 관 주위의 땅을 내려다보았다. 그녀의 입술이 뒤틀리며 예리한 송곳니가 드러났다. 관 주위의 땅에는 복잡한 도안이 그려져 있었다. 시오네는 그것을 알아볼 수 없었고, 그래서 정령사의 솜씨일 것으로 추측했다. 그 늙은 정령사 구다이의 솜씨인가. 정확하게 무엇인지 알 수 없었기에 시오네는 함부로 행동할 수 없었다.

"준비가 철저하군."

"저는 소심한 편이거든요."

칼은 빙긋 웃으며 또 하나의 잔을 들어올려서는 관 귀퉁이에 앉은 시오네에게 건넸다. 시오네는 의아한 표정으로 잔을 바라보았고, 받아 든 잔의 내용물을 확인한 뒤에는 당황해 버렸다.

"와인이……, 아니군?"

"아닙니다."

시오네는 눈을 흡떠 칼을 바라본 채 천천히 잔을 입가로 가져갔다. 그러나 잔의 내용물이 입 안으로 흘러들어 오자 더 이상 칼에게 집중하기 어려웠다. 시오네의 눈이 스르르 감겼다. 시오네는 눈을 감은 채 입 안의 내용물을 음미하다가 아쉬운 듯이 삼키고서 말했다.

"살 것 같은 기분이군."

칼은 저도 모르게 미소를 지었다. 영원한 시체인 뱀파이어가 살 것 같다고? 하지만 눈을 감고 있던 시오네는 칼의 표정을 보지 못했다. 칼은 고개를 끄덕이며 궤짝에 걸터앉아 자신의 잔을 마셨다. 칼의 잔에는 와인이 담겨 있었다.

시오네는 기다란 혀로 입술을 핥고서 아쉬운 표정으로 말했다.

"사슴, 수컷, 311년산."

칼은 킬킬거렸다. 시오네에게서 유머 감각을 기대하지는 못했다. 시오네는 눈을 떠 웃고 있는 칼을 바라보았다.

"인간이었다면 더 좋았을 텐데."

"인간? 내가 그걸 어떻게 준비하겠습니까. 그건 취사병이 저녁 식사에 쓰려고 잡은 사슴을 요리할 때 간신히 구한 겁니다. 그런데 정말 놀랍군요. 맛을 다 구분합니까?"

"설마. 이 방에 진동하는 사슴고기 냄새로 추측한 거야. 저녁 식사 때 그걸 먹었으니, 네가 사슴에서 이걸 구했다는 것은 짐작할 수 있지."

"아, 그렇군요. 미각이 아니라 후각에 경의를 표시해야 되는 것이군요."

시오네는 차갑게 웃으며 잔을 만지작거렸다. 오래간만에 충족된 욕망 때문에 시오네는 퍽 즐거운 기분이었다.

"뭘 준비했나."

"예?"

"너는 내게 뭔가 자극적인 이야기를 들려주려고 불러낸 거 아닌가? 둘이서만 이야기를 나누기 위해 이렇게 공을 들여가며 준비한 것이겠지. 그 굉장한 이야기가 뭔지 말해 보시지."

칼은 히죽 웃었다.

"이해가 빠르니 대화가 편하군요. 단도직입적으로 말하지요. 함을 붙잡았습니다."

시오네의 손이 움찔했다. 하마터면 잔의 내용물이 모두 쏟아질 뻔했지만 시오네는 가까스로 그것을 붙잡았다. 시오네는 자신의 팔에 흐른 피를 바라보다가 고개를 들어 칼을 노려보았다.

"함……을?"

"예. 1대1로 회담하자고 하니 나오더군요. 물론 부대를 가득 끌고 나왔습니다만, 퍼시발 군과 일스 기사단이 모두 무찔렀습니다."

시오네는 이를 악물며 칼을 바라보았다. 이 끔찍한 놈이 할 수 없는 일은 도대체 뭐지. 그 불가사의한 사내가 조금 왜소한 듯한 체격에 평범한 중늙은이의 얼굴을 하고 있다는 것은 시오네에게 별다른 위안이 되지 못했다. 아니, 그런 평범함이 시오네를 더욱 압박해 왔다. 시오네는 그 압박감을 뿌리치듯 허리를 펴며 사납게 말했다.

"축하하겠어. 함은 바이서스에 붙잡힌 두 번째 국방 대신이 되는 건가. 하지만 모국을 배신한 두 번째 국방 대신이 되기는 어려울걸. 그놈은 겉보기와는 꽤나 다른 녀석이거든."

"예. 고문은 엄두도 못 내겠더군요. 자살하지 못하도록 감시해야 될 지경이니, 도대체 고문 같은 것은 처음부터 말이 안 되더군요."

시오네는 불안한 표정으로 칼을 바라보았다.

"자살했나?"

"아니오. 이미 혀를 한번 깨물었습니다만 종군 프리스트들이 급히 치료했습니다. 그래서 지금은 손발 다 묶이고 입에는 재갈까지 채워진 상태지요. 조금 있으면 볼 수 있을 겁니다."

"볼 수 있다고?"

"퍼시발 군이 데리러 갔습니다."

시오네는 잔을 들어올려 단숨에 비웠다. 그러고는 잔을 땅에 집어던졌다. 아무 일도 일어나지 않았다. 잔은 떼구르르 굴러갈 뿐이었다. 칼은 고개를 가로저었다.

"아니……, 그게 뭔지 알아보려면 직접 발을 들이밀어 보는 수밖에 없을 겁니다. 하지만 그러지 말라고 권하고 싶군요. 구다이 씨는 생각할 수 있는 가장 끔찍한 일이 일어날 거라고 경고했습니다."

시오네는 겁먹은 표정도 짓지 않았다. 다만 사납게 으르렁거렸을 뿐이다.

"왜 데려오겠다는 거지? 나를 희롱하려는 거냐? 배신자들을 서로 만나게 하곤 그 모습을 즐기려는 거야!"

"그런 취미는 없습니다. 당신이나 함이나 서로 볼 낯이 없다는 것은 알고 있습니다. 되도록이면 서로 만나게 하고 싶지는 않았습니다만, 도리가 없군요."

시오네는 사납게 쉭쉭거렸다.

"도리라니?"

"말씀드렸다시피 함 씨를 고문할 수는 없습니다. 손발이나, 하다못해 입만 자유로워도 당장 자살하려고 들 테니까요. 그래서 당신 도움이 필요합니다."

시오네는 눈을 몇 번 끔뻑였다. 칼은 고개를 슬그머니 돌렸고 그 모습은 시오네를 더욱 의아하게 했다. 칼은 나직하게 말했다.

"당신은 뱀파이어입니다. 이성에 대한 지배력이 있잖습니까?"

깜빡거리던 시오네의 눈이 순간적으로 고정되었다. 시오네는 입을 쩍 벌린 채 칼을 쳐다보았다.

"뭐? 너, 그럼 지금……?"

"예. 함 씨를 트랜스에 빠뜨려주십시오."

시오네는 벌떡 일어났다. 칼은 흠칫하며 궤짝에서 일어나 뒷걸음질쳤으나 곧 멈췄다. 시오네는 관 속에 똑바로 선 채 땅을 내려다보고 있었다. 나올 수 없다. 시오네는 핏발 선 눈으로 칼을 쏘아보았다.

"뭣 때문이지?"

"자이펀 사절단의 구성과 방어 태세를 알아야 하기 때문입니다. 가능하다면 사절단의 인사들을 모두 잡고 싶거든요."

"뭣 때문에?"

"이기려고 그러는 거죠. 사절단에 뽑힐 정도의 인사들은 전쟁수행에 있어 많은 도움이 될 수 있다는 것은 명약관화하지 않습니까."

"뭐야?"

"예?"

"도대체 무엇이 너를 그렇게 만들었지? 왜냐! 너희들의 폭발성은 잘 알고 있다고 생각했다. 짧은 인생, 죽어야 할 생명, 그래서 어느 순간 정반대로 바뀌어버리는 모습들에 대해서도 알고 있다고 생각했다. 하지만 너는 뭐냐. 그렇게 순수하게, 보여줘야 할 최소한의 가식도 내던진 상태로 바뀌어버리는 것은 어떤 이유에서냐? 네가 휴전 협상을 미끼로 평화 사절단을 잡으려 드는 놈이었나? 네가 1대1 회담을 미끼로 적 장수를 낚으려 드는 놈이었나? 네가 뱀파이어를 이용하여 인간을 희롱하려는 놈이었나? 넌 아니었어!"

칼은 시무룩한 얼굴로 시오네를 바라보다가 다시 궤짝에 걸터앉았다.

"나도 압니다."

시오네는 어깨로 숨을 쉬며 칼을 바라보았다. 칼은 고개를 떨구었다.

"그래서, 어쨌다는 거죠?"

"뭐?"

"내게 도대체 뭘 바란 것입니까."

시오네의 눈살이 찌푸려졌다. 칼은 땅을 바라보며 말했다.

"비꼬고 싶진 않지만, 당신은 함을 배신하고, 함은 당신을 배신했습니다. 이 땅 위를 오가는 당신들은 서로를 마음껏 이용해 버리려 들었습니다. 그렇게 하지 못하는 자가 바보인 것이라고 믿는 사람들처럼. 나는 당신들이 지키지 못하는 순수성의 우상입니까? 그렇지 않습니다. 나 역시 당신들처럼 행동할 수 있습니다. 그리고 그렇게 행동했고. 이 시점에서, 내가 도대체 무슨 행동을 할 수 있단 말입니까."

칼은 천천히 고개를 들어올려 시오네를 바라보았다. 무표정한 눈이었다.

"나를 비난하지 마십시오. 나는 이 전쟁을 끝내야 합니다. 인류사에 오욕으로 기록될 전쟁 행위를 끝내야 합니다. 오물을 치우는 데 비단 걸레를 쓸 필요는 없습니다. 정정 당당한 싸움? 싸움 어디에 고결함이 있단 말입니까? 서로를 죽여대기 위해 창칼을 든 것에서부터 전쟁은 인간의 오욕입니다. 거기에 금붙이를 달든 보석으로 치장하든 오욕이 가려지는 것은 아닙니다. 수십만의 군세를 몰아 정정 당당하고 화려하게 싸워야만 아름다운 것입니까? 수십만의 시체가 쌓여 썩어가고 있는 전장에서 그렇게 말씀해 보시죠. 나는 관심 없습니다. 몇 명의 인물만 붙잡아 전쟁을 빠르게 끝낼 수 있다면 나는 그쪽을 선택하겠습니다. 다른 사람들의 평판이야 어떠하든 상관없습니다. 그들이 나를 책임져 주는 것은 아니니까요. 그들은 떠들 뿐입니다. 나를 책임지는 것은 나 자신뿐입니다. 그리고 어느 날, 내 행동들의 대가가 나를 겨냥할 때 나는 나 스스로를 책임질 것입니다."

"나도 그 말에 찬성이오."

시오네와 칼은 동시에 고개를 돌렸다. 막사의 입구에는 밧줄에 꽁꽁 묶인 함과 샌슨이 서 있었다. 찢어지고 흙과 피로 범벅이 된 옷을 걸치고 있어 초췌함을 이루 말할 수 없는 모습이었지만, 함은 꼿꼿하게 서 있었다. 그리고 칼의 말에 대답한 것은 함이었다.

칼은 당황했다.

"아니, 재갈은?"

샌슨은 뒤통수를 벅벅 긁었다.

"보기 안 좋아서……. 그래도 자이펀의 국방 대신이시잖습니까. 하탄의 이름에 걸고 자살하지 않겠다는 맹세를 받았습니다."

"나 이거야 원. 순수성의 우상은 다른 곳에서 찾아야겠군."

"예?"

샌슨은 눈을 끔뻑거렸지만 칼은 설명하지 않았다. 그는 함을 바라보았다. 함은 시오네의 모습을 똑바로 쳐다보고 있었다. 그는 관 주위의 도안을 보더니 피식 웃었다.

"안 좋아 보이는군."

"……그쪽도 마찬가지야. 그 얼굴의 멍자국과 말라붙은 피는 아무리 좋게 말해 주고 싶어도 지저분하다는 말이 최상일 것 같은데."

"아아, 그래. 그래도 네 쪽이 나보다는 낫군. 술도 마셨나 보……, 응?"

함은 시오네가 집어던진 잔을 똑바로 바라보다가 눈살을 찌푸렸다.

시오네는 고개를 돌려 함을 외면했고 함은 아무 소리 하지 않았다.

칼은 천막 안에 딱 한 개 있던 의자를 끌고 와 함에게 내밀고 자신은 다시 궤짝에 앉았다. 함은 묵묵히 의자에 앉았고 샌슨은 그 뒤에 섰다. 함은 칼에게 말했다.

"나를 왜 데리고 온 겁니까."

"글쎄올시다. 괜히 흥분해 가지고, 시오네 양과 아직 대화가 끝나지 않았군요. 곤란한데요. 시오네? 어떻습니까, 내 제안은?"

시오네는 그대로 관에 드러누웠다. 관 뚜껑이 날아오르더니 요란한 소리를 내며 닫혔다. 칼은 쓰게 웃었다.

"멋진 대화 거부군요."

함은 그런 칼의 모습을 보다가 피로한 목소리로 말했다.

"아까도 말했다시피 당신의 말, 나는 찬성입니다. 당신이 말하는 책임진다는 말과 내가 생각하는 책임이 서로 좀 다른 것 같기는 하지만."

"사소한 차이, 혹은 심연이 몇 개쯤 빠질 만한 차이라고 해두죠."

함은 어리둥절한 표정으로 칼을 보다가 너털웃음을 터뜨렸다. 그는 고개를 끄덕였다.

"그렇습니다. 관점의 문제……, 할말이 없군요."

칼은 미간을 찡그렸다.

"어디 보자, 곤란하군요. 솔직히 말하자면 시오네 양을 설득해서 당신을 트랜스에 빠뜨려볼까 했습니다. 아아, 눈을 그렇게 뜨시면 저는 무섭습니다. 소심한 편이라서요."

"결코 용납하지 않겠습니다!"

"시오네 양이 비협조적이니 어차피 힘들군요."

"당신이 승자인 것은 알고 있습니다. 포로가 된 나 자신을 부정하지도 않아요. 하지만 난 당신을 위해 말하고 싶습니다. 자랑스러운 승리를 스스로 모욕하지 마시오!"

칼은 물끄러미 함을 바라보았다.

"명예를 얻기 위해 싸우는 것이 아닌 만큼, 모욕을 두려워하지도 않습니다."

"아무리 그렇다 한들……"

"그리고, 내가 자이편과 싸우는 줄 아십니까?"

함은 말을 멈추고는 칼을 똑바로 바라보았다. 칼은 고개를 가로저으며 술병을 기울여 잔을 채웠다.

"아까 오후, 그 언덕 위에서 내가 한 말은 모두 사실이었습니다. 시간은 정말 멈춰가고 있습니다. 내일을 알기 위해선 어제만 보면 충분할 날들이 다가오고 있습니다. 내일이라는, 그 뭔지 알 수 없어서 가슴 설레게 하는 단어가 의미를 잃어갈 거란 말입니다. 내가 자이편과 싸우는 줄 아십니까?"

"그럼 당신은 무엇과 싸우는 거요?"

"현실과 싸우고 있습니다."

함은 그만 피식 웃어버렸다. 이런 진부한 대답은 기대하지 못했다. 칼 역시 싱긋 웃었다.

"진부한 말이지만, 지금 내 싸움은 그 말 이외에 다른 말로는 표현할 수 없군요. 나는 현실은 안정적이라는 모든 믿음에 대항해 싸우고 있습니다. 현실을 고정시키려는 모든 의지와 싸우고 있지요. 정의, 신뢰, 우정, 사랑에 대항해 싸우고 있다고도 말할 수 있겠습니다."

"아니……"

"내 싸움은 그런 것입니다. 함."

3

쳉은 조용조용한 어투로 말했다. 그의 성격 때문이다.

"죄송합니다만 저희들도 이 배를 크게 신뢰하고 싶지는 않습니다. 남해의 따뜻한 바다를 오가던 배가 북해의 얼음 바다 속에서 안전할 수 있다고 믿는 바보는 없을 겁니다. 하지만 이곳에서 구할 수 있는 유일한 배는 이 배뿐입니다."

이시도 역시 조용조용한 어투로 말했다. 목이 쉬었기 때문이다.

"자, 자유 무역선을 깔보지, 깔보지 마시오. 에취! 이곳에서야 자유 무역선의 전설이, 전설이, 우엣취! 제기랄! 이 빌어먹을 감기라니! 이 날씨에, 이 바다! 으읏체체치아!"

쳉은 온화한 얼굴로 단어보다 기침 소리가 더 많은 이시도의 말을 끝까지 경청했다. 그런 대로 들어줄 만하지만 기침 소리 때문에 격조가 많이 떨어지는 헤게모니아 어로 이루어진 이시도의 주장은 대략 다음과 같았다. '이 배는 그 이름 거룩하사 자유 무역선 레드 서펀트 호이며, 우리 선원들은 불가사리보다 질기고 상어보다 사나우며 말향고래만큼이나 강인하므로, 북해의 얼음 바다쯤은 유람하는 기분으로 항해할 수 있다.'

쳉은 고개를 조금 틀어 레드 서펀트의 선원들을 바라보았다. 그의 판단으로 레드 서펀트의 선원들은 대합만큼이나 두껍게 옷을 여며 입고 잉어만큼이나 구슬픈 눈을 한 채 해파리만큼이나 흐느적거리고 있었다.

하지만 쳉은 구태여 그 사실들을 지적하는 대신 자신의 용무에 충실하기로 결심했다.

"그렇다면 저희들을 태우고 북해로 가주실 수 있습니까."

이시도는 애처로울 만큼 기침을 해대고, 자이펀 어로 욕설을 좀 해댄 끝에 다시 헤게모니아 어로 말했다.

"하, 하지만 우린, 우리 용무가 있소. 훌쩍. 우리는 이곳 탄느완의 상공 회의소 대표부와, 와, 와찻치아츄! 에, 대표부와 상의하여, 이곳에서 탄느완 주재 자이펀 상관(商館) 설립을, 을, 위한 기초 조사를 할 생각이오. 게다가 어, 어차피 우리는 여객 수송은 하지도 않소. 이잇치!"

이시도는 신차이가 말한 대외적인 목적을 그대로 댔다. 하지만 신차이는 탄느완 주재 상관이 없다는 것에 착안하여 그런 일거리를 만들어냈을 뿐 거기에 열심인 것은 아니며, 그런 자신의 속셈을 부하 선원들에게 숨기지도 않았다. 그래서 현재 신차이와 레드 서펀트의 고급 선원들이 몇몇 탄느완 상인들과 접촉하고 있긴 했지만 이야기가 사교적인 만남 이상으로 진행되지는 않았다. 지금도 신차이는 탄느완의 한 거간꾼과 점심 식사를 하느라 배를 떠나 있었기에 이시도가 감기에 걸린 몸을 이끌고 나와 쳉을 상대해야 했다.

이쯤에서 이시도가 괴로워하고 있는 혹독한 감기에 대한 동정심을 표해 주면 좋으련만, 쳉은 여전히 차분하고 간결한 어조로 자신의 용건에 대해서만 말했다.

"상관 설립을 위한 회견이 목적이라면 배는 필요 없잖습니까. 탄느완 상공 회의소와 회의를 담당할 전담 팀들만 육상에 남아서 충분히 할 수 있는 일일 텐데요. 그 동안 배는 할 일이 없을 테고, 저희들을 태워주실 수도 있을 듯합니다만."

감기 때문에 졸도할 것만 같은 컨디션이었지만, 이시도는 호기심을 느꼈다.

"도대체 부, 북해에는 뭐하러 가시려는 거요? 에취! 얼음과 물밖에 없, 없는데?"

"일주일 전까지는 그랬지요. 하지만 지금은 얼음과 물 이외에 하나가 늘어났습니다. 일주일 전쯤, 삼사십 명의 남자와 한 명의 여자를 싣고 이곳을 떠난 배가 있습니다."

"아아, 나도, 츄! 그 이야기 들었수. 배를 통째로 사서, 사서 출발했다며?"

이시도는 상륙하자마자 사이록의 수평선에 북방의 검법을 접목시킴으로서 화룡 점정하겠다는 거창한 대외적 목적을 내건 채 탄느완의 술집을 누볐으며, 그 결과로 다양한 풍문과 숙취와 멍자국과 이 지독한 감기를 얻었던 참이다. 그래서 이시도는 거금을 쾌척하여 배를 구한 후 화급히 북해로 떠나간 일행에 대한 이야기도 들을 수 있었다.

쳉은 고개를 끄덕였다.

이시도의 상상력은 악랄한 감기에도 지지 않고 최고 성능으로 가동되기 시작했다.

"아아, 그래? 흐음. 음츄! 그 사람들을 추적하, 하겠다는 말이오?"

"예."

"취! 당신은 뱃사람이 아니니, 뭐 그런 생각을 할 수도 있겠지. 에츄! 하지만 배를 추적하는 것이 들판에서 말 타고 추, 추적하는 그런 일과, 훌쩍, 비슷한 건 줄 아시오? 바다에는 길이 없단 말이오. 추! 게다가 당신이 아무리 뛰어난 추적자라고 해도 바닷물에는 자취가 남지 않소."

쳉은 무표정한 얼굴로 이시도의 말을 들은 다음 간단하게 대답했다.

"그건 제가 감당할 문제군요. 그리고 제게는 그 문제들을 처리할 수단이 있습니다. 한 가지만 빼고. 저는 가이너 카쉬냅처럼 물 위를 걸을 수는 없습니다."

요약. 추적은 내가 알아서 할 것이다. 너희는 배만 제공해라. 이시도는 고개를 끄덕였다.

"어디 보자, 흐음. 아츄! 재미있을 것 같은데. 어, 어쩌면 사이룩의 수평선에 극풍의 매서움을 더할 기회일지도, 잇치! 모르겠군······"

쳉은 사이룩의 수평선이 뭐냐고 묻지 않음으로써 이시도를 좌절시켰다. 하지만 이시도는 빨리 회복했다.

"좋아, 기한은 어느 정도요?"

쳉은 그 대답을 미로부터 들어두었다.

"현재로선 3주 정도를 생각하고 있습니다."

"3주 동안의 냉해 항해라……"

나는 미쳤어. 이시도는 속으로 생각했다. 자이펀의 배들 중 어떤 배도 북해의 얼어붙은 바닷물에 몸을 담가본 적이 없다. 그런데 내가 하고 싶어진단 말이야. 그러니 나는 미친 거지. 그리고 이시도는 자신의 내면의 목소리에 항상 성실하게 귀를 기울여왔다.

"솔직히 말해서, 에츄! 나는 하고 싶어지는데."

"……이 배는 원합니다만 당신은 안 타셨으면 하는데요."

"뭐요!"

"그 감기 때문입니다. 저 바다의 혹독한 추위를 견디실 수 있을지 걱정입니다."

쳉은 알지 못했지만 이 말이 결정타였다. 이시도는 씩씩거리며 말했다.

"아아! 내가 타고 말고는 선장님이 결정할 문제요. 그리고 이 배에 당신네들을 태울 건지 말지도 역시 선장님이 결정할 문제고. 당신의 제안은 선장님에게 전해 주겠소. 예정은 3주, 목표는 북해. 맞지요? 대가는?"

"당신네들의 통상적인 요금 같은 것은 없겠군요. 승객 운송은 안한다고 하셨으니. 이렇게 합시다. 나는 헤게모니아에서 상당히 유력한 상단에 소속된 사람입니다."

이 대목에서 쳉은 속이 조금 켕겼다. 그는 지금 POG상단으로부터 장기 무단결근을 하고 있는 셈이었으니까.

"……이 도시에 자이펀의 상관이 건립되도록 돕겠습니다."

이시도는 머리를 굴려보기 시작했다. 신차이 선장의 목적은 뭐라고 하더라도 그의 사촌 동생 운차이의 수색일 것이다. 신차이가 거간꾼들이나 상인들과 접촉하고 있는 것 역시 본질적으로는 풍문을 듣기 위한 것이다. '눈빛만으로 사람을 심장마비에 걸리게 할 정도로 재수 없는 인간의 소문을 들어보신 적 없으십니까?'

따라서, 이 배와 선원들의 거취는 운차이의 소재지에 따라 결정되게 될 것이다. 그렇다면 함부로 대답해 줄 수가 없군.

"좋아요. 훌쩍. 당신의 제안을 선장님에게 전하지요. 하지만 많이 기대하지는 마슈. 선장님이나 우리들이나 북해를 두려워 할 사람들은 아니지만, 별 소득이 없을 것 같은 항해는 두려워하니까."

"잘 알겠습니다."

쳉은 내일 다시 찾아오겠다는 말을 남기고 작별 인사를 보냈다. 이시도는 대화가 끝나자마자 부리나케 갑판을 가로질러 주승강구에 뛰어들었고 그 뒷모습을 보던 쳉은 피식 웃고는 발걸음을 돌렸다.

배 좌현의 난간에 다다른 쳉은 멀리 항구 쪽을 향해 신호를 보냈다. 곧 보트 한 척이 빠른 속력으로 바다 위를 미끄러져 왔다. 보트가 뱃전에 닿자 쳉은 사닥다리를 타고 내려가 보트에 승선했다. 보트를 젓고 있던 사람들은 별말 없이 그대로 항구를 향해 뱃머리를 돌렸다.

보트 뒤쪽에 앉아 항구에 도달하기를 기다리던 쳉은 잠시 고개를 돌려 레드 서펀트를 바라보았다. 탄느완의 항구 내항에 정박해 있는 레드 서펀트의 모습은 이채로웠다. 사방이 하얀 이 땅에서 레드 서펀트의 붉은 돛은 섬뜩할 정도로 자극적이었다. 그 날씬하고 스피디해 보이는 선체 역시 독특한 것이었지만 현재 항구에는 북양 항해용의 둔중한 배가 없어서 비교해 볼 수는 없었다.

북양 항해용 배는 부빙 충돌에 대비한 설계로 흘수선이 낮고 배 바닥이 평평하며 상당히 견고하게 만들어진다. 실제로 그런 낮은 흘수선 덕택에 급격하게 다가오는 빙산 위로 얹히는 재주를 보일 수도 있는 것이다. 하지만 레드 서펀트는 날씬하고 가볍게 만들어져 있으며(북양 항해용 배에 비교해 봐서 그렇다는 말이다.) 흘수선이 꽤 높다. 그래서 레드 서펀트는 탄느완 부두의 낮은 수심 때문에 부두에 접안하지 못하고 이렇게 내항의 바다에 정박해 있었다.

쳉은 다시 고개를 돌려 점점 다가오는 부두를 바라보았다. 탄느완 시내의 낮은 건물들은 땅바닥을 끌어안은 듯한 모습으로 지면에 찰싹 달라붙어 있었다. 무시무시한 강풍과 집을 무너뜨릴 정도로 쌓이곤 하는 눈 때문에 이곳의 건물들은 모두 단층이었으며 납작하고 단단했다. 흙과 이끼뿐인 을씨년스러운 언덕들 사이로 바라보이는 탄느완 시내는, 이 혹독한 자연에 대한 인간의 승리라기보다는 자연에 대한 인간의 백기처럼 보였다.

보트는 한결같은 속력으로 부두로 다가갔다. 앉아 있는 것 이외에 다른 할 일이 없었던 쳉은 보트 옆으로 갈라지는 하얀 잔물결들과 거울 같은 외해를 바라보았다.

그의 머릿속으로 상념이 밀고 들어온 것은 당연한 일이라 하겠다. 그래서 쳉은 생각했다.

'미는 어떤 계획을 가지고 있는 것일까.'

쳉은 할슈타일 후작을 생각했다. 후작은 세상에 그것보다 더 당연한 말은 없다는 듯이 파를 죽이겠다는 말을 반복해 왔다. 쳉이 판단하기로 후작은 자신의 부활을 야기한 신스라이프·파의 파멸을 통해 부활을 무효화시키는 것을 지상 과제로 여기고 있는 것처럼 보였다.

그런데 미는 후작의 그런 말에 아무런 반응을 보이지 않았다. 미 역시 파의 살해에 동조하고 있는 것일까? 아니면 후작을 자극하지 않기 위해 아무런 반응을 보이지 않는 것일까?

마침내, 쳉은 미와 대화를 해볼 필요가 있다는 결론을 내렸다.

일행이 묵고 있던 여관에 도착한 쳉은 홀의 커다란 벽난로 앞에 엉덩이를 나란히 붙이고 최대한 밀착한 모습으로 모여앉은 후작 일행의 뒷모습을 보곤 싱긋 웃었다. 후작과 궤헤른, 사무엘, 니크, 가이버는 체면 불구하고 담요를 뒤집어쓴 채 무더기가 되어 뭉쳐 있었다. 여관 주인은 안쓰러운 듯 그들을 바라보다가 아무 말 없이 장작을 가지러 밖으로 나갔다. 누군가의 인기척을 알아차린 궤헤른은 고개를 돌려서는 턱을 딱딱 부딪히는 얼굴로 쳉을 맞이했다.

"어떻게 됐소."

"선장이 없더군요. 일등 항해사에게 제안을 전달했습니다. 내일 다시 찾아가기로 했습니다."

"수, 수고하셨소. 추울 텐데 여기 와서 몸 좀 녹이시오."

쳉은 고개를 가로저었다. 벽난로 앞의 조그마한 공간은 다섯 명의 거한들을 수용하기에도 모자라 보였다.

궤헤른 역시 머쓱한 표정을 지었다. 쳉은 그 사이를 비집고 들어가는 대신 꼼짝도 하지 않는 후작의 등을 잠시 바라보았다. 후작은 난로 속에서 타오르는 불길에 시선을 고정시킨 채 미동도 하지 않고 있었다. 쳉은 궤헤른에게 몇 마디 위로를 건네고는 발걸음을 돌려 미의 방을 향했다.

방문 열리는 소리에 침대 가에 앉아 있던 아달탄은 귀를 쫑긋 세우며 문을 바라보았다. 하지만 들어선 사람이 쳉인 것을 알아차리자 아달탄은 다시 앞발 위에 머리를 얹고 졸기 시작했다. 미는 침대 위에 앉아 침대 옆의 창턱에 팔을 고이고 있었다. 덧창을 열어젖혀 창문 밖으로 탄느완의 얼음 바다가 잘 보였다. 멀리 계곡을 타고 내려오는 빙하는 희박한 햇살 아래에서도 신비한 빛으로 반짝이고 있었다.

쳉은 조용히 문을 닫았다.

"미 비바체 그라시엘."

미는 고개를 돌려 쳉을 바라보았다. 그녀의 얼굴엔 의아스러운 표정이 떠올라 있었다.

"빼먹었잖아."

"응?"

"정식으로 부르고 싶었다면 앞에 '사랑스러운'을 붙여야지."

"미안해."

쳉은 고개를 살짝 숙여 보인 다음 방을 가로질러 침대 발치에 앉았다.

미는 무릎을 굽혀 쳉이 앉도록 해주었지만 쳉이 앉자마자 그의 무릎 위에 두 발을 올려놓았다. 쳉은 피식 웃으며 미의 조그마한 발을 내려다보았다.

"정강이에 살 좀 빼."

"근육이야, 그거."

미는 쳉의 무릎 위에 편안하게 다리를 올려놓고는 허리를 뒤틀어 다시 창 밖을 내다보았다. 쳉은 입을 다문 채 미의 발가락을 만지작거리기 시작했다. 잠시 동안 두 사람은 아무 말도 하지 않은 채 자신들의 일을 계속했다.

침대 위가 너무 고요하다는 것을 알아차린 아달탄이 머리를 들어 주위를 두리번거렸다. 별다른 흥밋거리를 발견하지 못한 아달탄은 입이 찢어져라 하품을 한 다음 다시 앞발 속에 머리를 파묻었다.

미는 창 밖을 보며 말했다.

"말하고 싶은 것이 뭐기에 그렇게 분위기 잔뜩 잡으며 부른 거지? 거기 시원하다. 좀 긁어볼래."

"무좀 아니야?"

"손에는 옮지 않을 테니 긁어봐. 이키키키! 거기 말고. 간지럽잖아. 까르르륵!"

"흐음. 파를 따라잡으면 어쩔 생각이지?"

미는 잠시 창 밖을 바라보며 눈만 깜빡였다. 미의 옆얼굴을 보던 쳉은 고개를 돌려 아달탄의 갈비뼈 부분이 오르락내리락하는 것을 내려다보았다. 미는 조금 후에 말했다.

"그런 질문을 받는 건 처음인 것 같네. 미래에 어쩔 거냐는 식의 질문."

"퓨처 워커잖아."

"그래. 맞아. 미는 퓨처 워커. 그러니 그런 질문은 싫은걸. 어떻게 해야 될지 생각해야 된다는 건 미에겐 참 중노동이거든."

"걷는 연습을 해봐."

"해보자……. 음. 하지만 역시 파에게 달린 문제인걸."

"파에게?"

"응. 파에게 달린 문제야. 아니, 그건 모든 사람들에게 마찬가지겠다. 응. 지금부턴 모든 사람들의 운명이 각자에게 달린 문제가 될 거야."

쳉은 고개를 갸웃했다.

"그건 언제의 누구에게든 마찬가지의 말인 것 같은데."

미는 창 밖을 향해 흥얼거리듯이 말했다.

"다른 말로 표현할 수가 없는걸. 미는 파가 아니고, 파는 미가 아니고. 미는 미대로. 파는 파대로. 쳉은……"

미는 말끝을 흐트러뜨렸다. 쳉은 미의 옆얼굴을 물끄러미 바라보았다. 미는 갑자기 생각난 것처럼 고개를 돌려 쳉을 바라보았다.

"혹시 모르니, 할 건 해두자."

"할 거?"

미는 쳉의 무릎 위에 얹어두었던 다리를 오므렸다. 그러곤 침대 위에 두 손을 짚고는 쳉에게 기어와서는 그의 바로 옆에 앉았다. 쳉은 가만히 앉은 채 미를 바라보았다. 미는 쳉의 얼굴을 똑바로 들여다보다가 두 팔을 들어올렸다.

미의 두 팔이 쳉의 목을 감았다. 그의 목 뒤에서 만난 그녀의 두 손은 서로 조용히 얽혀들었다. 쳉은 눈을 가늘게 떴고, 미는 아예 감아버렸다. 미는 속삭이듯 말했다.

"사랑해."

그리고 미의 입술은 쳉의 얼굴을 향해 다가왔다. 서두르지도 않고 주저하지도 않는 한결같은 속도로. 쳉은 낭패스러움과 기대감, 조바심과 기쁨과 슬픔을 동시에 느꼈으며, 자신의 감정들에 놀라워했다. 그 사이에 미의 입술은 원래의 자리를 찾아가는 듯한 편안함으로 쳉의 입술과 맞닿았다.

신스라이프는 배 난간을 부여잡은 채 바다 위로 떠가는 빙산을 바라보았다.

바다도 빙산도 모두 젖빛이다. 선원들은 불안한 표정으로 바다를 둘러보았다. 혹시라도 다가와 배에 구멍을 내버리거나 배를 통째로 수장시킬 수 있는 빙산이 출몰하지 않을까, 갑판원들은 바짝 긴장해 있었다. 하지만 선교 높은 곳에 자리한 선장은 무뚝뚝한 얼굴로 수평선을 바라볼 뿐 옆에 서 있는 조타수에게는 눈길도 보내지 않았다. 선장은 조타수를 믿고 있었고, 조타수는 선장이 자신을 믿는 것을 당연하게 생각했다.

그리고 신스라이프는 그들이 서로에게 어떤 신뢰감을 표현하는지 알 바가 아닌 상태였다.

그의 속에서 파는 날뛴다는 표현이 적합할 만큼 자신을 표현하고 있었다. 신스라이프는 어금니를 사려 물었다. 이제 파는 거의 자의식을 찾아가고 있었고 그래서 신스라이프는 초조했다.

'이 차가운 바다가 너를 일깨우는 건가? 아니면 시축인가? 시축일 가능성이 높군.'

'시간축……. 부른다…….'

띄엄띄엄이긴 하지만 파는 이제 대답까지도 하고 있었다. 신스라이프는 웃으려 노력했다. 하지만 잘되지 않았다.

'너무 늦었어.'

'나……, 퓨처…….'

'넌 미래가 아니야. 넌 현재이고, 그것에 만족했어. 지금에 와서 부정할 생각인가? 넌 내 손을 잡음으로써 현재와 손잡았다. 그것이 네 의지가 아니라고 말할 건가? 웃기는 소리. 나는 네 의지를 구속한 적이 없다. 그건 네 본심이었어.'

'나……, 퓨처 워커…….'

'퓨처 워커? 흐응. 이젠 더 이상 그렇게 주장할 수 없다. 다가오는 시간축이 너에게 무엇을 줄 거라고 생각하나? 그렇게 되진 않을 거야. 왜 반항하는가. 넌 내 속에서 영원한 현재를 만끽할 수 있다. 그것이 네가

원한 것 아닌가?'

'나……, 파 라르고 그라시엘……. 퓨처 워커…….'

"제기랄, 집어치워!"

신스라이프는 고함을 내질렀다.

메인마스트 아래에 서서 이야기를 나누고 있던 발레드와 주블킨은 당황하며 신스라이프의 등을 바라보았다. 신스라이프는 뱃전을 단단히 움켜쥔 채 상체를 앞으로 크게 내밀고 있었다.

발레드는 그가 투신하려 드는 줄 알고 깜짝 놀랐지만, 다음 순간 신스라이프는 상체를 확 쳐들었다. 고개를 뒤로 꺾어져라 치켜든 신스라이프는 하늘을 쏘아보았다.

'그래서! 그게 어쨌단 말이냐. 그래! 넌 파 라르고 그라시엘이고, 사이들랜드의 양치기이고, 23년 동안 몇 개쯤의 추억을 만들었을지도 모르는 여자다. 그래서? 네 것이라고 주장할 수 있는 것은 그것뿐이야! 그 외엔 전부 내가 준 것이다. 내 것을 돌려받겠다는 것이다!'

신스라이프의 손가락들은 어느새 하얗게 변한 채 뱃전의 단단한 나무를 파고들고 있었다. 나무가 부스러지는 소리에 주블킨과 발레드는 크게 놀랐다. 그들이 뭐라고 말하며 다가왔지만 신스라이프는 알아차리지 못했다. 신스라이프는 눈을 질끈 감은 채 모든 신경을 그 내부로 집중하여 파의 대답을 기다렸다. 파는 조금 느리게 대답했다.

'시간은……, 누가 멈추는가…….'

'누가 너로 하여금 시간을 멈출 수 있게 해줬느냐! 누가 너에게 그런 힘을 줬느냐, 추억이 더 이상 멀어지지도 잊혀지지도 않게 하고, 보

고 싶지 않은 미래가 다가오지 못하도록 할 수 있는 힘을 누가 줬느냐!'

'거절……한다. 도로 가져가…….'

'의미를 생각하고 말해!'

신스라이프의 거센 분노는 파를 주춤하게 만들었다. 그가 막 뭐라고 말하려 했을 때, 갑자기 그의 어깨를 붙잡는 손길이 있었다. 신스라이프는 홱 뒤로 돌았다.

실수였다. 그의 시야에 주블킨과 발레드의 걱정스러워하는 얼굴이 들어온 순간, 그 얼굴들은 서로 뒤섞여 빙글빙글 돌기 시작했다. 신스라이프는 균형을 잃고 주춤거렸다. 발레드가 급히 손을 내밀었지만 신스라이프에게는 그 손이 흉기처럼 보였다. 신스라이프는 비틀거리며 계속 뒤로 물러났다. 빙글빙글 도는 시야 속으로 주블킨과 발레드의 얼굴이 서로 반대쪽에서 스며들어 왔다가 나가기를 반복했다. 그 얼굴들은 고함을 지르고 있었지만 신스라이프에게는 아무 소리도 들리지 않았다.

신스라이프는 그대로 요란한 소리를 내며 갑판에 쓰러졌다. 갑판에 구겨지듯 쓰러진 신스라이프는 하늘을 보았다. 회색으로 일렁거리는 하늘. 유백색 구름으로 뒤덮인 하늘에서 눈이 떨어져 내리고 있었다. 신스라이프는 사방으로 흩어지는 눈발을 바라보며 기절했다.

"정신이 드십니까."

신스라이프는 그 말에 대답하고 싶지 않았다. 하지만 대답하지 않으면 저 질문은 반복될 것이다. 귀찮군. 신스라이프는 조금 전까지 그가 희롱하던 무의식의 세계에 작별을 보내고는 천천히 눈을 떴다.

선실의 거무튀튀한 천장이 눈에 들어왔다. 배의 흔들림에 따라 몸이 가볍게 출렁거렸고 신스라이프는 구토감을 느꼈다. 그는 힘없이 고개를 돌려 목소리가 들려온 쪽을 바라보았다. 하지만 그곳은 침대 옆의 벽이었다. 이런. 감각이 엉망진창이군. 신스라이프는 다시 반대쪽으로 고개를 돌렸다. 도르네이의 얼굴이 보였다.

"절 알아보시겠습니까?"

"도르네이……"

"예. 그렇습니다. 정신을 차리셨군요. 하루하고도 반나절 만입니다."

신스라이프는 뭐가 하루하고도 반나절이냐고 물으려다가 주춤했다. 기절? 아아, 기절했던가. 신스라이프는 천천히 몸을 움직여보았다. 그러자 낯선 감각들이 온몸으로부터 몰려왔다.

이건 뭐지? 신스라이프는 시트 아래로 손을 움직여 자신의 몸을 만져보았다. 그러곤 자신이 셔츠 한 장만 걸친 채 누워 있다는 것을 알아차렸다. 그는 의아스러운 표정으로 도르네이를 바라보았다.

도르네이는 계면쩍은 표정으로 말했다.

"저, 그러니까……, 기절하신 동안 옷수습을 해야 할 일이 좀 있었습니다."

"똥오줌을 내놓았나."

"……예."

신스라이프는 쓰게 웃었다.

"누구야? 재미 본 녀석이."

도르네이 역시 피식 웃었다.

"저였습니다. 물론 옷을 벗기고 닦기도 했습니다만 특별히 재미있지는 않았습니다. 아들네미 조그마했을 때 기저귀 수발하던 추억이 잠시 되살아나는 정도였지요."

"알았어. 옷은 준비되지 않았나."

"빨래는 해놓았습니다만 여기선 빨래 말리는 것도 쉽지 않은 일이더군요."

도르네이는 고개를 조금 돌렸다. 선실 가운데에는 조그마한 화로가 놓여 있었고 그 위에 신스라이프의 바지와 속옷 등이 널려 있었다.

"조금 더 기다리셔야겠습니다."

신스라이프는 천천히 침대에서 일어났다. 그 간단한 동작을, 신스라이프는 조각조각내어 시도해야 했다. 팔이 후들거렸고 허리에서는 둔한 통증이 전해져 왔다. 그를 바라보고 있던 도르네이는 신스라이프가 침대 옆으로 다리를 내놓자 점잖게 고개를 돌렸다.

신스라이프는 자신의 다리를 내려다보다가 말했다.

"다리엔 아직 힘이 안 들어가는군. 옷을 건네주겠나? 입고 있으면 마르겠지."

"그러고 싶으시다면. 거의 다 마른 것 같습니다."

도르네이는 의자에서 일어나 신스라이프에게 옷가지를 건네고 다시 벽을 바라보는 자세로 앉았다. 옷을 입던 신스라이프는 문득 생각난 것처럼 말했다.

"왜 너 혼자뿐이지?"

"지금은 밤입니다. 다들 자고 있을 겁니다."

"그럼 네가 혼자서 날 간호했다는 말인데, 다른 녀석들이 허락했나? 넌 날 죽이고 싶어 할 걸로 짐작하는데."

"그래도 전 콜리의 지팡이입니다."

다부지게 말하던 도르네이는 말꼬리를 흐렸다.

"아니……, 모르겠군요. 죽은 프리스트라고 해야 할지. 콜리께로 가지 않고 다시 이 지상으로 돌아왔으니 그분의 지팡이라고 말할 수 있을지 모르겠습니다."

"콜리에게 기도하게, 신앙을 달라고. 자네들 신의 몽상가들에게는 퍽 어울리는 일이겠지."

"몽상가?"

"자네들은 꿈의 신을 믿지 않나."

"아, 예……"

도르네이는 대답하긴 했지만 신스라이프의 설명이 어딘지 미흡하다는 기분을 느꼈다. 하지만 신스라이프는 더 이상 말하고픈 생각이 없는 듯했다. 옷을 다 입은 신스라이프는 고개를 끄덕이며 말했다.

"자네도 가서 눈 좀 붙이게. 난 이제 괜찮으니. 한숨 더 자겠어."

"그러시겠습니까?"

도르네이는 일어나 테이블 옆에 놓아둔 등불을 들어올린 다음 선실 문을 향했다. 문을 열기 위해 손을 올리던 도르네이는 갑자기 멈춰 서서는 뒤로 돌았다.

신스라이프의 두 눈이 조용히 도르네이를 바라보고 있었다. 도르네이는 잠시 주춤거리다가 말했다.

"피로하실 텐데 죄송합니다만……, 여쭙고 싶은 것이 있습니다."

"뭔가."

"저는 영원히 이렇게 살아야 되는 겁니까?"

"무슨 말이지."

선실은 끝없이 흔들리고 있었다. 단조롭지만 끊임없이 들려오는 삐걱거리는 소리를 들으며 도르네이는 왠지 서글픈 느낌을 받았다.

"생각해 보았습니다. 신스라이프께서는 아마도 이런 현실에서 깨어나길 바라시지는 않았을 것 같습니다. 죽은 자들이 제멋대로 살아나는 현실 말입니다. 그렇다면 이미 부활을 성취하신 당신이 이렇게 이상한 항해를 하시는 까닭을 짐작할 수 있습니다."

"짐작을 말해 보거라."

"이 상황을 타개하시려는 거지요?"

신스라이프는 아무 말도 하지 않은 채 도르네이를 쳐다보았다. 도르네이는 기대감 섞인 눈빛으로 말했다.

"그렇게밖에 생각할 수 없습니다. 당신은 이미 부활하셨습니다. 그리고 그 부활에 사용된 의식들과 마법들은 이상한 부작용을 만들어냅니다. 저 같은 자가 그것이죠. 그럼 당신은 당신이 살아갈 새로운 나날을 정상으로 만들기 위해 이 이상한 현상들을 타개하려 하실 것을 충분히 짐작할 수 있습니다."

"그렇다고 치고, 그래서?"

"이 상황이 타개되면, 저는 다시 죽는 겁니까?"

신스라이프는 고개를 가로저었다. 이 추운 배 위에서 두텁게 옷을 입고 있건만 도르네이의 모습은 쓸쓸하고 황량해 보였다. 그의 손에 들린 등불은 작고 가냘프게 흔들리고 있었고 그의 서글픈 눈빛은 잔설을 헤치고 오가는 배고픈 길짐승의 그것과 비슷했다.

신스라이프는 말해 줘야겠다고 결심했다.

"나는 모른다."

"모르신다는 것은……"

"네게 달린 문제다."

"예?"

신스라이프는 다시 침대 위로 몸을 눕혔다.

"미안하지만 불 좀 끄고 나가주게."

"신스라이프……"

"그건 자네가 결정할 문제야. 더 이상은 말해 봤자 소용없을 걸세. 좋은 밤 되게."

그리고 신스라이프는 시트를 머리 위까지 끌어올렸다. 도르네이는 당혹감과 이유 없는 슬픔으로 시트 아래의 신스라이프를 물끄러미 바라보았다. '미안하지만'이라고 했나? 신스라이프, 당신이 그런 말을……?

도르네이는 테이블로 다가가 등잔의 불을 껐다. 선실은 삽시간에 어두워졌다.

도르네이는 등불을 들고 선실을 나왔다. 선실의 문을 닫기 전, 도르네이는 낮은 목소리로 말했다.
"좋은 꿈 꾸시길 바랍니다."
신스라이프는 꼼짝도 하지 않았다. 도르네이는 조용히 선실 문을 닫았다.

4

 탄느완의 수면은 마치 수은처럼 무겁고 잔잔하게 보였다. 실제로 선원들이 '무거운 물'이라고 부르는 바다인 것이다. 이곳의 물고기들은 결빙되기 직전의 바스락거리는 물을 들이마신다. 얼음장 같은 수면을 바라보던 할슈타일 후작은 고개를 돌려 신차이 선장을 마주보았다.
 "왜 나를 그렇게 보는 건지 물어봐도 될까."
 "……당신은 산 자가 아니오."
 할슈타일은 피식 웃었다. 그리고 웃은 사람은 그뿐이었다. 이시도는 눈을 크게 떴고 궤헤른은 반대로 눈을 가늘게 떴다. 쳉은 미의 어깨를 감싸 안은 채 뒤쪽에서 고요한 눈으로 신차이 선장을 바라보고 있었다.
 신차이는 갑판 위의 덱체어에 앉아서는 긴 외투를 어깨에 걸친 채 팔짱을 끼고 할슈타일 후작을 바라보고 있었다. 떨어진 눈송이들이 녹았다가 다시 얼어붙어 옷은 금속성의 광택을 띠고 있었고, 신차이 선장의 얼굴 역시 밀랍 빛깔을 띠고 있었다. 궤헤른은 그 얼굴이 이 새하얀 하늘 아래 퍽 아름다워 보인다고 생각했다.

할슈타일은 커다란 망토를 신경질적으로 여미며 말했다.

"콜……, 콜록! 그럼 난 뭐지."

"당신을 설명할 언어는 아직 만들어지지 않았거나 내가 들어보지 못한 것 같소."

"자네는 누구의 지혜를 잇는 거지."

"바다."

"바다. 감히 그림 오세니아의 지혜를 잇는다고 말하는 건가. 그럼 최후의 헬카네스에게 묻겠다. 나는 어떻게 해야 하지."

"모르겠소."

대답하며 신차이는 부스스 일어났다. 그가 일어서자 쳉은 이 사내가 얼마나 위압적인 모습을 가지고 있는지를 알아볼 수 있었다. 그렇게 키가 큰 것도 아니고 우람한 체격도 아니었지만 쳉은 신차이 선장을 올려다보고 있다는 느낌을 받았다. 그것은 장신의 쳉에게는 희귀한 일이었다.

똑바로 일어난 신차이는 할슈타일 후작을 바라보며 말했다.

"이시도 군에게 듣기로 당신들은 누군가를 추적하고 싶어 한다고 들었습니다. 누구를 쫓고 있는 겁니까?"

"내 죽음의 열쇠 보관자."

할슈타일 후작은 나직하게 말했고 신차이 선장은 그 대답이 버겁다는 듯이 얼굴을 조금 돌렸다.

눈을 크게 뜨고 바라보아야 간신히 알아차릴 수 있는 싸락눈이 춤추듯 흩날리고 있었다. 빙하의 기슭에 힘들게 자라난 가문비나무 가지들은 흰 견장을 달고 있었지만, 바다는 빨아들이듯 눈을 흡수하고 있을 뿐 잔물결조차 없이 고요했다. 신차이는 다시 고개를 돌려 후작을 보았다.

"진정한 죽음을 원하는 이유가 무엇입니까?"

"한 번 죽어봤기에, 그것이 얼마나 아름다운 것인지를 아니까."

신차이는 후작을 물끄러미 쳐다보다가 다른 사람에게로 시선을 옮겼다. 그의 시선이 향한 곳은 쳉의 겨드랑이 아래 가냘픈 모습으로 서 있는 미의 얼굴이었다. 신차이는 잠시 눈을 내리깔았다가 쳉에게로 시선을 돌렸다.

"당신들은 전부 이분의 수하들입니까?"

"나와 미는 아닙니다."

"당신의 목적은 무엇입니까?"

"여기……, 미를 돕는 것입니다."

"그래요?"

신차이는 다시 미를 쳐다보았다. 그러나 그의 질문은 쳉을 향하고 있었다.

"그 아가씨의 목적은 무엇입니까?"

쳉은 잠시 고개를 갸웃거리다가 자이편 인의 관습 하나를 떠올릴 수 있었다. 쳉은 고개를 돌려 미를 바라보았다. 그러곤 더욱 의아해져 버렸다. 미는 멍한 눈으로 신차이를 바라보고 있었다. 마치 홀린 것 같은 미의 눈빛은 신차이의 온몸을 훑어 내리고 있었다.

미는 조금 더듬거리며 말했다.

"미는…… 몰라요."

모른다고? 쳉과 궤헤른은 다시 놀란 표정으로 미를 바라보았다. 신차이는 눈썹을 찌푸리다가 다시 쳉에게 말했다.

"저 아가씨는 모르는 것인지 말할 수 없는 것인지 물어봐 주겠습니까?"

"몰라요." 미는 대답했다. "나는 정말 모르겠어요."

이번엔 후작과 미 자신을 제외한 일행 전부가 당황했다. 미가 저런 대명사를 사용하지 않는다는 것을 이제는 일행 전부가 잘 알고 있었기 때문이다. 하지만 신차이와 레드 서펀트의 선원들은 눈앞의 사람들이 왜 놀라는지 알 수 없었다. 신차이는 어깨를 조금 움츠렸다가 폈다.

탄느완에는 큰 볼일이 없다. 대충 알아본 바로 상관 설립은 가능할 것 같았다. 일스를 경유하는 중계 무역 항로의 설정, 그리고 탄느완 주재 상관 설립과 그 부대비용, 유지비 등에 대한 대충의 계획서도 만들어낼 수 있을 것 같았기에 신차이는 그것으로 선주나 선주 연합에 제출할 항해 성과로는 충분하다고 판단했다. 따라서 자이펀으로 돌아가기만 하면 된다.

그것이 신차이의 고민거리였다. 그로선 운차이의 소식을 좀더 알아보고 싶었지만, 그것은 개인적인 일이었기에 이곳에 체류할 이유는 되지 못한다. 물론 선원들은 그의 결정을 존중하겠지만…….

3주라. 신차이는 생각했다. 3주 동안 북해를 조금 돌며 해도를 작성하는 것도 좋을 것이다. 그리고 그 후 다시 탄느완으로 돌아와 운차이의 소식을 좀 알아본 다음, 그 결과에 따라 차후 행동을 결정하자. 어쨌든 시간은 벌 수 있을 것이다. 신차이는 후작을 바라보았다. 그 기간이라면 이 불가사의한 인물에 대한 탐구도 가능하겠지.

"승선을 허가하겠습니다. 출항일은 언제로 하면 좋겠습니까? 추적이니 만큼 빠르면 빠를수록 좋을 듯합니다만."

후작은 고개를 끄덕였다.

"당장은 어떤가."

"오늘 저녁 썰물 때 가능할 겁니다. 저녁 식사 시간 후가 되겠군요."

"알았어. 준비는 크게 필요하지 않겠군."

후작은 몸을 돌려 궤헤른과 니크, 가이버, 사무엘 등을 바라보았다. 이 험악한 곳까지 스스로 납득할 수도 없는 이유에 의지하며 그를 따라와 준 사내들. 후작은 조금 쿨럭거린 다음 바이서스 어로 말했다.

"너희들의 봉사에 감사하게 생각한다."

니크는 충격받은 얼굴이 되었다. 표현은 덜할지 몰라도 다른 사내들 역시 당황한 얼굴로 후작을 바라보았다.

"너희들은 이대로 하선하도록. 내 말은 너희들 마음대로 처분해라, 내겐 이제 필요없으니. 함께 자구책을 찾든지 그냥 헤어지든지는 너희들이 결정해라. 헤어지기로 결심했다면 궤헤른이 남아 있는 돈을 알아서 나눠주도록. 하지만 되도록이면 함께 턴빌로 돌아가라. 그리고 신스라이프의 재산에 대한 소유권을 주장해라. 어렵긴 하겠지만, 궤헤른 자네를 믿겠다."

"후, 후작님!"

"따라갈 겁니다. 그리고 후작님과 함께 돌아올 겁니다!"

니크와 사무엘이 동시에 외쳤고 가이버 역시 완강하게 고개를 가로저었다. 하지만 궤헤른은 조금 슬픈 표정으로 후작을 바라볼 뿐 아무 말도 하지 않았다. 후작은 일그러진 얼굴로 수하들을 쏘아보다가 갑자기 외쳤다.

"이 머저리들!"

조금 전까지 쿨럭거리던 사람의 외침이라고는 상상할 수 없는 목소리였다. 이시도는 기겁한 표정으로 후작을 보았다.

"나는 돌아오지 않는다! 그런데 뭘 따라오겠다는 거냐!"

"후, 후작님……"

스르렁! 후작에게 다가가려던 니크는 갑자기 튀어나온 칼날에 멈칫했다. 후작은 검을 똑바로 들어 니크를 겨냥하고 있었다. 이시도는 잇소리를 내며 재빨리 목검을 꼬나들었지만 신차이 선장은 손을 들어 이시도를 제지했다. 후작은 타오르는 눈으로 니크와 가이버, 사무엘을 번갈아 쳐다보았다.

"이대로 보트를 타고 돌아가지 않는다면 너희들 전부를 베겠다."

니크는 침을 꿀꺽 삼켰다. 후작은 농담을 과히 좋아하지 않는다. 그는 후작의 말이 진심인 것을 잘 알 수 있었다. 자신도 모르는 사이에, 니크는 뒤로 몇 발자국 물러났다. 가이버와 사무엘 역시 제자리에서 꼼짝도 하지 않은 채 얼굴을 일그러뜨리고 있었다.

그때 궤헤른이 천천히 입을 열었다.

"즐거웠다고 말하긴 어렵습니다만……"

니크와 가이버, 사무엘은 믿을 수 없다는 표정으로 돌아보았지만 후작은 차분한 얼굴로 궤헤른을 보았다. 궤헤른은 메마른 목소리로 말했다.

"당신을 알고 당신과 함께했다는 것에 대해 후회는 하지 않을 겁니다."

궤헤른은 고개를 조금 숙여 보였다.

"안녕히, 나의 주인님."

매서운 해풍 속에, 쓸쓸함과 처연함이 가득한 궤헤른의 바이서스어는 이시도의 귀에도 잘 들려왔다. 이시도는 알 수 없는 슬픈 감정에 눈을 끔뻑거렸다.

궤헤른은 그대로 몸을 돌려 보트를 향해 걸어갔다. 니크는 울음을 터뜨릴 듯한 얼굴이 되어 다시 한번 후작을 바라보았지만 후작은 엄한 얼굴을 할 뿐 무언으로 그를 쫓아내고 있었다. 니크는 기어코 눈을 거칠게 비벼대며 보트에 올랐다. 가이버와 사무엘 역시 힘없는 걸음걸이로 보트에 오르자 궤헤른은 보트의 노잡이들에게 짧게 명령을 보냈다. 조용히 움직이기 시작한 보트는 탄느완의 부두를 향해 멀어져갔다. 후작은 그제서야 검을 검집에 넣었다.

신차이는 후작을 물끄러미 바라보다가 말했다.

"배 위에서는 선장의 명령 없이 무기를 사용하는 것이 엄격하게 금지되어 있습니다. 앞으로 주의하시길 바랍니다."

후작은 희미하게 웃었다.

"걱정 말게, 선장. 내 검을 지금 당장 바다 속에 던져 넣지 않는 까닭이 이것이 단 한 번 더 사용될 필요가 있기 때문이야. 그리고 그 대상은 이 배의 그 누구도 아닐세. 부탁인데, 나를 선실로 좀 안내해 주겠나."

"먼저 항로를 가르쳐주십시오."

"그것은 저기 미가 가르쳐줄 거야. 나는 쉬고 싶네. 춥고, 피곤하군."

후작은 강제로 떠나보낸 부하들 때문에 외롭고 슬프기도 하다는 말은 하지 않았다. 그리고 신차이는 후작이 말하지 않은 것을 읽을 수 있었다. 신차이는 고개를 돌려 이시도에게 말했다.

"그분을 선실로 안내하라. 프리스트 치터리가 묵던 선실이면 되겠군."

"알겠습니다."

후작은 옷자락을 여미며 힘없이 배낭을 들어올렸다. 이시도는 후작의 초라한 모습을 보며 놀랐다. 조금 전 검을 뽑아들고 호령하던 사내는 어디로 간 거지? 후작은 외로운 병자처럼 보였다. 이시도는 후작을 승강구로 안내하며, 부축해 드리겠다는 말이 목구멍에서 빙빙 도는 것을 느꼈다.

신차이는 쳉을 물끄러미 쳐다보았다. 영문을 몰라 하던 쳉은 불현듯 정신을 차리고 미를 내려다보았다. 미는 낮고도 또박또박한 목소리로 말했다.

"목적지는 정북. 나침반의 바늘을 그대로 따라가 주시면 돼요."

"얼음, 눈, 바람. 전 싫어, 제발 싫어요, 부디 싫어요, 한결 싫어요, 추위가 싫어!"

희번덕거리는 눈으로 아일페사스를 바라보던 운차이는 음울하게 말했다.

"그렇게 떠들 수 있는 건 너뿐이야. 다른 사람들을 보시지."

"루리, 추워?"

"아니오……, 별로."

"린, 추워?"

"글쎄요."

"센추리온, 추워?"

"이힝힝힝."

"저만 추워, 저만 추워. 불공평해. 저는 불공평한 것이 싫어. 엥엥엥!"

운차이는 아일페사스에게 왜 추위에 크게 개의치 않는 자들에게만 질문하면서 아프나이델이나 제레인트, 네리아 등에겐 물어보지 않는 거냐고 윽박지르고 싶은 생각은 별로 들지 않았다. 그래봤자 듣지 못한 척하거나 무시해 버릴 것이 뻔하기 때문이었다.

그래서 운차이는 드래곤 로드의 딸에게 재갈을 물릴 경우 드래곤 로드로부터 몇 년 정도 도망다니면 될 것인가에 대해 생각해 보기 시작했다. 그것은 그의 취향에 퍽 잘 들어맞는 공상이었지만, 그런 행동으로 인해 야기될 결과는 별로 취향에 맞지 않았다.

이루릴은 걱정스러운 눈길로 아일페사스를 바라보다가 말했다.

"아일페사스. 당신은 날씨에 대한 강력한 면역이 있을 텐데요. 극지의 블리자드나 화산의 열기도 당신을 침범하지는 못하는 것으로 알고 있습니다만."

아일페사스가 대답하기에 앞서 제레인트가 먼저 대답했다.

"다만……, 칭얼거리고 싶은 유혹에 대한 면역은 없는 거겠지요."

제레인트의 목소리에마저 짜증스러움이 섞여 있었다. 아일페사스는 눈을 홉뜬 채 제레인트를 쏘아보았지만, 갑자기 그녀의 머리 위에서 커다란 천이 내려와 눈앞을 가로막았다. 아일페사스는 천을 치우며 옆을 보았고 초췌한 모습의 아프나이델이 두르고 있던 망토를 풀어 부들부들 떨리는 손으로 자신에게 덮어주고 있다는 것을 알게 되었다. 아일페사스는 어이없는 얼굴로 아프나이델을 바라보았다.

"나이드, 미쳤어요?"

아프나이델은 셔츠 바람으로 덜덜 떨면서도 히죽 웃었다.

"어, 언젠가는 그렇게 되었다는 이유로 존경, 존경받을 수 있는 직업에 종사하고 있긴 하, 하지."

"너 돌으셨구나? 빨리 가져가서 입어! 인간 주제에 말이야, 얼어죽으려고!"

아프나이델은 이를 딱딱 부딪히면서도 애써 아일페사스의 얼굴을 똑바로 바라보았다. 아일페사스의 눈꼬리가 아래로 처졌다. 그녀는 기분 나쁘다는 듯이 망토를 거머쥐어 아프나이델에게 내밀었다.

"알았어요, 알았어! 안 떠들면 되시는 거잖아. 너 말이에요, 건방져. 드래곤 로드의 계승자인 아일페사스를 훈계하려는 거야?"

아프나이델은 싱긋 웃으며 망토를 받아들었다. 아프나이델의 등 뒤에 앉아서 그 모든 광경을 바라보고 있던 엑셀핸드는 미소를 지었지만, 풍성한 수염 때문에 그의 입술 움직임은 아무에게도 보이지 않았다. 얼어붙은 손을 힘들게 놀려 망토의 조임끈을 묶은 아프나이델은 아일페사스의 옆얼굴을 바라보았다.

아일페사스의 눈꼬리는 여전히 꿈틀거리며 춤을 추고 있는 상태였다. 아프나이델의 눈빛을 알아차렸으면서도 아일페사스는 찌푸린 눈으로 센추리온의 갈기만을 쳐다보고 있었다.

아프나이델은 속으로 고개를 가로저었다. 그가 주의 깊게 지켜본 바에 따르면 아일페사스는 이 북쪽의 바람이 어깨에 닿는 순간부터 모든 것에 대해 불만스러워하고 있었다. 사람으로 따지자면 별 무리 없이 정서 불안이라고 말해 버리겠지만, 드래곤에 대해서도 그런 진단이 가능한 것인지 아프나이델은 확신할 수 없었다.

아일페사스를 보고 있던 아프나이델은 갑자기 이상한 느낌을 받으며 고개를 돌렸다. 그곳에선 이루릴이 표정 없는 얼굴로 그를 바라보고 있었다. 아프나이델은 왠지 모르게 어깨를 조금 움츠렸다. 다음 순간 그의 마음속에서 어떤 말들이 들려오기 시작했다.

'아프나이델.'

메시지? 아프나이델은 눈을 조금 크게 뜨며 이루릴을 바라보았다. 이루릴은 작게 고개를 끄덕이고는 앞을 보았다.

'아일페사스에 대해 우려하고 있으세요?'

'그……렇습니다. 그런데 어떻게 하신 거죠? 캐스팅하신다는 느낌을 받지 못했는데 어떻게…….'

'그건 천천히 말해도 되지 않을까요.'

'아, 예. 미안합니다.'

아프나이델은 속으로 피식 웃었다. 주제에 마법사라고 관심은 그런 곳으로밖에 가지 않는군. 이루릴은 여전히 앞을 바라보며 메시지를 보내왔다.

'저도 걱정하고 있어요. 그녀에게서 불안함을 읽을 수 있습니다. 인간 여러분에게는 지독한 날씨임에 분명하지만 사실 이 추위는 그녀에게는 아무런 영향도 끼치지 않을 거예요.'

'물론 그렇겠지요. 왜 저러는지 궁금합니다.'

'그녀는 보호받고 싶어 하는 것 같습니다.'

'보호요?'

아프나이델은 의아한 얼굴로 이루릴을 바라보았지만 이루릴은 여전히 앞만 바라보고 있었다. 아프나이델은 잠시 주위를 둘러보았다.

상록수의 잎들 사이로 부는 칼날 같은 바람은 어둑어둑해 가는 고갯길을 더욱 스산하게 만들었다. 그리고 남색 하늘에 떠다니는 어두운 구름들은 제멋대로 춤추고 있었다. 보다 온화한 날씨에서는 보기 힘든, 거의 발광이라고 불러주는 것이 마땅할 구름의 움직임은 바라보는 사람의 정신까지도 어지럽게 만들었다.

그런 고갯길을 일행은 힘들게, 그러나 변함없는 끈기로 걸어올라 가고 있었다. 선두에 운차이, 그리고 후미에 그란이라는 배치는 일행에게 강력한 추진력을 선사했다. 맹수의 으르렁거림 같은 바람 소리는 일행의 어깨를 움츠러들게 했지만, 제레인트나 아프나이델마저도 딱딱한 얼굴을 한 채 이 영원히 계속될 것 같은 고갯길을 끈기 있게 걸어올라가고 있었다.

갑자기 이루릴의 메시지가 들려왔다.

'아프나이델. 드래곤 로드는 왜 당신들에게 아일페사스의 후견인의 역할을 부여했을까요?'

'어떤 의미인지……'

'글쎄요. 지금의 이 여정을 보고 있으니 왠지 의아한 생각이 듭니다.'

'의아하시다고요?'

'아일페사스가 이 북구까지 오게 된 이유가 뭐죠? 그녀에게 이유가 있을 것처럼 보이지는 않습니다. 그녀는 당신들을 따라오고 있는 것이 겠죠?'

'그렇게 말할 수도 있겠지요.'

이루릴은 잠시 말을 멈췄다. 어둠 속에서 거의 보이지도 않는 그녀의 검은 머릿결을 보려 애쓰던 아프나이델은 이 침묵이 이루릴의 배려임을 깨달았다. 아프나이델, 생각해 보세요. 아프나이델은 다시 아일페사스를 돌아보았다가 곰곰이 생각에 잠겼다.

잠시 후, 아프나이델은 이루릴을 쳐다보았다.

'드래곤 로드는 신스라이프를 추적시키기 위해 그녀로 하여금 우리

를 따라다니게 한 거란 말씀입니까? 우리는 그녀의 안내자라고요?'

'지금의 현상은 그렇게도 말할 수 있지 않나 생각되네요.'

'하지만……, 그건 원인과 결과가 잘 연결되지 않는…….'

'원인과 결과라고 하셨나요.'

아프나이델은 잠시 말을 멈췄다. 그의 머릿속에 섬광 같은 것이 지나쳤다.

시간이 멈춘다면, 원인과 결과의 전후 관계 따위는 아무런 의미를 가지지 못한다. 아프나이델은 곱아드는 손가락을 힘껏 구부려 주먹을 쥐었다. 손끝에서 감각이 되돌아오는 것을 느끼며 아프나이델은 거세지는 심장의 박동을 가라앉혔다.

그때, 일행의 앞쪽에서 가벼운 술렁거림 같은 것이 들려왔다.

아프나이델은 앞쪽을 바라보았다. 어두운 밤하늘을 배경으로 운차이의 뒷모습을 알아보기는 어려웠지만, 그가 고갯마루의 정상에 우뚝 서 있다는 것은 알아차릴 수 있었다. 드디어 이 지긋지긋한 고개를 다 올라온 것인가? 아프나이델은 힘겹게 언덕 위로 올라섰다. 그의 등 뒤에서 엑셀핸드의 지긋지긋해하는 탄성이 들려왔다.

"오오, 카리스 누멘이여. 이 고개를 끝나게 해주신 것에 감사드리나이다."

마지막으로 그란과 돌맨 할슈타일이 올라선 다음, 일행들은 잠시 언덕 정상에 모여 선 채 발 아래를 바라보았다. 내리닫는 길의 모습은 어둠 속으로 사라져 잘 보이지 않았지만 검은 숲과 구불텅거리는 산자락 사이로 멀리 평평한 어둠이 보였다.

제레인트는 눈을 찌푸린 채 발 아래를 내려다보다가 나직하게 말했다.

"아, 바다군요. 그런데 저기 하얀 것은 뭐지요?"

이루릴이 태연스러운 어투로 대답했다.

"빙하군요."

"빙하?"

"얼음의 강······. 산 정상에서 쌓인 눈이 얼음이 되어 계곡을 타고 흘러내리는 것이에요. 마치 강처럼. 물론 강처럼 빠르지는 않습니다. 자신의 무게로 천천히 미끄러지는 거니까요."

"Afhick, Dotimasir ba ami······"

어둠 속에서 운차이의 목소리가 들려왔을 때 네리아는 킥 웃고 말았다. 운차이의 목소리는 정나미가 뚝뚝 떨어진다는 투였다. 물론 그 의미는 알 수 없었지만 운차이가 세상에 빙하라는 것이 존재한다는 사실에 대해 어처구니없어하며 모종의 욕설을 퍼붓고 있다는 것은 누구에게나 확실했다. 이루릴은 조용히 설명을 계속했다.

"그런 빙하들이 바다에 닿았을 때 부서져 빙산이 되는 것입니다. 저기 밤바다에 흰 덩어리들이 보이시나요."

"테페리여, 저는 저것이 범선의 돛일 거라고 생각했습니다. 좀 이상하게 보이긴 했지만. 저게 얼음 덩어리입니까?"

"그렇습니다."

"불빛이······, 저기가 탄느완인가 보군요. 어두워서 길이 잘 보이지 않는데, 거리가 얼마나 되겠습니까?"

이루릴은 잠시 산자락과 검은 숲을 바라보다가 대답했다.

"빙하가 문제군요. 내려가는 계곡 중간에서 빙하를 잠시 타야 할지도 모르겠습니다. 이런 어두운 밤이라면 여러분들껜 너무 어려운 일일 것 같은데요. 서두르다가 빙하 가운데서 오도 가도 못하게 되는 것은 바람직하지 않으니 내일 오전 중에 닿을 생각을 하고 느긋하게 내려가는 것이 좋겠습니다."

암흑의 산속에서 엘프의 조언을 무시할 만큼 무모한 자는 아무도 없었기에, 일행은 묵묵히 고개를 끄덕였다. 그래서 이루릴이 가벼운 목소리로 "자, 출발할까요."라고 말했을 때도 일행들은 한숨만 내쉬었을 뿐 무거운 발걸음을 옮기는 일을 주저하지는 않았다.

아래로 향하는 길을 따라 내려가며 이루릴은 다시 먼 탄느완의 도시와 바다를 바라보았다. 그때 엘프의 경이적인 시각에 빙산들 사이로 사라져가는 돛이 보였다. 저것은 범선인가.

이루릴은 잠시 그 범선에 주목했다. 다크 실버의 바다와 화이트 블루의 빙산 사이로 그 배의 돛은 꽤나 두드러졌다. 붉은색. 이루릴은 그 범선이 다시 빙산의 그늘 뒤로 사라지기 직전 돛의 모습을 똑똑히 보았다. 거대한 돛 가득히 그려진 것은 붉은 서펀트의 문양이었다.

이 백은의 세계에서 그 범선의 모습은 충분히 이질적이었지만 이루릴은 가벼운 미소만 지었다.

'아름다운 배로구나.'

"나는 이제 죽으면 다시는 부활하지 않을 거요. 수도에서 나는 내 속의 가장 저열한 부분, 하지만 그렇기 때문에 가장 끈질기게 남아 있던 욕망을 충족 받았소."

그레이가 있었다면 진지한 표정을 지으며 '유곽에라도 다녀오셨습니까?' 등의 말을 꺼냈겠지만 딤라이트와 무스타파는 묵묵히 고개를 끄덕였다. 솔로처는 특별히 자랑스러워하지는 않는 담담한 어조로 자신을 해부해 보였다.

"명예욕이라고 부르는 것이겠지만, 더 본질적인 의미에서 심사(審查)라고 해도 좋소. 나 자신의 생을 객관적인 누군가에 의해 심판받고 싶다는 것이지. 수십 세대 후의 필부필부인 후예들이 공정한 심사관들이 되는지 어떤지는 따지고 싶지 않아요. 어쨌든 그 심사를 받았고 좋은 점수를 받았다는 것 자체가 나에겐 중요한 것이었으니까. 당신들도 아마 알 거요. 은빛 갑주로 성장하고 퍼레이드를 해본 경험이 있을 테니."

무스타파는 피식 웃었다.

"짜릿하죠."

무스타파의 눈은 과거를 보고 있었다. 그는 목을 조금 울리며 말했다.

"오로지 나를 위해 환호하는 사람들의, 서로 잘 구분되지도 않는 얼굴들의 소용돌이 한가운데서라면, 거의 다시 태어나는 기분이 들지요."

"내게 필요했던 것이 바로 그것이었소. 늙은이의 주책이지."

솔로처는 지팡이를 세워들며 말했다.

"나는 자랑 삼아 이런 이야기를 하는 것은 아니오. 솔직히 말하자면 혼자서 그 기쁨을 그러안고 무덤으로 돌아가고 싶소. 내가 이 이야기를 꺼내는 까닭은 당신들을 위해서요. 자신을 돌아보고, 자신 속에 웅어리진 것이 무엇인지 찾아보길 바라오. 난 당신들에 대해서 그렇게 많이 알지는 못해요. 그리고 이 시대에서, 당신들은 당신들 자신만큼이나 당신들을 잘 아는 사람을 결코 찾아내지 못할 거요. 그러니 스스로에게 물어보고, 스스로 찾아내시오. 그럼 당신들은 다시 죽을 수 있을 거요."

말을 마친 솔로처는 딤라이트의 이마를 바라보았다. 딤라이트는 아무 말도 하지 않은 채 테이블을 쏘아보고 있었다.

솔로처는 근심스러웠다. 저 강직한 성기사는 자신 속에 웅어리져 자신이 평생 동안 섬겨온 진리를 거부하게 될 정도로 강력한 안타까움이 존재한다는 사실 자체를 받아들이기 어려울 것이다. 내 속에 있는 알 수 없는 안타까움 때문에 나는 기사의 본분도, 오렘의 명예도 저버린 채 이 지상에 다시 돌아왔단 말인가? 딤라이트는 고래고래 고함질러 부정하고 싶을 것이다. 하지만 딤라이트는 아무 말도 하지 않았다.

솔로처는 한숨을 내쉬며 테이블에 앉아 있던 네 번째 사람을 바라보았다.

"레티의 검이여."

레틴드롤스는 처연한 얼굴로 솔로처를 올려다보았다. 그의 젖어 있는 눈가를 못 본 척하며 솔로처는 애써 담담하게 말했다.

"절대적 위기에서 자신을 파괴한 당신의 결정, 누가 보더라도 과연 그래야 했을까 의심되는 것은 당연하오. 더군다나 다른 사람이 아닌 자신이라면 더욱 그렇지. 그러니 그렇게 죄책감 가질 필요 없소."

"말씀 감사합니다. 하지만 부끄럽습니다."

"아니, 부끄러워할 필요가 없소. 그런 결정을 내리면서도 마음속에 한 점 의혹이나 주저함이 없었다면 그자야말로 비인간적이오. 보통 사람이라면 자신의 손가락이나 발가락 하나를 희생하라고 해도 우선 거절부터 할 것이오. 당신은 인간적이었고, 인간들 중 그 누구도 당신을 힐난할 수 없을 거요. 그리고 설령 레티께서 현신하신다 하더라도 나는 당신을 변호하겠소."

레틴드롤스는 고개를 가로저었다.

"솔로처 님, 저는 들었습니다. 제가 죽은 다음에 많은 형제들이 저와 같은 결정을 내렸다는 것을. 하지만 그 형제들은 돌아오지 않았습니다. 저만이 레티에의 길을 거부하고 이 지상에 미련을……"

"그게 아니오!"

솔로처는 거칠게 외쳤다. 레틴드롤스는 입을 다문 채 솔로처를 바라보았다.

"그래요! 그 전투에서, 많은 레티의 검이 당신을 따라 자신을 파괴했소. 그리고 그들은 돌아오지 않았소. 하지만 거기엔 분명히 차이가 있소! 당신은 다른 누구의 본보기도 없는 상태에서 가장 먼저 그것을 시도했소. 당신의 불안이 가장 큰 것은 당연하잖소? 다른 형제들은, 제길. 내 입을 용서하시오. 그 작자들에게는 화려한 군중 심리의 응원이라도 있었을 거요. 네가 하니 나도 한다는 식의. 하지만 당신에게는 그런 응원도 없었단 말이오. 도대체 뭘 부끄러워하시오? 당신은 힘든 길을 갔고, 혼자서 가야 했던 그 여정에서 당신이 받았을 고통은 동정의 소지는 있을지언정 결코 경멸받을 수는 없는 것이오!"

레틴드롤스는 고개를 숙였다. 솔로처는 긴 한숨을 내쉬었다.

"레티께서 당신들에게 그런 권능을 부여한 것은 스스로의 생존을 경멸하라는 뜻은 아니실 게요. 그분은 파괴신이시지만…… 아니, 관두겠소. 성직자와 교리를 논하려 드는 것은 마법사의 자세가 아니지. 부탁이니 스스로를 부정하지 마시오. 당신 역시 스스로를 똑바로 봐야 하오. 고개 돌려 외면해 버리기만 하면 똑바로 볼 수 없소. 당신의 Hjan이 무엇인지 알아내기 위해서라도 당신은 당신을 직시해야 할 거요."

"명심하지요."

할 말은 끝났고, 솔로처는 천막의 휘장을 젖히며 밖으로 나왔다. 천막 안에 남겨진 사람들에게는 나름대로 숙고해 볼 만한 시간이 필요할 것이다.

야전 막사의 바깥에는 거대한 검을 지팡이처럼 짚고 선 채 조용히 주위를 응시하고 있는 전사가 있었다. 지나가던 켄턴 시민들 모두가 한두 번씩 돌아보고 있었지만, 전사는 무심한 표정이었다. 하지만 솔로처가 나오자 전사는 부드럽게 고개를 돌려 그를 바라보았다. 솔로처는 턱을 긁적이며 말했다.

"에카드나. 거기 그렇게 서 있는 것, 힘들지 않나?"

용아병 에카드나는 솔로처가 그에게 왜 이런 이상한 이름을 붙였고, 그런 작명을 통해 어떤 즐거움을 만끽하고 있는가에 대해서는 별 관심이 없었다. 그는 그저 묵묵히 고개를 가로저었다.

"힘들지 않습니다."

"자네 종족에 대해서 심도 있게 연구해 본 바가 별로 없어서 내가 잘 모르는 바가 많군. 자네에겐 어떤 욕망이 있지? 만일 내가 자네의 봉사가 필요 없다고 말한다면 자네는 어떻게 되는 건가."

"지금 대답해야 합니까?"

"어렵지 않다면."

에카드나는 솔로처를 지그시 내려다보았다. 그의 눈은 맑고 그 안에서는 어떤 종류의 감정의 일렁거림도 찾아보기 어려웠다.

"어렵군요. 질문에 질문으로 대답하는 것을 용서해 주시기 바랍니다. 당신은 무엇을 하기 위해 태어나셨습니까?"

"흐음……. 지내다 보면 목적이 생길 거란 말인가."

"그렇게 생각됩니다. 저는 현재로선 아기와 마찬가지니까요. 세계에 대한 어떤 은원이 생겨난다면 제 목적도 생겨날지 모르지요."

"나는 단수가 아니니까? 하하하."

에카드나는 솔로처가 웃는 이유를 알지 못했지만 별말 하지 않았다. 솔로처는 웃는 얼굴로 말했다.

"좋아. 하지만 한 가지 부탁은 하지."

"말씀하십시오."

"내 복수를 하겠다느니 뭐니 하는 말은 하지 말게. 내가 어떤 방식으로 죽든. 특별히 말해 두는 이유는, 내가 자네의 소환자이기 때문이야. 어쩐지 부모가 된 기분을 느끼게 해주는걸."

에카드나는 미간을 찌푸렸다. 솔로처는 허허 웃었다.

"즐거운 인생이 되길 바라네. 아무런 미련도 남지 않는. 남겨진 미련을 발에 묶고 걷기에 저승길은 너무 길다네. 그런 건 훌훌 털어버리고 걸어야 하지."

"솔로처?"

솔로처는 들고 있던 지팡이를 힘차게 휘두르며 걷기 시작했다. 그는 에카드나의 곁을 지나치며 말했다.

"경험에서 나온 말이야. 명심해."

에카드나는 잠시 솔로처의 뒷모습을 바라보았다. 솔로처는 인사를 건네오는 퀜턴의 경비 대원들과 시민들에게 미소와 따스한 인사말들을 건네며 걸어가고 있었다. 지팡이를 쥔 손은 힘차게 움직이고 있었고 햇살 아래 그의 뒷모습은 꼿꼿했다.

루손은 글레이브의 칼날을 움켜잡을 뻔했다. 원래의 모습으로 돌아온 지 얼마 되지 않아서 아직 자신의 몸에 익숙하지 않았던 탓이었다. 가까스로 손바닥만 조금 베어 먹은 루손은 손을 재빨리 입으로 가져가 피를 핥았다. 그러고 나서 루손은 다시 글레이브를 꼬나들었다.

레이저는 담담하려 애쓰면서 말했다.

"그러니까……, 당신은 거기서……?"

계곡 바닥에 앉아 있던 거인은 피로한 얼굴로 절벽 위의 레이저와 루손을 바라보았다. 거인이 앉은 계곡 바닥은 까마득하게 깊었지만 그래도 거인은 여전히 레이저를 내려다보고 있었다.

"그래. 기다릴 것이다."

루손은 으르렁거리며 말했다.

"취아악! 누가 그냥 죽게 내버려둘까! 츄, 츄칫!"

목숨을 걸고 발악하듯이 외친 고함 소리였지만 거인은 아무 대답도 하지 않았다. 레이저는 손을 들어 루손을 제지하며 말했다.

"그만, 루손. 복수는 성립될 수 없어. 나크둠은 살아났잖아."

"어? 츄, 그런가?"

루손은 얼떨떨한 얼굴로 레이저를 바라보았다.

"취치! 하지만 거인이 나크둠을 죽인 건……"

"관두자, 루손."

혼란스러워하는 얼굴이었지만 루손은 입을 다물었다. 레이저는 다시 거인을 바라보며 말했다.

"그럼, 당신은 그덴 산을 정복하러 돌아온 것이 아닙니까?"

"그렇다."

거인은 눈을 들어 주위로 펼쳐진 산자락과 계곡의 흐름을 굽어보았다. 레이저 역시 무의식중에 거인을 따라 그덴 산 주위로 펼쳐진 신록의 파도를 바라보았다. 대지를 박차고 솟아오른 절벽과 봉우리들, 녹색의 숲 사이로 우뚝 솟아 있는 붉은 암벽과 그 위로 휘감아 도는 구름의 물결. 밀생한 자작나무의 숲 옆으로 켜켜이 쌓인 암석들은 시간의 비망록처럼 그곳에 고요히 자리하고 있었다.

레이저는 갑작스럽게 다가오는 놀라움에 경직했다. 그는 이런 그덴 산을 본 적이 없었다. 바로 이 장소에서 보는 그덴 산의 아름다움은 그의 예상을 뛰어넘는 것이었다. 레이저는 불현듯 알아차렸다. 거인은 이 장소를 알고 있었겠지. 그는 그덴 산의 주인이었으니까. 그는 이곳에서 바라보는 그덴 산의 이 아름다움을 기억하고, 그래서 이곳으로 돌아온 것이겠지.

거인은 약간 졸음이 섞인 듯한 목소리로 말했다.

"이곳, 아름다운 그덴 산이 아니면 나는 어디서 최후를 기다리겠는가."

레이저는 아무 말도 하지 않았다. 그는 갑자기 질투심까지 느꼈다. 방랑자가 촌락의 농부에게 느끼는, 그리고 유목민이 농경민에게 느끼는 질투심과 비슷한 질투심. 레이저는 일그러진 눈으로 세상 그 어느 곳엔가, 최후에 그곳에 있고 싶은 장소를 가지고 있는 자를 바라보았다.

거인은 천천히 입을 열었다.

"그 조그마한 자들은 시간의 수원(水源)까지 거슬러 올라 갈 것이라 믿어지네. 그리고 그들은 막혔던 수원을 뚫고 새로운 시간이 세상에 흐르게 할 것이네. 그때 세상에 흘러넘칠 시간의 강물은 나를 씻기고 과거로 나를 돌려보내겠지. 과거의 먼지는 씻겨 나가고, 과거의 추억은 강물 속에 흩어져 사라지겠지."

거인은 이대로 산이 되고 암석이 될 것이다. 기다림 자체를 뛰어넘어서. 레이저는 모든 것을 알 수 있었다. 먼 곳을 바라보던 거인은 보고 싶은 것을 다 보았다는 듯이 천천히 고개를 숙였다. 무릎에 고개를 떨구기 직전, 거인은 희미한 목소리로 말했다.

"이제 시작되어 영원히 계속될 내 휴식을 방해하지 말아주게."

그리고 거인의 눈꺼풀은 닫혔다. 거인은 무릎에 얼굴을 묻었고, 그리고 꼼짝도 하지 않았다. 갑자기 불어온 바람은 나뭇잎들을 한 움큼 날라와 거인의 바위 같은 어깨에 뿌렸다. 그것은 그덴 산이 그 유일하고 진정한 주인에게 보내는 마지막 작별 인사였다.

레이저는 목이 메는 것을 느끼며 고개를 떨구었다.

5

 이시도는 할슈타일 후작을 보고 있었고, 할슈타일 후작은 쳉을 보고 있었고, 쳉은 미를 보고 있었고, 미는 신차이 선장을 바라보고 있었다. 신차이의 경우, 레드 서펀트의 이물에 서서는 결빙되지 않았을 뿐 얼음이나 다름없는 차가운 북해의 바다를 바라보고 있었다. 그의 시선은 북해의 바닷물을 닮아 있었다.

 연쇄의 고리에서 쳉이 조용히 일어나 자신의 자리를 비웠다. 캡스턴 옆에 놓인 물통에 앉아 다리를 조금 흔들고 있던 미에게 다가선 쳉은 그녀의 오른쪽 갑판 위에 털썩 주저앉았다. 그가 오른쪽을 선택한 이유는 왼쪽에는 아달탄이 자리하고 있었기 때문이다.

 미는 고개를 조금 돌려 쳉의 덥수룩한 머리를 내려다보다가 손을 들어 그의 머리를 쓰다듬었다.

 "빗질 좀 해라. 바람 맞아서 엉망이잖아. 저 사람들처럼 머릿수건을 하는 건 어때?"

"네가 거기 앉아 있음으로 해서 이 배의 선원들을 괴롭히고 있다는 건 아니?"

"응? 무슨 말?"

"이 배의 선원들은 자이펀 인들이야. 목이 마르다는 이유로 네게 다가와 좀 비켜달라고 말할 사람들은 아니라는 거지."

미는 히죽 웃고서는 물통 위에 가부좌를 틀고 앉았다.

"그들에게 레이디를 상대로 말하는 법을 가르치자. 그들도 세상의 반을 구성하고 있는 자들을 완전히 무시한 채로 살 수는 없을 텐데?"

"무시하는 건 아닐지도 몰라. 오히려 너무 강하게 인식하고 있는 걸지도. 난 잘 모르겠어. 음. 언젠가 일스의 술집에서 모래바람 냄새 풀풀 풍기는 상인 친구와 대작하다가 들은 이야기인데, 자이펀 인들은 다른 여자들에게는 눈길도 보내지 않는 만큼 자기 아내에게는 퍽 살갑게 대해 준다는 둥의 이야기를 하더군……"

쳉은 자신의 모자란 이야기 실력을 잘 알고 있었지만 미를 상대로 할 때 그런 것을 신경 쓸 필요는 없었다. 그래서 쳉은 자신이 들었던 소박한 이야기들을 천천히 말했고, 미는 여러 가지 표정을 지었지만 말은 한 마디도 하지 않은 채 쳉의 이야기에 귀를 기울였다.

어눌하지만 꾸밈없이 말하는 쳉과 풍부한 표정을 짓지만 별 참견은 없이 이야기에 귀를 기울이는 미 두 사람의 모습은 삭막한 북해의 바다 위라는 공간 속에서 이질적이었다. 그들은 그들만의 하오를 즐기고 있는 것 같았다.

기다림의 해변

할슈타일 후작은 포마스트 아래에 기대서서 그런 두 사람을 물끄러미 쳐다보고 있었다. 코에서 나오는 숨결이 그대로 하얀 안개가 되어 얼굴을 가렸고, 꽉 다물린 입보다는 가슴 앞으로 엇갈린 두 팔이 더 많은 말을 하고 있는 것 같았다. 후작은 팔짱을 낀 채 오른손 검지로 왼쪽 이두근을 톡톡 두드리고 있었다.

큼직한 방한 외투로 몸을 감싸고 눈 바로 위까지 후드를 내려쓰고 있던 이시도는 고물에 서서 그런 후작의 모습을 보고 있었다. 이시도는 후작의 손가락이 어떤 낯익은 박자에 따라 움직이고 있음을 깨달았다. 후작을 한참 동안 관찰하던 이시도는 갑자기 오른손에 끼고 있던 장갑을 벗고는 오른손을 왼쪽 손목으로 가져갔다.

'맥박이군.'

그때 후작은 천천히 고개를 돌려 이시도를 흘긋 보았다. 이시도는 오른손으로 왼쪽 손목을 쥔 채 머쓱한 얼굴이 되어 후작의 눈길을 받았고, 후작은 의아한 표정이 되었다. 그러나 곧 자신의 손가락을 내려다본 후작은 이시도의 행동을 이해했다. 후작은 팔짱을 풀며 이마를 짚었다. 그의 입술에서 하얀 숨결과 함께 혼잣말 같은 말이 몇 마디 섞여 흘러나왔다.

"부질없군······. 살아 있는 척하고 있어."

이시도는 이 바이서스 어를 이해할 수 없었다. 이시도는 그에게 몇 마디 얘기를 걸어봐야겠다는 판단을 내렸고, 그래서 괜스레 포마스트의 돛줄을 잡아당겨 보기도 하고 갑판원들에게 별 필요도 없는 지시들을 내리기도 하면서("단추를 더 단단히 잠가! 감기 들면 어쩌나!") 자연스럽게 후작에게 다가왔다.

후작은 그런 그에게 속아주는 척했다. 이시도는 후작 바로 곁에 다가서서는 후드를 뒤로 넘기고 두 손에 입김을 호호 불며 말했다.

"어이구, 지독한 날씨입니다. 할슈타일 씨. 갑판에 그렇게 서 있으셔도 괜찮으십니까?"

후작은 고개를 한번 끄덕였다. 이시도는 빙글 웃음지었다.

"그런데 말입니다. 바이서스 분이 어떻게 자이펀의 배를 타실 생각을 하셨습니까?"

후작은 천천히 고개를 돌려 이시도를 보았다. 이시도는 먼저 후작과 자신의 거리를 확인한 다음 말을 이었다.

"시비를 걸려는 것은 아닙니다. 우리는 그런 것에 신경 쓰지 않아요. 이 배는 자유 무역선이고 게다가 여긴 자이펀의 해역도 아닌 만큼, 우리들이 설령 바이서스의 국왕을 태웠다고 해도 그것이 군사적 목적이 아니라면 자이펀의 군부도 크게 화낼 수는 없거든요. 투덜거리기는 하겠지만."

이시도는 우쭐한 목소리로 말했지만 후작은 아무 표정이 없었다. 잠시 후 이시도가 조금 당황하게 되었을 때 후작은 입을 열었다.

"나도 그렇다."

"예?"

"나도 이것이 바다 위를 떠가는 배인 이상 선적이 어딘가 따위는 신경 쓰지 않는다. 대답이 되었는지."

이시도는 잠시 이것이 화를 내야 될 일인지 생각해 봤지만, 아무래도 무엇에 대해 화를 내야 할지를 알 수 없었다. 그래서 이시도는 어떠한 반응을 보여도 이미 늦었다고 할 시점까지 아무 반응을 보이지 못했고, 할슈타일 후작은 그런 이시도에게서 고개를 돌려 다시 쳉과 미를 바라보았다.

쳉은 이제 이야기를 하지 않고 있었다. 갑판에 주저앉은 쳉은 물통에 앉은 미의 다리에 머리를 기댄 채 조용히 앉아 있었고 미는 쳉의 머리에 손을 얹은 채 그의 머리카락을 이리저리 꼬아대고 빗어대고 있었다. 쳉은 천천히 고개를 들어 미의 턱을 보다가 조금 졸린 듯한 목소리로 물었다.

"왜 그렇게 신차이 선장을 쳐다보는 거니?"

"이건 질투다. 쳉은 질투를 하고 있어. 미는 이제 비극적인 삼각관계의 가련한 희생물이 될 거야. 흐음. 한번쯤 그런 것도 해보고 싶었어."

"저, 그러니까……"

"잠깐 기다려봐. 멋진 대사를 생각해 낼 수 있을 거야. 어디 보자……, 먼저 쳉은 질투에 눈이 멀어서 신차이 선장과 결투해라. 알았지? 그럼 미가 쳉의 팔을 끌어안으며 이렇게 말할게. 별빛마저 드문드문한 캄캄한 밤이라도, 그대 설령 내 앞에 있지 않더라도, 미의 두 눈이 멀어버릴지라도, 미의 눈동자는 언제나 쳉의 모습을 반사할 것을 믿지 못하니?"

"내가 감동적이라고 말하면 웃을 거지?"

"당연하지. 골렘이 감동 어쩌고 하면 미가 아닌 다른 누구라도 웃어."

"사실, 닭살 돋아."

"그러라고 한 말이야. 자, 이제 계란 낳아봐."

쳉은 묵직한 한숨을 토해 냈고 미는 그런 쳉의 머리카락을 더욱 헤집으며 깔깔거렸다. 잠시 후 미는 쳉의 머리카락에 엉켜버린 소매 단추를 풀어내느라 조금 투덜거렸고 그 동안 쳉은 눈물을 찔끔거리며 참아야 했다.

"많이 아팠어? 잘 참네. 착하다."

"상으로 대답이나 해줘."

"대답? 아아, 아까 그 질문. 글쎄다. 미는 왜 신차이 선장을 바라볼까."

미는 다리를 흔들면서 다시 이물에 서 있는 신차이의 등을 바라보았다.

"저 사람, 바다야."

"바다?"

"응……, 바다야. 신기해. 미가 들판에서 자라나 그런지 몰라도 꽤 신기하게 느껴지네."

"뭐, 처음으로 본 뱃사람에게 느끼는 신비감을 말하는 거니?"

"그건 아닐 테지. 이 배엔 뱃사람들이 많이 있잖아. 어디, 시무니안을 보자. 시무니안의 대지엔 계곡이 있고 산이 있고 언덕이 있고 강이 있겠지. 그럼 오세니아의 바다는? 그 안에 무엇을 가지고 있든지 간에 바다는 평평해. 지금 여기서 파도 치는 이야기는 하지 말기."

막 그 이야기를 꺼내려던 쳉은 머쓱한 표정으로 입을 다물었다. 미는 고개를 조금 갸웃거리며 말했다.

"땅을 닮은 사람은 그 안에 무엇을 가지고 있는지 겉으로 다 드러나겠지. 그래서 그 사람에겐 풍요로운 과수원 같은 부분도 있을 테고 오르기 힘든 산 같은 모습도 있을 테지. 마음속의 깊은 상처를 그대로 보여주는 계곡 같은 부분도 있을 테고 다져지고 흩어져 황야처럼 바뀐 부분도 있겠지. 그게 땅을 닮은 사람이겠지. 하지만 바다를 닮은 사람은 일단 모든 부분이 똑같이 평평해."

"평평하다?"

"응. 미 말이 이상하지? 미 머릿속에도 좀 모호한 개념밖에 없어서. 그러니 말이 이상하더라도 용서해라. 용서 안하면 때릴 테야. 뭐……, 이렇게 사람을 나눠보았지만 저 사람에겐 그게 통하지가 않네. 선장님은 완전히 바다 그 자체야."

미는 갑자기 고개를 숙였다.

"도망칠 수가 없네. 그럴 생각도 없었지만."

쳉은 얼굴을 들어 미를 보았지만 앞으로 늘어진 머리카락 때문에 미의 눈은 잘 보이지 않았다. 쳉이 볼 수 있는 것은 희미한 미소를 짓고 있는 미의 입술뿐이었다. 미는 어깨를 움츠리며 말했다.

"그럼 오세니아께서 손을 내미셨으니……. 하긴 그분밖에 안 계신 건가."

미는 고개를 조금 돌려 후작을 곁눈질했다. 할슈타일 후작은 팔짱을 낀 채 미의 옆모습을 바라보고 있었다.

"화렌차께서도 꼼짝할 수 없게 되었고, 음, 그럼 그덴 산의 거인도 포기하셨겠구나. 그럼 오세니아께서도 많은 힘을 쓰시지는 못하겠지. 하지만 그 과묵하고 고요한 분이 직접 나설 생각을 하셨다는 건 대단해. 그분이니까 이만큼이나 도움을 베푸실 수 있겠지. 워낙 강력한 분이니까. 하지만 늦게 내밀어진 그 손길은 오래가지 못하겠지. 이제 곧……"

"무슨…… 말을 하는 거니?"

미는 쳉의 얼굴을 돌아보며 생긋 웃었다.

"하지만 말이야,"

"응?"

"미가 진짜로 도움 받고 싶은 것은 얼간이 쳉이야. 미는 무지무지 바보라서, 쳉은 아무런 도움이 안 될 것을 알면서도 말이지. 메에에에!"

미는 가볍게 말하고 있었지만 쳉은 바로 그 때문에 가슴을 후벼파는 아픔을 느꼈다. 하지만 쳉은 그 감정을 정의할 수 없었고, 정의될 수 없는 감정에 시달리는 것은 쳉에겐 항상 낯설었다. 그래서 쳉은 한참 동안이나 굳은 얼굴을 한 채 미의 얼굴을 올려다보았다.

미는 생긋 웃으며 손을 내밀었다. 쳉의 두 볼을 살짝 붙잡은 미는 허리를 굽혀 그의 이마에 키스해 주었다.

"미가 투정을 너무 심하게 부렸나 보다. 그 얼굴로 울면 보기 흉할 거야. 웃어라."

쳉은 입술 양끝을 힘들게 위로 끌어올렸다. 미는 그 얼굴을 보고는 죽어라고 웃어대다가 그만 물통에서 굴러 떨어졌다. 쳉이 당황하여 미를 부축하기 위해 일어섰을 때 마스트 끝에서 외침소리가 들려왔다.

"Sarle Lo……!"

이시도, 할슈타일 후작, 신차이 선장, 그리고 쳉과 그의 품에 안겨 반쯤 일어서던 미 전부가 마스트 끝을 올려다보았다. 신차이와 이시도의 얼굴에는 반가움이 떠올라 있었다. 신차이가 고함질렀다.

"Ir rivhepjan?"

"Rigkeel un borthas! rene……?"

말끝을 잠시 흐리던 감시원은 다시 몇 마디 말을 덧붙였다. 미는 눈을 깜빡거리다가 쳉에게 물었다.

"무슨 말인지 알아?"

"잘은 모르겠는데, 배가 보인다고 하는 것 같군."

"와, 배? 다행이네. 그런데 선장님은 왜 저런 이상한 얼굴을 하고 있는 거지?"

"그런데 그 배가……"

쳉은 얼굴을 돌렸고 미는 쳉의 옆얼굴을 보며 불안감을 느꼈다.

"좌초한 것 같다는데?"

미의 안색이 어두워졌다.

"좌초라고?"

쳉의 자이펀 어 번역은 정확하게 맞는 것은 아니었다. 이 주위의 바다에 암초 같은 것은 존재하지도 않으므로 좌초는 불가능하다. 하지만 그것은 아무 상관이 없었다. 이시도는 어이가 없다는 표정으로 말했다.

"도대체 무슨 일이 일어난 걸까요? 배가 어떻게 하면 이런 일을 당할 수 있는지 짐작도 가지 않는군요. 크라켄이 나타나서 배를 붙잡아 집어던진 걸까요?"

시선을 돌려 주위의 바다와 빙산을 살펴보던 신차이는 고개를 가로 저었다.

"낭만적인 상상이지만, 그건 아닐세. 빙산에 끼인 거야."

"예? 빙산이오?"

"저기 저쪽의 빙산을 자세히 보게. 심하게 부서졌지? 그리고 목재들이 몇 개 보이는군. 배는 저 빙산과 이쪽의 빙하 사이에 끼인 거야. 멍청하게 일부러 들어온 것은 아니겠지. 그때는 안전해 보였을 거야. 하지만 배가 들어서자마자 빙산이 격하게 움직이기 시작했고, 그래서 빙하와 빙산은 배를 양쪽에서 밀어붙였을 거야. 마치 비틀어 짜내듯이. 그래서 어느 순간, 배는 격하게 튀어올랐지. 그때 배의 하중 때문에 빙하가 무너지며 저렇게 빙하 위로 내동댕이쳐진 거야. 상상하기 어려운 일이긴 하지만, 불가능한 일은 아냐."

이시도는 고개를 끄덕이며 빙하 위에 모로 쓰러져 있는 배를 바라보았다.

배는 양쪽 뱃전이 거의 박살난 모습으로 쓰러져 있었다. 부러진 돛대는 멀찌감치 나뒹굴고 있었고 흩어진 배의 의장들과 선구들은 반파되어 눈 속에 박혀 있거나 빙하 바닥에 얼어붙어 있었다. 그리고 그 사이사이로 튕겨져 나온 선원들의 시체가 얼음 위에 점점이 흩어져 있었다. 개중에는 이곳이 고독한 세계가 아니라는 증거를 보여주는 시체들도 있었다. 이시도는 다시 의아스러운 얼굴로 신차이를 바라보았다.

"여기에 뭐가……"

"백곰이 한 짓이야."

"그렇군요."

이시도는 오한이 돌았다. 신차이는 차분한 얼굴로 미를 돌아보았다.

"내려서 확인해 보고 싶겠지요?"

"예."

미의 담담한 얼굴은 신차이를 의아하게 했다. 파랗게 질려 있지도, 턱을 딱딱 부딪히지도 않았다. 분명 슬픈 얼굴이었지만 미에겐 불안감이 없었다. 어떻게 된 일일까. 신차이는 고민을 중단하고는 이시도에게 말했다.

"선원 열 명, 단단히 무장시켜서 보트에 태우도록. 시체를 찾아 백곰이 되돌아올지도 모르니까. 탐사는 내가 맡을 테니 배의 지휘를 담당하라."

"선장님께서요?"

"그래. 저 빙하 위로 상륙하는 건 쉬운 일이 아니겠군."

하지만 신차이의 걱정은 터무니없는 방법으로 해결되었다. 보트를 내릴 필요도 없었던 것이다. 할슈타일 후작은 쳉에게 다가가서 몇 마디 이야기를 건넸고, 쳉은 반신반의하는 표정으로 고개를 끄덕인 다음 허리에 밧줄을 묶었다. 그러자 후작은 쳉을 들어올려 빙하 위로 집어던졌다.

레드 서펀트의 갑판원 전원이 입을 쩍 벌린 가운데, 극지의 하얀 하늘을 우아하게 날아간 쳉은 얼추 60큐빗쯤을 날아 눈더미 위에 떨어졌다. 그리고 잠시 후, 쳉이 옷을 툭툭 털며 일어서자 레드 서펀트의 선원들은 후작에게 보냈던 시선보다 몇 곱절 더 어처구니없어하는 표정을 쳉에게 보냈다. 아무리 두터운 방한복이 충격을 완화시켜 주었다 하더라도, 60큐빗이라면 목뼈를 부러뜨리기에 적당한 거리였다. 신차이 선장은 신음 소리를 토해 냈고 이시도의 경우에는 목검을 쓰다듬기 시작했다.

"사이록의 수평선의 완성을 기념하기에 적당한 상대를 드디어 만났군……"

선원들은 졸도할 듯한 표정이 되었고 갑판장 모하메드는 잘 안 되는 헤게모니아 어로 할슈타일 후작에게 말했다.

"한 번만 더 수고해 주시면 안 되겠습니까? 이번엔 반대쪽으로 말입니다."

후작은 일언반구도 하지 않았고, 극지의 바다에 집어던져질 뻔한 이시도는 속으로 안도의 한숨을 내쉬었다. 그 동안 쳉은 난파된 배로 어슬렁어슬렁 걸어가 배의 닻에 밧줄을 묶었다. 이로써 불안정하나마 계류 장치가 구성되어 레드 서펀트는 빙하 바로 옆에 정선하게 되었다. 후작은 이시도에게 짧은 요구를 몇 개 더 했고 잠시 후 세 가닥 밧줄이 빙하 위의 쳉에게 던져졌다. 쳉은 그 밧줄 모두를 난파된 배의 곳곳에 묶었다.

그래서 조사대는 밧줄에 매달린 채 안전하게 빙하 위로 내려설 수 있었다. 선원들인 만큼 밧줄을 타고 바다 위를 지나가는 것을 어려워하는 자는 아무도 없었고, 미의 경우엔 후작의 등에 단단히 묶인 채로 밧줄을 건넜다. 아달탄만은 밧줄을 탈 수 있는 재능이 없었는지라 갑판에 서서는 슬픈 표정을 지은 채 주인의 모습을 바라보고 있어야 했다. 모두가 빙하 위에 내려서자, 사람들은 난파선으로 걸어갔다.

난파선 주위를 살피기 시작하자마자, 이시도는 불만스러운 어투로 말했다.

"고약하지 않은 죽음도 드물겠지만, 이런 식의 죽음은 정말 고약하군."

순백의 빙하 위에 펼쳐진 지옥도에 선원들은 아연했다. 부서진 배의 목재들에 짓눌린 희생자의 몸에서 튀어나온 내장이 단단하게 얼어붙어 있었다. 간혹 대책 없이 앞뒤 없어지기도 하는 이시도는 그 내장을 걷어차 보았고, 얼어붙은 고깃덩이들이 부서지며 흩어지자 선원들은 분노의 외침을 토해 놓았다. 하지만 걷어찬 이시도 본인의 얼굴이 가장 심하게 핼쑥해져 있었기에 선원들의 질타는 길지 않았다. 그 동안 이곳저곳을 살피던 쳉은 선체 아래의 바람을 많이 타지 않을 위치에서 흥미로운 것을 발견했다. 선원들은 모두 몰려들었다.

흰 눈밭의 일정 부분이 새카맣게 변해 있었다. 쳉은 장갑을 벗고는 검게 변한 눈을 한 움큼 들어올려 자세히 들여다보았다. 잠시 후 그는 고개를 끄덕였다.

"재로군."

"재?"

이시도는 고개를 갸웃거렸다. 쳉은 손을 툭툭 턴 다음 다시 장갑을 끼며 말했다.

"생존자가 있었군요. 혹심한 추위 때문에 그들은 이 설원에서 구할 수 있는 유일한 장작을 태웠습니다. 선체의 파편들이지요. 잠깐······"

쳉은 몇 발자국 걸어간 다음 선체의 부서진 부분을 살펴보았다.

"이건 용골 같은데······. 아무리 봐도 커다란 배의 용골일 수는 없군요, 크기나 뭘 보든. 보트의 용골이었을 겁니다. 그런데 부서진 모습을 보니 절대로 사고로 파괴된 것은 아닙니다. 톱질해서 잘라낸 거죠. 왜 보트를 부순 거지? 보트를 패서 장작으로 삼지 않아도 목재가 많이 있는데. 그것은······"

"썰매군."

신차이 선장이 조금 떨어진 위치에서 대답했다. 사람들이 모두 고개를 돌리자 신차이는 아무 말 없이 땅을 가리켰다. 그곳엔 나무 조각과 구부러진 못 몇 개가 흩어져 있었다. 하지만 신차이는 그것들 이외에 더 확실한 증거를 드러내 보였다. 신차이가 허리를 숙이고 눈을 조금 걷어내자 설원 위로 두 개의 곧은 선이 나타난 것이다.

"이 눈은 오래된 것이 아니야. 얼어붙지 않은 새 눈이지. 썰매 자국 위에 눈이 살짝 덮인 거야. 사막에서 우리들도 간혹 사용하는 거지. 썰매를 만들기로 했다면 커다란 배보다는 보트 쪽이 다루기 편했겠지."

이시도는 기막힌 표정으로 말했다.

"그렇다면 이 배의 선원들은 모두 돌았군요. 보트를 타고 남쪽으로 돌아와야 되지 않습니까?"

신차이는 잠시 고민스러운 얼굴로 땅을 내려다보다가 고개를 돌려 쳉을 보았다. 쳉은 무거운 한숨을 쉬며 고개를 끄덕였다.

"시체를 조사해 보겠습니다."

"그래요……. 부탁하지."

쳉은 곧 시체들을 일일이 들여다보았다. 이시도는 어리둥절한 표정으로 그 모습을 바라보다가 신차이에게 다가서서는 자이펀 어로 질문했다.

"무슨 말씀을 나누신 겁니까?"

"이시도 군. 몇몇 시체에서는 사고가 아닌 다른 죽음의 원인이 나타날지도 몰라."

"예?"

"자네 말마따나 그런 미친 계획에 찬성하지 않았을 선원이 많으니까. 목숨줄인 보트를 부수겠다는데 자네라면 찬성하겠나? 하지만 썰매는 만들어졌어. 나와 쳉은 그런 결정이 내려졌을 때 어떤 폭력적인 사태가 야기되지 않았을까 의심하네."

이시도는 어이없는 표정으로 신차이를 보다가 다시 쳉을 보았다. 잠시 후 쳉은 몸을 일으키며 말했다.

"꽤 되는군요. 커다란 싸움이 있었던 모양입니다."

잠시 동안 사람들은 발견된 것들을 정리해 보았다. 배는 비극적인 사고를 맞이해서 도저히 수리할 수 없는 모습으로 빙하 위에 집어던져졌다. 사고 당시에 많은 선원들이 죽었겠지만 생존자들도 있었다. 그들은 불을 피워 몸을 녹이면서 생존 수단을 강구해 보았을 것이다. 거기서, 썰매를 제작하자는 의견과 보트를 이용하자는 의견이 상충했을 것이다. 싸움이 벌어졌고, 많은 사람들이 다시 죽음을 당한 다음에 썰매가 제작되었다. 그리고 사람들은 배에서 꺼낼 수 있는 것들을 다 꺼내 썰매에 실은 다음 이곳을 떠나갔다.

이시도는 그 추리가 전혀 마음에 들지 않았다.

"썰매? 흐응. 이 근처의 지리가 어떤지는 모르겠습니다만 썰매를 타고 대륙으로 건너갈 수 있는 장소가 있나 보지요? 그렇다고 해도 그건 너무 바보 같은 생각입니다. 설원에서는 식량을 구할 수 없어요. 보트를 타고 가야 낚시라도 하지 않겠습니까. 여기 북부 뱃사람들은 어떻게 생각하는지 모르겠습니다만, 나로서는 그런 바보 같은 의견은 도저히 받아들일 수 없습니다. 차라리 한정된 보트 승선 인원 때문에 싸움이 났다면 모르겠지만 그런 걸로 싸움이 난다고요?"

신차이는 이시도의 의견에 고개를 끄덕였다. 상황 증거는 추론을 뒷받침하고 있지만 그 추론은 보편적인 이성의 뒷받침을 받고 있지 못했다. 그때 할슈타일 후작이 입을 열었다.

"대륙으로 돌아가는 거라면 보트가 낫겠지."

"뭐요?"

이시도는 부루퉁하게 질문했다. 하지만 이시도는 할슈타일 후작이 대답하기도 전에 먼저 그 대답을 알아차렸다. 이시도는 기막힌 어투로 말했다.

"아니, 그럼 그들은 북쪽으로의 여정을 계속했다는……?"

"그거라면 썰매가 낫지."

선원들은 잠시 아연한 표정으로 할슈타일 후작을 바라보았다. 이시도가 그들 모두의 심정을 대표해서 말했다.

"그러고도 돌아올 수 있다고 생각하십니까?"

할슈타일 후작은 대답하지 않았다. 후작은 그들은 죽을 리가 없다는 것을, 추위와 기아와 혹한이 그들을 죽일 수는 없다는 것을 선원들에게 설명할 수는 없었다. 그래서 후작은 그냥 입을 다물었다.

신차이는 설원의 지평선을 물끄러미 바라보았다. 지평선을 향해 뻗어가고 있을 테지만 눈 아래에 묻혀 보이지는 않는 썰매 자국을 추적하듯이.

잠시 후 신차이는 무겁게 말했다.

"귀함한다."

레드 서펀트로 돌아온 다음 신차이 선장은 할슈타일 후작과 미, 그리고 쳉을 선장실로 불러들였다. 쳉은 신차이가 어떤 말을 할지 알 것 같았다. 그것이 정확하게 어떤 말일지는 떠올리지 못했지만, 어쨌든 쳉은 신차이가 이대로 돌아간다고 말했을 때도 미가 배에서 내리겠다고 말했을 때도 놀라지는 않았다.

신차이는 묵묵히 미를 바라보다가 쳉에게 말했다.

"미 양은 내리면 죽을 겁니다. 미 양 혼자서는 여기서 몇 시간도 버티지 못할 거라고 전해 주시오."

"혼자는 아닐 거야."

신차이는 이 말이 쳉이 아닌 할슈타일 후작의 입에서 나왔다는 사실에 조금 의아한 기분을 받았다. 신차이는 후작을 보기에 앞서 쳉의 얼굴을 똑바로 보았다. '당신이 그녀의 연인 아니었소?' 그러나 쳉은 무표정한 얼굴이었다. 신차이는 후작을 쳐다보았다.

"당신도 하선하신다는 말씀입니까."

"그래. 여기까지 데려다준 것에 대해 감사하겠네."

"그렇다면 말을 바꾸지요. 당신들 두 명은 여기서 몇 시간도 버티지 못할 겁니다."

솔직히 신차이는 기대를 하고 있었지만, 쳉은 '두 명이 아닙니다.'라고 말하지 않았다. 그는 여전히 아무 말도 하지 않았고 신차이는 더욱 깊어지는 의아함에 고개를 조금 갸웃거렸다. 헛기침을 한번 한 다음, 신차이는 후작을 향해 조용하지만 엄숙한 경고를 담아 말했다.

"나는 승선원의 신변을 책임져야 할 책임을 가지고 있는 선장입니다. 당신들이 하선한 다음에야 무슨 짓을 하든 마음대로지만, 하선하는 그 시점까지는 당신들의 목숨은 당신들의 책임이 아닙니다. 그건 내 책임입니다. 그리고 나는 그 책임에 따라 당신들의 하선 요구를 수락하거나 거절할 수 있습니다."

고개를 조금 떨구고 있던 쳉의 머릿속으로 하나의 문장이 흘러 지나갔다.

'하지만 늦게 내밀어진 그 손길은 오래 가지 못하겠지. 이제 곧……'

쳉은 생각했다. 신차이의 역할은 여기서 끝나는 것인가. 쳉은 자신의 생각에 만족했지만, 그 생각이 도대체 무슨 의미인지 알 수 없었기에 곧 불만족스러워졌다.

후작이 뭐라고 말하려 했지만 그 전에 미가 먼저 입을 열었다.

"내일 하선하겠습니다."

신차이는 불퉁한 얼굴로 미를 마주보았다. 하지만 미는 잠시 옆을 바라보았고, 그 다음 생긋 웃으며 말을 이었다.

"어쩌면 오늘 안일지도 모르겠어요."

신차이는 이번엔 어리둥절한 표정을 지었다. 그러나 미는 다시 한번 아달탄을 바라본 다음 말했다.

"아니, 조금 후라고 말해야겠네요."

신차이는 '저 아가씨는 나를 놀리는 거요?'에 해당하는 말을 쳉에게 할까 생각했다. 바로 그때 갑판 쪽에서 들려온 이시도의 찢어질 듯한 비명 소리가 아니었다면 신차이는 별 무리 없이 그 말을 쳉에게 전달할 수 있었을 것이다. 신차이는 목검을 쥐며 벌떡 일어서다가 미의 얼굴을 쳐다보았다. 미는 미소 지으며 말했다.

"아달탄은 귀가 좋거든요. 이제 마지막 조력자께서 오셨군요. 그림 오세니아, 모든 인간들의 강력한 아버님이여, 감사합니다. 이제 나가 보실까요? 미도 그분이 누구일지 궁금해요."

엑셀핸드는 이끼 낀 언덕에 앉아 빙해의 바다에 떨어지는 노을을 바라보고 있었다. 이곳의 바람은 별나다 할 정도로 거칠었다. 수염 한 올 한 올을 파고드는 바람에 엑셀핸드는 곤혹스러워했다. 제멋대로 날리는 앞머리를 거칠게 쓸어 넘긴 다음, 엑셀핸드는 텁텁한 목소리로 말했다.

"아프나이델은 어떤가, 이루릴."

그의 옆에 서 있던 이루릴은 역시 머릿결을 쓸어 넘긴 다음 먼 해안을 바라보며 말했다.

"돌멩이를 바다에 투척하고 있군요. 저것은 그림 오세니아를 대상으로 감행하는 폭력인 것일까요? 그가 왜 그림 오세니아에게 비난하는 마음을 가지고 있는지는 잘 모르겠습니다만……"

"……그건 아냐. 그냥 울적해서 하는 짓일 거야. 별 의미는 없이."

"아아, 저기엔 별 의미가 없나요?"

"그래. 저 종족들이 하는 일의 상당 부분이 그러하듯."

엑셀핸드는 갑자기 고개를 돌려 이루릴을 올려다보았다.

"자넨 알고 있었나?"

엘프에게 질문하는 방식으로는 좀 부족한 방식이었지만 이루릴은 엑셀핸드의 질문을 이해했다. 더군다나 이루릴은 그 질문에 질문으로 대답하는 모습까지 보여주었다.

"아프나이델은 그렇게 의심하고 있던가요?"

"흐음. 어떻게 짐작했지?"

"글쎄요. 한 드워프가 한 엘프에게 바람이나 쐬러 언덕에 올라가자고 말한다면, 그 산책이 산책 이상의 의미를 가지고 있으리라는 것은 쉽게 짐작되는 일이겠지요. 드워프에게는 산책을 하는 취미가 그렇게 많지 않고, 엘프와 더불어 하는 드워프의 산책이란 더욱 난센스라고 여겨지네요."

엑셀핸드는 끙 하는 신음 소리를 냈다. 이루릴은 살포시 웃었다.

"정직하게, 드워프답게 말씀하세요."

"자네 말이 옳아."

"알고 있었느냐고 물어보신다면, 아니라고 말하겠습니다. 예감이 있었느냐고 물어보신다면, 그럴지도 모르겠다고 말하겠습니다."

"예감이라. 쳇. 좀 쉽게 말해 보겠나."

"그녀는 이 북쪽으로 오며 점점 불안해하는 모습을 보였으니까요. 그녀는 이 북쪽에 다가왔을 때 자신에게 일어날 일에 대해 불안을 느낀 것이겠지요. 그런데, 그렇게 생각하니 그녀의 여정 전부가 거꾸로 보이더군요."

"거꾸로 보였다고?"

"예. 저는 인간이나 드워프들처럼 시간의 전후에 크게 신경 쓰는 종족은 아니니까요. 드래곤 로드께서 왜 당신들에게 자신의 여식을 맡겼을까요? 당신들이 생각하는 올바른 시간 순서는 이렇겠지요. 드래곤 아일페사스는 당신들과 함께 여행하게 되었다. 그리고 당신들은 이 북쪽까지 찾아왔다. 하지만 엘프는 이렇게 생각할 수도 있습니다. 이 북쪽까지 찾아오기 위해, 드래곤 아일페사스는 당신들과 함께하게 되었다."

"아아!"

엑셀핸드는 등 뒤에서 들려온 신음 소리에 기겁하며 고개를 돌렸다. 그러곤 그들의 등 뒤에 머쓱한 웃음을 짓고 있는 제레인트와 에델린,

그리고 무뚝뚝하게 고개를 끄덕이고 있는 그란, 하늘을 쏘아보고 있는 운차이, 방글방글 웃고 있는 네리아, 감탄한 표정을 짓고 있는 파하스, 겁에 질린 얼굴을 하고 있는 돌맨 등이 주욱 서 있는 것을 보고는 심장이 멎을 만큼 놀랐다.

"어, 어떻게 너희 놈들 전부 다……?"

"산책 나온 거야."

운차이는 강철 같은 얼굴로 단호하게 말했지만 제레인트는 훨씬 정직했다.

"아, 하하. 예. 음. 이루릴 양도 말씀하셨지만, 드워프가 엘프에게 산책이나 하자고 제안하는 것은 괴상하게 여겨졌기에 따라와 본……, 엑셀핸드, 그렇다고 그런 표정을 짓지는 마세요. 거짓말이 능숙하지 못한 것을 부끄러워할 필요가 어디 있겠습니까?"

엑셀핸드는 벌컥 화를 내며 파이프를 피워 물었다. 그 사이에 제레인트는 이루릴에게 다가섰다.

"그러니까 말입니다. 드래곤 로드께서는 아일페사스를 보내어 이 사태에 대처하게끔 하신 건가요?"

"시간은 유피넬과 헬카네스의 존재의 첫 번째 이유니까요."

"무슨 말씀이신지……?"

"당신께서 모시는 테페리만 해도 그렇겠지요. 테페리께서는 갈림길의 신이십니다. 하지만 갈림길은 시간의 문제이지 않나요? 걸음을 멈췄다면, 앞에 갈림길이 몇 개가 있든 아무 상관이 없지요."

"그건 이해합니다."

"시간은 모든 신들의 존재의 첫 번째 원인이겠지요. 그렇다면 인간이 시간을 멈추려고 마음먹었을 경우, 신들로서는 대처할 방법이 없겠지요. 가장 강력한 신 그림 오세니아께서 마지막으로 미 양을 도왔지만 그 강력함으로도 많은 도움이 되지는 못할 겁니다. 이 시점에서 미양을 도울 종족은 하나밖에 남지 않아요. 세상에 신을 가지고 있지 않은 하나의 종족, 아직까지도 자신의 별을 가지고 있는 종족……"

"아아, 드래곤!"

이시도는 목구멍까지 올라온 단어의 무게에 헐떡거렸다. 그 단어를 입 밖으로 밀어내기 위해 이시도가 기울였던 노력은 가공한 것이었다. 그래서, 불쌍하게도, 이시도는 다른 모든 사람들이 이미 인지한 이름을 뒤늦게 말하게 되었다.

"골드 드래곤!"

순백의 빙산과 검푸른 바다 위로, 골드 드래곤의 황금빛 거체가 춤추며 내려오고 있었다.

승강구를 뛰쳐나온 신차이는 문득 사위가 누르스름하다는 느낌을 받았다. 온통 흰 북해의 바다에는 눈이나 얼음 때문에 많은 백색 반사광이 넘쳐난다. 따라서 의식하지 못하는 사이에 푸르스름한 밝은 빛에 익숙해져 있었다. 하지만 지금의 주변은 마치 사막에 온 것처럼 누르스름한 빛으로 가득했다. 하늘을 본 신차이는 그 이유를 알아차렸다.

'백로 같군.'

처음 본 순간 신차이는 그런 생각을 떠올렸다.

그는 드래곤을 처음 본 것이 아니다. 이제리스의 서펀트와는 직접 싸워봤고, 블루 드래곤 지골레이드의 공습에 가까운 방문도 받았다. 하지만 골드 드래곤은 그들과 또 달랐다.

골드 드래곤은 커다란 황금의 날개를 좌우로 펼쳐 하늘을 가린 채 천천히 내려오고 있었다. 긴 오른쪽 발은 아래로 뻗고 왼발은 살짝 굽힌 모습이었다. 신차이가 그 모습에서 백로를 떠올린 것도 당연하다. 다만, 지금 저 골드 드래곤을 백로에 비유하자면 그 발 아래의 레드 서펀트 호에는 종이배의 비유를 붙여야 된다는 것이 문제지만.

그러나 선원들은 공포를 느끼지 못했다. 윤곽을 제대로 알아보기도 힘든 골드 드래곤의 황금빛 몸에서는 빛이 가득 뿜어져나와 주위의 빙산을 황금빛으로 물들이고 있었다. 드래곤의 발만 닿아도 레드 서펀트는 간단히 침몰해 버리겠지만, 선원들은 동공을 파고드는 황금빛의 위엄에 질려 있었다.

그리고 골드 드래곤의 한쪽 발이 메인마스트 꼭대기에 닿았다. 골드 드래곤은 그렇게 섰고, 배 위의 누구도 사기 같다는 생각조차 떠올리지 못했다.

그리고 드래곤은 느닷없이 사라졌다.

지골레이드의 예를 이미 당했던 선원들은 재빨리 선장 쪽으로 시선을 돌렸다. 그래서 바이서스 어로 구성된 비명 소리는 그들의 머리 위로부터 들려오게 되었다.

"우어어! 아, 아빠! 우와아! 너무 높아요! 배가 손바닥만 해!"

레드 서펀트 호의 씩씩한 선원들은 씩씩하게 고개를 다시 들어올렸다. 메인마스트 꼭대기에는 조그마한 블론드 소녀가 필사적인 자세로 돛대에 찰싹 달라붙어 있었다. 저 높이에 서면 배는 자신의 두 다리 사이로 조그맣게 흔들리는 나무 조각처럼 보이지. 이시도는 그런 생각을 떠올리고는 만족해했다. 저 소녀의 비명 소리는 합당한 것이다. 하지만, 이시도는 다시 입을 벌렸다. 저 소녀는 뭐지?

그러나 신차이는 정중한 태도로 말했다.

"골드 드래곤이십니까?"

돛대 위로부터 짜랑짜랑한 목소리가 신차이의 말에 대답했다.

"저는 전능한 드래곤의 하나뿐인 지배자 드래곤 로드의 이름을 계승하는 자, 맙소사, 드래곤 살려! 카르 엔 드래고니안의 두 번째 목소리이자, 오아, 말도 안 돼! 드래곤들의 첫 번째 목소리, 드래곤의 별의 보호자, 우와, 너무해! 드래곤 로드의 딸 아일페사스야! 살려줘요!"

"......이시도 군. 구해 드리도록. 내 솔직한 심정으로는 드래곤께서 추락사하시는 진귀한 광경을 보고 싶네만."

이시도의 날렵한 손길에 의해 아일페사스는 안전하게 레드 서펀트의 갑판 위에 서게 되었다. 헐떡거리던 호흡을 간신히 가다듬은 아일페사스는 주위의 선원들의 면면을 둘러본 다음 위엄 있게 행동하는 것을 포기했다. 심통스러운 얼굴로 투덜거리던 아일페사스는 선원들 틈에 끼여 서 있는 쳉과 미, 아달탄의 모습을 발견했다.

아일페사스는 미를 향해 곧장 걸어갔다. 미는 미소 띤 얼굴로 아일페사스를 마주보았다.

"턴빌에서 봤지. 너예요?"

미는 잠깐 머뭇거렸다. 옆에 서 있던 쳉이 나직한 목소리로 아일페사스의 바이서스 어를 번역해 주자 미는 웃으며 대답했다.

"그렇습니다. 드래곤이시네요. 당연한 일이기도 합니다만."

쳉은 미의 헤게모니아 어를 재빨리 바이서스 어로 통역했다. 아일페사스는 눈꺼풀을 크게 깜빡였다.

"당연? 뭐가 당연한데?"

"어렴풋이……, 마법사 아니면 드래곤일 거라고 생각했습니다. 하지만 미는 마법사일 가능성이 높다고 여겼어요. 그때 턴빌에서도 마법사를 보았지요. 그래서 마법사 쪽이 가능성이 높다고 생각했어요. 감히 드래곤을 직접 볼 거라고 믿기는 어려웠거든요?"

"두 가지 가능성이 있네요. 첫 번째는 당신이 저에게 뭔가를 설명해 줄 마음이 전혀 없다는 것. 두 번째는 여기 이 청년의 통역 실력이 엉망진창이라는 것. 어느 쪽이니?"

쳉은 머쓱하게 웃지도 않고 억울하다는 표정도 짓지 않은 채 충실하게 아일페사스의 말을 통역했다. 미는 커다란 웃음을 지으며 말했다.

"두 가지 대답이 있어요. 지금의 이 인연을 설명할 자는 세상에 없다는 것, 그리고 쳉의 통역 실력은 미로서는 알 수 없다는 것. 미는 바이서스 어를 모르니 쳉이 똑바로 통역하는지 못하는지 알 도리가 없네요."

"흐음……, 알았어요. 자, 이제 어떻게 하면 되지?"

미는 고개를 돌려 빙하 위에 쓰러져 있는 배와 그 너머 설원을 바라보며 말했다.

"북으로, 컴퍼스의 바늘이 향하는 그곳으로 갑니다."

6

 레드 서펀트의 선원들은 그들에게 느닷없이 일어나는 일들이 마음에 들지 않았다. 드래곤의 방문은, 그것이 두 번째라고 해서 익숙해지는 종류의 사건이 아니었다. 그들은 미나 아일페사스, 아니면 쳉이나 후작 중 누구라도 이 사건에 대해 설명해 주길 원했다. 왜냐하면 그들만이 아일페사스의 방문을 담담하게 받아들이고 있는 것처럼 보였기 때문이다.

 하지만 미는 부지런히 짐을 챙기고 있을 뿐이었고 쳉은 그런 미를 돕고 있었다. 후작의 경우는 뱃전에 걸터앉아 북쪽만을 바라보고 있었고 아일페사스 역시 미와의 대화를 마지막으로 입을 다문 채 후작의 옆에 앉아 북쪽을 바라보고 있었다. 결국 선원들은 간절한 시선으로 신차이를 바라보기 시작했다.

 신차이는 헛기침을 하며 아일페사스에게 다가섰다.

"실례하겠습니다. 전능한 드래곤의 하나뿐인 지배자 드래곤 로드의 이름을 계승하는 자, 카르 엔 드래고니안의 두 번째 목소리, 드래곤들의 첫 번째 목소리, 드래곤의 별의 보호자, 드래곤 로드의 딸 아일페사스 님."

"질투난다."

"네?"

"전 그거 외우는 데 사흘 걸렸거든. 그래서 너한테 질투나나 봐요."

"그러십니까. 어쩐지 많이 늦은 소개입니다만 저는 본함의 선장인 신차이 발탄이라 합니다."

"신차이? 운차이 아빠야?"

"아뇨. 그의 사촌 형입니······."

싱긋 웃으며 대답하던 신차이는 갑자기 말문이 막혀서 아일페사스를 바라보았다. 아일페사스는 눈을 동그랗게 뜨며 신차이를 바라보았다.

"왜 그래요?"

"그를 아십니까?"

"너라면 잊겠어요? 그런 눈에 그런 목소리에 그런 표정에 그런 성질에 그런 말버릇을 한 사람이라면, 우에에, 한 번만 만나도 죽을 때까지 못 잊을 거예요. 그런데 저는 며 날 며칠을 같이 보냈는지 셀 수도 없어. 그러니 어떻게 잊겠어?"

"동명이인인 것 같지는 않군요······. 아일페사스 님께서 말씀하시는 자는 확실히 저의 사촌 동생인 듯합니다. 어디에 있습니까?"

"탄느완."

"네?"

아일페사스는 배 밖으로 내놓은 다리를 흔들어 댔다. 어느새 신차이와의 대화에 흥미를 잃어버린 것인지 건성으로 대답하는 기색이 역력했다.

"너 출발하고 조금 뒤에 우리가 도착했거든요. 탄느완에는 더 이상 배가 없었고, 그래서 우리는 더 이상 추적할 수 없었고……. 그리고 저는 폴리모프했어. 내가 하려고 했을 땐 잘 되지도 않았던 폴리모프인데, 어떻게?"

"드래곤의 뜻일 거요."

느닷없이 할슈타일 후작이 입을 열었다. 아일페사스는 동그래진 눈으로 후작을 보다가 말했다.

"너 말 할 줄 알았어요?"

"그렇소."

"그럼 그게 무슨 뜻인지 설명할 수도 있겠네? 드래곤의 뜻이라니?"

할슈타일 후작은 멍한 얼굴로 북녘 하늘을 바라보다가 대수롭지 않다는 듯이 말했다.

"나는 드래곤 라자요."

"뭐, 너, 네가 라자라고요? 거짓말! 저는 라자를 알아볼 수 있을 거야. 드래곤이니……까요."

아일페사스는 말꼬리를 흐렸다. 할슈타일 후작은 천천히 고개를 돌려서는 옆에 앉아 있던 아일페사스를 바라보았다. 잠시 후 아일페사스는 풀죽은 목소리로 말했다.

"그래요. 웜링이야. 다시 고개 돌려요!"

후작은 천천히 고개를 돌려 앞을 바라보았다. 그러고는 아일페사스가 낮은 소리로 구시렁거리는 것을 무시하면서 담담한 목소리로 말했다.

"당신은 드래곤 로드의 후계자요. 드래곤의 뜻이 당신을 통해 구현되는 것은 당연하지. 아일페사스가 폴리모프하려면 불가능할지는 몰라도, 드래곤이 폴리모프하려 했다면 폴리모프하는 걸 거요."

"난 싫어."

아일페사스는 잔뜩 풀죽은 목소리로 말했다. 어느새 대화에서 제외되고 있던 신차이가 놀랄 정도로 시무룩한 목소리였다.

"너 라자니까 제 마음 읽을 수 있지? 제가 웜링이라고 해도요. 라자니까, 응? 그렇잖아요?"

"계약이 필요하다는 것은 아실 테지요."

"그럼 하자. 제 마음 좀 읽어봐 줘. 전……"

"잘 모르는 모양이군요. 그건 죽을 때까지의 계약이오."

"어, 뭐, 둘 다 동의하면 계약을 취소할 수도 있잖아요? 그러니까……"

"말뜻이 잘못 전달되었군. 그건 죽을 때까지의 계약이오. 따라서 나는 계약할 수 없소. 이미 죽었으니까."

아일페사스는 고개를 갸웃거리며 할슈타일 후작의 옆얼굴을 올려다보았다. 하지만 후작은 얼음으로 깎아 만든 것 같은 얼굴을 한 채 북쪽 하늘만 바라보고 있었다.

아일페사스는 천연덕스럽게 오른손을 들어올려 후작의 가슴을 짚었다. 후작의 입매에 약한 미소가 떠올랐지만 그의 심장 박동에 집중하고 있던 아일페사스는 보지 못했다. 고개를 갸웃거리던 아일페사스는 다른 시도를 해보기로 결심하고는 손을 조금 옮겼다. 그 결과, 할슈타일 후작은 미친 듯이 웃어대었고 신차이는 바람처럼 몸을 날려 후작의 어깨를 붙잡아야 했다. 뱃전 아래로 떨어질 뻔했다가 간신히 중심을 잡은 후작은 눈물을 찔끔거리며 아일페사스를 쏘아보고 고함을 빽 질렀다.

"무슨 짓이오!"

"간지럼 타네요, 뭐. 살아 있는걸?"

"간지럼 타는 것이 생존의 조건이면 생활의 조건은 뭐요!"

신차이는 아일페사스가 이 질문에 대답하지 못할 거라고 생각했지만 그 예상은 여지없이 무너졌다. 아일페사스는 참 이상한 것도 다 물어본다는 표정으로 말했다.

"그거 몰라? 웃는 거지. 이렇게. 하하하!"

할슈타일 후작은 어이없는 표정으로 활짝 웃고 있는 아일페사스를 바라보았다. 갑자기 후작의 얼굴이 조금 굳었다. 아일페사스를 바라보던 후작의 얼굴에 뭐라 말할 수 없는 이상한 표정이 떠올랐다. 후작의 입술 가장자리가 조금씩 올라가기 시작했다.

"하, 하하, 하하……"

"하하하!"

신차이로서는 별 도리가 없었다. 그래서 신차이는 도대체 저 둘이 왜 저렇게 미친 듯이 웃고 있느냐는 이시도의 질문에 대한 대답으로,

무지를 드러내고 싶지 않을 때 사용되는 가장 보편적인 대답을 돌려주었다. 그는 입술 앞에 손가락을 세워 보였다.

"이건 그 드래곤의 목소리 같은데. 왜 저렇게 웃고 있는 거지?"

쳉은 선실 천장을 바라보며 고개를 갸우뚱했다. 미는 어깨를 으쓱이고는 배낭을 들어올렸다.

"미 짐 다 쌌다. 나가자."

"음……, 내 짐 싸는 것은 안 도와줄 생각인가 보군. 알았어. 먼저 나가. 짐도 별로 없으니 곧 나가지."

"응? 무슨 짐을 챙기겠다는 거야?"

빈 배낭을 들어올리던 쳉은 미의 말에 동작을 멈추고 고개를 돌렸다. 그곳에서는 미가 '네 말이 무슨 뜻인지 잘 모르겠다'는 표정을 지으려 애쓰고 있었다.

쳉은 손끝이 싸늘해지는 기분을 느꼈다. 하지만 언제나처럼 그의 목소리에는 아무런 울림도 없었다.

"무슨 의미지?"

쳉의 얼굴이 굳어지자마자 미는 억지 표정을 짓는 것을 포기했다. 미는 혀를 낼름하고는 말했다.

"헤, 잘 안 된다. 응. 짐작하는 대로."

"같이 가겠어."

"아니. 쳉은 같이 안 가."

쳉은 아무 말도 하지 않은 채 미의 두 눈을 똑바로 들여다보았다.

미는 그 시선을 회피하며 벽을 향해 말했다.

"쳉은 아달탄을 데리고 신차이 선장님과 함께 탄느완으로 돌아가는 거야. 미는 후작님과 드래곤과 함께 파를 뒤쫓아 가고."

"싫어."

"떼쓰지 마. 쳉은 오늘 저녁도 되기 전에 죽을 거야. 내일 아침까지 버티기는 절대로 불가능하지. 잘 알 텐데. 미는 너무너무 관대해서 쳉의 어떤 모습도 다 수용할 수 있지만, 얼어 죽어 딱딱해진 모습은 수용 못할 거야. 아달탄도 마찬가지고. 분명히 말해 줬지? 쳉은 아무 도움이 안 될 거라고."

쳉은 여전히 아무 움직임도 없이 미를 바라보았다. 고개를 끄덕이지도, 가로젓지도 않았다. 미는 허리에 차고 있던 검을 뽑았다.

미는 자신의 목 옆에 검을 세워들었다. 마치 자살하려는 사람 같은 모습이었다. 하지만 미는 자살하는 대신 머리카락 몇 올을 잘라냈다. 다시 검을 꽂아 넣은 미는 고개를 돌려 쳉의 오른손을 바라보다가 그것을 잡아 올렸다. 쳉의 오른손은 마치 무정물이라도 되는 것처럼 미에 의해 들어올려졌다. 큼직하고 두꺼운 그 손을 간신히 받쳐든 미는 잘라낸 머리카락을 그 손가락에 감아주었다.

"별로 쓸모도 없는 거지만……. 엘프들처럼 활줄을 만들기엔 너무 적고. 에이, 몰라. 옷 기워야 되는데 실이 모자라면 이어 써라. 말이 안 되나? 음. 괜한 짓을 한 것 같아. 눈물 콧물 다 나오려고 하네. 주먹 꼭 쥐어. 풀리려고 하잖아."

미는 쳉의 손가락을 하나씩 굽혀 주먹을 쥐어주었다. 쳉은 입을 열려고 노력했고, 간신히 잔뜩 쉰 목소리나마 말 같은 것을 만들어냈다.

"미."

"사랑해."

미는 옆에 내려놓았던 배낭을 들고는 그대로 쳉의 옆을 지나쳐 문을 향해 걸어갔다. 쳉은 꼼짝도 하지 않은 채 서 있었다. 문을 닫는 소리가 들리고 나서, 쳉은 오른손을 내려다보았다. 그러고는 그 주먹을 들어올려 힘껏 깨물었다.

드래곤 솔저 에카드나는 땅에 세워둔 타워 실드 위에 왼손을 얹고 오른손에 쥔 거대한 검은 비스듬히 늘어뜨린 채 무관심한 시선으로 전방을 주시하고 있었다.

물론 솔로처는 에카드나의 등 뒤에 서 있었기에 무관심한 시선 어쩌고 하는 부분은 그의 추측일 뿐이다. 그렇다고 해서 에카드나가 어떤 표정을 짓고 있는지 알아보기 위해 그의 앞쪽으로 걸어갈 수도 없었다. 그가 앞으로 나설 경우, 에카드나는 점잖지만 단호한 태도로 솔로처의 전진을 막을 테니까. 그래서 솔로처는 에카드나의 넓은 어깨 너머로 데스나이트들을 바라보는 것으로 만족해야 했다.

하지만 이런 배치 하에 대화를 나눠야 한다는 점으로 불편을 겪고 있는 것은 솔로처뿐이 아니었다. 데스나이트들 역시 실망하고 있는 것이 분명했다. 그들은 에카드나의 어깨 너머로 보일락 말락 한 솔로처와 대화를 나누어야 한다는 상황이 전혀 달갑지 않았다. 그래서 데스나이트들은 에카드나에게 끔찍한 시선을 보냄으로써 옆으로 비켜서라는 무언의 요구를 전달하고 있었지만 에카드나는 꿈쩍도 하지 않았다.

결국 데스나이트들 중 하나가 입을 열었다.

"용용아아병병. 주주인인을을 모모시시는 너너의의 태태도도에에 대대해해 지지적적하고고픈픈 바바가가 있있다다만."

"말해 봐."

"제제대대로로 교교육육된된 아아랫랫사사람람은은 윗윗사사람람이이 대대화화를를 나나누누고고자자 할할 때때 그그 앞앞을을 막막아아서서지지는 않않는는 법법이이다."

"난 제대로 교육받지 못했어. 태어난 지 얼마 안 되어서. 그래서 난 나름대로 너희 흉측스러운 놈들로부터 내 소환자를 보호하는 방법을 궁리해야 하지. 그리고 이것은 그 궁리의 결과이고."

"우우리리는는 기기사사다. 불불명명예예스스러러운운 암암습습은은 선선호호하하지지 않않는는다."

솔로처는 알지 못했지만 에카드나의 얼굴에 표정이 떠올랐다. 에카드나는 데스나이트를 향해 차갑게 웃으며 말했다.

"불명예에 대해 말하고 싶다면, 너희들은 거기 그렇게 존재한다는 것만으로 벌써 너희들의 그 있는지조차 의심스러운 명예라는 것에 똥칠을 하고 있다고 말해 주겠다."

"무무엄엄한한 놈놈!"

"꺼져라! 더러운 어둠의 기사들. 시무니안의 풍요로운 가슴에 올려진 너희들의 발을 치워라. 이 빛의 땅에 더 이상의 불명예를 끼치지 말라. 너희들이 있어야 할 저주와 슬픔으로 돌아가라!"

데스나이트들은 진짜 화가 났고, 자신들이 화를 낸다는 사실에 더욱 분노를 느꼈다. 그들을 모욕하고 있는 것은 고작 용아병 한 명에 불과하다. 그런 하찮은 것에 대해 화를 내고 있다는 사실은 데스나이트들을 반쯤 돌아버리게 만들기에 충분했다. 게다가 100기의 데스나이트가 단 한 명의 용아병을 상대로 검을 들 수는 없었기에 데스나이트의 분노는 무한대로 증폭되고 있었다.

그때 데스나이트들 중 하나가 오른 주먹을 들어올렸다. 소란이 잦아들자, 데스나이트는 에카드나에게 말했다.

"아아버버지지 드드래래곤곤과과 어어머머니니 시시무무니니안안의의 참참된된 아아들들 드드래래곤곤 솔솔저저여여."

에카드나는 묵묵히 입을 연 데스나이트를 바라보았다.

"네네 소소환환자자와와의의 이이야야기기를를 끝끝내내고고나나서서 너너의의 말말을을 고고려려해해 보보겠겠다. 입입 다다물물고고 있있도도록록."

솔로처는 피식 웃었다. 300년 전, 천공의 기사들을 이끌어 기사도의 전통이 바이서스의 기사들에게만 있는 것은 아니라는 것을 몸소 증명했던 사나이는 무거운 투구 속에서 암울한 눈빛을 불태우며 마법사를 주시했다.

"계계속속 말말하하시시오오, 솔솔로로처처."

"아아, 고맙군. 그레이."

"지금 저분들은 뭐하고 있는 건가요, 딤라이트 경?"

"미안합니다만 저도 잘 모르겠습니다, 레이디 케이트 데솔로. 옛말에 이르기를 마법사가 하는 일에 설명을 요구하지는 말라고 하지 않던가요?"

"아아, 네. 제 불찰이었어요, 딤라이트 경."

딤라이트 이스트필드와 케이트 데솔로는 그럴 수 없이 우아한 자세로, 거기다가 그 자세에 완벽하게 어울리는 근심스러운 눈빛을 한 채 데이든 평원 멀리서 벌어지고 있는 솔로처와 그레이의 회견을 바라보고 있었다. 완전 무장한 딤라이트의 허벅지까지밖에 오지 않는 키티 데시의 신장 때문에 키티 데시가 말을 할 때는 고개를 한껏 쳐들어야 된다는 것이 그 둘의 유일한 문제인 것 같았다. 하지만 그들의 안타까움이나 근심과는 별개로, 그 둘의 모습이 성벽 위의 사람들에게 일종의 희극적인 즐거움을 선사하고 있다는 것은 부인할 수 없는 사실이었다. 그래서 켄턴 성벽 위의 경비 대원들과 주리오 시장, 히든보리 사집관 등은 보다 편안한 마음가짐으로 데스나이트들과 솔로처의 회담을 바라볼 수 있었다.

하지만 무스타파 하빈스는 그들을 보고 있지 않았다. 무스타파는 흉벽에 기대앉아 아무 말 없이 아이라의 머리를 쓰다듬고만 있었다.

아이라는 성벽 밑에 앉은 채 그 거창한 머리를 갤러리 위에 털썩 올려놓고 있었고, 그래서 무스타파는 별 불편 없이 아이라의 눈두덩을 쓰다듬을 수 있었다. 와이번을 바라보는 시선으로는 대륙의 역사상 다시없을 부드러운 눈빛으로 무스타파는 아이라의 날카로운 눈동자를 들여다보았다. 아이라 역시 와이번이 인간을 바라볼 때 먹잇감을 바라보는 시선이 아닌 다른 시선으로 볼 수도 있다는 것을 증명하며 게으르게 콧등을 움직여 무스타파의 무릎에 부딪혀갔다. 무스타파는 미소를 지었다.

'마법사께서는 그레이가 킨 크라이를 되살려 냈다고 하셨다. 나도 그럴 수 있을까, 아이라.'

무스타파는 허리를 숙여 아이라의 넓은 볼 위에 상체를 얹으며 아이라의 머리를 끌어안았다.

'내가 너를 살려낼 수 있다면, 그렇다면 나는 그도……'

말을 마친 솔로처는 태연한 표정으로 그레이를 올려다보았다.
"이해하겠나, 그레이? 이해했을 거라고 믿네."
"떠떠나나겠겠단단 말말이이오오?"
"그럼."
"당당신신이이 떠떠나나면면 켄켄턴턴은은 하하루루도도 버버티티지지 못못할할 거거요요. 딤딤라라이이트트와와 무무스스타타파파는는 우우리리를를 막막아아낼낼 수수 없없소소. 이이들들이이 아아직직껏껏 켄켄턴턴의의 성성문문으으로로 돌돌격격할할 엄엄두두를를 내내지지 못못하하는는 까까닭닭은은 바바로로 당당신신 때때문문이이오오."
"우리야, 이들이야? 한 가지로 정해서 말해."
그레이의 입매가 일그러지는 모습은 솔로처를 행복하게 만들었다.

"대부분의 것들은 주기는 싫고 받기는 즐겁지만 조언은 그렇지 않지. 조언은 받으면 짜증나지만 줄 때는 즐거운 거야. 자, 인상 펴고 내가 주는 조언을 받게."

"해해보보시시지지."

"내가 떠나면 얼씨구나 좋다 켄턴으로 돌격할 모양이군. 물론 딤라이트와 무스타파는 그들의 고귀한 검을 들어 자네에게 대항하겠지. 하지만 자네의 검에 딤라이트와 무스타파, 그들 중 하나나 둘이 쓰러질 경우 자네의 마지막 희망과 동시에 그들의 마지막 희망도 쓰러지게 될 걸세. 천공의 기사는 끝장이라고나 할까."

"무무슨슨 의의미미인인 거거요요."

"자네는 자네 자신의 죽음에 슬퍼하며 되살아났고, 킨 크라이의 죽음에 슬퍼하며 그 녀석을 되살렸네. 자네의 형제나 다름없는 딤라이트와 무스타파를 살해할 경우 자네나 그들에게 어떤 일이 일어날지는 자명하지 않겠나?"

그레이는 미동도 하지 않은 채 솔로처를 바라보고 있었지만 그가 타고 있는 괴수는 유황 같은 콧김을 뿜어내며 머리를 뒤채었다. 기수가 꼼짝도 하지 않고 있어도, 그 기수와 한 몸이 되어 있다시피 한 괴수는 기사와 말이 그러하듯 기수의 마음을 읽어내고 있는 것이었다. 그레이는 회색으로 물든 손을 천천히 들어올려 턱을 쓰다듬었다.

"말말하하고고픈픈 바바가가 뭔뭔지지."

"글쎄……. 이건 그랑엘베르의 도서관을 통째로 암기하고 엘프의 혀를 빌린 시인이라 할지라도 떠올리기 어려운 지독한 비극이라는 말이지."

"비비극극?"

솔로처는 침착한 태도로 소맷부리의 주름을 폈다. 하지만 그의 치켜뜬 두 눈에서 뿜어져 나오는 눈빛은 그레이의 미간을 향해 날아가는 화살 같았다. 솔로처는 메마른 목소리로 말했다.

"딤라이트와 무스타파는 자네를 용서할 수 없을 걸세. 그리고 자네는 이제 그들과 한 하늘을 이고 있을 수 없는 존재가 되었지. 하지만 자네나 그들 중 어느 쪽이 상대를 쓰러뜨리든, 상대는 다시 부활할 걸세. 자네들은 서로를 영원히 죽이고 영원히 되살려 내게 될 거야."

무스타파의 손등이 격렬하게 떨렸다. 아이라는 불안을 느꼈지만 무스타파의 억센 두 팔이 그 머리를 끌어안고 있었기에 얌전히 있었다. 무스타파는 이를 악물었다.

나는 데스나이트가 된 그레이를 물리쳐야 한다. 하지만 그 마음이 내 진심일까. 한 사람을 완전히 증오한다는 것은 말이 안 되지. 더군다나 그는 내 오랜 친구. 그래. 나는 그를 되살릴 것이다.

그렇다면 내가 그의 검에 쓰러져야 할까? 아냐. 반대의 경우도 마찬가지다. 그레이가 아무리 데스나이트라 하더라도 그는 이미 킨 크라이를 되살려냈다. 그는 나를 되살려낼 것이다. 그가 아니라면 딤라이트라도. 그래, 딤라이트가 있군. 우리 둘이 동시에 죽는다 해도 딤라이트는 우리 둘을 되살려낼 것이다.

정말 그럴까? 단지 인간의 소망이 그렇게 생사의 경계를 제멋대로 희롱할 수 있는 것일까? 나는 마법사의 말을 완전히 믿는 바보가 되는 것이 아닐까?

아냐. 생사의 경계는 이미 깨졌다. 얼간이 같으니. 자신을 뭐라고 생각하는 건가. 너는 누구냐.

솔로처는 하고 싶은 말을 마친 표정으로 자신의 지팡이를 움켜쥐었다. 데스나이트들이 흠칫했지만 솔로처는 아랑곳하지 않고 지팡이를 두 손으로 꼭 쥐어 높이 들어올렸다. 그러고는 그것을 힘껏 내리꽂았다.

지팡이는 둔탁한 소리를 내며 땅에 단단히 꽂혔다. 충격이 만만찮았던 듯, 솔로처는 손바닥을 쥐었다 폈다 하면서 말했다.

"자라서 나무가 될 거야."

"나나무무?"

"몇 백 년쯤 뒤, 노인은 손자에게 이렇게 말할 걸세. '마법사 솔로처가 땅에 꽂은 지팡이에서 가지가 뻗고 잎이 돋아나 이 나무가 된 거란다.' 예의바른 손자는 그 이야기를 믿는다는 표정을 지어줄지도 모르지. 물론 속으로는 전혀 믿지 않겠지. 그 이야기는 사실이었는데도 말이야. 하하하."

그레이는 무슨 말을 해야 할지 알 수 없었다. 솔로처가 무슨 의미로 저런 이야기를 하는 건지 짐작할 수가 없었기 때문이다. 하지만 솔로처는 두 손을 탁탁 털고는 뒷짐을 지며 말했다.

"가세, 에카드나."

솔로처는 대답도 기다리지 않은 채 몸을 돌렸다. 에카드나는 데스나이트들을 충분히 견제하면서 서서히 타워 실드를 들어올렸다. 그레이는 갑자기 외쳤다.

"솔솔로로처처!"

솔로처는 걸어가면서 말했다. 하지만 그레이에게 한 말은 아니었다.

"내가 했던 말 명심하게, 에카드나."

에카드나는 고개를 돌리고 싶었지만 데스나이트를 견제하느라 그럴 수 없었다. 그래서 에카드나는 솔로처를 보지 못했다. 하지만 그레이는 똑똑히 볼 수 있었다.

솔로처는 천천히 희미해지고 있었다.

봄날의 아지랑이, 사막의 신기루, 겨울날 난로 속의 미약한 불꽃을 통해 볼 수 있는 추억들처럼, 뒷짐을 진 채 걸어가는 솔로처의 모습이 서서히 희미해졌다. 그레이는 무슨 말이든지 하고 싶었지만 아무 말도 나오지 않았다. 에카드나는 그레이의 기세에서 이상함을 느끼고는 흘긋 뒤를 돌아보았다. 그러고는 용아병답지 않게도 적에게 등을 보인 자세 그대로 굳어버렸다.

그때, 희미해지던 솔로처가 낮게 웃으며 어깨를 들썩였다.

"곧 말세가 올 거라고 중얼거리던 작자들이 있었지. 하지만 300년 뒤의 세상은 여전히 아름다운걸. 그 작자들에게 보여주고 싶은데."

"기기다다려려, 솔솔로로처처! 나나는는 당당신신의의 말말을을……"

"잘 있게, 친구들."

그 말을 마지막으로 솔로처의 모습이 완전히 사라졌다.

7

딤라이트는 흉벽을 꽉 움켜쥐었다.

켄턴을 향해 걸어오고 있던 솔로처는 그야말로 연기처럼 사라졌다. 키티 데시는 손뼉을 치며 마법사님이 마법을 부리셨다느니 어쩌니 하고 있었다. 하지만 딤라이트의 귀에는 그 말이 들리지 않았다. 주리오 시장이나 히든보리 사집관 역시 눈을 비비거나 주위를 둘러보거나 하며 솔로처를 찾고 있었지만, 딤라이트는 데이든 평원만을 똑바로 바라보았다. 그는 알 수 있었다. 그 역시 솔로처처럼 죽었다가 살아난 자였기에. 솔로처는 정말 돌아간 것이다.

그때 딤라이트의 귀로 무스타파의 거칠고 우울한 목소리가 들려왔다.

"이 시대까지 드리워져 있던 안타까움의 닻을 끌어올리고, 그는 수평선 너머를 향해 다시는 돌아오지 않을 항해를 시작했군."

"무스타파?"

"그럼 오세니아께 가야 해. 너무 무거워도, 닻은 나의 것이지. 그것을 끌어올리고 그럼 오세니아께 가야 해."

딤라이트는 입을 다문 채 무스타파를 바라보았다. 그럼 오세니아. 우리의 아버지. 최초의 익사자. 먼저 죽었던 자. 우리가 갈 길을 가장 먼저 갔던 자. 햇빛도 닿지 않는 수백 길의 바다 아래에서 영원을 꿈꾸는 자. 우리가 따라가야 할 아버지의 길.

무스타파는 고개를 돌려 딤라이트를 바라보았다.

"딤라이트, 나는 말일세."

"응?"

"일스의 백파이프 노랫소리를 듣고 싶네. 자네는 그걸 참 잘 불었지. 자네에게 이야기를 시킬 것인지 백파이프를 불게 할 것인지를 놓고 선택하라면 난 300년이 지났어도 후자를 선택할 걸세."

무스타파가 말을 마친 순간 딤라이트는 백파이프를 들고 있는 자신을 발견했다.

키티 데시는 입을 헤 벌리며 감탄사를 토해 냈고 딤라이트는 아무 말도 하지 못한 채 자신의 품에 안겨 있는 백파이프와 무스타파를 번갈아 쳐다보았다. 그는 그 백파이프를 알고 있었다. 일스의 수도 바란탄에 있는 이스트필드 가문의 고풍스러운 저택에 황혼이 찾아들 때, 기사 딤라이트는 바다를 향해 열려 있는 정원 끄트머리에 서서 그것을 연주하곤 했다. 그리고 기사들의 연회가 열릴 때 그는 모자란 이야기 솜씨 대신 그것을 연주하여 장미의 기사들을 즐겁게 해주곤 했다. 그것은 딤라이트의 백파이프였다.

무스타파는 싱긋 웃으며 말했다.

"그래, 이런 식이지. 부탁하네. 한 번도 직접 말하진 않았지만, 난 자네만큼이나 그 백파이프와 그 소리를 좋아했다네."

"무스타파. 이건 도대체……"

"부탁하네."

딤라이트는 다시 뭐라고 말하려 하다가 입을 다물었다. 그러곤 떨리는 손가락을 조심스럽게 지관(指管) 위에 얹었다. 챈터를 찾는 손가락이 조금 주춤거렸지만 딤라이트는 곧 익숙한 손놀림을 기억해냈다. 등은 자연스럽게 꼿꼿이 펴졌고 두 팔은 편안하게 백파이프를 안았다. 잠시 후 딤라이트의 손가락이 조용히 움직이며 켄턴의 성벽 위로 백파이프의 높고 맑은 노랫소리가 울려퍼졌다.

그때까지도 솔로처를 찾아 두리번거리던 주리오 시장과 히든보리 사집관, 그리고 켄턴의 경비 대원들은 느닷없이 들려오는 백파이프의 청아한 소리에 당황하여 고개를 돌렸다. 무스타파는 짧은 웃음을 지었다. 그가 다시 입을 열었을 때 그의 입에선 일스의 오래된 뱃노래가 흘러나왔다. 낮고 구슬프지만 힘 있는 노래였다.

    수면 아래, 빛은 희박하고 꿈마저 침침해도
    무거운 쇠사슬 끝엔 닻이 매달려 있지
    뱃사람은 누구나 다 알고 있지
    그것은 나의 것, 보이진 않아도

아름다운 항구라도 나 영원히 머물진 못할 테니
그리움의 저편에는 수평선이 닿아 있지
그림 오세니아의 아들은 누구나 알고 있지
그것은 아버지의 것, 나 거기로 돌아가리

솔로처가 사라진 자리를 망연히 바라보고 있던 그레이는 흠칫하며 고개를 들어올렸다. 에카드나는 갑자기 들려온 음악 소리에 당황했지만 그 당황은 다시 용아병의 감각을 되찾는 데 도움이 되었다. 에카드나는 데스나이트들을 경계하며 주의 깊지만 빠른 동작으로 뒤로 물러났다. 하지만 그레이는 에카드나에게는 눈길도 주지 않은 채 켄턴의 성벽만을 바라보고 있었다.

무거운 닻을 끌어올리고 가벼운 돛을 펼쳐라
내 정든 항구를 떠나 뱃머리를 수평선으로
별, 내 아버지께의 길을 가르쳐줄 테지
바람, 나를 그림 오세니아께 데려갈 테지

나는 항해자, 태어날 때부터. 그리고 아무것도 되지 않는다
나는 항해자, 죽을 때까지. 그리고 아무것도 남기지 않는다

"뭐해요, 파하스? 루미니스에게 노래를 불러주는 건가요?"

하프를 뜯으며 노래 부르고 있던 파하스는 네리아를 돌아보며 미소 지었다.

해뜨기 직전의 새벽이라 가장 어두울 시간이었지만 북해의 새벽은 의외로 밝았다. 산등성이마다 뿌려진 눈과 빙산, 그리고 계곡을 타고 흐르는 장대한 빙하는 루미니스의 빛을 눈부시게 반사하고 있었다. 짙은 먹구름이 낀 낮보다 조금 어두운 정도의 새벽이었다.

덕분에 파하스는 네리아의 모습을 잘 볼 수 있었다. 두꺼운 털옷을 몇 개나 껴입은 것인지, 네리아는 뒤뚱거리며 걸어오고 있었다. 더군다나 원래 몸놀림이 가볍고 빠른 터라 그 모습은 마치 바람이 잔뜩 들어간 공이 통통 튀는 것처럼 보였다. 파하스는 하프 위에 손가락을 얹어둔 채 말했다.

"아니외다, 네리아. 시인이 항상 그렇듯 나 자신에게 노래를 불러주고 있었소이다. 그런데 어쩐 일로?"

"난 일찍 일어나는 편이에요. 여기서 노랫소리가 들리기에 에델린의 옷까지 걸쳐 입고 올라와 봤죠."

"아아, 프리스티스 에델린의 옷이었군요. 그래서 그렇게 커다랗게 보이는 것이로군요."

"네. 그런데 걸어오면서 듣다 보니 바이서스 어라서 조금 놀랐어요. 헤게모니아 어일 거라고 생각했는데."

"정확하게는 일스 노래요. 바이서스와 일스의 말은 같으니."

"일스? 아아. 음......, 구슬프더군요."

"뱃사람들의 노래라 그럴 것이오. 원래는 백파이프로 연주하는 거지만 하프로 연주하니 색다른 느낌이 있군요. 하긴 이 고요한 밤바다를 향해 백파이프의 우렁찬 음률을 연주했다간 고래들이 발작을 일으킬 테지요."

"고래?"

네리아는 눈을 동그랗게 떴다. 왜 하필이면 고래를 거론하는 거냐는 네리아의 눈빛에 파하스는 말없이 손을 들어 밤바다를 가리켰다.

네리아는 눈을 가늘게 뜬 채 파하스의 손가락 끝을 따라갔다. 각종 악기를 다루기에 모두 편리해 보이는 파하스의 가늘고 긴 손가락은 탄느완 항구 바깥의 열린 바다를 가리키고 있었다. 탄느완도 대개의 항구처럼 파도와 바람의 영향을 적게 받는 만 안쪽에 있었지만, 그들이 서 있는 언덕에서는 외해 쪽이 잘 내다보였다. 네리아는 의혹이 담긴 눈으로 바다의 검은 표면을 살펴보았고, 다시 파하스에게 고개를 돌리기 직전 '그것'을 발견했다.

고래들이었다. 네리아는 처음에 물결이라고 생각했다. 하지만 잔잔한 바다 위에 생긴 그 언덕들은 물결로 보기에는 너무 단단했고 고정적이었다.

네리아는 숨소리를 낮추며 그것을 바라보았다. 고래들은 제왕다운 몸놀림으로 느긋하게 헤엄치고 있었다. 갑자기 그들 중 하나가 분수공을 쳐들며 그 거대한 허파에서만이 뿜어낼 수 있는 물보라를 폭발시켰다. 달빛 아래 튀어 오른 물방울들은 은빛으로 빛나며 천천히 비산했다.

빛이 스러졌을 때, 네리아는 고래의 고요하지만 우렁찬 호흡 소리를 들은 것 같다고 생각했다. 너무 먼 거리였지만 네리아는 분명히 그 소리를 들었다고 판단했고, 그래서 아무 말 없이 파하스를 돌아보았다. 파하스 역시 아무 말 없이 고개를 끄덕였다. 네리아는 안도했다.

"고래네요."

"예."

"이렇게 가까이서……. 저는 처음 봐요. 어떻게 이렇게 가까이?"

"이 북쪽의 바다는 피요르드와 빙하 때문에 수로가 좁은 편이기 때문일 거요. 그래서 사람이든 고래든 비슷한 바다를 이용해야겠지요. 바다가 훨씬 더 크게 열려 있는 땅에서라면 저런 모습은 보기 어렵겠지요."

"그런가요. 그런데 고래들은 뭘 하고 있는 걸까요?"

"글쎄요. 어떤 노래를 부르고 있다고 말할 수 있을지도 모르지요. 혹 저들이 그들만이 알고 있는 심원한 바다의 지혜를, 도저히 받아들일 준비가 되어 있지 않은 우리들에게 어떻게든 전해 주고 싶어서 안타까워하고 있다고 말할 수도 있겠지요. 그렇지 않다면, 저들은 그저 기지개를 켜고 있는 것일지도 모르지요."

네리아는 파하스의 얼굴을 빤히 바라보았고 파하스는 자조적인 미소를 지어 보였다.

"그건 고래 사정이라는 겁니다. 내가 알 바가 아니고, 설령 내 멋대로 의미를 붙인다 하더라도 그건 고래로선 전혀 상관할 바가 아니지요."

"그런데, 안 추워요? 나 같으면 손가락이 곱아서 하프 현 못 만질 것 같은데."

"싸늘한 날씨이긴 하군요. 잠깐 기다리시지요……"

"됐어요! 망토 벗지 말아요. 내가 뻔뻔스럽게 그걸 받아 입을 거라고 생각하는 건 아니죠? 그건 매너가 아니고 날 모욕하는 거네요."

파하스는 머쓱하게 웃으며 망토 조임쇠에서 손을 뗐다.

"확실히 내 알던 시절과는 다르군요. 내 시대의 레이디들이었다면 보다 세련되고 복잡한 말로 사양했을 테지요. 아, 물론 네리아 양이 무례하다는 말은 아니오. 그런 솔직함이 신선하게 느껴진다는 의미이오이다."

"냐암. 좋다는 말인지 싫다는 말인지."

네리아는 고개를 갸웃거리며 파하스의 옆에 주저앉았다. 파하스식 표현을 빌린다면 '신선함이 동반된 솔직함'이라 할 만한 동작이었다. 네리아는 그야말로 철퍼덕 주저앉아 버렸기에 파하스는 망토를 벗어 바닥에 깔아준다거나 하는 행동을 취할 겨를이 없었다.

"계속해 봐요."

"계속? 아아. 하프 말입니까. 그러지요. 그렇잖아도 연습해 보곤 하는 곡이 있지요. 그날, 아일페사스의 변화와 그 비행을 보았을 때의 감동을 노래로 옮겨보려고 고심하고 있소이다."

"아아, 근사했어요. 난 그런 것엔 재주가 없어서 표현 못하지만 당신이라면 틀림없이 멋진 곡을 붙일 수 있을 거예요. 드래곤은 정말 빨리 자라나 봐요. 사람도 그렇게 자라면 재미있을 텐데."

"빠르다고 하셨소이까?"

"예? 어, 제레인트가 그랬지 않아요? 저번에는 조그마한 웜링이었는데 곧장 그렇게 커다란 어덜트 드래곤이 되었다고."

"시간을 뛰어넘었군요."

요즘 들어 항상 이래. '시간'이라는 말만 나오면 가슴이 섬뜩하다니깐. 네리아는 동그래진 눈으로 파하스를 바라보았다. 파하스는 하프의 현을 애무하듯 천천히 문지르며 말했다.

"아니……, 그건 아니겠지요. 그럴 순 없을 거외다. 투미한 식견으로부터 나온 추측을 용서하신다면, 현재가 멈춰 서 이 과거의 광대가 따라붙을 지경인데 현재의 무엇이 갑자기 미래로 가버릴 수는 없을 거라고 주장하겠소이다."

"그럼 왜 갑자기?"

"좋은 질문입니다. 아, 요즘도 이 말은 똑같은 의미로 쓰이겠지요?"

"네. 나도 모르겠다는 뜻 맞아요. 피이."

파하스는 껄껄 웃었다. 그리고 네리아가 꽤나 기다리고 있는데도 아직껏 하프를 타려는 생각은 별로 없는 듯, 손가락을 까딱거리며 말했다.

"아일페사스는 드래곤 로드의 후계자라고 하던데, 그렇다면 그녀의 변신은 드래곤의 의지인지도 모르지요."

"드래곤의 의지?"

"아일페사스가 아닌 드래곤의 의지이기 때문에……, 드래곤의 제왕인 골드 드래곤의 어덜트 폼으로 폴리모프한 것일 수 있다는 것이 이 광대의 용감무쌍한 추측입니다."

"다시 한번 말해 주세요."

파하스는 못 말리겠다는 표정으로 똑같은 말을 반복했고 다 듣고 난 네리아는 태연한 표정으로 한 번 더 반복할 것을 요구했다. 세 번째로 같은 말을 듣고 난 네리아는 고개를 끄덕이며 말했다.

"그럼 드래곤의 의지가 뭘까요?"

"아, 좋은 질문입니다."

"하프나 타요!"

"잘 알겠습니다."

파하스는 기다리고 있었다는 듯이 손가락을 움직였다. 네리아는 에델린의 커다란 겉옷 속에서 최대한 몸을 웅크린 다음 두 무릎 위에 턱을 단단히 묻고선 귀만 쫑긋 세워 파하스의 연주를 들었다.

파하스는 아무 노래 없이 하프만을 탔다. 시인에게서는 보기 힘든 모습이었지만 이 설국의 풍광 속에 언어나 의미를 더하지 않겠다는 파하스의 결정은 바람직했다. 네리아 역시 파하스가 노랫말 없이 하프 연주만을 하는 것에 만족했다.

북녘 하늘처럼 맑게 시작되었던 하프 소리는 곧 빙하처럼 무겁고 느리고 강하게 변화되어 유장하게 흐르다가 부드럽게 변하면서 빙산의 허리를 두드리는 파도가 되었다. 잘디잔 화음을 빠르게 탄주하던 파하스의 손가락들이 교묘하게 고음부 쪽으로 옮겨왔다. 높고 급한 음정이 쉴 새 없이 몰아쳐 네리아는 숨이 막힐 지경이었다. 북해의 폭풍이었다.

그렇게 계속되던 속주가 어느 순간 폭발하는 듯한 고요함으로 접어들었다. 급격하게 찾아온 고요함은 갑작스러운 고음만큼이나 경이적이었다. 네리아가 숨을 내쉬려는 찰나, 다시 부드럽게 움직이기 시작한 파하스의 손가락은 북해의 바다 위를 외롭게 나는 앨버트로스를 그려냈다.

폭풍이 지나간 북해 위로, 앨버트로스는 추억만큼이나 긴 날개를 편 채 한없이 고요히 날고 있었다. 산봉우리의 만년설은 유구한 세월 동안 그래왔던 것처럼 고요히 얼어붙어 있었고 그 계곡으로 빙하의 은빛 줄기는 느닷없는 싱커페이션으로 치닫기 위한 도약대가 되었다. 파하스가 교묘하게 삽입한 불협화음은 얼어붙은 북해의 바다 위로 날아가는 앨버트로스의 고요한 비행에 긴장감을 조성하기 시작했다. 그것은 기대감이었다. 무슨 일인가 일어날 것만 같은, 조용하지만 힘찬 낮은 음들.

그리고 드래곤이 수평선을 박차고 일어났다.

"배다!"

제레인트의 고함 소리에 네리아는 화들짝 놀라 일어났다. 하마터면 커다란 옷자락을 밟으며 나뒹굴 뻔했다가 가까스로 몸을 가눈 네리아는 멀리 해변을 바라보았다. 언제 나온 것인지 제레인트가 해안에 선 채 수평선을 향해 고함지르고 있었다. 잠깐, 저 모습이 어떻게 보이지? 네리아는 그제서야 어느새 사방이 꽤나 밝아졌다는 사실을 알아차렸다. 그런데 배라고?

네리아는 수평선을 바라보았다. 아침 햇살이 수평선으로부터 탄느완의 항구를 향해 다가오는 배의 모습을 비춰주고 있었다. 멀리서도 너무나 뚜렷하게 보이는 붉은 돛. 네리아는 눈을 가늘게 뜨고 배를 바라보았다. 배의 거대한 돛에는 온통 붉은 서펀트의 모습이 꿈틀대고 있었다. 수평선을 박차고 솟아오른 붉은 서펀트.

시오네는 관에 걸터앉은 채 묵묵히 천막의 천장을 쏘아보고 있었다. 함은 그녀의 등을 바라보는 자세로 앉아 있었다. 이것은 함의 의도는 아니었다. 함은 의자에 묶여 있었고, 관에서 나온 시오네는 함을 흘긋 바라본 다음 돌아앉아 버렸던 것이다.

하지만 이것은 함에게 비교적 마음이 놓이는 상황이었다. 그 음흉한 칼은 시오네의 관 바로 옆에 함을 묶어놓았다. 시오네가 나와서 얼마든지 쳐다볼 수 있도록. 그리고 뱀파이어의 시선을 받는다는 것은, 함에게는 수백 가지의 즐거운 일 다음에라도 결코 맞이하고 싶지 않은 상황이었다.

하지만 함은 무조건 안심할 수는 없었다. 함은 시오네가 읽고 나서 땅에 던져버린 쪽지를 흘끔 바라보았다. 원래 시오네의 관 위에 놓여 있던 그 쪽지에는 칼의 필체로 몇 마디의 말이 적혀 있었다. 그리고 함은 그 내용을 알고 있었다. '시오네 양의 독보적인 능력을 이용하여 함의 머릿속을 적당히 씻고 수선한 다음 자이펀으로 돌려보내는 것에 대해 어떻게 생각하시느냐'는 내용으로 다름 아닌 세뇌 요구였다.

등을 보인 채 앉아 있던 시오네가 갑자기 입을 열었다.

"죽을 수 있는 것이 자랑스럽냐고 물었던 적이 있었지."

함은 대답하지 않았다. 시오네는 여전히 천장을 쏘아보며 말했다.

"도대체 어떻게 그것이 자랑스럽다고 말할 수 있지? 너희들이 매일같이 하는 행동의 9할 정도는 내일도 살아 있기 위해 하는 일 아닌가. 자가 당착도 이 정도면 너무 심한 것 아냐?"

함은 이번에는 대답했다.

"꽤 비율이 높기는 하겠지만 9할은 너무 심하군."

"말꼬리 잡지 마라."

"어쨌든 '전부'라고 하지 않고 '9할'이라고 말하는 것을 보니 너 역시 그 외의 어떤 부분이 있다는 것은 인정하는 모양이군. 생존이 아닌 생활을 위한 어떤 부분 말이야."

"글쎄. 내가 보기에 그 1할의 가소로운 노력은 나머지 9할 동안 바치는 너희들의 노동에 어떤 근거나 정당성을 주기 위해 이용되는 것 같더군. 이러이러하므로 살아야 한다, 이러이러하게 살아야 한다. 슬픈 자기변명을 하기 위해 1할이나 2할 정도를 소모하는 것이 과연 제대로 된 삶일까. 너희들이 기르는 말이나 소는 그런 1할의 낭비도 없이 10할 전부를 완전히 자신의 삶에 바치지."

"그건 삶이라기보다는 생존이고, 적어도 인간에겐 자존심 상하는 이야기로군."

시오네는 함이 말한 단어에 당황했다.

"자존심?"

"그래. 자존심. 최후의 순간에라도 버리지 못하는 것. 인식하지 못하지만 언제나 내 속에 있는 것. 이런 비굴한 상황에 빠진 나의 마지막 전우. 살아도 사는 것이 아니라고 말할 때 우리는 다른 무엇도 아닌 자존심을 말하는 것이다. 너는 가지지 못한 그것 말이야."

시오네는 뒤로 돌아앉았다. 함은 그 눈을 똑바로 바라보았다.

"자존심 때문인가. 그래서 눈을 돌리지 못하는 거야?"

"그렇다."

"그렇게까지 스스로를 경배할 수 있는 이유는 뭐지? 어떻게 그렇게 오만한가?"

"내가 태어날 때부터 가지는 성전(聖殿)이니까."

"그 성전이 죽음 앞에 무너지기를 바라는 이유는?"

"멸망은 완성의 귀결이야. 나의 성전은 무너졌을 때 완성된다. 책은 마지막 페이지가 있을 때 책이고 노래는 끝맺음이 있어야 노래다. 나의 성전은 나의 우상은 아니다."

"머저리."

"뭐?"

함은 대답하면서 시오네의 얼굴을 똑바로 들여다보았다. 시오네가 눈물을 흘리고 있다는 것을 알아차린 함은 어이가 없어졌다. 뱀파이어가 눈물을? 시오네는 두 눈 가득히 고인 눈물 속에서 함을 바라보며 말했다.

"핸드레이크. 당신은 정말 머저리예요. 얼간이라고요."

핸드레이크? 함은 눈살을 심하게 찌푸렸다. 그러나 그가 말하기도 전에 시오네는 눈물을 닦아냈다. 소맷자락이 치워지고 다시 메마른 시오네의 얼굴이 나타난 것은 순식간의 일이었다. 시오네는 이제 차분한 얼굴로 함을 바라보고 있었다. 함은 어리둥절한 표정으로 시오네를 마주보았다.

정적은 공포가 되었고 함은 입술을 짓씹었다.

"이런, 안 돼……!"

함은 다급하게 혀를 빼물었다. 하지만 깨물지는 못했다. 자이펀의 국방 대신은 혀를 길게 빼문 볼품없는 모습으로 뱀파이어를 마주보았다. 시오네의 깊은 두 눈은 미명도 없이 함의 시선을 흡수했다. 그리고 그 깊은 심연 속에서 무엇인가가 꿈틀거리고 있었다. 함은 그것에 집중하려는 자신을 억누르기 위해 무진 애를 썼지만 불가항력이었다.

함의 입매가 조금씩 올라갔다.

시오네는 이제 백지장처럼 하얗게 변한 얼굴로 함의 미소를 바라보았다. 함은 환한 얼굴을 하고 있었다. 시오네가 그를 알게 된 이후로 한 번도 보지 못했던 얼굴이었다. 시오네는 그 얼굴을 한참 동안 바라보았다. 하지만 함의 미소는 점점 더 과장되고 일그러져 끔찍한 모습으로 바뀌어갔다. 시오네는 눈을 감았다.

함의 머리가 아래로 툭 떨어졌다.

시오네가 다시 눈을 떴을 때 함은 의자에 묶인 채 조는 듯한 모습으로 앉아 있었다. 아무 말 없이 함의 정수리를 바라보던 시오네가 슬그머니 일어났다. 시오네는 앞으로 한 발 내디뎠다. 그러나 시오네는 퍼뜩 정신을 차리고 발 아래를 내려다보았다. 구다이가 그려놓은 마법진이 그녀를 완벽하게 포위하고 있었다.

"그래요. 나올 생각은 하지 않는 편이 좋소."

시오네는 천천히 고개를 들어 천막 안으로 들어오는 칼을 보았다. 칼은 시오네를 흘긋 쳐다본 다음 곧장 함에게 다가갔다. 칼은 함의 머리를 조심스럽게 쥐고는 위로 들어올렸다. 함의 머리는 마치 시체의 그것처럼 묵직하고 힘없이 들어올려졌다. 칼은 그것을 다시 내려놓은 다음 시오네에게 질문했다.

"잘 된 겁니까?"

"그래."

칼은 불만족스러운 작품을 보는 것처럼 함을 쳐다보았다.

"이건 완전히 넋이 나가버린 것 같은 모습인데. 이거 봐요. 이자가 자이편에 돌아갔을 때 자이편의 누구라도 이 친구가 제정신이 아닐 거라고 의심하면 아무 소용이 없습니다. 잘 알겠지요?"

"물론 그렇군."

"예?"

"아직 끝나지 않았어. 함은 이제 트랜스에 빠졌을 뿐이야. 아직 암시 같은 것은 주지 않았다. 더 필요한 과정이 있어."

"필요한 과정……? 아아. 혹 그겁니까?"

"그래."

"알겠습니다. 당신은 그 안에서 나오지 못하니 내가 그를 안으로 밀어 넣어 드리면 되겠군요. 그럼 당신이……, 그걸 할 수 있겠죠."

흡혈을. 내뱉지 못한 단어 때문에 칼은 입천장이 깔깔했다. 시오네는 아무 대답이 없었고, 칼은 어깨를 으쓱인 다음 함의 밧줄을 풀고 그를 들어올리기 위해 겨드랑이에 손을 집어넣었다. 그때 시오네가 말했다.

"네 자존심은 뭐지?"

"예?"

칼은 함을 다시 의자 등받이에 기대놓은 다음 시오네를 돌아보았다. 물론 칼은 시오네의 눈이 아닌 이마 근처를 보았다.

"네 자존심은 뭐냐고 물었다. 조금 전 함이 그러더군. 네놈들은 마지막 순간까지 버리지 못하는 자존심이 있다고. 하지만 넌 자존심이고 뭐고 다 팽개친 것같이 보이는데. 뱀파이어에게 의뢰해서 적국의 국방대신을 세뇌시킬 정도면 자존심이고 뭐고 없는……"

칼은 웃으며 고개를 가로저었다.

"당신이 말하는 것은 단어 그대로의 자존심이고 흔히 견습 기사들이 말하는 자존심이군요. 똑바로 설명해 드릴 수 있을지 모르겠습니다."

"해봐."

"당신이 보기에 제가 확신에 차서 행동하는 것처럼 보이지 않습니까?"

"스스로에게 충실하다는 거야?"

"예……, 그렇습니다."

"그런 건가? 자신을 경배하고, 자신이 믿는 바를 끝까지 믿고, 주위에서 요구하는 모든 공정함은 깡그리 무시해 버리는 것?"

"그렇습니다. 그 공정함이라는 것은 제가 만든 것이 아니고, 따라서 제 걸음과 일치한다면 따를 수도 있고 일치하지 않는다면 무시할 수도 있습니다."

"그게 행복한가?"

"천만에요."

칼은 더없이 명쾌하게 말했다. 시오네는 미간을 찌푸린 채 칼을 보았지만 칼은 여전히 그녀의 이마만 바라보며 말했다.

"하지만 지금은 행복합니다."

"무슨 의미지?"

"세상이 요구하는 공정함을 따른다는 것은 정체입니다. 같은 방식으로 생각하고 같은 일에 즐거워하고 같은 일에 슬퍼하며 살면 살기는 편합니다. 누가 그런 자를 꾸짖겠습니까. 그건 완벽한 호인인 걸요. 호인의 즐거움은 정체가 주는 안락함이죠."

"정체……, 시간의 정지?"

칼은 빙긋 웃었다. 시오네와 시선을 맞추지 않은 웃음인지라 조금 불안스럽게 보였다.

"예."

"너희들은 그렇게 시간을 만들어내나?"

"그렇다고 생각합니다."

"그리고 넌 지금 정지된 모든 관습과 정의를 깨버리고 새로운 시간과 사건을 만들어내려는 건가? 다시 시간을 흐르게끔 하려고?"

"노력한다고 해두지요."

"왜?"

"왜라니, 무슨 말씀입니까?"

시오네는 잔뜩 굳은 얼굴로 칼의 턱을 바라보며 말했다.

"왜지? 너 스스로도 말했다. 그런 정체를 따라 살아가는 것이 훨씬 즐겁다고. 그런데 왜 그렇게 정지를 거부하고 앞으로 나아가는 거지?"

그 순간 칼은 고개를 내렸다. 미처 대비하지 못했던 시오네는 칼의 시선을 그냥 받아들일 수밖에 없었다. 칼은 시오네의 두 눈을 똑바로 들여다보며 웃었다.

"자존심 때문이지요."

시오네가 뭐라고 대답하기 전에 칼은 도로 눈길을 돌렸다. 그러고는 한숨을 내쉬고 끙끙거리며 함의 몸을 들어올렸다. 함의 다리가 질질 끌리고 몇 번 엉덩방아를 찧을 뻔한 위기를 넘기며 칼은 마법진 안으로 함의 몸을 던져 넣을 수 있었다.

"휴우. 죽을 맛이군요. 자, 이제 부탁합니다. 나는 다시 나가겠습니다."

"부탁이 있는데. 나가기 전에 저 불을 꺼줘. 내겐 필요한 것이 아냐."

"예? 아아, 네."

칼은 테이블 위에서 타고 있던 촛불을 불어 껐다. 천막 안이 캄캄해졌다. 칼은 어둠 속을 향해 '수고하십시오.'라고 말하려다가 아무래도 어울리지 않는 행동인 듯해서 그냥 아무 말 없이 천막을 나갔다.

시오네는 아래를 내려다보았다.

어둠 속에서도 시오네는 함의 모습을 뚜렷이 볼 수 있었다. 함은 땅바닥에 나동그라진 채로 낮게 코를 골고 있었고 시오네는 그 모습에 킥 웃으며 소매를 걷었다.

함의 상체를 붙잡은 시오네는 놀라운 힘으로 그를 끌어올렸다. 조금 전 칼이 낑낑거리던 꼴에 비한다면 마치 어린애라도 다루는 것 같은 모습이었다. 시오네는 관에 걸터앉은 채 함을 가슴에 안았다. 그의 긴 다리가 시오네의 무릎을 넘어 축 늘어졌다. 시오네는 흐트러진 함의 머릿결을 정돈했다. 얼굴과 목이 하얗게 드러났다.

시오네는 그렇게 잠시 함의 얼굴을 내려다보았다.

포로 생활로 초췌해진 얼굴이었지만 그 얼굴엔 명가의 자손다운 풍모가 남아 있었다. 무수한 세월 동안 인간의 죽음을 보아온(그중에는 그녀 자신이 인도한 죽음도 상당수 있었다.) 시오네는 함의 얼굴에서 결코 스러지지 않을 표정을 읽어냈다. 그것은 죽는 그 순간까지도 그대로 가지고 있을 오만하고 강인한 표정이었다. 겸손해 보일 만큼 잘 갈무리되어 있지만 뱀파이어의 날카로운 눈을 속일 수는 없는, 엄격함이 깃든 얼굴.

함의 목을 끌어안은 시오네는 천천히 얼굴을 아래로 숙였다.

"일어나!"

시오네는 함의 귀에 대고 속삭였다. 시오네의 날카로운 음성에 함은 눈을 떴다. 자신의 이상한 자세와 어둠 때문에 아직 상황을 알아차리지 못한 함은 잠시 어리둥절한 얼굴로 눈을 끔뻑였고 그때 시오네의 손바닥이 재빨리 함의 입을 틀어막았다. 함은 몸부림을 치며 반항하려 했지만 시오네는 뱀파이어의 무서운 힘으로 함을 억누른 채 조용히 말했다.

"가만히 있어. 반항하지 마."

시오네의 제안은 깨끗이 거부되었다. 함은 죽을힘을 다해 반항했다. 틀어막힌 함의 입 속에서 무서운 신음 소리가 흘러나왔다.

"읍! 으우읍!"

"닥치고 가만히 있어. 네게 이로운 일이야."

'웃기지 마!'라고 고함지를 수가 없는 함은 대신 두 눈으로 시오네를 쏘아보았다. 그러나 시오네의 눈에는 아무런 표정도 없었다. 그녀의 눈 속에서 욕망이나 잔인한 즐거움을 찾아보려 했던 함은 어리둥절해졌다.

"잠시 후 칼이 들어오면 세뇌당한 척해라. 알았지?"

함의 몸이 굳었다. 말귀를 알아들었다고 판단한 시오네는 함의 입을 자유롭게 해주었다. 눈치 빠르게도 함은 아무런 소리도 내지 않은 채 시오네를 올려다보았다.

"좋아. 착한 아이군."

"설명해."

"어려울 건 없어. 아니, 네게는 몹시 어려울지도 모르겠군. 나를 사랑스러운 눈길로 바라보고 겸손하게 대하면 그만이다. 알겠지? 말은 적게 하고 되도록 미소를 많이 지어라. 얼빠진 녀석처럼 보이는 것이 좋지만, 그렇다고 해서 너무 바보같이 보일 필요는 없어. 의심당할 테니. 그저 평소에 짓던 대로 미소 지으면 돼. 알았나?"

"그걸 설명하라는 말이 아니었어. 목적이 뭐지?"

"칼의 계획은 알겠지. 그 계획을 역이용하는 거야. 너를 자이펀으로 돌려보내 주겠다."

"왜?"

"난 지고하신 하탄의 종복이니까. 하하하……"

함은 아무 말 없이 시오네를 올려다보았다. 그의 마음속엔 이것이 어떻게 된 영문인지 알고 싶다는 마음과 이 불쾌하기 짝이 없는 자세, 즉 젖먹이 어린애처럼 시오네의 품에 안긴 자세에서 빨리 빠져나가고 싶다는 마음이 팽팽하게 균형을 이루고 있었다. 그러나 그런 함의 마음을 아는지 모르는지 시오네는 손을 들어 함의 머리를 쓰다듬기 시작했다. 함이 욕지기를 참기 위해 기울인 노력은 대단한 것이었다.

"칼에게 찬성하기로 결심했기 때문이지."

"무슨 말이지?"

"나도 그의 의견을 완전히 수용해서 세상의 모든 환경에 대해 반항하기로 결심했다는…… 것 정도일까. 아니, 됐어. 설명할 시간이 아냐. 잘 들어. 나는 이제 너를 물겠다."

함의 몸이 나무토막처럼 단단하게 굳었다. 하지만 함은 아무 소리도 내지 않았다. 시오네는 기특하다는 듯이 함을 보았다.

"훌륭하군. 네 목에 아무런 자국이 남지 않는다면 당장 들통나겠지. 그리고 칼이 그것을 조사해 보지 않을 위인은 아니고. 그러니 목을 좀 내놓아야겠어."

함은 불신감이 가득 담긴 눈으로 시오네를 쏘아보았지만 시오네는 아무 말 없이 기다렸다. 그녀의 손이 계속해서 머리카락을 쓰다듬지만 않는다면 훨씬 쉽게 진정할 수 있겠다고 생각하며 함은 이를 악물었다.

"믿어야겠군. 네가 정말로 나를 마실 생각이었다면 이런 계교를 꾸밀 까닭은 없겠지."

"그래."

함은 목을 옆으로 휙 젖히며 말했다.

"물어."

그리고 함은 눈을 질끈 감았다. 그래서 시오네의 표정을 볼 수는 없었다. 시오네는 씁쓸한 표정으로 함의 목을 내려다보다가 한 마디 했다.

"개에게 명령하는 것 같군."

함은 이를 악문 채 아무 말도 하지 않았다. 시오네는 고개를 숙였다. 시오네는 그녀의 차가운 입술이 목에 닿았을 때 함이 소스라치는 것을 잘 느낄 수 있었다. 시오네는 잠시 함의 목에 입술을 가져다댄 채 가만히 있었다. 함의 심장은 그것을 감싸고 있는 늑골을 때려 부술 듯이 쿵쾅거렸다. 그러나 시오네는 오랫동안 입술만 댄 채 꼼짝도 하지 않았고, 함은 의아했다.

"시오네?"

그가 고개를 들려 할 때 시오네의 팔에 힘이 들어갔다. 함을 으스러져라 끌어안은 시오네는 크게 심호흡을 한 다음 천천히 이를 드러냈다. 그녀의 이가 목에 닿는 섬뜩함에 함이 경직한 순간, 시오네의 송곳니는 함의 살결을 파고들어 갔다.

함은 손톱이 손바닥에 파고들 정도로 주먹을 꽉 쥐었다. 목에 느껴지는 축축함은 시오네의 입술 때문일 것이다. 그리고 날카로운 아픔은 그 송곳니가 살갗을 꿰뚫었기 때문에 느껴지는 것일 테고. 하지만 그것은 함이 예상했던 것보다는 훨씬 견디기 쉬운 느낌들이었다. 정말 약간의 특별함도 없었다.

"불을 켜라."

잠시 후, 시오네는 함을 놓아주며 말했다. 함은 풀려나자마자 마법진 밖으로 뛰쳐나와서는 목을 문지르며 시오네를 바라보았다. 하지만 시오네는 옆으로 돌아앉아서 다른 곳을 보고 있었다. 목을 쓰다듬던 함은 손가락 끝에 작은 상처 두 개가 만져지는 것을 느꼈다. 진득하게 피가 묻어나왔지만 그것은 상처 때문에 흘러나온 피였다. 시오네는 마시지 않았다.

"사람이 들어오거든 얌전히 의자에 앉아서 나를 바라보아라. 개를 길러본 적이 있나?"

"......어릴 때."

"주인을 바라보는 개를 흉내내면 될 거야."

"무슨 속셈이지? 왜 나를 돕는 거지?"

"설명할 시간이 아니라고 했어."

시오네는 몸을 더 옆으로 돌렸다. 함은 그녀의 등을 보다가 테이블로 걸어갔다. 등잔에 불을 붙인 함은 의자에 앉으려다 바닥에 떨어져 있는 구겨진 종이를 발견했다. 시오네가 읽고 던져버린 쪽지였다.

함은 그것을 주워들었다. 구겨진 종이를 펴는 소리가 들리자 시오네의 어깨가 조금 움찔했다. 하지만 그녀는 여전히 등을 보인 채 앉아 있었다. 함은 칼의 필체로 적혀 있는 쪽지의 내용을 빠르게 읽었다.

쪽지를 다 읽은 함은 그것을 다시 구겨서 던졌다. 그리고 의자에 앉아서 무릎 위에 두 손을 모으고 얌전히 시오네를 바라보았다. 하지만 그 겸손한 동작과 달리 그 얼굴은 크게 일그러져 있었다.

함은 더 참지 못하고 나직하게 말했다.

"나를 살려낸 건가, 시오네?"

시오네는 대답하지 않았다. 함은 조금 전 읽고 던진 쪽지의 내용을 곱씹었다.

"복잡하게 써놨지만, 결국 네가 거절하면 나는 별 필요가 없으니 곧 죽일 거란 말이군. 그런데 넌 나를 살려내고, 또 자유까지 주려는 건가? 들킬 위험을 감수하고 말이지. 왜지? 내가 널 칼에게 팔아넘긴 것을 잊은 것은 아닐 텐데."

"다른 사람 앞에서 그런 캐묻는 화법을 썼다간 당장 들킬 거야, 함. 노예처럼 행동하는 편이……"

"왜 나를 돕는 거지?"

시오네는 꼼짝도 하지 않았다. 더 이상 참지 못한 함은 의자를 박차고 일어났다. 그는 시오네의 등을 향해 걸어갔다. 그때 시오네의 목소리가 들렸다.

"한 가지만 말해 두지. 다시 앉아."

마법진을 넘어 시오네의 어깨를 쥐려 하던 함의 손이 공중에서 멎었다. 시오네는 여전히 꼼짝도 하지 않았다. 잠시 후 함은 손을 끌어당겼다. 함이 다시 의자에 앉는 소리가 들리자 시오네는 천천히 말했다.

"나는 뱀파이어다."

함은 기다렸다.

"네가 죽고, 네 자손이 죽고, 그 이후로 몇 대가 흘러도 나는 존재할 것이다. 나는 어둠 속에서 언제까지고 너희들을 지켜보고 있을 것이다. 너희들 인간이 스스로의 자존심을 지키는 모습을. 너희들이 나를 잊고, 뱀파이어라는 것을 완전히 잊는 그 날이 올지도 모른다. 하지만 그때도 너희들이 돌아보지 않는 그림자 속, 너희들이 잊었던 물건의 뒤편, 잠든 너희들의 창문 밖에서, 나는 너희들을 바라보고 있을 것이다."

함은 시오네의 말을 말 그대로 받아들일 수 있었다. 그녀는 농담을 말하는 것도 굳은 결심을 말하는 것도 아니었다. 시오네가 담담히 말하고 있는 것은 틀림없는 사실이 될 것들이었다. 반영구적인 생명과 어둠 속의 생활, 그러나 생존 때문에 인간의 곁을 떠날 수는 없는 시오네에게 감시자의 역할이란 오히려 당연했다.

시오네는 끝까지 돌아보지 않은 채 말을 맺었다.

"너희들이 언제까지 스스로의 자존심을 지킬 것인지를 감시할 것이다."

8

 더 이상 태양은 지지 않는다. 흰 윤곽만 남아 있을 뿐 열기를 잃어 똑바로 바라볼 수 있을 정도가 되어버린 태양은 지평선을 따라 흐르듯 움직일 따름이다. 결코 땅 아래로 사라지지도 하늘 위로 올라오지도 않는다. 지평선을 따라 굴러가는 하얀 공처럼 보이는…….
 하지만 그런 태양이라도 제대로 볼 수 있는 시간은 드물다. 빙점 이하로 얼마나 낮은 온도인지 상상할 수도 없는 극한의 추위 속에서 불어 닥치는 강풍은 사람을 선 채로 갈가리 찢어놓을 것만 같았다.
 바람소리, 귓속에서 고막을 찢어낼 것 같은.
 차가운 기온 때문에 고압대인 극지의 날씨는 놀라울 정도로 평화롭다. 하루 종일 걸어도 산들바람 한 점 만나지 않을 수 있는 것이 극지의 날씨다. 하지만 때때로 바람이 불어 닥치면 공기 중에서 파박거리는 불꽃이 튀길 정도의 지독한 블리자드가 일어났다. 어쨌든, 산들

바람은 없는 것이다. 무풍이거나 폭풍뿐이었다.

그리고 그런 블리자드가 불어 닥칠 때 인간의 두 발은 비참할 정도로 무력하다.

콜리의 프리스트들은 필사적으로 썰매에 매달렸다. 거추장스러운 짐으로 여겨진 지 오래된 썰매를 부득불 끌고 다니는 이유가 바로 이것이다. 가없는 바람의 횡포 앞에서 썰매는 사람들의 닻 역할을 해주고 있었다. 자다가 바람에 날아가 버리지 않기 위해 사람들은 썰매에 몸을 묶고 잠들었고, 걷다가 날아가 버리지 않기 위해 사람들은 썰매에 매달리다시피 한 채로 그것을 밀고 끌고 있었다. 이 지독한 폭풍설 속에서 콜리의 프리스트들은 죽을힘을 다해 썰매에 매달린 채 폭풍이 잠들기를 기다렸다.

"기론!"

도르네이는 잘 나오지도 않는 목소리로 친구의 이름을 불렀다. 턴빌에서 조그마한 책방을 경영하고 있었고, 책을 모조리 불질러 놓겠다는 말로 주정을 삼아 학자가 되지 못한 자신을 야유하며 동시에 끝까지 책을 버리지 못하여 책에 기대어 살고 있는 자신을 동정하는 취미가 있던 기론은 블리자드의 손아귀에 붙잡혀 날아올랐다. 버둥거리는 두 팔은 속절없이 눈밭을 긁어대었고 온몸이 바람개비처럼 핑그르르 돌았다. 뜻 없는 비명 소리를 내지르며 기론은 폭풍설 저편으로 사라져갔다. 도르네이가 그를 볼 수 있었던 시간은 극히 짧았다. 눈바람 때문에 시계가 0에 가까웠기 때문이다.

"기론!"

도르네이가 썰매를 놓고 일어서는 순간 그의 팔을 잡아당기는 손이 있었다. 주블킨은 도르네이를 끌어내리며 고함질렀다.

"미친 짓 하지 마! 썰매를 붙잡아!"

"기론, 기론이 저기……"

"놔둬! 그는 살아 있다. 살아 있다!"

도르네이는 끔찍한 충격 속에서 굳어버렸다. 도르네이가 멍한 얼굴로 비틀거리는 동안 주블킨은 간신히 그를 썰매 밑으로 쑤셔 박을 수 있었다. 다시 썰매에 매달리며 도르네이는 입술을 깨물었다.

죽지 않는다. 그들은 썰매에 실어 가져온 음식물에 더 이상 손도 대지 않고 있었다. 갈무리도 제대로 하지 않아 이미 꽁꽁 얼어붙은 그것들은 본래의 목적을 잃은 채 오로지 무게추의 역할만을 하고 있었다. 썰매가 날려가지 않게 하기 위한 무게추. 그들은 먹지도 않았고 잠들지도 않았다.

신스라이프는 그들을 죽게 내버려두지 않고 있었다. 도르네이가 이미 한번 그러했던 것처럼.

주블킨은 도르네이의 머리를 아래로 짓누르듯 하며 악을 썼다.

"살아 있어! 되돌아올 거야. 이 폭풍이 지나가면 되돌아온다. 미안한 듯이 웃으면서 되돌아올 거란 말이다!"

눈더미에 머리를 쑤셔 박힌 도르네이는 급한 기침을 토했다. 입으로 눈가루가 날려 들어와 숨이 막혔고, 얼어붙은 옷은 이제 고행대처럼 온몸에 상처를 내고 있었다. 하지만 차가워진 몸은 통증을 느끼지 못했다. 금방이라도 폐가 뒤집혀 튀어나올 것 같은 지독한 기침을 하면서도 도르네이의 정신은 오히려 말짱했다.

돌아오지 못한다. 사방은 눈을 멀게 만드는 백색의 천지. 그 어디에도 방향을 가늠할 수 있는 것이 없다. 태양을 보고 방향을 가늠하는 것조차도 불가능하다. 하지만 죽지 않는다. 기론은 죽지 못한 채 방향도 무엇도 없이 영원히 계속되는 이 설원 위를 방랑해야 할 것이다. 폭풍이 불어 닥칠 때마다 그의 발걸음은 뒤죽박죽이 될 테니 이곳에서 빠져나가는 것은 영원히 불가능할 것이다. 그는 온몸이 찢어져 설원 위에 흩어질 그날까지 이곳을 계속 방황해야 할 것이다.

"기로오온! 크훌럭! 쿨, 쿨럭."

그러고 보니 해괴하기 짝이 없는 일, 왜 이 땅 위에서 태양은 지지 않는 것일까? 이곳은 이미 시간이 정지한 땅인가? 그들이 잠들지 않는 이유 중 하나는 밤이 찾아오지 않기 때문이다. 그래서 그들은 바람이 없는 동안 계속해서 묵묵히 걸어 나갔다. 살을 발라낼 것 같은 바람 속을 걷고 또 걷는 동안, 그들은 더 이상 허기를 느끼지 않게 되었다. 먹지도 자지도 않은 채 계속해서 유령처럼 걷고 있는 그들이 잠시나마 살아 있다는 것을 느낄 때란 이런 지독한 블리자드 속에서다. 아이러니컬한 일이었다.

'이건 말이 안 돼.'

도르네이는 그렇게 규정지었고 마음이 편해지는 것을 느꼈다. 이건 정말이지 말도 안 돼. 이런 일은 있을 수 없어. 지금 내 몸 위에 덮이고 있는 이 눈송이들은 사실 눈이 아니야. 내가 매달려 있는 이 썰매 다리는 사실 썰매가 아니야. 난 온몸에 이불을 휘감고 침대 기둥에 매달려 있는 거야. 그래. 털옷에 덕지덕지 매달리는 눈덩이를 떼어내며 도르네이는 히죽 웃었다. 이것 봐. 차갑지 않아. 이것이 눈이라면 당연히 차가워야 할 텐데 이 눈덩이는 차갑지 않아.

'그래. 다 꿈이야. 모조리 꿈이야……'

"바람이 그쳤다."

신스라이프가 일어서서 말했다. 하지만 도르네이는 그 말의 의미를 알 수 없었다. 그래서 도르네이는 헤벌쭉 웃으며 신스라이프를 바라보다가 다시 눈더미 속에 얼굴을 가져다박았다. 차가움은 전혀 느낄 수 없었다. 눈은 포근했다.

"일어나!"

신스라이프는 도르네이의 뒤통수를 붙잡아 단숨에 끌어올렸다. 머리가 뽑혀나갈 것 같은 고통을 느껴야 당연하겠지만, 도르네이는 짐짝처럼 달려 올라가는 자신의 몸과 아무 힘없이 우쭐거리는 자신의 다리를 내려다보며 킬킬 웃었다. 신스라이프는 기막힌 시선으로 그런 도르네이의 얼굴을 쏘아보다가 옆으로 팽개쳤다. 도르네이는 얼굴에 와부딪치는 눈더미의 느낌이 너무 아득하다고 생각했다.

신스라이프는 썰매에 주저앉았다.

눈바람이 가라앉자 희미한 연기 덩어리 같은 태양이 다시 시야에 들어왔다. 결코 하늘의 중앙으로 오르는 일이 없는 태양은 정신 착란을 일으킬 듯한 모습으로 지평선 위쪽을 게으르게 떠가고 있었다.

신스라이프는 자신이 원탁 중앙에 있는 것 같다고 생각했다. 동그란 지평선, 동그란 태양의 궤적. 콜리의 프리스트들은 썰매를 중심으로 한 눈더미 곳곳에 파묻혀 꼼짝도 하지 않았다. 끝없는 백색의 벌판에서 유일하게 시선을 사로잡을 만한 것이 바로 그들의 그런 모습이라는 데 신스라이프는 분노했다.

시간의 흐름을 느낄 수 없었기에, 신스라이프는 시간에 신경 쓰지 않았다. 질식해 죽기 알맞은 모습으로 처박혀 있는 콜리의 프리스트들에게도 신경 쓰지 않았다. 가장 높이 치솟아 올랐던 눈송이 몇 개가 조용히 떨어진 것을 마지막으로, 설원에는 더 이상 움직임이라고 부를 만한 것이 없어졌다.

그래서 신스라이프는 파에게 말했다.

'거기 있느냐.'

'아니오.'

'여기 있느냐.'

'아니오.'

'거기도 아니고 여기도 아니란 말이군. 하긴.'

신스라이프는 발을 조금 움직여보았다. 뽀드득. 높고 둔한 소리와 함께 발이 눈 속으로 파고들었다. 신스라이프는 눈의 차가움이 발등에 전달되다가 마침내 아무것도 느껴지지 않게 될 때까지 기다렸다가 발을 뺐다. 눈덩어리들이 파헤쳐지며 다시 흰 눈 위로 그의 발이 드러났다.

'당신은 죽을 거예요.'

'사실과 비슷하지도 않은 말이야. 나는 살기 위해 이 모든 일들을 해냈다. 그리고 이제 곧 이 모든 일을 완료할 거야.'

"당신은 죽을 거예요."

신스라이프는 자신의 입을 통해 새어나온 파의 말에 당황했다. 그러나 파는 곧 말했다.

"당신의 입이 아니죠. 제 입이에요."

'너! 무슨 짓을 하는 거냐!'

"당신의 피조물이 무엇을 원하는지 관찰하지 않았다면, 당신은 창조자로서 실격이군요."

'원한다고? 넌 아무것도 원할 수 없어!'

"당신은 무엇을 원하지요?"

신스라이프는 참을 수 없는 기분이 들었다. 그는 파가 자신을 바보 취급하고 있다고 생각했다.

'생명이다. 조건 없이, 불안 없이, 종말 없이. 끝나기 때문에 아름다운 것이 아니라 타오르기 때문에 아름다운 생명 그 자체다!'

"그리고?"

'뭐?'

"그리고? 사는 것은 사실 그렇게 어려운 문제가 아닐걸요. 당신은 본질을 피하고 있군요."

본질이라고? 신스라이프는 당황했지만, 자신이 그 당황을 표현할 수 있는 자유를 조금치도 가지고 있지 못하다는 사실에 더욱 놀랐다. 어느새 그의 몸은 완전히 파의 지배권 하에 놓여 있었다. 그는 그야말로 눈꺼풀 하나 움직일 수 없었다.

"당신은 영원히 한 사람을 사랑할 수 있다는 말인가요?"

'사랑?'

"영원히 살기 위해선 영원히 한 사람을 사랑해야 하지 않나요?"

'도대체 무슨 소리를 하는 거냐! 어리석은 처녀 같으니, 소녀의 꿈 같은 걸 말하는 거냐? 사랑에 살고 사랑에 죽고? 사랑만이 무의미한 인생에 의미를 부여하고? 세상엔 그런 건 없어!'

"당신은 아직도 본질을 회피하고 있군요. 꼭 직접적으로 물어야 하는 건가요."

'무슨 말을 하는 거야?'

파는 한숨을 내쉬었다. 그것은 극히 자연스러웠고 이제 파의 몸은 완전히 파의 지배를 받고 있다는 것을 나타내고 있었다. 울분에 미쳐 날뛰는 신스라이프를 향해 파는 나직한 목소리로 질문했다.

"당신은 영원히 자신을 사랑할 수 있나요?"

신차이는 목검을 지팡이처럼 짚고는 그 위에 두 손을 얹어둔 자세로 보트 위에 똑바로 서 있었다. 그리고 탄느완의 부두에 서 있던 운차이 역시 꼼짝도 하지 않은 채 그의 얼굴을 마주보았다. 물결을 헤치던 노들이 정지하고 보트가 부두에 닿자 신차이는 가벼운 동작으로 뛰어올랐다.

"운차이!"

운차이는 반가운 목소리로 '신차이!' 하고 부르는 대신 재빨리 롱소드를 뽑아들었다.

칼날이 빠져나오는 소리도 들리지 않는 단련된 손놀림은 대단한 것이었지만, 일행들은 몹시 당황해 버렸다. 그들은 입항 절차를 갖추기 위해 먼저 내려온 일등 항해사 이시도로부터 이 배의 이름과 신차이와 운차이의 관계에 대해 들었던 것이다. 그래서 제레인트는 나름대로 추측했다.

"이건 자이펀 전통의 인사법일 거야. 칼을 높이 들어 '신차이 만세!'라고 외친다든가……"

그러나 제레인트의 추측은 완전히 빗나갔다. 운차이는 롱 소드를 정확히 중단 겨누기의 자세로 내밀어 신차이를 겨냥했던 것이다. 설령 저런 동작을 인사법으로 채용하고 있는 민족이 있다고 하더라도 다른 민족의 오해를 받아 이미 오래 전에 멸망당했을 만한 동작이었다. 그란 하슬러는 일단 그 자세에 합격점을 준 다음 운차이가 그 자세를 취한 이유에 대해 어리둥절해했다. 하지만 신차이는 별로 놀라지 않은 표정이었다.

"Ahn barkedo."

"Youkchi une ghetta mi fheirja?"

네리아는 고개를 홱 돌려 파하스를 쏘아보기 시작했다. 파하스는 곧 숨소리마저 낮춘 채 둘의 대화에 집중하며 그 말들을 통역했다.

"반갑군."

"가문의 영광을 지키기 위해 온 건가?"

"무슨 말이냐."

"내 수급을 가지러 온 거냐고 묻는 거야."

네리아는 기겁하며 파하스를 바라보았다. 그녀뿐만 아니라 다른 모든 이들이 정확한 통역인지 의심스럽다는 눈초리를 보냈지만 파하스는 통역하느라 바빠서 그 시선들에 대해 화를 낼 시간이 없었다.

"수급? 글쎄. 가지고 다니기 귀찮은가? 나도 가끔은 머리를 가지고 다녀야 된다는 것이 귀찮게 느껴질 때도 있지만."

"말해 두겠는데, 난 나를 죽이려 드는 모든 상대방을 용서하지 않아."

파하스는 재빨리 저것은 자이펀식의 관용구로서 상대방을 협박하는 것이 아니라 자살하지 않는다는 뜻임을 설명했다. 설령 자기 자신이라도 해도 자신을 죽이려 들면 용서하지 않겠다는 뜻인 것이다. 그러나 신차이는 무거운 목소리로 말함으로써 파하스의 설명을 무의미한 것으로 만들어버렸다.

"자살을 거부하겠다는 건가."

"그래. 어떤 비난을 하더라도 내 결심을 돌리진 못할 테니 그럴 마음이라면 포기하시지."

"헤어진 지 오래지만, 네 사촌 형에겐 꺾을 수 없는 결심이 있을 때 사용할 수 있는 수단이 있다는 것을 잊어먹을 만큼 오래되지는 않았을 텐데."

"그 목검이 꺾이지 않는 이상 형의 결심도 꺾이지 않는다는 것은 나도 잘 들어 알고 있지. 이제리스의 군주에게 특별한 호감은 없지만, 내가 그의 복수를 맡게 된 것에 대해 화를 내지는 않을 거야."

"아주 좋아하겠지. 내가 사촌 동생의 손에 쓰러진다면."

"허, 험악한 형제다. 형제가 똑같아."

네리아는 신음을 토하며 낮게 속삭였고 아프나이델과 엑셀핸드는 동시에 고개를 끄덕였다. 불길한 예감에 칼자루로 손을 가져가던 그란은 이시도가 태평한 모습임을 발견하고는 의아해졌다. 그때 운차이가 검을 아래로 내렸다. 운차이는 칼을 다시 꽂아 넣으며 짧게 한숨을 내쉬었다.

"죽일 생각은 없나 보군."

신차이는 부두에 올라선 이후 처음으로 미소를 지었다.

"죽으면 곤란하지. 발탄으로서도, 나로서도 사랑하는 동생의 죽음을 바라지는 않네."

그리고 두 사람은 팔을 내밀어 서로를 포옹했다. 희디흰 빙하를 배경으로 펼쳐진 사촌 형제의 상봉은 꽤나 감동적일 수도 있는 모습이었지만 일행들은 기만당한 느낌 때문에 감동을 느끼기보다는 화를 내고 싶어졌다. 그때 그란은 이시도가 태평했던 이유를 추측할 수 있었다. 두 사람에게서 살기가 느껴지지 않았기 때문일 것이다. 그란은 쓰게 웃어버렸다.

그들의 닮은 성격을 짐작할 수 있을 만큼 빠르게 포옹을 해치워 버린 두 사람은 곧 진지하게 이야기하기 시작했다.

"돌아와서 발탄 가를 계승해라. 선주 연합과 내가 너를 비호하겠다. 몇 년 동안의 유형으로 해결할 수 있을 거야. 남해의 별장들 중 하나에서 몇 년 쉬는 걸로 끝내지."

"나는 이미 모든 인연을 끊었어."

"운차이."

"꿈속에서조차 카레한 탑을 본다는 것은 부정하지 않겠어. 하지만 내가 돌아간다면 형과 발탄을 곤경에 빠뜨릴 뿐이야. 죽은 사람으로 취급해 주면 좋겠군."

"……그 이야기는 천천히 하도록 하지."

그리고 신차이는 헤게모니아 어로 말했다.

"이곳의 관습이 어떤지 모르겠지만, 친지들의 대화도 통역당하는 분위기는 이야기를 나누기 좋은 여건은 아니군."

파하스는 붉으락푸르락했지만 네리아는 재빨리 비난하는 눈초리로 그를 쏘아봄으로써 파하스를 한층 더 깊은 배신감 속에서 좌절하게 만들었다. 그란이 "가문의 전통이었군."이라는 이상한 말을 중얼거릴 때, 이루릴은 커다란 배낭을 가볍게 어깨에 걸치고 보트에서 부두로 오르는 한 키 큰 남자를 발견했다.

"당신이 쳉인가요."

쳉은 자신에게 말을 건 사람을 찾다가 검은 머리의 엘프를 발견하고는 조금 놀라는 표정을 지었다.

"그렇습니다. 엘프 아가씨는?"

"이루릴 세레니얼입니다. 잠시 당신과 동행했던 네리아 씨, 운차이 씨, 그란 씨의 친구입니다."

"아, 그러신가요. 말씀 많이 들었다는 말은 못하겠군요."

이루릴은 고개를 조금 갸웃했다. 쳉은 배낭을 내려놓으며 말했다.

"그건 저희들이 잘 나누는 인사말입니다. 하지만 저분들과는 많은 이야기를 나눌 시간이 없어서 당신에 관한 이야기를 듣지 못했습니다."

"그런가요. 하지만 저는 당신의 이야기를 들었습니다. 그래서 당신을 알아보는 것은 쉽더군요."

"쉽다고 하셨습니까?"

"체격과 표정 모두에서 골렘의 분위기를 느낄 수 있다고 하더군요."

쳉은 누가 그런 말을 했는지 알 수 있었다. 쳉이 벌겋게 변한 네리아의 얼굴에서 다시 이루릴에게로 시선을 옮기자 이루릴은 차분한 어조로 질문했다.

"아일페사스를 만나셨나요."

"예."

"그리고 어떻게 되었습니까?"

"그 골드 드래곤께서는 할슈타일 후작과 미와 함께 북으로 가셨습니다. 저는 도중에 돌아온 것입니다."

"도중에 돌아왔다고요?"

쳉과 이루릴은 고개를 돌렸다. 네리아가 믿을 수 없다는 얼굴로 쳉을 바라보고 있었다. 네리아는 재빨리 달려와 쳉의 얼굴을 올려다보며 말했다.

"잠깐만요, 쳉! 그게 도대체 무슨 말이에요? 도중에 돌아왔다니, 헤어졌단 말인가요?"

"예. 네리아."

"왜, 어째서지요? 왜 그녀를 내버려두고……"

"빙하와 육지 때문에 배가 더 나아갈 수 없는 지점에서 미는 하선했습니다. 내게는 배와 함께 돌아가라고 하더군요. 저는 상륙하면 하루도 견디지 못하고 죽을 거라고 말하면서."

"가, 가라고 해서 왔다는 거예요?"

"예."

"말도 안 돼요!"

네리아는 쳉의 셔츠 자락을 거머쥐었다. 그녀는 쳉을 흔들려고 했지만 쳉의 거대한 체구는 꼼짝도 하지 않았다. 그래서 네리아는 자신의 몸을 흔들며 고함지르게 되었다.

"왜! 당신은 하루도 견디지 못한다고요? 그럼 미는! 미도 마찬가지잖아요. 왜? 당신들은 헤어지면 안 돼요. 돌아오려면 같이 돌아왔어야지요! 어떻게 혼자 돌아온 거예요. 어떻게!"

네리아는 당신들이 가진 시간은 겨우 4년밖에 없다는 말을 외치려고 했지만, 그때 쳉이 나직하게 말해서 겨우 그 말을 삼킬 수 있었다.

"미는 아일페사스라는 그 골드 드래곤이 자신을 도울 거라고 여기고 있는 것 같았습니다만."

"아일페사스가? 골드 드래곤이니까? 그럼 당신은! 당신은 그녀를 돕지 않을 건가요?"

"저는 아무런 도움이 안 된다고 하더군요."

네리아는 입을 쩍 벌린 채 쳉의 얼굴을 올려다보았다. 하지만 쳉의 얼굴에는 아무 표정이 없었다. 쳉은 그 무표정한 얼굴 그대로 네리아의 어깨를 살짝 잡아 밀어냈고 네리아는 자신도 모르는 사이에 뒤로 몇 걸음 물러나게 되었다. 쳉은 천천히 허리를 구부려 발 옆에 던져둔 배낭을 집어들었다.

"더 할 말이 없다면, 저는 바쁜 일이 있어서 이만 가보고 싶습니다."
"바쁜 일……? 바쁘다니, 당신에게 무슨 바쁜 일이?"

쳉은 대답하지 않았다. 쳉은 그대로 배낭을 어깨 위로 둘러멘 채 훌쩍한 몸을 꼿꼿이 세우고는 일행들 사이를 걸어갔다. 사람들은 그를 위해 비켜주었고 쳉은 그대로 탄느완의 시내를 향해 사라지는 검은 점이 되었다.

쳉에게 무슨 바쁜 일이 있는지 네리아가 알게 된 것은 바로 그 다음날이었다.

쳉은 탄느완의 주민들로부터 삽과 곡괭이, 도끼 등을 빌린 다음 수레 하나에 그것을 싣고는 탄느완의 교외를 주욱 탐사하며 돌아다녔다. 네리아는 쳉에게 그런 재주가 있다는 사실을 믿지 않았지만, 실제로 쳉은 간단한 몇 마디 말로 탄느완의 주민들이 기꺼이 연장들을 내놓게 만들었다. 파하스가 고래를 향해 노래를 부르던 언덕 위에 다다른 쳉은 만족하고 수레를 세웠다.

그리고 쳉은 무쇠 같은 끈질김과 엑셀핸드도 감탄할 만한 완력으로 빙퇴석들을 주워 모으기 시작했다. 빙하의 흐름이 상류로부터 가져와 빙하 끄트머리에 내려놓는 빙퇴석들은 꽁꽁 얼어붙어 있는 데다가 거칠고 투박하다. 물의 흐름과 달리 빙하의 흐름은 돌의 표면을 다듬는 데 별로 관심이 없기 때문이다. 하지만 쳉은 묵묵히 그것을 모은 다음 수레를 이용해 언덕 위로 실어 날랐다. 그가 도대체 몇 번이나 언덕을 오르락내리락했는지는 아무도 모른다. 그때까지도 그가 무엇을 하고 있는지 아는 사람이 없었기에 그를 관찰한 사람도 없었기 때문이다. 어쨌든 쳉은 언덕 위에 거대한 돌무더기를 만들어놓은 다음, 곧 삽을 들어 언덕의 얼어붙은 땅을 파내기 시작했다.

야영에 능숙한 호위 무사의 지혜를 모두 동원해 선택한 그 위치는 해풍으로부터 자유로우면서도 시야가 좋은 근사한 장소였다. 물론 여건이 근사하다는 말이지 풍광이 근사하다는 말은 전혀 아니다. 그곳은 휑뎅그렁하고 메마르고 헐벗은 땅이었다.

쳉은 동토를 파낸 다음 거칠고 모난 빙퇴석들을 솜씨 좋게 쌓아올렸다. 말이나 소도 없고 기중기도 없었지만 쳉은 빙퇴석들을 맞물려 튼튼한 돌벽을 쌓고 지붕을 올렸다. 돌 움막을 완성한 쳉은 다시 언덕 아래로 내려왔다. 이미 그 몰골은 엉망진창이라는 말도 과분할 듯한 모습이었다. 하지만 쳉은 부드럽고 간결한 말씨로 탄느완의 주민들과 대화를 나누었고, 그리 어렵지 않게 집기들을 구할 수 있었다. 취사도구들은 배낭 속에 가지고 다녔기에 쳉이 구한 것은 배낭 속에 가지고 다니지 않는 것들이었다.

오래된 작은 난로는 원래 배에서 쓰이던 것으로, 은퇴한 선장이 보관하고 있던 것이었다. 대장간의 고철더미 속에서 아직 쓸 만한 연통을 구한 쳉은 잔돈을 조금 지불한 다음 그것을 수레에 실을 수 있었다. 그 외에도 쳉은 쓰레기 취급을 당하고 있던 물건들을 이것저것 모아들였다.

탄느완의 시민들은 그들이 그렇게 많은 쓰레기들을 다락방이나 헛간에 가지고 있었다는 사실에 놀랐다. 쳉은 커다란 낡은 담요를 구했고 우그러진 냄비와 구멍 난 주전자와 부서진 책상을 끌어 모았다. 그것은 수레에 실려 언덕 위로 옮겨진 다음 쳉의 손을 거쳐 이끼로 속을 채운 침대와 잘 펴진 솥과 굴뚝과 선반으로 변했다.

그리고 쳉 자신도 변해 갔다. 그는 제멋대로 자란 수염 때문에 바늘꽂이처럼 된 턱을 한 채, 탄느완의 선원들이 쓰는 두꺼운 방한복을 개량해 만든 조끼와 바지를 걸치고 맨발로 돌아다니기 시작했다. 물론 언덕 위에서 발을 다치게 할 만한 것들은 샅샅이 찾아내 모두 치워버린 지 오래였다. 쳉은 가지고 있던 것들 중 돈이 될 만한 것은 전부 팔아치우고, 그것으로 음식물을 구입했다.

그 시점에서 탄느완의 주민들과 네리아는 그가 무엇을 만드는 것인지 확실히 알 수 있었다. 흔한 감시 초소 같은 것이 아니었다. 쳉이 잠시 머무르는 것이 아니라 정말 거기에 살 작정을 하고 있다는 것은 누구의 눈에도 분명했다.

쳉은 집을 만들고 있었다.

"그녀를 기다릴 거예요?"
"예."
"만일 그녀가 오지 않는다면?"
"돌아올 때까지 기다릴 겁니다."
"그녀에겐 배가 없어요. 못 돌아올지도 몰라."

"돌아올 겁니다."

"그렇다면 영원히 이곳에서 기다릴 거예요? 늙어 죽을 때까지라도? 아무것도 하지 않고, 사랑도 하지 않고 사람들을 만나지도 않고 그저 이곳에서 살며?"

"예."

네리아는 눈물을 흘렸다.

제10장
잊혀진 바람을 위한 변주곡

1

"저는 죽겠습니다. 허락해 주십시오."

"……돌아가겠다고 말할 줄 알았다."

도르네이는 씁쓸하게 고개를 가로저었다.

"아니오. 죽을 겁니다."

신스라이프는 고개를 끄덕였다. 눈밭에 주저앉아 있던 도르네이는 빙긋 웃으며 몸을 일으켰다. 역시 눈밭 위에 앉거나 드러누워 있던 다른 일행들이 바라보는 가운데, 도르네이는 일행을 가로막고 있는 크레바스를 향해 천천히 걸어갔다.

길게 갈라진 틈바구니는 시야의 왼쪽 끝에서 오른쪽 끝까지를 관통하고 있었다. 그들이 과연 땅 위에 서 있는지 바다 위에 서 있는지 알 수 없었기에 크레바스의 바닥이 바다일지 육지일지는 역시 짐작할 수 없었다. 하지만 도르네이는 태연히 걸어가 크레바스의 끄트머리에

섰다. 아래를 잠깐 내려다보았지만 이미 지독한 설맹에 걸린 도르네이가 볼 수 있는 것은 별로 없었다. 도르네이는 다시 고개를 돌려 일행들을 주욱 둘러보았다.

그의 시선이 마지막으로 머문 곳에 신스라이프의 굳은 얼굴이 있었다. 그의 흐린 눈에도 신스라이프의 얼굴은 잘 보였다. 당연하지. 도르네이는 희미하게 웃었다.

"뜻하신 바를 이루기 바랍니다."

신스라이프는 대답하지 않았다. 도르네이는 몸을 돌려 크레바스 속으로 뛰어들었다. 그의 모습은 눈 깜빡할 사이에 사라졌다. 아무도 크레바스로 다가가지 않았고, 그래서 그의 마지막을 본 사람도 없었다.

신스라이프는 갑자기 몸을 돌리며 외쳤다.

"난 더 이상 이 꼴을 보고 싶지 않아!"

콜리의 프리스트들은 우울한 표정으로 신스라이프를 바라보았다. 수염과 눈썹에 붙은 흰 눈덩이가 그들의 표정을 상당히 제약하고 있긴 했지만, 신스라이프가 그 속에서 볼 수 있었던 것은 더 이상 좌절할 수도 없는 자의 평온함이었다. 그의 격렬한 고함 소리도 그들에게서 어떤 극적인 반응은 이끌어내지 못했다. 그 무관심한 모습은 신스라이프를 더욱 분노하게 만들었다.

"너희들 마음대로 해! 이곳에서 나를 기다리든지, 아니면 도르네이를 따라 저 속으로 뛰어들든지. 뛰어드는 녀석은 죽을 수 있을 거라고 보장한다. 그리고 나를 기다리는 놈에게는, 그래. 나는 반드시 돌아올 거라고 맹세하겠다. 하지만 그건 너희들 마음대로 정해. 내 앞에서 더 이상 자살하거나 하지는 마!"

그리고 신스라이프는 콜리의 프리스트들에게는 시선도 보내지 않은 채 크레바스의 반대쪽을 향해 휘적휘적 걸어갔다. 프리스트들은 우울한 표정으로 신스라이프를 바라볼 뿐 아무 말도 하지 않았다. 충분한 거리가 되자 신스라이프는 멈춰 섰다.

"나는 가겠다."

그리고 신스라이프는 몸을 돌려 크레바스를 향해 달리기 시작했다. 크레바스의 끄트머리에 닿기 직전, 신스라이프는 땅을 강하게 찼다. 하얀 눈보라가 폭발하듯 솟구치는 가운데 신스라이프의 몸이 위로 날아올랐다.

크레바스 상공을 그렇게 날아간 신스라이프는 건너편에 부드럽게 내려섰다. 신스라이프는 잠시 제자리에 가만히 서 있었다. 등 뒤에서는 아무 소리도 들려오지 않았다. 그러나 조금 후 주블킨의 다급한 고함 소리가 들려왔다.

"이, 이봐! 이보게들!"

신스라이프는 입술을 꼭 깨문 채 고개를 돌리지 않으려 애썼다. 주블킨도 곧 고함지르는 일을 그만뒀다. 등 뒤로부터 눈더미가 무너지는 것 같은 소리가 둔하게 들려왔다. 한 번인가 짧은 비명 소리가 들려왔다. 신스라이프는 모진 결심을 한 끝에 간신히 발을 뗄 수 있었다.

등 뒤로부터는 더 이상 아무 소리도 들리지 않았다. 그리고 신스라이프는 돌아보아 누가 남아 있는지 확인하기를 거부했다. 일행의 앞길을 막았던 크레바스는 이제 그들과 신스라이프를 갈라놓고 있었고, 앞으로의 길은 그 혼자 걸어가야 할 것이다. 반드시 돌아올 것이라는 그의 말은 진심이었다. 하지만 돌아왔을 때 누구를 만나게 될지 신스라이프는 장담할 수 없었다.

신스라이프는 지평선을 바라보았다. 은청색 하늘과 하얀 눈. 신스라이프는 갑자기 진저리를 쳤다. 홀로 걸어가야 할 그 거리가 무시무시한 압박감으로 그에게 다가왔다. 아냐. 신스라이프는 부정했다. 혼자가 아니지.

파는 갑자기 말했다.

'그들은 알아버린 것이죠.'

신스라이프는 앞으로 걸어가려 애쓰며 말했다.

"뭘……, 말이냐."

'그들이 자신의 시간을 다른 이에게 위탁하고 있었음을.'

단 한 번도 사람의 발자국이 찍히지 않았던, 아니, 다른 어떤 동물의 발자국도 찍힌 적이 없던 설원 위에 다시 발걸음을 내디디며 신스라이프는 파의 말을 생각해 보았다.

'도르네이는 돌아가겠다고 말하지 않았어요. 죽겠다고 말했죠. 그 차이는 뭐죠.'

"말해야 할 이유가 없다. 닥치고 있어."

'도르네이는 돌아가지 않았어요. 다시 그의 삶을 살겠다고 하지 않았어요. 당신을 위해 살았던 삶이 아닌 그만의 꿈, 그만의 행복을 추구하지 않겠다고 말했어요. 그 대신 그가 선택한 것이 뭐죠.'

"닥쳐."

'그의 죽음이죠.'

신스라이프는 이제 대답하지 않았다. 그리고 파 역시 침묵을 지켰다. 절대로 밤이 찾아오지 않는, 하지만 환한 낮도 찾아오지 않는 불투명한 하늘과 눈부신 설원 사이를 걸으며 신스라이프는 머릿속으로 아무 생각도 떠올리지 않으려 애썼다.

"저건 뭐지?"

아일페사스는 눈을 가늘게 떴다가 다시 크게 떴다. 그러고는 당황하며 다시 가늘게 떴다. 무시무시한 백색광이 동공을 찌르듯이 다가왔기 때문이다.

"후작아, 저거 뭐인 것 같아요?"

할슈타일 후작은 깊숙이 내려쓰고 있던 후드를 걷어올리며 아일페사스가 가리키는 것을 찾았다. 넓디넓은 설원 위에 하나밖에 없는 검은 점이었기에 놓칠 리는 없었지만, 후작 역시 그것이 무엇인지 알 수 없었다. 하지만 짐작할 수는 있었다.

"사람이겠지요."

"사아아람?"

"우리가 쫓는……. 그 외에 다른 무엇이 이곳에 있겠소."

아일페사스는 눈을 깜빡이다가 앞으로 달려갔다. 눈 위를 달리는 아일페사스의 모습은 마치 단단한 땅을 달리는 것 같았다. 하지만 후작과 미는 그렇게 뛸 수 없었기에 아일페사스의 뒷모습을 바라보면서 천천히 뒤따라갔다. 어차피 뛰려고 해도 뛸 힘조차 없기는 했지만.

아일페사스는 마지막 몇 발자국을 달리는 대신 왼발을 앞으로 내밀며 주욱 미끄러졌다. 아일페사스는 멋지게 눈을 튀기며 거대한 크레바스 옆에 웅크리고 앉아 있는 사내 옆에 멈춰 섰다.

하지만 사내는 꼼짝도 하지 않고 그대로 앉아 있었다. 아일페사스는 사내의 얼굴을 들여다보았다. 눈썹과 수염, 머리카락 등에 매달린 얼음덩이는 사내의 얼굴을 거의 다 가리고 있었다. 털옷 위에 떨어진 눈들도 딱딱하게 얼어서 사내의 모습은 조각처럼 보였다. 얼어 죽은 건가? 아일페사스는 사내의 눈을 보았다. 그 눈은 크게 벌어진 채 크레바스 너머 지평선을 바라보고 있었다. 그리고 눈꺼풀은 움직이지 않았다. 속눈썹에까지 자잘한 얼음들이 매달려 있었다.

아일페사스는 허리에 손을 올리고 가슴을 내밀며 말했다.

"죽었니? 대답하지 않으면 살아 있는 걸로 간주하겠다. 음하하."

자신의 농담에 스스로 질려버린 아일페사스는 재빨리 고개를 돌려 미와 후작을 바라보았다. 그들은 아직 충분히 멀리 있었고 아일페사스는 작게 한숨을 내쉬었다.

"호아……"

"만약 대답한다면 논리가 엉망이 될 것 같군 그래."

와당탕 하는 소리가 나지는 않았다. 부드러운 눈이기 때문이다. 그래서 아일페사스는 그런대로 고요하게 엉덩방아를 찧고는 커다랗게 뜬 눈으로 사내의 옆얼굴을 바라보았다.

"대, 대, 대담했어! 죽었나 봐."

"……그만하지. 넌 이사의 처녀인가."

"아닌데. 넌 누구세요?"

우드득! 얼굴과 목 주변에 붙어 있던 얇은 얼음 조각이 깨지고 얼어붙어 있던 옷들이 바스락거리며 아우성을 질렀다. 사내는 조그만 얼음 조각을 무수히 떨어뜨리며 고개를 돌렸다. 아일페사스는 고개를 돌리는 모습이 이렇게나 거창해질 수 있다는 사실에 감탄하며 입을 벌렸다.

고개를 돌린 사내는 먼저 눈 주위에 매달린 얼음들을 문질러 떼어냈다. 그러고는 보고 있던 아일페사스가 정서 불안에 걸릴 정도로 눈을 격심하게 깜빡거리고 난 후에야 그녀를 똑바로 바라보았다.

"잘 안 보이는군. 설맹인가."

"전 설맹이 아니라 펫시야."

"내가 설맹에 걸린 것 같다는 말이야. 너무 오랫동안 흰 지평선을 바라보았기 때문에. 펫시라. 이 땅에 사람이 살고 있을 리는 없을 테니 넌 사람이 아니겠군. 어떤 신인가? 글쎄. 그런 농담을 하는 것을 보니 신인 것 같기도 하군."

"전 신이 아닌데. 그건 그렇고 넌 누구세요?"

"난 발레드 신스라이프라고 하는 사람이지. 아니, 사람이었지."

아일페사스는 이마에 세로 주름을 만들어보이며 말했다.

"사람이었다는 말은 지금은 사람이 아니라는 말이겠네? 그럼 뭔데요?"

"모르겠어……. 아직 그에 해당하는 말이 만들어지지 않았기에 말할 수 없는 그런 존재를 상상할 수 있겠니."

"음. 있어. 손톱에서 살과 붙어 있는 빨간 부분과 살과 떨어져 있는 하얀 부분 사이의 경계선 같은 거. 그건 가리키는 단어가 없으니까 이렇게 길게 말해야 되죠. 이런 거 말이야?"

"쉬운 예를 잘 찾아내는군. 현명한 아이로구나."

"그건 옳은 말이야. 그런데 네가 그런 것이라고요?"

"그런 것 같아. 나를 한 마디로 설명할 수 있는 단어를 가지지 못했다는 것은, 사실 많은 사람들의 문젯거리이긴 하지. 하지만 내 경우는 그게 더 극적이군."

"어떻게 극적인데, 발?"

발? 발레드는 피식 웃고 싶었지만 그 동작에 필요한 근육들이 어디에 있는지도 모를 만큼 얼굴이 굳어 있었다. 그래서 발레드는 조용히 말했다.

"이 앞의 크레바스가 보이나. 내겐 이제 잘 보이지 않지만."

"응. 보여요. 저 길게 갈라진 것이 크레바스라면."

이 아이는 도대체 뭘까. 어떻게 이런 장소에 있을 수 있는 거지. 발레드는 생각이 점점 힘들어지는 것을 느꼈다. 그러고 보면 이 아이의 정체를 스스로 해명해야 할 필요는 뭔가. 아직까지도 추위를 느낀다는 것이 신기한 몸을 한 채 뭘 더 따질 것인가. 발레드는 무의식처럼 말했다.

"그곳에 수십 명의 프리스트들이 뛰어들었단다."

"왜요?"

"왜라고 물었니? 나는 바로 그걸 확신할 수가 없단다."

"확신할 수 없다면 추측할 수는 있는 거겠네?"

"그래."

"말해 봐요."

"그들은 한 사람에게 자신의 모든 시간을 위탁했던 거다."

"'자신의 생애'나 '자신의 충성'이라고 말해야 할 것 같은데. 그러면, 짠! 기사도가 되잖아."

"아니, 시간이야. 생애라고 말했을 땐 살아가는 모습이지. 충성이라고 말했을 땐 살아가는 의미이고. 하지만 그들은 시간을 바쳤단다."

"설명, 설명, 설명해라. 시간, 시간, 시간이 뭔데?"

"세상에 대한 자기만의 기만이지."

아일페사스는 눈살을 조금 찌푸렸지만 참을성 있게 기다렸다. 제리고 그렇고 나이드도 그랬어. 기다리면 알아서 말할 거야. 사람은 그렇더라고. 과연 발레드는 느릿하게 말을 이었다. 하지만 아일페사스가 기대하던 말은 아니었다.

"왜 조용한 거니? 보이지 않는데 말도 없으니 불안하구나."

아일페사스는 정직하게 대답했다.

"기다리면 말할 거라고 생각했어요. 사람들은 그러잖아."

"그래? 그걸 알고 있는 걸 보니 너도 내 말을 이해하고 있구나."

"속이 안 좋아요?"

"뭐?"

"아무리 그래도 말을 해요! 말처럼 들리는 트림은 그만하고! 브레스를 확 뿜어버릴까 보다."

내 말에 대해 이토록이나 통렬한 비평을 받아본 건 평생 처음인걸. 발레드는 기어코 웃고 말았다. 그 얼굴을 보던 아일페사스가 겁에 질려 '아니에요, 아니에요. 브레스 뿜는다는 거 농담이야. 히이잉!' 하고 울먹거렸다는 사실에 대해서 고려하지 않기로 한다면, 어쨌든 웃을 수는 있었다.

"시간은 순서란다."

"좋아요."

"순서는 동시에 일어나는 일에서는 발생하지 않는 거란다."

"키스할 때 누가 누구의 입술에 먼저 닿았는가 하는 순서가 없는 것처럼?"

발레드는 다시 아일페사스를 공포에 질리게 만들었다. 즉, 웃었다.

"그렇구나……, 그래. 거기엔 순서가 없단다. 순간만 있지."

"그런데?"

"잠깐 이야기를 접어두고 한 삶을 보자. 어떤 사람이 열심히 일해서, 많은 돈을 벌어서, 안락하게 산다면 그 사람은 노후에 이렇게 말할 수 있겠지. '내 시간에 후회는 없었다.', '나는 주어진 시간을 최대한 열심히 살았다.', 이런 말들은 자서전 같은 걸 뒤져보면 얼마든지 발견할 수 있단다. 네가 그런 걸 읽었는지 모르겠지만."

베고 자기는 했어. 아일페사스는 카르 엔 드래고니안의 순결의 방에 있는 책더미를 떠올리고는 작게 진저리쳤다.

"그리고 그 말을 듣는 사람들은 그가 지나온 시간을 계획적으로 잘 살아왔다고 생각하게 되겠지. 하지만 그가 과연 시간을 순서대로 살아온 것일까, 펫시?"

아일페사스는 발레드가 퍽 마음에 들었다. 그는 차분한 목소리로 펫시라고 불러주었다. 그리고 아일페사스는 그 쉰 목소리로 불릴 때 자신의 이름이 근사하게 들린다고 생각했다. 그래서 아일페사스는 부드러운 목소리로 말했다.

"무슨 말이니, 발?"

"그는 열심히 일할 땐 안락하게 사는 자신의 모습을 생각하고 있을 거야. 그리고 안락하게 살게 되었을 땐 고생스러웠던 지난날을 생각하고 있겠지. 그 사람은 사실 거꾸로 살아온 거야."

"거꾸로?"

"그래. 열심히 일할 땐 안락해진 자신의 모습을 떠올리며 그 상상을 즐기지. 이건 신용 대출이라고 할 수 있을까. 그리고 안락하게 되었을 땐 지긋지긋하다고 말하면서도 과거를 생각하지. 이건 빚갚음이라고 할 수 있겠지. 즐거움은 미리 배당받았기에 더 이상 받을 수 없고, 과거에 빚갚음하며 살다가 죽는 거야."

"아아, 그렇네요. 맞아요. 그렇구나. 응응. 저 아는 척하고 있어. 똑똑해 보이죠? 비참해라……"

"순서라는 말을 다시 생각해 보자꾸나. 인과라는 말을 쓰고 싶은 유혹을 느끼지만……. 좋아, 인과라고 해두자. 원인이 있어야 결과가 있겠지. 여기엔 순서가 있다. 결과가 먼저 발생하진 않아. 원인이 먼저 발생하지. 그렇지? 원인이 있어야 결과가 일어날 테니. 아까 말했던 한 사람의 삶의 모습 같은 것도 이와 같지. 열심히 일한 것이 원인이고 안

락한 노후 생활이 그 결과일 거야. 알겠니?"

"좋네요. 이해해."

"하지만 사람의 마음속의 흐름을 보면 그 순서가 이상하게 바뀌어 있는 것을 알 수 있단다. 어떤 결과를 만들어내기 위해 행위를 하고 있을 때, 그 사람은 그 결과를 즐기고 있단다. 근엄한 목소리로 이렇게 말하는 사람들이 있겠지. '예상되는 결과가 시원찮군. 관두는 것이 낫겠어.' 잘 보렴, 이때 그 사람은 행위에는 관심이 없어. 결과에만 관심이 있을 뿐이야. 아직은 존재하지도 않는 그 결과를 사람은 앞당겨서 즐길 수가 있어."

"아아."

"그리고 결과가 일어났을 때를 보자꾸나. 그는 이제 행위에 대해서 생각하고 있는 자신을 발견하게 될 거야. 그것이 뉘우침이든 즐거운 회상이든 상관없어. 그는 결과가 아닌 행위를 생각하고 있지. '젠장, 그때 그렇게 하지 않았어야 되는데.', 혹은 '만약 그때 이러했다면.', '그렇게 했기에 가능했지.' 등의 말들이 그것인데, 이런 말 속에 담겨 있는 감정은 좀 다를지 몰라도 행위를 생각하고 있다는 점에는 차이점이 없단다. 이젠 존재하지 않는 그때의 그 행위를 즐기고 있는 거지."

"아아. 그렇네."

"순서가 바뀌어 있다는 것을 알겠니?"

"으으응. 하지만 행동하면서 동시에 즐거워하는 경우도 있잖아. 춤을 춘다거나 노래를 부르는 것도 그렇고,."

"키스도 그렇고?"

"까르르륵!"

"그래. 하지만 그건 시간이 아니지."

"응?"

"그럴 때 쓰는 말 하나를 들어볼까? '시간 가는 줄 모르고.'라는 말이 있겠구나."

"음음. 좋아요. 실제의 시간과 사람 마음속의 시간이 서로 다르다고 쳐. 그런데?"

"사람은 언제나 시간과 떨어져 있다는 거지. 시간과 함께 있지 않아. 주어진 시간을 열심히 산다는 말은 사실 불가능하지. 그는 언제나 시간과 별개의 존재였으니까. 그것이 인간에게 자존심을 주지. 부모와 떨어져 있는 꼬마가 느끼는 자존심과 비슷한."

"별개의 존재라고?"

"그래야만 시간을 만들어낼 수 있으니까."

"그래야만 만든다고?"

"그래. 서로 별개여야 하지. 한 여자가 이 세상의 어떤 남자와 결혼하든, 설령 그녀의 아버지와 결혼한다고 해도 그녀 자신을 낳을 수는 없는 것처럼. 사람은 시간과 별개여야 한단다. 그래야만 시간을 만들어낼 수 있으니까."

"흐응. 괴팍한 논리다. 용서해 줄게요. 그런데 왜 프리스트들은 구덩이 속으로 들어간 거야?"

"신스라이프라는 사람이 있었단다."

"흐음. 그런데?"

"그는 시간과 하나가 되어버리려고 결심했단다. 영원히 살기로 한 거지."

"그가 마지막 순간에 한 행동이 뭐였지?"

딤라이트는 무스타파를 흘끔 바라보다가 말했다.

"그는 자신의 지팡이를 버렸지."

"그래."

"그게 대답이 될 거라고 생각하나, 무스타파."

"잊지 말게. 난 자네에게 그걸 선물했네."

딤라이트는 저 먼 성벽 아래에 서 있는 키티 데시의 가슴에 안긴 거대한 백파이프를 바라보았다. 키티는 휘청거리면서도 열심히 그것을 연주해 보려고 애쓰며 퀜턴의 시민들을 웃기고 있었다. 삐이엑, 뿌에엑.

무스타파는 단조롭게 말했다.

"그건 일종의 테스트였지. 나는 솔로처의 말을 시험해 보았네. 과연 그리움으로 과거를 불러낼 수 있는 것인지. 가능했네. 난 자네에게 그걸 주었지. 생성에 성공한 만큼, 이제 소멸도 가능할 거라고 봐. 그 소멸의 열쇠가 무엇인지를 찾아낸다면 말이지. 내 안타까움의 닻이 무엇일지……. 그런데 말일세, 아무래도 우린 하나였다는 사실이 문제인 것 같더군."

딤라이트는 다시 무스타파를 쳐다보았지만 무스타파는 저 멀리 지평선을 뒤덮고 있는 검은 안개 쪽을 바라보고 있었다.

"솔로처는 차라리 쉬웠을 거야. 지팡이를 버린다는 것은 퍽이나 상징적인 행동이지. 어쨌든 그는 솔로처라는 한 명의 마법사만을 정리하면 그만이었고, 그래서 그는 우리보다 먼저 떠났지. 하지만 우리는 서로에게 묶여 있다네, 딤라이트. 천공의 기사들. 자네가 죽는다면 나와 그레이가 자네를 부를 걸세. 내가 죽는다면 자네와 그레이가 그럴 테고, 그리고 그레이는……."

무스타파는 잠시 말을 멈췄다가 말했다.

"그가 죽는다면 우리 손에 의해서일 테고, 그리고 우리에 의해 되살아나게 될 테지. 짝을 찾아보기 어려울 만큼 기막힌 노릇이지 않은가. 우리는 하나일세. 우리는 서로의 그리움이고 서로의 안타까움일세. 서로의 열쇠란 말일세. 인정하기는 어렵지만 납득할 수는 있는 말인데, 우리들은 이루지 못한 약속이나 패배한 전투 때문에 되살아난 것은 아닐 걸세. 기사로서 낙제감이군. 우리는 서로를 부활시킨 것일 거야. 그런 우리들이 다시 사라져가기 위해선 이 땅과 이 시간 위에서도 우리는 다시 하나여야 하네. 그런데 우리는 서로 적이 되어 갈라졌네."

딤라이트는 고개를 숙였다. 무스타파는 흉벽 위로 눈물을 떨구며 말했다.

"우리는 끝장일세. 딤라이트. 아니, 말이 잘못되었군. 우리는 결코 끝장날 수 없게 되었네."

"여기서는 그렇겠지요."

딤라이트와 무스타파는 동시에 고개를 돌렸다. 그곳에는 적어도 켄턴에서는 그들만큼이나 이질적인 사람이 서 있었다. 무스타파는 눈을 훔치며 딱딱하게 말했다.

"무슨 말인가, 에카드나."

천공의 기사인 그들이었지만 에카드나의 모습 앞에선 일종의 위축감을 느끼지 않을 수 없었다. 투쟁의 증거인 이빨에서 비롯되고 투쟁을 통하여 태어나는 용아병은 퀜턴의 성벽 위에 누군가 가져다 놓은 석상 같은 모습으로 그들을 바라보고 있었다. 아무 감정이 엿보이지 않는 눈빛으로 그들을 바라보던 에카드나를 향해, 딤라이트는 재촉하듯이 말했다.

"여기서는 그렇다는 말은……"

"이 땅은 천공의 기사들이 죽을 수 있는 장소는 아닌 것 같다는 말입니다."

"뭐라고?"

바람에 흩날리는 머릿결과 말을 꺼내는 입술을 제외하면, 에카드나의 모습에선 조그마한 움직임도 찾아볼 수 없었다.

"글쎄요. 제 생각으로 천공의 기사들이 쓰러져가야 할 장소는 이 땅 위는 아닌 것 같습니다. 천공의 기사들이 마지막으로 서 있어야 하는 장소는……"

뿌와아악! 끔찍한 소리가 들려왔다. 딤라이트는 기겁하면서 고개를 돌렸다. 성벽 아래에서는 키티가 가슴에 맨 백파이프가 출렁거릴 정도로 팔짝팔짝 뛰고 있었다.

"소리 났어! 소리 났어! 들었지요? 내가 소리를 냈어요!"

딤라이트는 그만 미소 짓고 말았다. 그는 환한 미소를 지은 채 무스타파를 돌아보았다. 하지만 무스타파는 에카드나에게 배운 듯한 무표정한 얼굴로 그를 마주볼 뿐이었다. 딤라이트는 겸연쩍은 헛기침을 몇 번 하고는 다시 말했다.

"무슨 말인지 알겠네, 에카드나. 하지만 가능할까."

에카드나가 대답하기도 전에 무스타파가 먼저 말했다.

"뭐라고? 딤라이트. 무슨 말인지 알겠다니……"

"제가 도와드리겠습니다."

"자네가?"

"이봐, 딤라이트. 무슨 말을 하는지 나는 모르겠네만……"

"그가 원하는 것이 이 성 안에 있습니다."

"그런가. 그것 말이군. 하지만 데스나이트는 어쩌지?"

"그러니? 자네들 도대체 무슨 말을 나누는 건가……"

"제가 담당해야 하겠지요. 그것을 목적으로 삼기로 했습니다."

"솔로처는 역시 대마법사였군. 그는 떠났지만 자네를 남겨둔 것이었군. 계획을 말해 보게."

"딤라이트!"

무스타파는 벌컥 고함을 질렀다. 대화를 나누던 딤라이트와 에카드나는 입을 다물고 그를 돌아보았다. 무스타파는 씩씩거리며 말했다.

"도대체 무슨 이야기들을 나누는 건가! 뭐야? 천공의 기사가 마지막으로 서 있어야 되는 곳이라니! 일스를 말하는 건가?"

딤라이트는 다시 웃음을 띠었고 에카드나는 여전히 무표정한 얼굴이었다. 하지만 무스타파는 에카드나의 얼굴을 쳐다보며 더 화가 치밀었다. 입술을 깨물고 있는 무스타파를 향해 딤라이트는 조용히 말했다.

"일스라고? 아닐세. 조금 전 자네가 말했듯이 우리는 기사로서는 낙제감이지. 우리는 우리의 충성이 가리키는 그 땅에서 부활하진 않았네. 일스가 아냐."

"뭐? 그럼 켄턴인가? 하지만 조금 전 이곳이 아니라고……, 설마 콜로넬 계곡인가?"

딤라이트는 다시 웃었고 에카드나는 여전히 진저리쳐지도록 무표정한 얼굴이었다. 무스타파는 이제 에카드나를 잡아먹을 듯이 노려보기 시작했다. 그래서 딤라이트는 무스타파의 옆얼굴을 향해 말해야 했다.

"하늘일세."

킨 크라이는 사납게 날뛰었다. 쇠사슬이 춤을 추며 요란한 소음을 울렸고 매섭게 부딪는 부리 역시 끔찍한 음향을 만들어냈다. 머리와 목, 어깨에 돋아 있는 깃털들이 모두 뻣뻣하게 곤두선 킨 크라이의 모습은 실제보다 두 배는 커 보였다.

켄턴의 억센 병사들이 완전 무장을 하고 도전했지만, 킨 크라이는 맹수와 맹금이 구사할 수 있는 모든 종류의 횡포를 그들에게 저질러놓았다. 머리를 쪼이고 땅바닥에 나동그라진 병사는 주위의 동료들이 재빨리 끌어낸 덕분에 간신히 복부가 난자당하는 꼴은 면하게 되었다. 병사는 박살난 투구를 아연한 눈으로 바라보다가 그것을 옆으로 집어던졌다.

네 다리에 묶인 쇠사슬에 세 명씩의 병사가 매달린 모습으로 킨 크라이는 넓은 마당으로 끌려나왔다. 킨 크라이는 그야말로 입체적으로 날뛰었다. 전후좌우에 덧붙여 아예 하늘로 날아오르려 들었던 것이다. 하지만 도합 열두 명의 병사들이 목숨을 걸고 매달려 겨우 그 비행을 저지했다.

딤라이트는 슬픈 눈으로 킨 크라이를 바라보다가 고개를 옆으로 돌렸다. 에카드나는 묵묵히 킨 크라이를 지켜보다가 앞으로 걸어갔다. 킨 크라이는 부리를 딱딱 부딪치며 사납게 으르렁거렸고 쇠사슬에 매달린 병사들은 긴장하기 시작했다. 킨 크라이는 충분한 거리에 들어오면 언제든지 앞으로 돌진하겠다는 태도를 노골적으로 보여주고 있었다. 누구의 눈에도 그의 결심은 확고해 보였지만, 그러나 에카드나만은 아무런 표정 없이 킨 크라이를 향해 걸어갔다.

에카드나는 멈춰 섰다.

"일자(一者)이신 왕으로부터 너에게 말한다."

"크아각!"

킨 크라이는 대답 대신 사나운 포효를 선사했다. 에카드나는 길게 숨을 들이마시고는 단숨에 짜내듯이 말했다.

"내게 복종하라!"

킨 크라이의 태도가 순식간에 돌변했다.

딤라이트는 킨 크라이가 기겁하며 솟아오를 것이라고 생각했다. 기세는 그러했지만, 대신 킨 크라이는 몸을 아래로 낮추었다. 목과 어깨의 깃털들이 도로 드러누우며 이상한 소리가 들려왔다. 킨 크라이는 아랫부리가 땅에 닿을 정도로 머리를 낮춘 채 이상스럽다는 듯이 에카드나를 바라보았다.

너는 누구냐. 왜 땅을 디디고 걷는 자와 바람을 타고 나는 자들의 왕의 이름으로 내게 명령하느냐. 너는 왕처럼 보이지는 않는데.

킨 크라이는 의심의 눈으로 바라보았다. 하지만 에카드나는 그런 의심에 대해서도 무표정한 얼굴만을 보냈을 뿐이었다.

"내게 복종하라." 설명하지 않고 해명하지 않는다. 명령할 뿐이다. 나는 왕이니까.

"크르르르……" 내겐 주인이 있다.

"내게 복종하라." 그래서?

킨 크라이는 똑바로 섰다.

에카드나는 킨 크라이의 장구들을 들고 있는 경비 대원에게 다가가 그 안장과 고삐 등을 받아들었다. 그러고는 주저 없는 걸음걸이로 킨 크라이에게 다가섰다. 킨 크라이는 에카드나가 고삐를 채우고 안장을 얹는 동안 꼼짝도 하지 않았다. 딤라이트는 그 모습을 보며 기사 서임식을 떠올렸다. 어깨를 펴고 꼿꼿하게 서 있는 기사와 검을 하사하는 군주.

에카드나는 안장을 다 채운 다음 천천히 물러났다. 그가 킨 크라이의 목 갈기라도 쓰다듬지 않을까 걱정하던 무스타파는 작게 안도의 한숨을 내쉬었다. 에카드나는 친밀감을 나타내는 어떠한 행동도 하지 않고 조용히 물러났다. 그것은 무관심이라고도, 또는 무스타파가 생각하는 것처럼 킨 크라이의 자존심에 대한 경의라고도 해석할 수 있을 것이다. 어쨌든, 기사의 목을 쓰다듬는 것은 군주답지는 않은 행동이다.

에카드나는 부드럽다는 것 이외엔 어떤 호감도 찾을 수 없는 그 목소리로 말했다.

"마지막을 장식하는 것으로 무엇을 원하십니까."

무스타파는 칼자루 끝의 폼멜을 잠깐 쓰다듬다가 고개를 끄덕이며 말했다.

"내 마지막 술잔과 내 마지막 노래는 이미 300년 전에 즐겼소. 미련은 없소."

그러나 딤라이트에게는 마지막을 장식하는 것이 필요했다. 그랬기에 그는 성벽 아래에서 백파이프를 가슴에 안고 씩씩하게 행진하고 있는 키티를 찾아갔다.

키티 데시는 커다란 백파이프에 상체가 거의 가린 모습으로 행진하고 있었다. 있는 힘껏 취입구를 불어대고 있느라 두 볼이 발갛게 물든 채로, 키티는 자신이 만들어내는 불협화음에 황홀해하고 있었다. 비록 주위의 경비 대원들과 시민들은 비극적인 처지에 떨어져 치를 떨고 있어야 했지만.

그렇게나 열중하고 있었기에, 키티는 딤라이트가 한참 동안 제자리에 서서 그녀의 모습을 바라보다가 결국 헛기침을 몇 번 했을 때야 간신히 그가 온 것을 알아차렸다.

"딤라이트 경! 선물 너무너무 고마워요!"

딤라이트는 아무리 생각해 보아도 백파이프를 선물했던 기억이 없었지만 그녀의 눈 속에서 '내가 그렇다면 그런 줄 알아!'라는 의미로 파악되는 도발적인 눈빛이 번득이는 것을 보고는 나오려던 말을 도로 집어삼켰다.

"즐거워하시는 것을 보니 제 마음 또한 행복합니다."

키티는 해죽 웃었고 딤라이트는 퍽이나 전격적으로 강탈당한 백파이프를 서글픈 눈으로 바라보다가 조심스럽게 오른쪽 무릎을 꿇었다. 키티는 어리둥절한 표정으로 딤라이트를 보다가 메고 있던 백파이프를 내려놓았다.

"딤라이트 경?"

"레이디 케이트 데솔로. 인사를 드리고자 찾아왔습니다."

"인사라니요, 무슨?"

"저는 떠나갈 것입니다."

"떠나……, 떠나요? 어디로?"

딤라이트는 '어머님이 계셨던 곳 말입니다.'라고 말하고픈 유혹을 억눌렀다.

"하늘입니다."

키티는 이해할 수 없다는 표정으로 딤라이트를 바라보았다. 하지만 그녀를 이해시키고자 찾아온 것이 아니었기에 딤라이트는 미소 지으며 말했다.

"떠나기 전에 꼭 당부드릴 말이 있어 이렇게 찾아왔습니다."

키티는 아무 말도 하지 않았다. 그녀가 전혀 도와주지 않았기 때문에, 원래 상대방이 도와줄 때에만 대화를 잘할 수 있는 딤라이트는 퍽이나 힘들게 말을 이어나갔다.

"모친께서 돌아오신 것 다시 한번 축하드립니다."

"예……"

키티의 어눌한 대답을 들으며 딤라이트는 자신의 불길한 추측이 맞아떨어진 것 같다고 생각했다. 그래서 딤라이트는 더욱 힘들게 말해야 했다.

"모친께서 돌아와서 행복하시지요?"

"행복해요, 예." 하고 말하는 키티의 목소리는 시큰둥했다.

딤라이트는 손바닥을 위로 한 채 오른손을 앞으로 내밀었다. 키티는 잠시 그 손바닥을 바라보다가 그 손 위에 자신의 왼손을 얹었다. 하지만 딤라이트는 키티가 기대하는 것처럼 그 손등 위에 키스하거나 하지는 않았다. 대신 딤라이트는 그 작은 손을 조심스럽게 쥐었다. 키티는 입술을 비죽 내밀었다.

"달라요."

"다르다고 하셨습니까."

"예, 응, 그러니까……, 달라요."

"그렇습니다. 레이디 케이트 데솔로. 과거를 그리워하는 것은 그것이 과거이기 때문입니다."

키티는 고개를 갸웃했다. 딤라이트는 우울함을 떨치려 애쓰며 말했다.

"저에겐 하나의 추측이 있습니다. 어느 날, 레이디 케이트가 귀가하셨을 때 모친께서 부재 중이실지도 모릅니다."

"우리 엄마가 어디 간다고 했어요?"

아니오. 당신이 보낼 것입니다. "그럴지도 모르겠습니다."

"그런가요……"

당신이 불렀습니다. 그러나 당신은 과거의 어머니를 부른 것입니다. 현재의 어머니가 아니라. 결국, 당신이 주문한 것이 잘못 배달된 것이지요. 당신은 짜증을 내며 반환해야 할 것입니다. 솔로처가 그 자신을 반환한 것처럼. 그리고 우리가 이렇게 스스로를 반환하려 하는 것처럼 말입니다. 특별히 말하고픈 이유는, 솔로처나 우리들의 경우와는 달리 이것은 당신의 모친이 아니라 당신이 하는 일이기 때문입니다. 슬퍼하지 마십시오. 괴로워하지 마십시오.

딤라이트는 수십 마디의 말이 머릿속에서 회오리바람처럼 몰아치는 것을 느꼈지만 그의 입은 꼼짝도 하지 않았다. 이 노릇을 어찌하면 좋을까. 그레이, 자네가 있었다면.

"레이디 케이트 데솔로."

"예."

"레이디 케이트 데솔로."

"말씀하세요, 딤라이트 경."

"슬픈 추억은 발바닥에 꽂힌 가시 같은 것입니다."

다행히도 키티는 폭소를 터뜨리지는 않았다. 그리고 불행히도, 키티가 폭소를 터뜨리지 않았기에 딤라이트는 끝까지 말할 자신을 얻었다.

딤라이트는 진지한 목소리로 말했다.

"뽑기 힘든 가시 말입니다. 그것은 움직이지 않으면 아프지 않습니다. 괜스레 건드리면 아프지요. 조심스럽게 걸으면 아프지 않습니다. 끝까지 걸어갈 수도 있습니다."

"딤라이트 경······. 가시요?"

"가장 좋은 방법은 그 가시를 빼서 어깨 너머로 집어던지고 끝까지 걸어가는 것입니다. 그럴 수 있으시면 좋겠습니다. 하지만 대부분 그 가시마저도 사랑하기에 뽑지 못합니다. 그럴 바에는, 건드리지 않으려 조심하면서 끝까지 걸어가야 합니다. 발이 아파서 중간에 주저앉는 것은 아무 도움이 되지 못합니다."

키티의 눈망울이 아롱거렸다. 이 커다란 남자는 무슨 말을 하고 있는 걸까. 딤라이트는 눈을 내리감으며 말했다.

"레이디 케이트 데솔로. 행복하시길 바랍니다."

그리고 딤라이트는 손을 폈다. 그의 커다란 손에 쥐어져 있던 키티의 작은 손은 발갛게 물들었고, 그 손등 위로 땀방울이 몇 개 반짝이고 있었다. 딤라이트는 천천히 고개를 숙여 그 손등에 얼굴을 가까이 가져갔다. 소금기와 옅은 먼지 냄새가 풍겨왔다. 딤라이트는 키티의 손등에 키스했다.

키티는 일어서는 딤라이트의 모습을 제대로 보지 못했다. 다리가 긴 남자들이 대부분 그러하듯, 딤라이트가 일어나는 동작은 빨랐다. 같은 속도로 움직여도 빠르게 느껴지는, 그래서 쉽게 떠나버리는 것처럼 보이는 모습으로 딤라이트는 일어섰다. 그리고 그가 몸을 돌리면

잊혀진 바람을 위한 변주곡

서 살짝 일어난 커다란 망토가 키티의 시야를 가득 메워버렸다. 한 순간 그녀의 눈앞엔 물결치는 망토뿐이었다. 그래서 키티가 딤라이트의 모습을 제대로 보게 되었을 때, 그는 이미 한참이나 먼 곳을 걸어가고 있었다.

키티는 까닭 없이 울고 싶어졌다. 그리고 아직 자제력을 배우지 못한 소녀답게, 키티는 마음 놓고 울었다.

2

"내가 누구냐!"

"대장입니다!"

"너희들 목숨은 누구 것이냐!"

"대장님 것입니다!"

"너희들 목숨은 내가 맡았다. 따라서 너희들은 내 허락 없이는 죽지 않는다! 나를 믿어라, 아무 걱정 말고 달려라! 대왕이여, 우리를 굽어살피소서. 켄턴, 루트에리노!"

"켄턴, 루트에리노!"

로터스 경비 대장의 호령 하에 켄턴 경비 대원들은 함성을 내지르며 전의를 불태우고 있었다. 대열의 오른쪽에 서 있던 아이라의 거대한 몸 위에서 무스타파 하빈스는 작게 중얼거렸다.

"정의가 닿는 그 어느 곳에서라도 피어오르는 장미를. 장미를……"

무스타파는 고개를 들어 하늘을 바라보았다.

"이 땅의 가장 외지고 쓸쓸한 어디라도 좋으니……, 내 정의로 붉은 장미 한 송이를 피울 수 있을까, 아이라?"

아이라는 대답하지 않았다. 그리고 무스타파는 혁대에 꽂아두었던 장갑을 뽑아들며 말했다.

"나는 그것이 피의 상징이라고 생각했다, 아이라. 정의를 지키기 위해서라면 그 어느 곳에서라도 내 피를 흘릴 수 있다는 말로. 하지만 이젠 좀 다르구나."

무스타파는 고개를 돌렸다. 켄턴의 성벽이 눈에 가득 들어왔다. 아이라의 등 위에 올라타고 있었기에 그는 퍽이나 높은 위치에서 내려다볼 수 있었고, 성벽 위에 서 있는 주리오 시장과 히든보리 사집관의 얼굴도 잘 볼 수 있었다. 그들은 무스타파의 시선을 알아차리고 열띤 동작으로 손을 흔들어댔다. 무스타파는 목례해 보인 다음 다시 앞을 바라보았다.

"내가 정의를 가졌을 때, 내가 바라보는 세상은 가장 아름답다는 의미였다. 내가 정의를 가지지 못했다면, 그 어느 곳에 있더라도 기괴한 세상을 바라보게 될 거라는 의미이기도 하고. 그런데, 아이라. 이상하구나. 나는 이 시간에서 정의롭지 못한 존재일 테지. 이 시간과는 상관없는 존재란 말이야."

무스타파는 장갑을 힘 있게 당겼다.

"그런데 왜 이 세상이 이렇게도 아름다운 거지?"

딤라이트 이스트필드는 대열의 반대편에서 헐스루인의 갈기를 쓰다

듣고 있었다. 헐스루인은 눈 위로 흘러내린 갈기 때문에 거칠게 목을 흔들며 푸르릉거렸다.

"긴 시간 동안 내게 봉사해 왔고, 그러고도 다시 시간을 뛰어넘어서 내게 봉사해 온 것에 대해 뭐라고 감사해야 할지 모르겠다, 헐스루인. 이젠 내가 네게 봉사해야 할 차례겠지."

딤라이트는 머리에 쓴 투구를 벗었다. 투구는 곧 그의 손에서 떨어져 땅바닥에 뒹굴었다. 딤라이트는 고개를 숙여 헐스루인의 목에 얼굴을 가져가며 말했다.

"가자, 헐스루인. 우리의 시간으로. 우리의 하늘로. 이 시간과 이 땅은 우리의 쉼터가 아니다. 우리의 과거 속에서 우리의 하늘을 마음껏 날아보자."

딤라이트는 헐스루인의 목에 뺨을 댄 채 웃었다. 밝은 웃음이었다.

"내가 너를 위해 그 하늘과 그 시간을 만들겠다."

그 모든 대열 앞에 에카드나가 땅바닥에 앉아 있었다.

한 손엔 거대한 검을 짚고 다른 손엔 킨 크라이의 고삐를 쥔 채, 에카드나는 가부좌를 틀고 앉아 지평선을 응시하고 있었다. 검은 안개가 이제는 익숙해진 모습으로 검은 산처럼 자리하고 있었다. 에카드나는 말없이 기다렸다.

두두두두두.

에카드나의 밝은 귀에는 말발굽 소리와 병장기 부딪히는 소리가 들려왔다. 잠시 후 검은 안개는 천천히 켄턴 방향을 향해 움직이기 시작했다. 이윽고 검은 안개 아래 어둠 속에서부터 노랫소리가 울려퍼졌다.

"얼얼어붙붙은은 마마음음! 핏핏빛빛 깃깃발발! 데데스스나나이 이트트의의 율율법법!"

전의를 북돋우고 있던 켄턴 경비 대원들의 목소리가 낮아지기 시작함과 동시에 로터스 대장의 미간도 찌푸려졌다. 로터스는 씁쓸한 입 안을 핥으며 생각했다. 내 인생 최대의 이야깃거리이긴 한데 말이야, 이왕이면 그 이야깃거리를 누군가에게 들려줄 수도 있었으면 더 좋겠군.

에카드나는 천천히 일어났다.

소를 끌고 집으로 돌아가는 촌부의 모습이 되어, 에카드나는 킨 크라이를 끌며 앞으로 걸어가기 시작했다. 비교적 맑은 하늘과 비교적 적당한 기온 속에 에카드나는 비교적 평온한 걸음걸이를 유지하고 있었다.

그리고 비교를 거부하는 데스나이트들 속에서 그레이는 에카드나의 모습을 보았다. 정확하게는 그의 손에 이끌려 걸어오고 있는 킨 크라이의 모습을 본 그레이는 곧 돌진을 멈췄다. 그러자 데스나이트들 전체가 제자리에 멈춰 섰다. 그들의 하나의 목소리처럼 하나의 동작으로 멈춘 데스나이트들은 지평선 위에 늘어선 공포의 숲이 되었다.

에카드나는 걸어가면서 고함질렀다.

"요구대로 그리폰을 데려왔다! 그레이 휠드런은 앞으로 나와라!"

데이든 평원은 마치 그 위에 아무도 없는 것처럼 고요해졌다. 비록 100여 기의 데스나이트와 그 몇 배에 달하는 켄턴 경비 대원들이 삼엄하게 대치하고 있었지만, 들려오는 소리라곤 말들의 콧김 소리와 거친 바람소리뿐이었다. 그래서 에카드나는 자신이 홀로 이 평원에 서 있는 것 같다는 생각을 떠올렸다.

"고고삐삐를를 놓놓고고 돌돌아아가가라라, 용용아아병병."

에카드나는 씩 웃었다.

"싫다. 땅에 떨어진 물건을 줍는 식인가? 기사답게 걸어와 내게서 직접 받아가라. 이곳엔 네가 두려워할 것이 없다."

다시 고요만이 흘렀지만 그 고요는 데스나이트들과 켄턴 경비 대원들만을 괴롭히고 있었다. 에카드나는 데이든 평원 위에 지나치게 많이 떠다니는 고요로부터 자유로운 모습이었다.

안개가 확장되기 시작했다.

켄턴 경비 대원들은 주춤하며 무기를 꼬나들었다. 데스나이트들의 머리 위를 감돌던 안개가 서서히 하늘을 가리며 번져 나오기 시작했다. 위압적인 모습이었지만, 경비 대원들은 신음을 내지르기 직전에 간신히 그들을 향해 다가오는 것이 안개뿐이라는 사실을 깨달았다. 데스나이트들은 움직이지 않았다. 다만 검은 안개만이 데이든 평원을 검게 물들이며 다가왔다. 에카드나는 햇빛이 가려지자 미간을 조금 찌푸렸지만 아무 동작 없이 제자리에 가만히 서 있었다.

터걱, 터거걱.

거대하고 불규칙적인 발자국 소리와 함께 데스나이트들의 무리 가운데서 그레이가 걸어 나왔다. 그레이가 타고 있는 괴수는 정상적인 동물에게 허락된 숫자보다 더 많은, 게다가 정상적인 동물보다 훨씬 불규칙하게 배열된 다리 때문에 걷는 모습이 비척거리는 것처럼 보였다. 그래서 그 괴수의 등에 올라탄 그레이의 몸 역시 좌우로 불규칙하게 움직였다. 하지만 그레이의 얼굴은 전혀 흔들리지 않은 채 에카드나를 향해 고정되어 있었다.

에카드나의 머리 위까지 확장된 검은 안개 때문에 데이든 평원은 검게 물들어 있었다. 에카드나는 문득 덥다는 느낌을 받았다. 왜 그럴까. 감각들을 하나씩 확인해 본 에카드나는 잠시도 쉬지 않고 불어대던 바람이 어느새 멎었다는 것을 깨달았다. 검은 평원 위로는 한 점의 바람도 불지 않았다. 하지만 풀들은 흐느적거리는 것처럼 보였다. 그리고 그레이는 그 무풍의 검은 평원 위를 기억하기 싫은 악몽처럼 걸어오고 있었다. 킨 크라이는 다가오는 괴수의 모습에 목의 깃털을 모두 곤두세운 채 사납게 으르렁거렸다.

터걱, 터거걱.

그레이는 에카드나 앞에서 멈췄다.

그레이를 태운 괴수는 목뼈를 신경질적으로 흔들어댔다. 그래서 그 목뼈에 너덜너덜하게 매달려 있던 힘줄과 신경줄들이 바람에 흔들리는 폐가의 거미줄처럼 정신 사납게 너풀거렸다. 왼쪽 세 번째 다리는 허공에 뜬 채 경련을 계속하고 있었고 가슴에 달린 두 번째 입에선 기이한 휘파람 소리 같은 것이 흘러나왔다. 무표정한 얼굴로 그 모습을 보던 에카드나는 이 괴수가 어떤 상태인지를 짐작할 수 있었다. 역시 괴수의 상태를 짐작한 그레이는 무거운 투구 저편으로부터 낮게 말했다.

"드드래래곤곤 피피어어 같같은은 것것이이냐."

"그 이름이 좋다면 그렇게 불러라. 네가 이해할 수 없는 것들에 대해 항상 그러하듯이."

"무무지지에에서서 공공포포를를 느느끼끼는는 인인간간으으로로 취취급급할할 생생각각인인가? 나나는 공공포, 절절망망, 어어둠둠의 데데스스나나이이트트. 내내가가 바바로 공공포다."

"네 공포가 너를 절망시켜 모든 것을 어둡게 만들겠지. 그 어둠 속에서 네가 찾는 유일한 빛을 가져가라, 멍청아."

에카드나는 고삐를 놓고 뒤로 물러났다. 킨 크라이의 고삐가 땅에 부딪혀 작은 소음을 냈고, 에카드나는 뒤로 몇 발자국 물러났다. 킨 크라이는 고개를 조금 돌려 에카드나를 보았다가 다시 괴수를 경계했다. 그레이는 그런 에카드나를 말없이 노려보았다.

"켄턴의 자유와 안녕에 대한 약속을 지킬 거라고 믿는다, 그레이."

그레이는 대답하지 않았다. 대신 그레이는 한쪽 다리를 들어 괴수의 등으로부터 내려섰다. 그레이의 발이 땅에 닿는 순간, 괴수는 비명을 지르며 앞다리 세 개를 쳐들었다.

"캬아아악!"

에카드나는 상체를 낮추었고 킨 크라이는 당장이라도 날아오를 듯이 날개를 폈다. 하지만 괴수가 처절한 비명 소리로 토해내고 있는 감각은 다름 아닌 고통이었다.

그때 괴수의 몸이 아래쪽부터 점차 희미해지기 시작했다. 에카드나는 어두운 조명 때문에 잘못 본 것인가 싶어 눈을 가늘게 뜬 채 바라보았지만 괴수는 분명 사라지고 있었다.

"캬아아가각!"

괴수의 몸은 공기 속에 흩어지는 연기처럼 서서히 사라졌다. 마지막으로 머리가 사라지기 직전, 괴수는 그 입을 열어 굉장한 포효를 토해 놓았다. 그 비명의 여운은 잠시 괴수가 있던 자리를 떠돌다가 이윽고 조용히 사라졌다. 그 동안 그레이는 한 번도 고개를 돌리지 않았다. 킨 크라이는 가득 펼쳤던 날개를 접고 머리를 꼿꼿이 세워서는 이해할 수 없다는 듯이 그레이를 바라보았다.

"킨킨 크크라라이이."

'저런 목소리로 불렀다간 아무리 킨 크라이라고 해도 상대가 그레이라는 것을 못 알아들을 거야.'라고 생각했던 에카드나는 쓸쓸한 미소를 지을 수밖에 없었다. 킨 크라이는 펄쩍 뛸 듯이 기뻐하면서 뒷다리로 번쩍 일어났다. 커다란 앞발 두 개를 그레이의 어깨에 얹은 킨 크라이는 그레이의 뺨에 얼굴을 비비며 부리를 부딪어댔고 에카드나는 그레이가 뒤로 쓰러지지 않은 것에 놀랐다. 그레이는 킨 크라이의 거대한 목을 끌어안으며 껄껄거렸다. 그래서 에카드나는 이 광경에 대해서 딱 한 마디의 논평만 하기로 마음먹었다. '공포, 절망, 어둠의 데스나이트라고?'

"재회의 기쁨은 천천히 나누지, 그레이. 이제 데스나이트들과 함께 이곳을 떠나주면 좋겠는데."

"약약속속은은 지지킨킨다다, 용용아아병병. 이이 세세계계가가 모모두두 파파괴괴된된다다 하하더더라라도도 켄켄턴턴만만은은 안안전전할 것것을을 보보장장하겠겠다다."

에카드나는 이를 드러내며 말했다.

"이 세계는 네 생각보다는 더 넓은 곳이다."

"그그러러나나 날날개개 언얼은은 기기사사에에겐겐 그그리리 넓넓지지 않않다다."

에카드나는 입을 다물었고 그레이는 킨 크라이의 안장 위에 올라탔다. 그레이는 익숙한 동작으로 고삐를 당기며 말했다.

"조조언언하하지지. 네네 인인생생이이 아아직직 끝끝장장나나기기엔엔 너너무무 짧짧았았다다고고 생생각각된된다다면면, 켄켄턴턴에에 머머물물러러라라."

에카드나는 묵묵히 그레이를 쏘아보았다. 그레이는 몸을 돌려 에카드나에게 등을 보이고는 킨 크라이에게 익숙한 명령을 보냈다.

킨 크라이는 거대한 날개를 펼치며 달려가기 시작했다. 강인한 네 개의 다리에 의해 인도되던 그 몸이 곧 희고 거대한 두 날개에 의해 인도되었다. 그레이와 킨 크라이는 땅을 박차며 하늘로 솟아올랐다. 곧 그 둘은 지상의 모든 것으로부터 한없이 자유로운 모습이 되어 하늘을 비행하기 시작했다. 그 순간 데스나이트와 켄턴 경비 대원들은 똑같은 심정으로 탄성을 질렀다.

그 모습을 묵묵히 바라보던 에카드나의 손이 배웅이라도 하려는 것처럼 천천히 위로 올라왔다. 그러나 그의 입에서 벽력처럼 튀어나온 말은 배웅이 아니었다.

"일자왕(一者王)의 명령이다, 킨 크라이! 네 주인을 그 마음의 고향으로 인도하라!"

그레이는 빠르게 고개를 돌려 에카드나를 바라보았다. 그 순간 킨 크라이의 몸이 하늘을 향해 수직으로 솟아오르기 시작했고 저 멀리서 탄성을 보내던 데스나이트들 가운데서 신음과 비명이 동시에 터져나왔다.

그레이는 뒤로 떨어지지 않기 위해 고삐를 당기며 뜻 없는 말을 외쳤다.

"이이게게 무무슨슨……? 킨킨 크크라라이이!"

그레이는 노성을 지르며 킨 크라이에게 명령을 보냈지만 킨 크라이는 그 날렵한 상승 동작을 멈추지 않았다. 분노하던 그레이는 문득 불안을 느꼈다. 그의 머리가 위로 쳐들렸다. 투구 속에서 그레이의 두 눈은 시퍼런 불길을 뿜어냈다.

"안안개개……!"

그는 어느새 검은 안개 속을 날고 있었다. 그레이는 이 안개가 얼마만큼의 높이까지 솟아 있는지를 생각하느라 시간을 낭비하지는 않았다. 그보다는 이 안개 위쪽으로 빛나고 있을 태양이 그의 관심을 집중시켰다.

"킨킨 크크라라이이! 멈멈춰춰!"

고삐를 잡아당기는 것이 무의미하다는 것을 알게 된 그레이는 검을 뽑으며 외쳤다. 하지만 킨 크라이는 멈추지 않았다. 그레이는 검을 쳐들었다. 날개에 상처를 입힌다면 내려갈 수밖에 없을 것이다.

그레이는 옆에서 퍼덕거리고 있는 킨 크라이의 날개를 보았다. 그 아름다운 날개는 검은 안개 속에 희끗희끗하게 보였다. 검을 쥔 그레이의 손에 힘이 들어갔다.

그 순간 그의 손을 멈추게 한 것은 킨 크라이와 보냈던 지난날의 추억도 아니고 그에 대한 동정심도 아니었다. 그를 멈추게 한 것은 그 용아병의 말이었다. 그레이는 당장이라도 검을 내려칠 듯이 팔을 긴장시키고 있었지만, 자신이 검을 쥐고 있다는 사실까지도 잊어버린 채 생각에 빠졌다.

'네 주인을 그 마음의 고향으로 인도하라.'

하늘로 올라가라고 하지 않았다. 그 용아병은 그렇게 말하지 않았다. 찬란한 햇빛 아래로 치솟아 올라 네 주인을 파멸시키라고 말하지 않았다. 그리고 그 명령에 따라 킨 크라이는 이렇게 솟아오르고 있었다. 그렇다면 킨 크라이가 생각하는 나의 마음의 고향은…….

"어어리리석석은은 녀녀석석. 넌넌 내내가가 생생각각했했던던 것것보보다다 더더 명명청청했했군군."

그레이의 목소리에는 씁쓸함이 섞여 있었다.

"킨킨 크크라라이이. 너너는는 네네 주주인인을을 죽죽이이고고 있있단단 말말이이다다. 아아무무리리 네네 주주인인이이 그그걸걸 원원한다다고고 해해도도, 주주인인에에게게 이이런런 짓짓을을 하하는는 그그리리폰폰이이 세세상상에에 어어디디 있있단단 말말이이야야?"

그레이는 킨 크라이의 비행에 몸을 내맡겼다. 시야를 가리고 있던 검은 안개가 조금씩 회색으로 빛나기 시작했다. 어느새 안개의 윗부분에 도달한 모양이다. 그레이는 안개 저편으로 흰 동그라미가 나타나는 것을 보았다.

"그그래래. 나나를를 데데려려가가다다오오, 킨킨 크크라라이이. 내

내 마마음음의 고고향향, 죽죽음음으으로로."

그레이는 눈을 감았다. 귓가를 스치는 바람소리와 킨 크라이의 날갯짓 소리가 삽시간에 사방을 메웠다. 그 요란한 소음 속에서 그레이는 터무니없는 고요함을 느꼈다. 고삐를 놓은 그레이의 두 팔이 좌우로 펼쳐졌다. 그레이의 입술에는 미소가 떠오르고 있었다.

"좋아, 찾았다!"

날카로운 고함 소리에 그레이는 눈을 번쩍 떴다. 그리고 경악으로 팽창된 그의 동공 가득히 검은 날개가 들어왔다. 강맹한 힘이 꿈틀거리는 날개와 거대한 몸, 기다란 꼬리. 안개 위에서 그를 기다리고 있었던 것이 분명한 와이번의 모습을 보며 그레이는 신음처럼 외쳤다.

"이이건건......, 무무스스타타파파!"

무스타파는 그레이를 선도하듯이 날고 있었다.

아이라의 넓고 거대한 날개가 옆으로 죽 펼쳐진 채 그레이에게 도달하는 햇빛을 가리고 있었다. 그리고 그 아이라의 목 위에서 무스타파는 아예 일어나 있었다. 두 발로 아이라의 등을 밟고 일어선 무스타파는 왼손에 쥔 고삐로 몸을 지지한 채 등 뒤를 보며 날고 있었다. 데이든 평원에 늘어선 데스나이트들과 켄턴 경비 대원들이 티끌처럼 보이는 수만 큐빗 상공에서, 천공의 기사 무스타파는 300년 동안 잊혀져 있었고 그간 아무도 상상조차 하지 못했던 묘기를 부리며 그레이를 햇살로부터 보호하고 있었다.

말문이 막힌 그레이는 눈만 커다랗게 뜬 채 역광으로 시커멓게 보이는 무스타파의 그림자를 바라보았다. 그때 그의 등 뒤, 저 아래쪽으로부터 역시 커다란 고함 소리가 들려왔다.

"그레이 휠드런!"

그레이는 고개를 돌렸다. 그리고 헐스루인에 올라탄 채 날아올라 오고 있는 딤라이트를 발견했다. 딤라이트는 다급하게 외쳤다.

"그레이 휠드런! 아무 소리 하지 말고 내 말을 들어! 우리는 천공의 기사다. 우리는 이 시대로 돌아와서는 안 되는 것이었어. 싸움과 증오로 돌아와서는 안 되는 것이었어. 우리는 전투 인형이 아니야. 우리는 바람이다!"

그레이는 아무 말도 하지 못한 채 딤라이트를 바라보았다. 딤라이트는 얼굴이 붉어지도록 목청껏 고함질렀다.

"자네도 알고 있을 거야! 그레이, 그렇잖은가? 우리는 때 이른 죽음 때문에 부활한 것이 아니었어! 졌던 대상을 상대로 다시 한번 싸워보기 위해 돌아온 것이 아니었어! 우리의 그리움은 그것이 아니었어! 우리는, 우리는 다시 한번 더 날아보고 싶었던 것이었어!"

"한한번번 더더……, 날날아아본본다다고고."

"우리는 그걸 깨닫지 못했던 것이다! 왜냐고? 그건 우리들만이 가질 수 있는 소망이기 때문이야! 그래서 저 지혜로운 솔로처조차 우리의 소망을, 우리의 애달픔을, 우리의 그리움을 알려줄 수는 없었어! 그리고 우리 스스로도 알 수 없었어! 우리와 같은 일로 고민하는 사람을 만나본 적이 없기 때문에! 우리는 하나였기 때문에!"

그런가. 그레이는 펄럭거리는 자신의 소매를 바라보았다. 그리고 바람이 옷을 스치며 일으키는 휘파람 소리를 들었다. 온몸에 와 부딪히는 바람을 느꼈다.

이것이었다고?

"그그렇렇다다면면 자자네네들들은은……, 어어떻떻게게……"

딤라이트는 대답하지 않았고 그레이 역시 그 대답을 알 수 있었기에 질문을 멈췄다. 하나였던 우리가 둘로 갈라졌기 때문이다. 킨 크라이를 요구하는 내 모습을 보았기 때문이다.

"딤딤라라이이트트……"

"우리는 이 하늘로 돌아왔어야 했다, 그레이!"

이 하늘.

그레이는 고개를 돌렸다. 그레이는 그의 발 아래로 깔리는 지평선을 바라보았다. 이 높은 하늘에서만 볼 수 있는 환상적인 선, 푸른 하늘과 붉은 땅이 맞닿는 곳에 생긴 보라색의 선을 바라보았다. 여인의 허리 같은 산맥과 반짝이는 강, 형형색색의 무늬로 가득 메워진 들판을 보았다. 그의 발 아래로 희게 꿈틀거리며 포근히 춤추는 구름을 보았다.

그레이는 두 손을 들어 투구를 붙잡았다.

그의 두 손이 투구를 잡는 순간, 그 저주받은 투구 속인지 그의 마음 깊숙한 곳인지 알 수 없는 어떤 곳에서부터 떨리는 듯한 작은 느낌이 전해져 왔다. 그레이는 잠시 투구를 붙잡은 채 눈을 감고 그 느낌에 다가섰다. 그러자 그 느낌은 보다 명확해진 형태로 그레이에게 다가왔다.

그것은 모습이었다.

"형형제제여여."

그때도 이해할 수 없었고 지금도 이해할 수 없었지만, 사위로 보이는 것이라고는 켄턴의 불빛뿐인 완전한 암흑 속에서 칠흑의 갑옷을 걸친 데스나이트는 또렷하게 보였다. 그레이는 휘몰아치는 바람과 투구 속을 울리는 자신의 호흡 소리마저 잊은 채 고요 속에 데스나이트를 응시했다.

데스나이트의 손이 허리 쪽으로 움직였다. 그리고 칠흑의 검이 뽑혀 나왔다. 그레이는 그 검도 '볼' 수 있었다. 그리고 그 사실에 대해 이유를 원하지도 않았다. 데스나이트는 검을 쥔 손을 천천히 들어올렸다. 검 끝이 데스나이트의 허리 옆으로 완전한 반원을 그리며 올라갔다.

"검검을을 뽑뽑아아라라, 형형제제여여."

그레이는 검을 뽑아들었다.

그는 손에 쥔 검을 천천히 들어올렸다. 하지만 그는 몸 앞으로 팔을 들어올렸고, 정점에 선 검 끝은 데스나이트의 가슴을 겨냥하고 있었다. 데스나이트는 싱긋 웃었다.

"오오라라. 드드래래곤곤 솔솔저저의의 의의식식처처럼럼."

데스나이트는 검을 어깨 위로 높이 들어올린 자세로 그레이를 기다렸다. 그레이는 아무 말 없이 땅을 박찼다.

그리고 그레이는 하늘로 날아올랐다.

데스나이트의 모습이 발 아래로 쑥 내려갔다. 여전한 암흑과 한결같은 어둠 속에서도 그레이는 데스나이트의 표정을 볼 수 있었고, 그래서 히죽 웃었다. 데스나이트는 멍한 표정으로 그레이를 보고 있었다. 그레이는 미칠 것 같은 유쾌함을 느꼈다.

"하하하하하!"

그리고 그 순간 그레이는 투구를 벗어던졌다. 암흑과 데스나이트의 모습은 순식간에 사라졌다. 하늘에서만 느낄 수 있는 바람이 다시 그에게로 불어오기 시작했다. 너무나 두꺼운, 거칠 것 없이 휘몰아치는 바람.

그레이는 투구를 놓았다.

바람은 그레이의 손으로부터 데스나이트의 투구를 앗아갔다. 그레이의 손을 떠난 순간 데스나이트의 투구는 확 불타올랐다. 투구 주위로 솟아오른 검은 불길은 바람에 흩날리며 불티를 휘날렸다. 그것은 마치 낮의 하늘을 가로질러 날아가는 검은 유성처럼 그에게서 멀어져 갔다. 그레이는 보지 않았다.

"그레이!"

딤라이트의 목소리가 울림을 담은 채 등 뒤로부터 들려왔다. 그레이는 고개를 돌려 딤라이트를 바라보았다. 그러고는 익살맞은 목소리로 말했다.

"이봐, 이젠 그 칼자루 좀 놓지 그래? 손등이 하얗게 변했군."

딤라이트는 무슨 말인지 몰라 의아해하다가 얼굴을 붉히며 힘껏 움켜쥐고 있던 칼자루를 놓았다. 그러고는 헐스루인을 몰아 그레이에게 다가서며 말했다.

"확신을 가지지 못했던 것에 대해 사과하겠다."

"으윽. 그런 사과는 안 하는 편이 훨씬 사과다운 거야. 내가 사과하지 않는 것처럼. 도대체 죽었다가 살아나도 바뀌지가 않나, 이 친구야!"

딤라이트는 멍한 얼굴로 그레이를 바라보았고 그래서 그레이는 더 이상 설명하고 싶은 마음이 싹 사라지는 것을 느꼈다. 때마침 무스타파의 목소리가 들려왔다.

"잡담 끝났나?"

잡담이라고? 그레이는 위쪽을 향해 힘차게 외쳤다.

"그래! 불필요했던 내 이야기는 이제 끝났어. 완전히!"

"알았어. 그럼 우리 이야기로 돌아가지……"

무스타파는 조금 기다렸다가 말했다.

"인도하게, 대장."

그레이는 씩 웃으며 허리를 숙였다. 그러곤 킨 크라이의 머리 옆으로 입을 가져갔다. 하지만 그의 입에서 나온 말은 귓속말이라기엔 너무 컸다.

"킨 크라이. 너도 나처럼 무스타파를 존경하지? 저렇게나 묵직하게 '대장'이라고 부를 수 있는 사내는 흔치 않단 말이야."

무스타파는 아무 말도 하지 않았고 딤라이트는 환하게 웃었다. 다시 똑바로 안장에 앉은 그레이는 오른손을 들어올리며 힘차게 말했다.

"자! 우리 이야기로 돌아가자! 우리가 썼던 이야기, 우리의 그리움, 가자!"

"캬아아아악!"

킨 크라이는 포효하며 단숨에 솟아올랐다. 그렇게 세 기사는 하늘의 끝의 끝까지 날아오를 기세로 솟아올랐다.

에카드나는 싱긋 웃었다.

"난 약속을 모두 지켰다. 그에게 킨 크라이를 돌려줬지. 그러니 이젠 그쪽에서 약속을 지킬 차례이지 않은가? 어둠에서부터 달려온 기사들이여. 그대들이 수호해야 하는 어둠의 명예를 거론해야 하나."

데스나이트들은 끔찍한 기세였지만 불평만은 하지 않았다. 그들은 한결같은 눈길로 에카드나를 쏘아보았지만 달려나오지는 않았다. 데스나이트는 말없이 뒤로 물러날 차비를 갖췄다.

"아, 잠깐. 내 말은 끝나지 않았다."

"뭔뭔가가, 용용아아병병!"

"비록 악연이라지만 인연은 인연이고, 따라서 나로선 그대들이 봉착한 문제점을 상기시켜 줘야 할 의무감 비슷한 것을 느낀단 말이야."

"우우리리가가 어어떤떤 문문제제점점에 봉봉착착했했는가가."

"그건 말이야……, 응?"

에카드나는 갑자기 말을 멈췄다. 퀜턴 경비 대원들과 데스나이트들은 모두 의아한 표정으로 에카드나를 보았고, 곧 이어 하늘을 보았다. 에카드나가 그곳을 보고 있었기 때문이다.

쉬이이이이웅.

꼬리를 길게 끄는 소리가 하늘 저편으로부터 들려왔다. 그러나 충격음은 좀 늦었다. 아무도 제대로 보지 못했기 때문에 그것이 무엇인지 몰랐고, 그래서 충격음이 좀 늦게 다가온 것처럼 느낀 것이다. 하지만 에카드나는 그것을 똑똑히 보았다.

하늘로부터 굉장한 속도로 내리꽂히는 그것은 불타는 데스나이트의 투구였다. 검은 불길을 뒤로 길게 끌며 쏘아져내린 투구는 그 높이에서 야기된 무서운 속도로 대지에 충돌했다. 그와 함께 울려퍼진 끔찍한 소리는 데스나이트와 켄턴 경비 대원들 모두를 기겁하게 만들었다.

콰아앙!

경비 대원들과 데스나이트들 모두 흠칫하며 뒤로 물러났다. 검은 불티와 흙먼지가 위로 솟아오르며 작은 구름을 이루었다. 타오르고 있던 투구는 땅에 부딪혔을 때와 거의 같은 속도로 튀어 올라서는 몇 번이나 더 되튕긴 다음에야 엉망진창으로 우그러진 꼴이 되어 땅에 굴렀다.

데스나이트들은 아연한 표정으로 그 광경을 보았고, 그것이 무엇인지 확인하게 된 경비 대원들의 얼굴엔 기쁨이 솟아올랐다. 그때 에카드나가 말했다.

"흐음. 좋은 본보기로군."

"본본보보기기라라고고?"

"자네들의 앞날에 대한."

데스나이트들은 분노했지만 뭐라고 말할 틈이 없었다. 에카드나는 거대한 검을 들어올려 그들을 겨냥하며 외쳤다.

"자네들은 켄턴을 공격하지 않겠다는 약속을 했지만, 나는 그에 상대될 만한 약속을 한 기억이 없다! 세상에서 가장 즐거운 싸움이 될 것 같지 않나? 때리면 맞기만 해야 되는 상대와의 싸움 말이야. 하하하!"

3

아일페사스 역시 다른 이들처럼 고개를 갸웃거리는 행동이 이해에 도움이 될 거라고는 전혀 믿지 않았다. 하지만 그녀는 고개를 갸웃거렸다.

"시간과 하나가 된다고? 그럼 어떻게 되는데요, 발?"

"시간은 멈추지 않아. 멈추지 않기 때문에 시간이지. 그렇다면, 시간과 하나가 된다면 신스라이프 역시 멈추지 않게 될 테지. 아까 인간이 시간을 만들어낸다고 말했지? 그리고 신스라이프는 시간과 하나가 되려고 하는 거지. 그는 모든 인간들의 아이가 되려는 거지. 어떤 인간의 부모도 되지 않은 채."

"부모가 되지 않는다고……"

"그는 여자의 몸이 되었어. 그 정신은 남자지. 그는 단일체고 자기 완결 단위이고 생식을 거부해. 그래, 그는 영원한 아이가 되는 거야. 그의 부모인 모든 인간이 시간을 만들어낼 때 아이인 그는 시간을 만들지 않겠다는 거지. 모든 인간들이 결과를 위해 행위를 할 때, 그는 부모의 재산을 받는 자식처럼 그 결과를 상속하겠다는 거지."

"울 거야. 모르겠어."

"미안하구나. 하지만 난 말하련다. 그는 인간들이 행위할 때 즐겨야 할 결과를 혼자 가져가 버릴 거야. 그래서 시간이 멈추는 거야. 결과가 오지 않는 거지. 그것은 모두 신스라이프에게 돌아가 버리거든. 인간은 영원히 시간을 만들어내고, 그 시간은 신스라이프에게 상속될 거야. 인간 스스로에게 돌아갈 시간은 남지 않게 될 거야."

"그럼 왜 프리스트들은 구덩이 속으로 자기 몸을 던진 건데요?"

"행위와 동시에 결과를 받을 수 있는……, 자살이란다. 키스와 춤과 노래와 마찬가지야. 웃기지? 사람이 거꾸로 살기 때문에 일어나는 일인데, 그들은 자기 시간을 되찾기 위해 자기의 삶을 정지시켰단다. 그들은 스스로를 정지시킴으로서 신스라이프에게 위탁했던 자신의 시간을 되찾게 된 거지. 그게 내가 말했던 추측이란다."

"내 추측으로도 그래."

아일페사스는 고개를 돌렸다. 느릿하게 걸어온 후작과 미가 서 있는 것이 보였다. 할슈타일 후작은 다듬지 않아 덥수룩해진 수염 속에서 입술을 꿈틀거렸다.

"용납할 수 없는 일이지."

발레드는 고개를 조금 들어 할슈타일 후작을 보았다. 그리고 다시 고개를 숙이며 말했다.

"당신은 그때의 그자……"

"그래."

"무엇을 찾아온 건가?"

"신스라이프를 죽이기 위해서."

"불가능해. 조금 전 이 소녀에게 말했던 바고 당신도 동의한 결론에 따른다면, 신스라이프를 죽이는 것은 불가능한 일이 되지."

"그건 내 취미 생활이야. 불가능에 도전하는 것."

"농담할 기분인 것 같군."

"농담이 아냐."

발레드는 다시 힘들게 고개를 들어 할슈타일 후작을 바라보았다. 할슈타일은 메마른 표정으로 그를 내려다보고 있었다.

"나는 그런 식으로 내 시간을 만들어왔다. 항상 그래왔어. 그렇기에 난 자살한 프리스트들처럼 될 수는 없다. 말해 봐라. 그들은 자살했으되 너는 아직 자살하지 못한 까닭을."

발레드는 말없이 후작을 바라보았다. 후작은 속삭이듯 말했다.

"신이지."

"그래. 콜리……. 그들에겐 콜리가 있었지. 내겐 없어. 그래서 난 확신이 없어."

할슈타일 후작은 손을 내밀었다.

땅바닥에 주저앉아 있던 발레드는 그 손을 한참 동안 바라보고 있기만 했다. 할슈타일 후작은 인내심을 가지고 기다렸고, 오랜 시간이 지난 후 발레드는 그 손을 마주잡았다. 할슈타일 후작은 발레드를 일으켜 세웠다.

"내가 잠시 네 신이 되어주지."

발레드는 커다란 눈을 끔뻑거리며 후작을 바라보았다. 미와 아일페사스 역시 말없이 후작을 보고 있었다.

"내게 경배하고 내 말을 믿도록. 네 추측은 맞아."

"정말……이오?"

"확신해도 좋다. 그러니 신스라이프에게 위탁했던 네 시간을 되찾아라. 그것은 네 것이다."

발레드는 형형한 눈길로 할슈타일 후작을 바라보았다. 할슈타일 후작은 무표정한 얼굴로 그 눈길을 마주보았다. 그 눈길은 질문이었고 요구였지만, 동시에 부정이기도 했다. 발레드는 구토하듯이 말했다.

"난……, 죽고 싶지는 않소."

할슈타일 후작의 눈썹이 조금 꿈틀거렸다. 발레드는 시선을 옆으로 돌리며 말했다.

"그러고 싶지 않아요. 억울하단 말이오!"

"그럼 계속 네 시간을 신스라이프에게 바치겠다는 건가."

"그렇게라도 해서 살 수 있다면……. 젠장! 그럼 나 또한 영원히 살 수 있단 말이오. 왜 그러면 안 된단 말이야!"

발레드는 갑자기 뒤로 몇 발 물러났다. 비틀거리며 물러나던 발레드는 눈에 미끄러지며 주저앉았다. 할슈타일 후작과 미, 그리고 아일페사스는 각자 다른 표정으로 그 모습을 바라보고 있었다.

"제길, 제길, 제길! 그럴 수 있어. 그만의 영생이 아니야! 그가 내 시간을 다 가져간다면, 난 시간이 가져올 것들을 두려워하지 않아도 되잖아!"

할슈타일 후작은 앞으로 한 걸음 내디디며 말했다.

"그럴 경우 너는 영원히 시간을 만들기만 해야 된다는 것을 지적해 주고 싶군. 넌 불모의 들판에 영원히 씨를 뿌려야 하는 것이다."

"대가가 영생이야!"

"⋯⋯난 지금 너무 많은 시간을 낭비하고 있다는 생각이 드는군."

할슈타일 후작은 발레드에게서 몸을 돌려 크레바스를 바라보며 말했다.

"네게 신이 되어주려고 했다. 하지만 그것마저도 거부하고 있군. 거기서 계속 네 고민을 끌어안고 있어라. 난 가서 신스라이프를 지금의 시간과 분리시킬 것이다. 그리고 그의 원래의 시간으로 돌려보낼 것이다. 그렇게 되면 네겐 영생은커녕 1분의 생명도 남지 않겠지. 이 땅 위에서 네가 얼마나 버틸 수 있을까. 넌 땅에 쓰러지기도 전에 이미 죽을 것이다. 그리고 나는 그것이 선행이라고 생각하겠다."

발레드는 입을 딱 벌린 채 후작을 바라보았지만 후작은 아일페사스를 향해 고개를 돌리며 말했다.

"길을 부탁하오, 골드 드래곤 아일페사스."

"후작아, 제발! 펫시라고 불러줘도 되잖아요?"

토라진 소리로 항의를 하면서도, 아일페사스는 곧장 몸을 돌렸다. 항의하고 싶은 마음이 부족한 것은 아니다. 항의를 받아줄 대상이 아니기 때문이었다. 그때 미가 처음으로 입을 열었다.

"잠시만."

미는 발레드를 똑바로 바라보았다.

"미는 당신에게 제안하겠어요. 이 모든 것을 다시 시작해 볼 생각이 있나요?"

"무슨 말이오?"

"당신은 턴빌에서부터 신스라이프를 따라 나왔지요. 그 전까지 당신은 당신의 시간을 살아가고 있었을 거예요. 그러니 그 시점부터 지금까지를 삭제한 다음 다시 시작해 볼 생각은 없나요. 그때 턴빌의 시청에서, 당신은 신스라이프를 따라 나오지 않은 것으로 하고 말이에요."

발레드와 할슈타일 후작은 일란성 쌍생아에게서나 찾아볼 수 있는 놀라운 표정의 일치를 보여주었다. 경악에 빠진 두 사람 중 발레드가 먼저 입을 연 것은 그가 질문을 받았기 때문일 것이다.

"그게……, 가능합니까?"

"가능해요. 왜냐하면 당신은 그 시점부터 당신이 만들어낸 시간들을 모두 신스라이프에게 위탁했으니까요. 따라서 그 시간은 당신에게는 없는 것이나 마찬가지죠. 당신은 그 시간을 살지 않았어요. 그것은 모두 신스라이프에게 갔지요. 그러니 당신은 그 시간에 대해 책임을 질 필요도 없어요. 어찌시겠어요?"

발레드는 혼란스러워했고 말을 극심하게 더듬었다.

"당신, 당신들이……, 정, 정말로 신스라이프를 죽인다, 다면 나, 나는……"

"그렇게 하세요. 그게 가장 좋은 방법일 거예요."

발레드 신스라이프는 생각했다. 반쯤 미쳐버린 늙은 아내와 그를 멀리하는 정부에게로 돌아가야 한단 말인가. 그렇게 살다가 몇 년쯤 후에 고통 속에 죽어가야 하는가.

문득 발레드는 한 가지 사실을 떠올렸다.

그가 없다면 늙은 아내는 슬퍼할 것이다.

"하겠소. 어떻게 하면 되오?"

미는 대답할 필요가 없었다. 발레드는 원래부터 그 자리에 있지 않았던 것처럼 사라져버렸던 것이다. 그의 모습은 넓은 설원 어디에서도 찾아볼 수 없었고 심지어 눈밭 위에 발자국조차 남아 있지 않았다.

생긋 웃고 고개를 돌린 미는 할슈타일 후작의 복잡 무쌍한 표정을 마주하게 되었다. 후작은 신음하듯 말했다.

"나도……, 그것이 가능한가, 무녀? 아니, 그만두지. 불가능하겠군."

그리고 후작은 몸을 돌렸다.

그의 얼굴을 향해 그러지 않았던 것처럼, 미는 그의 등 뒤를 향해서도 말하지 않았다. 후작의 등을 보면서 미는 문득 그녀를 강간하려 들던 후작의 모습을 떠올렸다. 그래서 미는 입을 열었다.

"당신을 존경하게 된 것이 퍽 우스워요."

후작은 몸을 돌리지 않았지만 미는 아랑곳하지 않았다.

"당신을 처음 알게 되었을 때부터 지금까지 당신은 한결같군요. 분노의 대상을 명확하게 정할 줄 알고 모든 힘으로 분노하고 그 분노를 해결하기 위해선 모든 것을 이용해 버리는, 심지어 자기 자신까지도 이용해 버리는 모습. 당신에겐 분노가 제일 순위고, 자신의 보전은 순위가 좀 낮군요. 어이없고, 경멸스럽기도 하지만, 존경스럽기도 하네요."

"그건 내 취미 생활이야."

"그리고 그것뿐이죠."

"누구는 안 그런가. 아일페사스! 준비는 언제 시작되오?"

갑자기 사라진 발레드에 대해 어떤 종류든 간에 설명을 들을 수 있지 않을까 하는 기대감으로 지금껏 입을 다물고 기다리고 있었기에, 아일페사스는 당연히 분노했다.

"이것 봐! 설명을 해요! 제가 저기 있던 목소리 근사한 아저씨는 도대체 어디간 거냐고 질문하기 전에 먼저 제게 그 목소리 근사한 아저씨가 어디로 간 건지 설명해 주는 것도 그렇게 나쁘지는 않은 일이라고 생각되지는 않아?"

할슈타일 후작은 이 기나긴 문장에서 그가 알고 있는 모 부류에 속하는 사람들을 떠올렸다.

"마법사와 사귄 적이 있소?"

"으어? 너, 어, 어떻게? 무슨 마법이에요?"

"……관둡시다. 그는 지금쯤은 턴빌의 어느 주점에 친구들과 모여 앉아 그날의 희한한 사건에 대해 이야기하고 있을 듯하오."

"어떻게 그럴 수가 있어?"

"자신이 만들어낸 시간을 자신이 가지기로 했기 때문이오."

아일페사스는 이 말에 대해 한참 동안 생각해 볼 필요가 있겠다고 느꼈다. 그리고 그녀는 생각을 별로 좋아하지 않는다. 그래서 아일페사스는 단념하고, 골드 드래곤의 모습으로 폴리모프했다.

창 밖으로는 흰 눈이 포근하게 내리고 있었다. 난로 위에 올려놓은 주전자에서는 보글거리는 소리가 기분 좋게 들려오고 있었고 벽난로에 장작을 집어넣는 엑셀핸드의 모습도 안온하게 보였다. 엑셀핸드는 다시 장작 하나를 던져 넣은 다음 다른 사람들과 마찬가지로 침대 쪽을 바라보았다.

"프라임 미팅이오?"

제레인트는 팔짱을 낀 채 침대에 누워 있었다. 머리와 어깨는 약간 높이하고 두 눈은 감고 있었기에 누가 본다면 그냥 생각에 잠긴 것으로 판단하기 좋은 모습이었다. 하지만 지금 그는 하플링과 갈림길의 신 테페리의 총본산과 대화를 나누고 있는 중이었다.

그랬기에 아프나이델은 그의 말을 듣고 눈을 번쩍 떴다. 그는 에델린을 돌아보고 에델린 역시 입을 벌린 채 놀라워하고 있다는 것을 깨달았다.

그때 제레인트는 실눈을 떠서 방 안의 면면을 죽 돌아보고는 히죽 웃으며 다시 눈을 감았다.

"하하. 이건 대륙을 공포에 몰아넣을 소식인 걸요. 테페리의 프리스트가 모두 한자리에 모인다면 나라도 그 주위 5펜큐빗 이내에는 접근하고 싶지 않을 텐데요."

"적극적으로 찬성이야." 엑셀핸드는 수염을 쓸어내리며 근엄하게 말했다. "그리고 그 미치광이들의 모임에서도 타의 추종을 불허할 정도로 두각을 드러낼 녀석을 꼽아보라면, 난 주저 없이 제레인트를 들겠어."

제레인트와 이루릴을 제외한 모든 이들이 고개를 끄덕이는 모습은 엑셀핸드를 즐겁게 했다. 제레인트는 저 먼 곳으로부터 호된 꾸지람을 듣고 있는 듯 이맛살을 찌푸렸다.

"그건 찬성할 수 없어요, 나만 얌전히 있으면 된다니……. 대륙의 어느 도시의 어떤 길이든 막고 물어보라고요. 테페리의 프리스트들이 한 자리에 모인다는 사실에 대해 어떻게 생각하느냐고."

아프나이델은 잠시 식은땀을 흘렸고, 이루릴은 참 복된 일이라고 생각하며 고개를 끄덕였다.

"예? 주류 반입 금지라니. 그걸 저한테 그렇게 강조해 봐야 무슨 소용이 있습니까. 테페리의 이름을 걸고! 나 아니라도 술병 들고 찾아갈 도반들이 많이 있을 것이라고 맹세하겠습니다. 나는 악기를 준비해 갈 생각……, 으익! 고함지르지 마세요. 글쎄 아무리 술판 같은 것이 벌어지는 것을 용납하지 않겠다고 그렇게 강변하신다고 해도……. 아아, 그런데 이 이야기는 자꾸만 가이너 카쉬냅의 다섯 번째 바퀴 이야기를 떠올리게 하는군요. ……제가 언제 말을 돌렸다는 겁니까? 어쨌든, 우리 종단으로서는 이게 두 번째로군요. 그렇죠? 아, 예. 음. 그럼 프라임 미팅의 목적은 뭐죠?"

그리고 나서 제레인트는 방 안에 있던 이들을 미치게 만들었다.

"아, 예……. 음, 예……. 오, 예……. 아니? 예……. 그런? 예……. 하! 예……. 어, 예……. 휴, 예……."

잠시 후, 엑셀핸드는 어떤 의심이 부풀어오르는 것을 느꼈고 그 의심 속에서 제레인트의 입가에 미소 비슷한 것이 꿈틀거리고 있다는 사실을 간파해 냈다. 그래서 엑셀핸드는 노호성을 지르며 도끼를 들어올렸다.

"이놈!"

쿠당탕! 제레인트는 엑셀핸드가 도끼를 들어올리자마자 침대 옆으로 몸을 날렸고, 그래서 잠시 침대 저편으로부터 요란한 소리가 울려퍼졌다. 턱이 빠진 채 바라보고 있는 일행들의 눈에 정수리를 문지르면서도 히죽히죽 웃고 있는 제레인트의 얼굴이 침대 저편으로부터 올라오는 것이 보였다. 엑셀핸드는 그 얼굴을 향해 고래고래 고함질렀다.

"언제 끝난 거냐!"

"헤헤. 아마 세 번째인가 네 번째일 겁니다."

그란은 무거운 한숨을 내쉬고는 이루릴을 돌아보았다. 그의 예상대로 이루릴은 의아한 표정을 짓고 있었고 그란은 다시 한숨을 내쉬며 설명했다.

"제레인트는 대화가 이미 끝났으면서도 우리들을 약올리기 위해 계속 대화하는 척한 거요. 그렇잖다면 어떻게 그렇게 빨리 몸을 날렸겠소."

"아, 예……"

이루릴의 특별한 의미 없는 대답에 돌맨은 배를 붙잡고 웃어댔다.

그란은 그런 돌맨의 모습을 보며 피식 웃었지만 네리아는 입술을 비죽거리며 말했다.

"자, 제레인트. 말할 수 있는 것인지 말할 수 없는 것인지 말해 봐요. 대답에 따라 들을 준비를 하거나 고문할 준비를 해야 하니까."

제레인트는 반색하며 말했다.

"말할 수 있는 겁니다만, 어, 고문 종류는 뭡니까?"

네리아는 자신이 실수했다는 것을 깨달았다. 제레인트라면 고문에도 호기심을 가질 것이라는 점을 왜 깨닫지 못했지?

"제레인트……!"

"아아, 알겠습니다. 사실 별것 없습니다. 합창단 조직이라고나 할까요."

"합창단이오?"

"테페리가 대답이 없으시답니다."

제레인트는 아무렇지도 않은 듯이 말했다. 하지만 에델린은 가슴이 철렁하는 표정이 되어 말했다.

"대, 대, 대답이 어, 없어, 없다고요?"

"그건 그쪽도 마찬가지인 것 같습니다."

"예?"

"바이서스 임펠에 있을 때 기억나십니까? 엑셀핸드께서 하이 프리스트를 만나고 싶다고 하시자 도스펠 씨는 하이 프리스트께서 몹시 중요한 종단의 일을 수행하고 있다고 하셨지요. 기억나십니까?"

"아, 예……. 기억납니다. 그러고 보니 저 역시 그곳에 머무는 동안

하이 프리스트를 뵙지 못했습니다."

"그 중요한 일이라는 것이 에델브로이를 불러내기 위한 것이었나 봅니다. 하이 프리스트께서는 작금에 일어나는 이상한 일들에 대해 여쭤보고자 주위를 모두 물리치고 밀실에서 몇 날 며칠을 에델브로이를 불러내고 계셨나 봅니다. 하지만 독대하는 데는 실패하신 모양입니다."

"예?"

제레인트는 갑자기 고개를 푹 숙였다. 오른손으로 얼굴을 받친 채, 제레인트는 불분명한 어조로 말했다.

"어느 신께서 최초였는지야 모르겠습니다. 신들께서 대화에 응하시지 않은 거죠. 그런 대화가 자주 있는 일이 아닌 만큼 더더욱 어느 신부터 그랬을 것이라는 점은 알 수 없죠. 어쨌든 에델브로이께서는 비교적 빠른 축이었던 것 같습니다. 폭풍은 강력한 만큼 의외로 약하기 때문에 가장 먼저 고요해진 걸까요."

에델린의 얼굴은 트롤의 얼굴이 허락하는 한도를 조금 넘어서면서 파랗게 질렸다. 제레인트는 머리를 떨군 채 계속 말했다.

"저희 쪽에서도 그 사실을 눈치 채고는 꽤나 여러 번 시도했나 봅니다. 하지만 테페리께서는 방문객 사절의 현관을 내거신 것 같다는 결론만 얻어냈죠. 우리야 한적한 이 북쪽에 있어 모르지만 지금 저 남쪽에서는 난리도 아닌 모양입니다."

"그런……, 황당한 일이……"

엑셀핸드는 신음하듯 말했다. 운차이는 빠르게 말했다.

"시간 때문이군?"

"그렇겠지요. 시간은 유피넬과 헬카네스의 존재의 원인이니 만큼. 결국 이 사건에는 신들도 손을 댈 수 없게 된 모양입니다. 아까 대화 중에는 말하지 않았지만 저는 알 수 있군요. 우리를 도와줄 신은 이제 남지 않았다는 것을."

"그럼 오세니아를 마지막으로."

이루릴의 말에 제레인트는 고개를 번쩍 들었다. 하지만 이루릴은 창 밖을 바라보고 있었다. 일행은 모두 그녀의 시선을 따라 창 밖을 바라보았고, 그녀가 레드 서펀트 호를 보고 있다는 것을 알아차린 운차이는 눈을 가늘게 떴다. 이루릴은 조용히 말했다.

"최후의 헬카네스, 그분일 수밖에……. 당연하죠. 그리고 그분도 끝까지 함께하지는 못하고 중간에 돌아오셨군요. 이제야 이해되는군요. 왜 아일페사스인지……"

제레인트가 그 말을 받았다.

"드래곤 로드이기 때문이군요."

아프나이델은 고개를 돌려 제레인트를 바라보았다. 제레인트는 차분한 태도로 설명했다.

"아일페사스는 드래곤 로드의 후계자이며, 드래곤 로드께서 대미궁에 칩거하고 계시는 이상 그녀가 실질적인 드래곤 로드의 자격을 가집니다. 드래곤, 신을 갖지 않은 자들의 수장인 거죠. 이 사건의 결말이 무엇이든 간에 거기에 입회하거나 참여할 수 있는 자는 인간과 드래곤뿐이겠군요. 신과 다른 모든 종족은 제외됩니다. 시간의 장인인 인간과 그 시간으로부터 비롯되는 신들과 관련이 없는 드래곤만이 이 사건의 결말을 지켜보게 될 겁니다. 드래곤의 대표는 아일페사스. 그럼 인간의 대표는……"

"할슈타일 후작?"

운차이의 질문에 제레인트는 고개를 끄덕였다. 운차이는 다리를 꼬며 팔짱을 꼈다.

"그럼 미와 신스라이프, 파의 역할은 뭔가."

"과거, 미래, 교차점."

"젠장……, 신학이 동원되어야 설명할 수 있는 거라면 설명을 듣는 영광은 포기하지."

제레인트는 고개를 들었다. 그러고는 운차이의 투덜거림에 대해 미소를 보냈다.

"신학? 글쎄요. 신이 모두 사라질지도 모르는데 신학을 말한다는 것은 우습군요. 멸종한 것들에 대한 학문은 고고학 아닙니까."

운차이는 자신도 모르게 팔짱을 풀었다. 제레인트의 미소 뒤에 숨어 있는 무섭도록 처연한 감정을 바라본 운차이는 침을 삼켰다.

"뭘 하고 있나요, 파하스?"

"대개 사용되지 않는 질문이지만, 지금 이 광대에게는 '무엇을 하지 않느냐?'고 물어주면 좋겠군요. 마이 페어 레이디."

"무엇을 하지 않고 있나요?"

"모든 것을."

"엑. 그럼 그냥 아까 질문에 대해 '아무것도'라고 말했어도 되잖아요."

"그 질문을 받은 순간 이 광대의 입술은 '아무것도'라는 말보다는 '모든 것을'이라는 말을 발음하고 싶어졌기 때문이지요. 어휘의 노예인 시인의 괴벽 정도로 이해해 주셨으면 하외다."

"흐음. 내가 사실을 말해 볼까요."

네리아는 가슴 위로 두 팔을 단단히 팔짱 끼고는 장난기 가득한 미소를 지으며 말했다.

"당신은 내 질문을 받는 순간 당신이 뭔가 하고 있긴 했는데 정확하게 무엇을 하고 있는지는 모른다는 사실을 깨달았고, 그래서 생각해 보기 위해 시간을 끌고 싶었고, 그래서 시간을 끌면서 생각한 끝에 자신이 아무것도 하지 않고 있었다는 결론을 내린 거죠. 자기변호의 기회를 드릴 시간인 것 같군요?"

파하스는 껄껄거리며 고개를 끄덕였다.

"인정합니다."

"그럼 내가 가르쳐드리죠. 당신은 허밍하고 있었어요."

"허밍? 제가요?"

"예. 모르는 노래라서 정확하게 되풀이할 수는 없지만, 무슨 노래를 흥얼거리고 있었어요."

"음. 그랬군요. 그래서 뭔가 하고 있었던 것 같은데 뭘 하고 있었는지 떠올리지 못한 것이었군요. 그런데 이 외진 곳까지 거동하신 것은 이 외로운 광대를 달래주고자 하는 이유에서일 거라고 제 마음대로 추측해 버려도 될까요?"

"그러세요."

네리아는 아무렇게나 대답하며 파하스가 앉아 있던 바위에 앉았다. 그러곤 파하스가 뭐라고 말할 틈도 없이 말했다.

"와! 재주 좋네요! 이 바위에 앉으니까 바다가 보이는군요. 주위가 온통 숲인데도. 어떻게 찾아낸 거예요?"

나무들 사이로 보이는 수평선에 감탄하고 있는 네리아의 옆얼굴을 향해, 파하스는 나직하게 대답했다.

"뭘 걱정하고 있습니까?"

네리아는 고개를 돌렸다. 웃음기가 전혀 없는 얼굴이었다. 파하스가 정확하게 꿰뚫어 본 것처럼, 거짓 명랑함을 만들어내던 네리아는 풀죽은 얼굴이 되어 말했다.

"그것도 당신이 말해 봐요."

"영광스럽게도, 저에 대한 걱정이겠지요."

"음음."

"동료들을 피해 언덕 위나 숲속으로 숨어 다니는 슬픈 얼굴을 한 소심한 광대에 대한 염려가 당신의 심사를 어지럽게 한 것이겠지요. 그래서 손수 이 미천한 시인을 찾아 나선 것일 테고. 동정심은 그 어느 때라도 변치 않을 아름다움을 가진 마음의 모습이며, 네리아 양의 동정심에 감사드립니다."

"자아아알 알고 있네요. 그렇게 잘 알면서 그렇게 행동하는 이유는 뭐죠? 식사 때 당신을 찾는 것도 지겹고 차 마실 때 있지도 않은 당신 잔까지도 준비해야 되나 고민하는 것도 지겨워요. 우리는 조만간 떠날 텐데 당신은 아직도 여기서 엉덩이를 붙인 채 아무런 계획이 없는 것처럼 구는 것도 보기 싫고."

"곧 떠난다고 하셨습니까?"

"예. 에델린이 그랜드스톰으로 연락했고 칼로부터 귀환 명령이 돌아왔어요. 아, 칼 모르시죠? 바이서스 임펠에 있는 우리 친구예요. 제레인트는 테페리의 프리스트들의 프라임 미팅에 참석해야 하고……. 어쨌든 우리들은 돌아가야 해요. 그리고 난 당신을 찾아 나온 거고요."

파하스는 갑자기 손을 들어올리며 말했다.

"저 남자가 보입니까."

"쳉 말이군요. 왜요?"

"저……, 아무리 누구를 가리키는 건지 짐작되신다고 하더라도 제가 이렇게 손을 들었으니 한 번쯤 저 방향을 봐주시면 좋겠군요."

네리아는 혀를 조금 낼름한 다음 고개를 돌려 파하스가 가리키고 있는 언덕을 바라보았다. 언덕 위의 돌집은 이제 눈에 익은 모습이었고 그 앞에는 쳉이 뛰고 있는 모습이……, 응? 뛰고 있어?

네리아는 눈썹 위에 손바닥을 세운 다음 언덕을 노려보기 시작했다. 쳉은 언덕 위를 펄쩍펄쩍 뛰어다니고 있었다. 왜지? 자세히 본 네리아는 그가 아달탄과 함께 뛰고 있다는 사실을 깨달았다. 그 둘은 헐벗은 언덕 위에서 이리 뛰고 저리 뛰고 있었는데, 아무리 보아도 그 목적을 알기 어려운 동작들이었다. 네리아는 저들이 뭔가 위험에 처해서 사람들에게 알리기 위해 저러는 것이 아닌가 걱정했다. 하지만 파하스는 핏 웃었다.

"정말 재미나게 놀고 있군요."

"놀고? 어, 놀고 있는 거예요?"

"그렇습니다. 쳉은 이제 거의 짐승 비슷한 꼴이 되어 있으니 저건 두 마리 짐승의 즐거운 놀이라고 해야겠군요. 두 마리의 강아지가 그러듯이 그냥 유쾌하게 뛰어다니고 있는 겁니다."

네리아는 긴가민가하는 심정으로 다시 언덕 위를 주시했다. 그러고는 파하스의 말이 옳다고 느꼈다. 쳉은 아달탄을 껴안고 땅을 구르고, 펄쩍 뛰어오르고, 한 순간 아달탄을 추적했다가 곧 아달탄으로부터 도망쳤다. 아달탄은 꼬리를 마구 흔들며 그런 쳉에 호응하고 있었다.

'정말 놀고 있네?'

네리아는 갑자기 겁을 집어먹었다.

"서, 설마……. 이런! 제레인트를 불러올게요. 에델린도. 아, 아프나 이델도! 모두들 끌고 와야겠어요. 어서 일어나서……"

"아니, 괜찮습니다. 미친 건 아닙니다."

"하, 하지만 쳉이 저런 짓을 할 리가……"

"할 리가 없다고요? 왜 없습니까. 그는 지금 즐거울 텐데. 저 아무것도 없는 언덕 위에서도 자신의 즐거움을 표현할 방법이 있으니 그렇게 하는 겁니다."

네리아는 당황해서 파하스를 보다가 이번에는 수평선을 보았다. 파하스는 다시 웃었다.

"아니, 미 양이 돌아오고 있는 것은 아닙니다."
"그럼?"
"쳉은……, 미 양을 기다리는 것이 즐거운 겁니다. 그리고 나는 그런 쳉을 보고 있는 것이 즐겁군요."

쳉은 달리고 뛰어오르고 넘어져 뒹굴었다. 뒹굴다가 갑자기 일어나는 쳉의 동작은 일반적으로 사람들에게서는 찾아보기 힘든 동작이었다. 앉아 있던 야수가 갑자기 일어나는 것처럼, 쳉은 누워 있다가 다음 순간엔 이미 서 있었다. 땅을 짚거나 허리를 일으키는 동작은 없었다. 그리고 쳉은 함성을 지르며 몸을 회전시켰다.

"아아아아아아아아아아!"

원심력에 의해 떠오른 두 팔과 커다란 손은 쳉의 몸 주위에 원을 만들었다. 아달탄은 황홀경에 취해서 컹컹거리며 그런 쳉의 주위를 따라 돌았다. 결국 눈이 핵 돌아버린 아달탄은 개답지 않게도 뒤로 걷기 시작했다. 그 동안에도 쳉은 계속해서 돌았다.

"아아아아아아아아아아!"

쳉은 어느새 춤을 추고 있었다. 생에 한두 번, 지상의 모든 것을 깨끗이 잊고 순수하게 하늘을 경배하게 된 인간의 모습으로 쳉은 두 팔로 하늘을 받치고 춤을 추었다. 쳉의 춤은 느리고 둔탁했다. 하지만 거친 힘으로 끊이지 않고 계속되었다.

회전의 끝에서 쳉은 땅바닥에 몸을 던졌다. 뒤로 걷고 있던 아달탄은 쓰러진 쳉에게 달려들었고 잠시 쳉과 아달탄은 서로 부둥켜안은 채 서로의 몸을 핥아대며 낄낄거렸다. 쳉은 아달탄의 귀를 살짝 깨물며 으르렁거렸고 아달탄의 꼬리는 금방이라도 뽑혀나갈 듯이 빙글빙글 돌았다.

"도대체 어떻게 저렇게 즐거워하고 있을 수 있는 걸까요? 누구를 기다리는 일이 설렘이 될 수 있다는 것은 나도 인정해요. 하지만 저건 그 정도의 흥분이 아니라 미칠 정도로 기분 좋다는 것이잖아요. 더군다나 쳉은 감정 결핍이라고요."

네리아의 이상스러워하는 표정을 대하며 파하스는 잠시 황홀한 느낌을 받았다. 네리아는 긴 속눈썹을 내리깐 채 작은 턱을 쓸어만지며 생각에 잠겨 있었다. 이완된 얼굴 근육은 네리아의 얼굴 윤곽을 부드럽게 만들었고 생각에 잠긴 두 눈은 깊어 보였다. 파하스는 자신의 목소리가 너무 한숨처럼 들리지 않도록 애쓰며 말했다.

"타오르는 머릿결의 레이디. 이 미련한 광대의 머릿속으로 모든 선한 신들이 보내온 예지의 빛이 번득였고, 그래서 저는 그가 왜 즐거워하고 있는지에 대해 설명할 수 있을 것 같습니다."

네리아는 다시 파하스를 아찔하게 만들었다. 기대감에 부푼 눈으로 파하스를 바라본 것이다. 그래서 파하스는 고개를 돌려 나무옹이를 쏘아보며 말했다.

"쳉은 감정 결핍이며 그가 좋아할 수 있는 것은 세상에 퍽 드뭅니다. 좋은 술, 흥미진진한 이야기, 즐거운 노래, 나들이옷으로 성장하고 거리를 걷는 발랄한 아가씨들……. 보통 사람들을 즐겁게 만들 수 있는 것들이 쳉을 즐겁게 만들지는 못할 겁니다. 그의 감정은 전부 미 양에게 보내져 있죠."

"그건 여러 번 들었어요. 그런데?"

"그래서 저는 저것은 서글픈 노력이라고 부르고 싶습니다. 감동적인 일이기도 하지만……. 저것은 한 사나이가 가장 아름다워질 수 있는 몇 안 되는 순간 중에 하나입니다. 저는 즐겁습니다."

"아, 가설이 하나 떠올랐어요. 당신은 마법사예요."

"……저는 룬 어를 말하고 있는 것이 아닙니다."

"이해가 안 되니 내겐 룬이나 마찬가지예요. 쉽게 말해 봐요."

"쉽게 말하죠. 그는 미 양을 돕고 있는 듯합니다."

"미를?"

"끝까지 그녀와 함께 걷지는 못했지만, 그의 마음은 그녀와 끝까지 함께 걷겠지요. 그래서 쳉은 지금 한없이 즐거워하고 있는 겁니다."

당신은 마법사 맞아. 쳇. 네리아는 입술을 비죽거렸다.

4

주책없는 태양은 지금도 저 하늘 어딘가를 비틀거리고 있을 것이다. 어쨌든 일몰이 어떤 모습이었는지 잘 기억나지 않을 정도로 오랜 시간 태양과 함께 걸었으므로, 신스라이프는 해가 졌을 거라는 생각은 떠올리지 못했다.

하지만 지금은 햇빛이 존재하지 않았다. 사위를 가득 메운 것은 숨막힐 정도로 많은 월광과 월광을 가장 아름답게 만드는 암흑뿐이었다. 그러나 이곳에서는 암흑도 당당한 빛의 한 가족이었다. 공간 속을 춤추는 무수한 빛들은 암흑을 조금 별스러운 자신들의 형제로 취급하고 있는 듯했다.

이 전후 관계는 어쩌면 사실과 반대일지도 모른다. 이곳에서는 빛이 암흑의 조금 독특한 한 형태일지도.

신스라이프는 속눈썹에 맺히는 무수한 월광의 편린들을 떨쳐내려는 것처럼 가볍게 머리를 흔들었다. 하지만 빛살은 끈질기게 달라붙어 아롱거렸다. 신스라이프는 포기하며 고개를 들었다.

회오리치며, 터져나갈 듯이 몸부림치지만, 그 터져나가려는 힘으로 오히려 자신을 단속하며, 빛은 기둥을 이루고 있었다.

신스라이프는 시간의 바늘을 떠올렸다.

이것은 눈앞에 있는 사물을 어떻게든 자신이 알고 있는 무엇인가와 연관 짓고 싶어 하는 사람의 가소로운 노력이 가장 희극적으로 발휘된 모습이다. 지금 신스라이프의 눈앞 암흑 속에서 춤추고 있는 시축은 시간의 바늘과 비슷한 점이 하나도 없었다. 지도 제작자들이 좋아하는 기호를 사용한다 해도 시축과 시간의 바늘이 비슷한 상징으로 표현될 수 있을지 확신할 수 없다.

'시축을 표현할 상징이 있을 수 있는지조차 확신할 수 없어.'

신스라이프는 자신의 생각에 고개를 끄덕였다. 시축은 그 자체로 상징이고 기호였으며 의미였다. 동그라미와 화살표만 가지고도 남성을 표현할 수 있건만, 시축을 표시할 기호만은 만들어질 수 없을 것 같았다.

신스라이프는 두 팔을 천천히 들어올렸다. 그의 가슴이 부풀어오르며 빛이 그의 몸 속으로 들어왔다가 내뿜어져 주위를 어지럽혔다. 그는 빛을 호흡하고 있었다.

"시축이여, 내가 될 너여."

신스라이프는 파의 언어로 말했다. 휘몰아치던 빛은 신스라이프의 입으로부터 나온 빛에 놀라 주춤하며 물러나다가 다시 조심스럽게 다가섰다. 빛은 신스라이프의 얼굴을 만지고 그 목을 만지고 몸의 가장 민감한 부분들을 조심스럽게 쓸어내렸다. 차라리 기절해 버렸으면 좋겠다는 헛된 소망을 뿌리치며, 신스라이프는 격정적으로 말했다.

"나는 이곳에 왔다. 나는 결과가 될 것이다. 나는 운명의 마지막에 서는 자가 될 것이다."

"그리고 나무 아래 드러누워서 익은 과일이 떨어지기만 기다리시겠다는 거지."

갑자기 들려온 비아냥거림에 신스라이프는 흠칫하며 몸을 돌렸다. 빛과 암흑 이외에 다른 것이 그곳에 서 있었다. 낮으면서도 정확한 발음의 목소리가 다시 들려왔다.

"어딜 가도 사다리가 뭐에 쓰는 물건인지 모르는 작자들이 있더라고."

"네가……, 왔느냐. 어떻게? 너는 이곳에 올 수 없다."

신스라이프는 정말 의아하다는 표정으로 상대방을 바라보았다. 상대방은 신스라이프처럼 빛 속에서 빛이 되어 있었고 빛을 호흡하며 빛으로 말하고 있었다.

"난 마법사거든. 저울눈 속이는 것이 취미야."

"이상한 이름을 가지고 있었죠."

고개를 조금 갸웃거리던 상대방은 손가락을 딱 튕겼다.

"아아, 이번엔 그 꼬마 아가씨인가? 그래요, 파. 이 아저씨 이름 기억하지?"

"어떻게 여기까지 온 거죠, 레이저 씨?"

"꼬마 아가씨가 보고 싶어져서 마나라는 이름의 바람에 올라탔지."

레이저는 말을 맺으며 윙크했다. 신스라이프는 멋진 윙크라고 생각했고, 파는 못 말리겠다는 느낌을 받았다.

"이곳에 온 이유가 뭐지?"

"어라? 다시 바뀌었나. 이야기를 나누고 있는 상대방이 과연 누군지 명확하게 모른다는 것은 매일 이야기를 해야 하는 이 인간이라는 우주적 희극 배우의 슬픈 숙명이긴 하지만, 지금 나의 경우에는 그 숙명의 무게가 보다 해괴한 형태로 어깨를 짓누르는군."

"용건이 뭔지는 모르지만 그렇게 다급한 용건은 아닌 모양이군."

"그럴 수도, 아닐 수도. 그러고 보니 당신은 다급하다라는 말의 의미도 재해석하려고 들지 않나?"

신스라이프는 대답하지 않았다. 레이저는 두 손바닥을 가볍게 들어올리는 매우 전통적인 몸짓을 하며 말했다.

"그래그래. 이곳까지 날아온 이유 중 한 가지는 이미 말했어. 꼬마 아가씨가 보고 싶어서. 나머지를 말할 차례지. 난 어떤 입장에 서고 싶어 하고, 그것이 어떤 입장인지는 아직 모르고, 그래서 정보를 좀 알고 싶은 거야."

"……정보에 따라 내 편이 될 수도 있다는 말처럼 들리는군."

"그래."

"안됐군. 내겐 협조자가 필요 없는데."

"생각해 봐. 힌트 한 가지, 난 협박을 사양하는 타입이 아냐."

신스라이프는 레이저를 뚫어지게 노려보았다. 하지만 레이저는 빛으로 휘파람을 불며 자신이 우위에 있다는 신호를 보내왔다. 신스라이프는 그에 동의할 생각은 없었지만 약간의 호기심을 느꼈다. 그리고 레이저는 바로 그 순간을 정확하게 포착해 냈다.

"일단 내 사정을 설명하지. 내겐 친구가 하나 있어. 나크둠이라는 이름을 가지고 있고 그 이름을 상대방에게 각인시켜 주는 데 별로 어려움을 느끼지 않는 멋진 친구야. 최근 그 친구에게 인상적인 사건이 있었고 나는 그 사건들이 그 친구의 가녀린 정신에 어떤 상처라도 주지 않을까 염려하고 있지."

"무슨 사건인가."

"죽었다 살아났지."

"그래……?"

"응. 당신이 선도했고 요즘의 대륙에 선풍적인 인기를 끌고 있는 유행이 그 친구에게도 찾아든 거지."

"그런데?"

"그래서, 난 당신이 지금부터 하려는 일에 관심이 생겼단 말이야."

"내가 하려는 것?"

"지금부터 당신이 시간과 하나가 되려는 것은 알고 있어. 조금 전에 들었으니까. 정확하게 말해 주면 좋겠는데, 구체적으로 '어떤' 시간과 하나가 되려는 거지?"

시축은 차라리 으르렁거리고 있는 듯했다. 혼돈스러운 빛과 암흑의 소용돌이 속에서 신스라이프와 레이저는 그림자가 없는 상대방을 물끄러미 바라보고 있었다. 신스라이프가 말했다.

"질문의 이유는? 네 친구라는 그자가 도로 죽게 되는 거냐고 묻는 거라면 아니라고 대답해 주겠다. 그는 죽지 않을 것이다. 죽음은 한 인간이 만들어내는 시간의 끝이자 최종 결과지. 그러나 이제 끝은 인간에게 찾아들지 않는다."

"아, 말을 안 했군. 그게 문제인데, 사실 그 친구 인간이 아냐."

"뭐라고?"

"나크둠은 오크지. 그 친구의 문제이자 내 문제의 시작이 바로 거기인데, 인간은 죽지 않겠지만 오크는 어떻게 되는 거지?"

영원에 필적하는 순간이 흘렀다. 이 가공할 아름다움 속에 서 있으면서도 레이저는 맥주 한 잔과 다리를 던질 수 있는 테이블 하나가 있으면, 그리고 손에 카드들을 모아 쥐고 그 너머로 상대방의 눈을 비웃듯이 바라볼 수 있으면 얼마나 좋을까 생각했다. 물론 소매 속에 숨겨둔 한 장은 그를 황홀하게 만들 것이다. 레이저는 마른 입술을 조심스럽게 움직여 말했다.

"나는 쓰레기였어. 지금까지도 나는 많은 시간들을 당신이나 당신 선임자들에게 보내왔어. 따라서 또 그런 상황에 빠진다고 해서 그렇게 괴로워할 것 같지는 않군. 내 사부는 나를 가르치면서 올로레인의 부활을 꿈꾸어 왔고 난 사부의 비위를 맞춰주는 데서 약간은 흥미를 느꼈지. 하지만 사부님이 돌아가신 다음부터는 누군가의 비위를 맞춰줄 필요가 없었지. 그래, 나 자신의 비위도 맞추고 싶지 않았어. 쓰레기로 살았지. 아마 당신이 가장 좋아할 타입의 인간이 아닌가 생각되는데."

신스라이프는 미소 지었다. 레이저는 팔짱을 끼며 말했다.

"따라서 당신이 내 시간을 가져가겠다고 해서 신경질 날 것 같지는 않아. 하지만 친구의 경우는 달라. 우습지만, 난 그들을 만났을 때 내가 인간이라는 것을 느낄 수 있었고, 그런 감정들은 누가 뭐래도 소중한 거야. 그 작은 감정에 목숨도 집어던지는 수많은 사람들의 예를 들 필요까지는 없겠지."

레이저는 자줏빛 한숨을 내쉬었다.

"어쩔 수 없잖아. 인간들 따위, 어떻게 되든 내 알 바 아냐. 하지만 오크의 문제로 넘어가면 내 입장에도 극적인 변화가 생길 수 있어."

"웃기는 녀석이군."

"고마워. 내 입장에 동조해 줘서. 시간과 여건이 괜찮다면 당신과 함께 레이저를 비웃어주고 싶지만 여건이 좋지 못하군. 자, 말해 줘."

"뭘 말이냐."

"인간들은 그들이 만들어내는 시간을 모조리 당신에게 보내게 될 거야. 그렇지? 그들 어리석은 종족에게 묵념을. 이 멍청한 종족은 괴물을 낳아버렸어. 당신을 낳았다는 것만으로 인간은 깡그리 멸망해도 좋아. 그리고 그 멸망 방식이 영생이니 가장 어울리는 형벌이기도 하고. 하지만 오크는 어떻게 되지?"

"네 예상이 맞을 것이다."

"더불어 영생이란 말이군."

"그래. 시간은 유피넬과 헬카네스의 존재 원인이다."

"삼라만상의 원인이란 말이지. 당신은 삼라만상의 끝을 모조리 챙겨가고. 흐음."

"오크는 죽지 않는다. 네 친구라는 그 오크 역시 죽음을 무서워할 필요가 없다. 그의 죽음도 내가 가져갈 테니. 이제 안심인가."

레이저는 고개를 두 번 끄덕인 다음 그대로 고개를 숙였다. 늘어진 앞머리카락들이 빛 속에 흔들리며 반짝거렸다. 레이저는 고개를 숙인 채 말했다.

"싫어."

신스라이프는 무표정한 얼굴로 레이저를 바라보았다. 레이저는 아래를 내려다본 채 말했다.

"내 친구 이야기만 자꾸 해서 미안한데, 내겐 최근에 생긴 친구가 하나 있어. 그 친구 역시 누군가에게 자신을 드러낼 필요가 있을 때 어려움을 전혀 느끼지 않는 매우 인상적인 친구지."

"이젠 네 친구가 인간인지부터 묻고 싶군."

"거인이지."

"……그덴 산의 거인?"

"그래."

"올로레인, 정말 해괴하군."

"그래. 그래서 좋은 점도 있어. 사람들에게선 절대로 구할 수 없는 답을 구할 수 있는 장점을 가지고 있거든. 계속 말하지. 거인은 휴식을 원하고 있더군. 대왕의 말을 빌리자면 약속된 휴식 말이야." 레이저는 고개를 들어올렸다. 그의 얼굴은 미소를 짓고 있었다. "결정했어."

"뭘 결정했나."

"인간은, 이 빌어먹을 종자들은, 자신들이 만들어내는 시간의 소중함을 모르고 제멋대로 낭비하며 살아오다가 결국 당신 같은 괴물을 낳은 인간은, 그래, 홀라당 망해 버려도 아무 할 말이 없는 이 인간들은, 그래도 한 가지 받아 마땅할 선물을 가지고 있어. 유피넬과 헬카네스가 시간 대신에 인간에게 주었던 바로 그 선물. 절대로 양도될 수 없고 양도할 수도 없는 선물."

레이저는 팔짱을 꼈던 두 팔을 천천히 벌렸다.

"인간은, 시간을 만들어내는 일을 중지하고 쉬고 싶을 때, 쉬게 해줘야 해."

아일페사스는 고개를 획 쳐들었다. 그녀의 굳은 얼굴을 보며 미와 할슈타일 후작은 당혹했다. 그녀의 얼굴에 떠오를 수 있을지조차 의심스러운 표정이었다.

엄격한 얼굴로 북쪽을 바라보던 아일페사스의 입매에 희미한 미소가 떠올랐다.

"마법사……"

"뭐라고 하셨습니까, 아일페사스?"

할슈타일 후작이 조용히 물었지만 아일페사스는 그를 돌아보지 않았다. 그녀는 시선을 북쪽에 고정시킨 채 황홀해하는 얼굴로 말했다.

"그래. 마법사였나. 그런 것이었나. 이것은 모든 신들도 나도 알 수 없었다. 당연하지. 이것이 바로 인간의 수법이니까 우리로서야 알 수가 없는 것이 당연하다. 행해지고 난 지금에서야 모든 것이 이해되는군."

아일페사스는 갑자기 하늘을 올려다보며 외쳤다.

"마법은 드래곤의 것이었으나, 드래곤은 마법을 창조한 것에 대해 자랑스러워할 수 없다! 드래곤이 자랑스러워해야 하는 것은 그가 올바른 제자를 찾아낸 사실이다! 그가 만들어냈으나 그의 것일 수 없는 것을 올바로 배워 익히고 자신의 것으로 오롯이할 유일하고 정정 당당한 제자를!"

"아일……페사스?"

할슈타일 후작은 주춤거리며 미를 돌아보았다. 하지만 미의 얼굴에도 똑같은 당혹감만이 떠오르고 있었다. 후작은 다시 아일페사스를 돌아보았지만 이번에는 아무 말도 하지 못했다. 아일페사스는 눈물을 흘리며 웃고 있었다.

그녀는 천천히 고개를 돌려 미와 후작을 돌아보았다.

"인간들아."

"예?"

"아름답고, 착하고, 추악하고, 사악한 인간들아. 선량한 마음으로 사악을 행하고, 지독하게 못된 손길로 한 떨기 꽃을 쓰다듬는 이 배은망덕하고 사랑스러운 종족들아. 제기랄 것들. 도대체 너희들은 뭐냐. 무엇 때문에 이다지도 지독한 증오와 사랑을 동시에 불러일으키는 종족이 세상에 발 디디고 걷게 된 거냔 말이다."

미와 할슈타일 후작은 얼어붙은 모습으로 아일페사스를 바라보았다. 아일페사스는 흐느끼며 말했다.

"너희들을 좋아해."

"아일페사스?"

"가자!"

할슈타일 후작은 멀미가 날 것 같은 기분을 느꼈다. 눈앞의 아일페사스는 그녀를 처음 보았을 때의 모습 그대로 어린 소녀였다. 하지만, 지금의 그녀는 그녀를 한눈에 볼 수 있다는 사실이 믿어지지 않을 정도로 거대했다. 빌어먹을, 이것이 드래곤인가? 아일페사스는 어깨로 숨을 쉬며 격정적으로 외쳤다.

"가겠어! 드래곤이 간다. 드래곤의 제자의 모습을, 드래곤의 후계자의 모습을, 드래곤의 자식의 모습을 똑똑히 봐주겠다! 너희들은 드래곤의 말을 인정하지 않을 것이고 드래곤은 인정받는 데 관심 없지만, 그래도 드래곤은 간다. 미! 할슈타일! 가자! 모든 드래곤과 드래곤의 친구 드래곤 라자여! 가자!"

현재 대륙에서 드래곤을 가진 유일한 드래곤 라자 레니는 당황한 표정으로 조금 전까지 옆에 앉아 있던 사내를 바라보았다. 덕분에 쓰고 있던 모자가 날아올라 방파제 위를 데굴데굴 굴러갔지만 레니는 그에 신경 쓰지 않았다. 델하파의 항구. 아름다운 항구 도시의 어느 곳에도 심상치 않은 모습은 존재하지 않았다. 그런데도 사내는 무엇에 찔린 것처럼 벌떡 일어나서는 북쪽을 쏘아보고 있었다. 레니는 조심스럽게 사내를 불렀다.

"지골레이드?"

지골레이드의 낚싯대는 파도에 휩쓸려 떠내려가고 있었다. 그는 더 이상 레니와 함께 델하파의 방파제에 앉아 낚시를 하고 있는 평범한 낚시꾼이 아니었다. 언어와 표정이 전달할 수 없는 감정들도 주고받는 드래곤과 드래곤 라자였기에 레니는 지골레이드의 격렬한 감정 변화에 놀랐다. 하지만 겁내지는 않았다. 지골레이드의 감정 중에 분노는 전혀 존재하지 않았다.

블루 드래곤 지골레이드의 악물린 입술 사이로 신음 소리 같은 목소리가 울려나왔다.

"왕이여……! 나는 함께 갑니다!"

"드래곤!"

돌맨 할슈타일은 자리에서 튕겨 일어났다. 그란은 기겁했고 운차이는 벌떡 일어섰다. 돌맨은 방 한가운데 똑바로 선 채 눈을 홉뜨고 있었다. 주위에 있던 모든 자들이 저마다 무슨 말들을 외쳤지만 돌맨의 귀에는 하나도 들어오지 않았다. 평생 한 번도 느껴보지 못했고, 느낄 수 있을 것이라고 상상조차 해보지 못한 감각의 엄습에 돌맨은 기절할 것만 같았다.

"으아아아!"

돌맨은 문 쪽을 향해 돌진했다. 앞을 가로막는 의자를 걷어차고 문을 향해 몸을 날리는 그의 모습에 엑셀핸드는 어이가 없는 얼굴이 되었다.

하지만 운차이는 어느새 그 뒤를 향해 달려들고 있었다. 미끄러지듯 움직인 운차이는 돌맨의 오른쪽 어깨를 잡아챘다.

"이봐, 왜 이래!"

다음 순간 운차이는 하늘과 땅의 극적인 위치 이동을 목격하게 되었다. 돌맨은 왼손으로 운차이의 손을 붙잡으며 몸을 뒤틀었고 운차이는 그대로 허공을 날아 벽에 부딪혔다. 운차이가 할 수 있는 최대한의 노력은 공중에서 몸을 웅크려 충격을 줄이는 것뿐이었다. 운차이를 그런 식으로 집어던진 돌맨은 문짝을 허공으로 날리며 밖으로 뛰쳐나왔다.

그러나 돌맨은 더 이상 달려가지 않았다. 부서진 문을 통해 달려 나온 사람들은 눈밭에 무릎을 꿇은 채 북쪽을 쳐다보고 있는 돌맨의 뒷모습을 보게 되었다. 그곳에는 버려진 아이, 슬픈 방랑자 돌맨이 더 이상 존재하지 않았다.

돌맨은 두 팔을 들어올리며 드래곤 라자로서 외쳤다.

"드래곤이여, 드래곤이여!"

카르 엔 드래고니안. 대미궁의 가장 깊은 호수 속에서, 드래곤 로드의 거체는 꿈쩍도 하지 않았다. 하지만 그의 자유롭고 광대한 사유는 거세게 맥박치고 있었다. 가장 어둡고 가장 깊은 그 물 속에서 드래곤 로드는 말했다.

"거침없이 가라. 너는 나다."

폭포수처럼, 그러나 폭포와는 완전히 반대되는 방향으로 물은 치솟아 올랐다. 대미궁 전체가 전율하는 가운데 대미궁의 호수는 폭발하는 기세로 갈라졌고 그 속으로부터 황금의 거체가 솟아올랐다. 비산하는 물방울들이 대미궁의 벽을 때려 엄청난 공명음을 만들어냈다. 그 물보라의 한가운데서 당당하게 일어선 드래곤 로드는 힘 있게 외쳤다.

"아일페사스! 드래곤! 드래곤 로드여! 가라!"

허공으로 솟아오른 레이저는 공간을 부유하는 빛을 박차며 다시 몸을 뒤집었다. 눈 바로 옆을 지나쳐 가는 무수한 빛의 탁류에 눈이 멀어버릴 것 같았지만, 레이저는 정신을 집중하며 신스라이프의 궤적을 추적했다. 레이저는 떠다니는 무수한 빛 사이에서 신스라이프의 검광을 가까스로 발견했고 그 방향을 향해 손을 내밀었다. 그러나 마지막 순간, 레이저의 손이 아래로 조금 내려갔다.

"파이어볼!"

레이저의 손으로부터 튀어나온 불덩어리는 신스라이프의 몸을 비켜갔다. 그러나 그것은 그대로 눈 덮인 땅바닥을 후려쳤다. 콰과과과광! 얼음이 박살나며 집채만 한 얼음 덩어리들이, 수증기와 얼음의 화살들과 함께 치솟아 올랐다. 밑은 바다였던 것이다.

시축을 휘감고 돌며 그 자체로 시간이었던 빛들이 비명을 지르며 사방을 휘저어 댔다. 그 사이로 날아오른 얼음 조각들은 하나하나가 최고로 연마된 보석인 양 빛을 뿜어대며 모든 공간을 유린했다. 신스라이프는 빙긋 웃었다.

"얼간이! 넌 네가 원하는 것을 이웃의 이름으로 걷어차는 보편적인 비겁자야!"

얼음 바닥이 갈라지며 곳곳에서 바닷물이 치솟아 올랐다. 신스라이프는 갈라지는 얼음과 빙산을 밟으며 허공을 날았다. 하늘에 떠 있던 레이저는 눈을 의심했다. 얼음 조각들은 미친 듯이 허공을 질주하고 있었고 신스라이프의 몸 주위로도 사정없이 날아다니고 있었지만, 그 몸에 접촉하는 것은 하나도 없었다. 신스라이프는 바다 속으로 가라앉는 거대한 얼음덩어리의 첨단부를 밟으며 치솟아 올랐다. 레이저는 눈앞으로 다가오는 신스라이프의 손을 제대로 보지도 못했다.

"커어억!"

파리를 잡아채듯이 레이저의 목을 잡아챈 신스라이프는 그대로 그를 아래로 내리밀기 시작했다. 레이저는 신스라이프의 손을 부여잡고 다리를 힘없이 버둥거렸지만 그의 목을 움켜쥔 신스라이프의 손은 꼼짝도 하지 않았다. 신스라이프는 그대로 레이저를 얼음 바닥에 메어칠 기세였다.

"으아아아아!"

얼음 바닥에 부딪히기 직전, 레이저는 신스라이프의 손 안에서 사라졌다. 신스라이프는 맨주먹으로 얼음 바닥을 치게 되었고 얼음은 그대로 파괴되었다. 신스라이프는 이를 갈며 몸을 날렸다. 그녀가 서 있던 자리에서 바닷물이 치솟아 올랐지만 신스라이프는 조금 떨어진 곳의 얼음을 밟으며 섰다. 사방을 둘러보던 그녀의 눈에 저 멀리 비틀거리며 일어나는 레이저의 모습이 들어왔다. 다리를 힘없이 떨면서도 레이저는 웃고 있었다.

"지금의 네……, 모습을 봐, 신스라이프."

신스라이프는 씩 웃으며 레이저를 향해 걸어갔다. 다가오는 신스라이프를 쳐다보며 레이저는 다급하게 말했다.

"생각해! 네가 지금 무엇을 하고 있는지. 넌 지금 무의미한……"

"행동을 하고 있지!"

대답과 함께 신스라이프의 다리가 날아왔다. 레이저는 비명도 지르지 못하고 날아가 눈더미 속에 파묻혔다. 하얀 눈 위로 선혈이 길게 직선을 그었다. 레이저는 온몸을 불타게 만드는 고통과 차가운 얼음의 감각 속에 짓눌려 헐떡거렸다.

"당연하잖아! 난 바로 시간이 될 것이다. 결과가 될 것이다! 허무함, 아쉬움, 애달픔이 될 것이다! 그런 내 행동에 의미가 있을 턱이 있나! 하하하!"

레이저는 몸을 일으키려는 노력을 포기했다. 일어설 수야 있겠지만, 일어서자마자 기절해 버릴 것이 빤하기 때문이다. 그래서 레이저는 돌아누운 자세가 되려 애썼다. 고통은 초당 수십 회씩 레이저의 몸을 난타해 댔고 레이저는 비명과 욕설을 내지르며 간신히 돌아누웠다. 신스라이프는 그런 레이저를 보며 차갑게 웃었다. 하지만 레이저의 입에서 미약한 목소리가 흘러나오자 신스라이프는 더 이상 웃을 수 없었다.

"꼬마 아가씨."

"뭐라고? 너!" "날 불렀나요. 수줍음 많은 늙다리 아저씨?"

신스라이프는 급격히 정지하는 자신의 몸에 대해 욕설을 퍼부어 댈 수도 없었다. 입술의 움직임까지도 제어당하고 있었기 때문이다. 파는 표면으로 떠올랐고 신스라이프는 저주와 함께 뒤로 물러났다. 파는 레이저의 모습을 조용히 바라보며 그의 말을 기다렸다.

레이저는 폐가 박살나지 않은 것에 감사하며 말했다.

"그렇게 쉽게……, 나설 수 있는 것을 보니……, 꼬마 아가씨는 저 천치에게 찬성하고 있는 듯하군."

"반대하지 않는 것이라고 해야겠지요."

"지금의 무엇을 증오……하는 건가……? 무엇에 대한 증오가……, 너의 개체성을 포기하게까지 만들었나."

"증오? 없어요."

"그……럼?"

"난 잃어버린 시간들 속에 준비되어 있었고 허무함으로서 태어났어요. 내 개체성이 원래 그렇죠."

"왜……"

"왜라고 물었어요? 그 질문을 당신에게 돌려주겠어요. 당신은 왜 그랬죠?"

레이저는 힘없는 눈으로 파를 올려다보았다. 파는 흥분하는 기색 없이, 하지만 또박또박한 어조로 말했다.

"당신은 조금 전 자기 입으로 말했어요. 당신이 쓰레기였다고. 그리고 당신은 도박사예요. 그럼 당신이 어떻게 살아왔는지 대충 짐작할 수 있어요. 뻔하죠. 숙취에 찌든 머리를 흔들며 느지막하게 일어나요. 눈을 뜨고 가장 먼저 찾아오는 감정은 가야 할 곳이 없다는 당혹스러움과 낭패감이죠. 해야 할 일이 없다는 사실에 대한 슬픔도 함께 찾아올 테고. 당신은 마법사더군요. 그러니 습관적으로 마법을 기주하겠지요. 어디에 쓰일지도 모르면서. 그러고는 스스로 비참해하면서도, 마치 그것이 가장 고귀한 일이라고 믿는 것처럼, 혹은 누구나 다 그렇지 않느냐고 말하는 것처럼 음식을 찾아요. 구할 수도 있고, 없을 수도 있어요. 구할 수 있다면 그것을 먹는 일에 모든 관심을 쏟아요. 구하지 못했을 경우 공복이 설령 머리를 맑게 해줄 수 있다 해도, 그 맑아진 머리로 할 일은 없어요. 그때부터 당신이 해야 할 일은 저녁의 도박판이 벌어질 때까지의 시간들을 어떻게든 치워버리는 것이겠죠."

고통과 부상 때문에 그럴 수는 없었지만 레이저는 박수를 치고 싶었다. '정말 정확해!' 그리고 레이저는 그런 자기기만을 생각하는 자신에 놀라며 입을 다물었다.

"그러고 싶을 거예요. 그 지루한 시간들을 누가 치워주면 좋겠다고 생각하는 거죠. 하루 종일 도박만 했으면 좋겠다고 생각할 때가 있죠? 그리고 다른 도박사들도 모두 그런 생각을 하고 있다는 사실 또한 알고 있을 거예요. 가끔은, 아주 가끔은 비슷비슷한 작자들을 모아놓고 시간에 구애되지 않고 노름만 할 때도 있을 거예요. 하지만 자주 있는 일은 아니죠. 대부분의 나날에 당신은 지루함과 심심함에 몸부림치며 저녁 시간을 애달프게 기다리고 있었을 거예요. 그리고 마침내 지쳐빠진 정신으로 도박판에 끼어들게 되는 거죠. 술에 좀 취했을 수도 있고. 그러고는 그 지긋지긋한 도박을 자신이 가장 좋아하는 일이라고 생각하며 도박을 하는 거죠. 카드 한 장을 잡을 때마다 자신을 기만하면서."

"이봐, 꼬마 아가씨……"

"무슨 변명거리를 생각해 냈는지 모르겠지만 조용히 있어요. 말해 봤자 난 듣지 않을 테고, 당신에겐 말하는 것이 너무 힘든 일이겠군요. 도박판의 그 초조감, 숨 막히는 느낌, 긴장감, 담배연기, 뒤섞여 춤추는 카드들이 정말 재미있고 자극적인 일이라고 생각하는 거죠. 그러나 도박판이 끝나고 어질어질한 머리를 붙잡고 일어나야 할 때, 가끔은 생각하겠죠. 나는 여기서 뭘 하는 걸까. 왜 이 짓을 하고 있는 걸까. 그러면서 쓰러져 잠드는 거죠. 다시 처음부터 시작될 것을 알면서."

파는 슬픈 눈초리를 하고 있었다.

"당신은 이미 오래 전부터 당신의 시간들을 누군가에게 보내고 있었죠?"

"그래."

레이저는 이상할 정도로 명확한 자신의 발음에 놀랐다. 파는 고개를 끄덕였다.

"그리고 그 나날들이 결국은 시시하게 끝날 것도 알고 있었죠? 도박판에서 사는 만큼, 언젠가 누군가에게 살해당하거나 아니면 당신 스스로 자신을 죽이게 될 것을 알고 있었죠? 어쩌면 늙어 죽을 수 있을지도 모르지만, 살해당하는 것과 아무 차이가 없다는 것을 스스로 잘 알고 있겠죠?"

"그래."

"나도 그래요."

"꼬마야……, 넌 아냐. 넌 그렇지 않아. 나는 인생의 쓰레기고 네가 말한 것과 똑같은 버러지이지만 넌, 그처럼 빛나는 미소를 지을 수 있는 넌 아냐."

파는 잠시 아무 말 없이 레이저를 내려다보았다. 레이저가 그녀의 눈이 반짝인다고 생각했을 때, 파는 뒤로 물러나며 조용히 속삭였다.

"당신이 본 것은 당신의 눈 안에 있는 것이겠죠."

"아, 아냐. 파! 기다려……!"

"미안하게 됐군, 올로레인. 네가 부르는 사람이 아니라서."

레이저는 이를 악물었다.

"신스라이프."

"그래. 나다."

대답하며 신스라이프는 무릎을 굽혔다. 레이저의 옆에 무릎을 꿇은 신스라이프는 오른손을 위로 쳐들었다.

"네 괴상한 친구들은 죽지 않겠지만, 넌 죽여주겠다. 네게 약속되었던 휴식으로 가라."

레이저는 아무것도 느낄 수 없었다. 공포가 다가와야 당연하겠지만 레이저는 공포를 느끼지 않았다. 그의 가슴속에는 이유를 알 수 없는 안타까움 이외에는 아무것도 없었다. 그래서 레이저는 신스라이프의 미소를 보면서도 아무 생각을 떠올리지 못했다.

그때 천지를 진동시키는 고함 소리가 들려왔다.

"심판하겠다!"

아일페사스의 호령 소리에 신스라이프는 몸을 돌렸다. 그러곤 암흑 속에 떠오른 골드 드래곤의 모습에 주춤했다. 어둠을 배회하던 무수한 빛들은 골드 드래곤의 황금의 몸 위에 현란한 무늬들을 그렸고 그래서 아일페사스의 몸은 초현실적인 빛으로 번득이고 있었다. 아일페사스는 신스라이프를 향해 다시 외쳤다.

"심판하겠다!"

"네가 무엇을!"

"너와 모든 인간을!"

신스라이프는 몸을 뒤로 날려 다가오는 아일페사스에 대한 대응 자세를 갖추었다. 암흑 속에 떠오른 황금의 산 같은 모습으로 아일페사스는 신스라이프를 내려다보았다. 그리고 그 거대한 몸 아래에서 신스라이프는 두 인간의 모습을 발견했다.

"미!"

미는 슬픈 표정으로 신스라이프를 바라보다가 말했다.

"안녕, 파."

파는 앞으로 나서지 않았다. 그곳엔 냉엄한 얼굴을 한 신스라이프만이 있었다. 미의 두 눈이 투명하게 변했다.

미의 옆에 서 있던 할슈타일 후작은 불타는 눈동자로 신스라이프를 바라보다가 천천히 검을 뽑아들었다. 그러나 앞으로 달려 나가는 대신, 후작은 검을 땅에 세우고 그 폼멜 위에 두 손을 얹은 채 기다렸다.

드래곤 로드. 말하시오.

아일페사스는 그런 후작을 내려다보며 그가 드래곤 라자임을 확실히 깨달았다. 당신이 내 라자가 되어주면 재미있을 것 같은데, 할슈타일 후작. 짧은 상념은 찾아왔던 것처럼 빠르게 사라져갔고 아일페사스는 저 아래의 신스라이프를 향해 말했다.

"심판에 앞서 변론을 듣겠다. 네게 말할 기회를 주겠으나, 먼저 드래곤의 말을 들어라, 신스라이프."

"말해 보시지."

아일페사스는 몸을 꼿꼿이 세우고 있었고 그래서 그 거대한 머리는 까마득한 저 하늘 위쪽에서 신스라이프를 내려다보고 있었다.

"잘 생각하고 대답하라. 나는 이곳에 내 의지로써 서 있는 것이 아니다. 나는 모든 드래곤으로서 이곳에 서 있다. 개체로서의 나였다면 이곳에 오지도 못했을 터. 따라서 내가 내리는 심판에 하나의 개체인 드래곤 아일페사스, 어떤 증오와 어떤 열망을 가진 자의 의지는 개입하지 않는다. 또한 이곳엔 모든 신의 의지도 개입하지 않는다. 그 이유는 너 스스로도 잘 알고 있겠지."

"물론. 필멸자들의 부활이라는 상황의 역이지."

"그래. 저 불멸자들께서는 사망하셨다. 사망이라는 단어는 사실과는 전혀 관련이 없는 단어이지만 이 경우엔 그 이외에 다른 말을 사용할 수 없다. 그렇지만 드래곤은 그것만을 말한 것은 아니다."

"아아, 그래. 드래곤이기 때문이지. 만일 이곳에 엘프가 있었다면 그랑엘베르의 뜻이 개입될 테지. 하플링이 있었다면 테페리의 뜻이 개입되겠지. 하지만 이곳에 있는 건 당신 드래곤뿐이지."

"그렇다. 그러므로 너는 다른 어떤 의지의 개입도 없는 상태에서 공정하게 네 행동을 심판받을 수 있을 것이다. 저 무정한 시축과 드래곤에 의해."

"잘 이해했어. 하지만 한 가지 이해가 안 되는 사소한 문제가 있는데. 심판받아야 할 내 행동이라는 것이 뭐지?"

"너의 존재."

신스라이프는 왼손을 옆으로 홱 뿌리며 외쳤다.

"그것은 시간이 심판할 일이다. 멍청한 드래곤 녀석아! 나는 너희들 빌어먹을 시간 바퀴 속의 다람쥐에게 심판받고 자시고 할 자가 아니다! 어떻게 네가 나를 심판하겠다는 건가! 너는 시간 속의 존재고 나는 시간 밖의 존재다! 모든 신들조차도 결국 시간 속의 존재이기에 나에게 개입할 수 없음은 네 입으로 말하지 않았나! 감히 어떻게……"

"시간은 누가 만드는가."

아일페사스는 화내지 않았다. 다만 엄격한 어조로 말했을 뿐이다. 그리고 신스라이프는 입을 다물었다. 무서운 눈으로 바라보는 신스라이프를 향해 아일페사스는 단호하게 말했다.

"인간이 시간을 만든다. 그처럼 건방진 네 녀석이라 해도 이것은 부인하지 못할 것이다. 인간이야말로 시간의 장인이다. 그리고 시간의 부모다. 너는 그 시간 자체가 되기 위해 이곳까지 왔을 것이다. 그렇다면, 너는 모든 인간들의 자녀가 되려는 것이다."

잠깐 멈추었던 아일페사스의 목소리가 다시 흔들림 없는 울림으로 다가왔다.

"이 점에서 다른 모든 종족들과 드래곤, 그리고 신들마저도 개입할 수 없는 이유, 가장 중요한 이유가 있다. 시간은 인간이 만들어내는 그들의 것이며, 따라서 그들이 그 시간들을 그들 모두의 후계자인 너에게 주고 싶어 한다면 그것은 그들의 자유이기 때문이다."

신스라이프는 도발적인 눈으로 아일페사스를 올려다보았다.

"그렇다면 더 더욱 너의 심판이라는 것이 모호해지는군. 내 부모로부터 그들의 창조물을 상속받겠다는데 네가 무엇을 심판하겠다는 거지?"

"네가 과연 인간의 올바른 후계자인가 하는 것을. 그 심판의 권리는 인간도 아닌, 너도 아닌 다른 자, 모든 신들과도 관련 없는 자, 바로 드래곤의 몫이다."

신스라이프는 잠시 침묵하며 아일페사스를 올려다보았다. 아일페사스의 거대한 모습은 바라보고만 있어도 외경심을 불러일으키기에 충분했지만 신스라이프의 마음속에서 그런 감정은 나타나지 않았다. 잠시 후 신스라이프는 웃으며 말했다.

"흥미롭군."

신스라이프는 고개를 돌려 뒤쪽을 흘끗 바라보았다. 시축은 암흑 속에서 휘황한 빛의 형태로 도도한 회전을 계속하고 있었다. 뒤틀려 흐르고 산산이 비산하는 빛들은 공간 속에서 끊임없는 윤무를 그치지 않았다. 신스라이프는 다시 아일페사스를 보았다.

"흥미로워……. 그래, 심판이 끝나고 내 존재를 인정하면 너희들은 정해진 운명 속으로 순순히 사라지겠다는 건가?"

"그렇다."

아일페사스는 드래곤으로서 대답했다. 신스라이프는 흥미가 가득한 눈으로 아일페사스를 보았다.

"그렇다. 드래곤은 객관적으로 심판할 것이고 드래곤의 심판이 네 존재를 지지한다면 드래곤은 멸망을 받아들이겠다."

할슈타일 후작의 악문 턱이 떨렸다. 시간을 만들어내는 인간이 그 시간을 신스라이프에게 준다면, 이제 다른 존재들과 신에게는 시간이 주어지지 않을 것이다. 그들은 인간과 마찬가지로 영생할 것이며 영생은 다른 의미에서 멸망이다. 그러나 드래곤은 그런 운명을 받아들이겠다고 말한 것이다. 시간을 창조해 내는 것은 인간이기에.

그러나 아일페사스는 조금 전과 똑같은 엄격함으로 한 마디를 덧붙이는 것을 잊지 않았다.

"다만, 드래곤의 심판이 너를 지지하지 않을 경우 넌 300년 만에 처음으로 골드 드래곤의 공격을 받는 자가 될 것이다. 아니, 이 말조차 옳지 않다. 너는 신들이 이 세계를 떠난 이후 드래곤 전체의 공격을 한 몸에 받게 되는 최초의 존재가 될 터이다."

"그거 영광스럽겠군, 껄껄껄."

신스라이프는 저 가공할 위협이 전혀 근심거리가 되지 않는다는 듯이 호방하게 웃었다. 아일페사스는 자신을 억제하며 질문했다.

"드래곤은 묻겠다. 너는 인간의 적자인가?"

신스라이프는 폭발하듯 외쳤다.

"멍청한 도마뱀 녀석, 그렇다! 인간들이 내 존재에 동의하지 않았다면 나는 아예 태어나지도 않았을 것이다! 당연한 질문을 왜 한단 말이냐! 인간들이 원했기에 내가 태어나게 된 것이란 말이다!"

아일페사스는 찌푸린 눈으로 신스라이프를 내려다보았다. 신스라이프는 갑자기 몸을 돌려서는 땅바닥에 쓰러져 있는 레이저를 향해 걸어갔다.

그의 손이 눈더미 속에 쑤셔 박혀 있던 레이저의 뒷덜미를 붙잡아 올렸다. 레이저는 마치 가벼운 손가방이나 되는 것처럼 들어올려져 허공에 대롱거리게 되었다.

"이놈에게 물어봐라! 이놈에게 자신의 시간을 어떻게 팽개쳤는지 물어보란 말이다! 이 덜 떨어진 도박사 놈이 그가 만들어낼 수 있었던 시간들을 어떻게 다루었는지를 물어봐!"

설령 아일페사스가 그런 질문을 했다 하더라도 레이저는 대답할 상태가 아니었다. 레이저를 쥐고 흔들던 신스라이프는 그를 앞으로 내던졌고 레이저는 흰 눈밭 위에 혈흔을 남기며 다시 쑤셔박혔다. 이건 어쨌든 타인에게도 권장하고픈 체험은 아니군. 하지만 이런 체험을 나 대신 경험하게 하고픈 녀석들이 몇몇 있기는 하지. 차라리 졸도하고픈 고통 속에서도 레이저는 그런 생각을 떠올렸다.

신스라이프는 레이저에게는 더 이상 관심도 두지 않은 채 피에 젖은 손을 들어 할슈타일 후작을 가리켰다.

"그리고 저놈에게 물어봐라!"

할슈타일 후작은 눈을 번득였다. 그러나 아무 말 없이 기다렸다.

"저놈은 죽었지만 되살아났다! 저놈뿐만이 아니야. 무수한 죽었던 인간들이 되살아났다! 그것이 뭘 의미하는가?"

아일페사스는 천천히 대답했다.

"네가 시간을 멈췄다는 것을 의미하지."

"질문을 똑똑히 이해하고 대답하기 전에 생각을 해라, 멍청아. 그들이 무엇 때문에 부활했는가?"

"아쉬움과 그리움과 슬픔. 남겨진 Hjan 때문이지."

"그래. 그들은 시간 대신에 주어진 선물에 만족하지 않았어! 그들이 원했던 것은 시간을 만들어내는 거야. 너 드래곤이나 다른 무수한 신들을 위해서가 아니라 그 스스로를 위해! 그들은 시간을 만들길 원하고 있었고 그것이 바로 영생이야! 왜 죽기를 원하는 자가 없지? 왜 자살을 죄악으로 보지? 그들은 끝없이 시간을 만들어내길 원하고 있어! 그리고 그것을 만족시켜 주는 존재는 지금까지는 없었어. 왜 허무함을 느끼지? 왜 태어날 때부터 슬픈 거지? 왜 죽을 때까지 결여감을 느끼며 무엇인지도 모를 것을 찾아 끝없이 헤매는 거지? 그들을 만족시켜 줄 것이 없으리라는 것을 잘 알면서도 왜 끝없이 이 황량한 세상을, 그들이 찾는 것이 빠져 있기에 황량하기만 한 세상을 방황하는 것이지? 그들을 만족시켜 줄 것이라고는 아예 존재하지도 않았어!"

신스라이프는 자신을 가리키며 말했다.

"그러나 이젠 내가 있다. 그리고 나뿐이다. 유피넬과 헬카네스가 멍청하게 주었던 죽음 따위는 그들이 원하는 선물이 아니야! 나다. 나야말로 인간이 가장 깊은 마음속에서부터 원하는 그들의 소망이란 말이다. 그들이 만들어내는 시간을 영원히 가져가 주는 자. 그것이 나다! 그리고 내가 있으므로 그들은 영원히 자신이 바라는 일, 시간을 만들어내는 일을 계속할 수 있게 되는 것이다!"

아일페사스는 침울한 침묵 속으로 빠져들었다. 그런 그녀를 향해 신스라이프는 단호하게 말했다.

"나는 인간이 원하지 않았으면 태어날 수 없었고 인간이 원했기에 태어났으며, 그러므로 나는 인간의 적자다. 그것도 단 하나뿐인 적자다. 자, 오만한 드래곤 녀석아. 심판인지 뭔지를 해보시지? 내가 인간의 적자임을 선언하라!"

입을 다문 아일페사스 대신, 신스라이프의 질문에 대답한 것은 할슈타일 후작이었다.

"넌 내 적자가 아니다."

할슈타일 후작은 땅에 세워두었던 검의 손잡이를 오른손으로 단단히 쥐며 말했다. 신스라이프는 고개를 내려 할슈타일 후작에게 말했다.

"적자가 아니라고? 다른 자도 아닌 네가 그렇게 말한다는 거냐? 내 부활의 마지막 제물이었고 내 재탄생의 유일무이한 원인이었던 네가?"

할슈타일 후작은 신스라이프의 말에 신경 쓰지 않았다. 그는 오른손에 든 검을 옆으로 비스듬히 들어올렸다.

"네가 부활했기에 나는 이 몸과 결합할 수 있었다! 너는 죽음으로써 나를 살려냈고 살아남으로써 나를 탄생시켰다! 그런 네가 나를 부정하겠다는 건가?"

"내가 네 탄생의 원인이었다는 점은 부정하지 않겠다. 그러나 나는 너를 내 적자로서 인지하지 않는다."

후작이 말한 '인지'라는 단어에 신스라이프의 얼굴이 일그러졌다. 태어나되 인지하지 않는 자식이란…….

할슈타일 후작은 웃음기도 없는 냉랭한 얼굴로 말했다.

"미안하군, 내 자식이여. 그러나 너는 내 비뚤어진 욕망과 시간 사이의 사생아일 뿐이다."

"아버지, 웃겨주시는군요. 당신이 원한 구원을 이렇게 부정하시나이까? 아버지도 이웃의 이름으로 자신을 부정하는 보편적인 얼간이셨습니까?"

신스라이프는 빈정거리듯 말했다. 그리고 뜻밖에도, 할슈타일 후작은 그 차가운 입술에 미소를 머금었다.

"그래. 웃기는군. 나는 자녀를 가지고 싶었지만 한 번도 가질 수 없었다. 그런 내가 만들어낸 유일한 자식이 이런 괴물이라는 건, 게다가 나 스스로 그를 인지할 수 없다는 것은 상당한 아이러니로군. 그들, 내가 냉대와 악의만을 보냈던 내 양자들이 내 유일한 피붙이라는 사실을 이제서야 깨닫게 되는군."

잠시 말을 멈추었던 할슈타일 후작은 낮게 속삭였다.

"돌맨. 용서해 다오."

차가운 맨땅에 무릎 꿇은 돌맨은 어깨를 감싸쥔 채 부르르 떨고 있었다. 그란이 그에게 다가서려 했지만 이루릴의 손에 가로막혔다. 그란은 이루릴에게 묻는 눈길을 보냈지만 이루릴은 그저 고개만 가로저을 뿐 설명하지 않았다.

돌맨 할슈타일의 볼 위로 어느새 차가운 눈물이 흐르고 있었다. 돌맨은 부를 수 없었고, 부르려 하지도 않았던 이름을 불러보았다.

"아버님……"

할슈타일 후작은 다시 고개를 들었고 그 움직임과 함께 검을 들어올렸다. 곧게 겨누어진 검 끝은 신스라이프를 겨냥하고 있었다. 할슈타일 후작은 날카로운 눈빛으로 신스라이프를 쏘아보며 말했다.

"네 존재를 인정하지 않는다, 신스라이프. 그뿐만 아니라, 나는 너를 제거하고 내 멸망을 받아들여 나를 완성하겠다."

"완성하겠다? 네가?"

"그렇다! 골드 드래곤 아일페사스, 말하시오! 당신은 길짐승과 날짐승의 왕. 부활했던 자들은 어떻게 되었소?"

아일페사스는 의아했지만 아무 말 없이 머리를 들어올렸다. 하늘을 찌를 듯한 모습으로 머리를 곧추세운 아일페사스는 곧 자신 속으로, 그리고 모든 세계로 들어섰다.

눈을 어지럽히는 검광 속에서 칼날 하나 들어갈 빈틈을 찾아낸 에카드나는 주저 없이 그곳에 검을 꽂아넣었다. 데스나이트는 비명을 지르며 도끼를 휘둘러 내렸지만 이미 그 팔에는 힘이 없었다. 에카드나는 몸을 앞으로 숙여 도끼 자루를 어깨로 받아낸 다음 그대로 데스나이트의 턱을 들이받았다. 데스나이트는 폭발하는 검은 연기와 함께 무너져내렸고 에카드나는 검을 회수하며 조금 전부터 들려오던 목소리에 대답했다.

"예, 아버지! 그들은 돌아갔습니다. 그리고 지금 바쁘니 그만 부르십시오! 목 떨어지겠습니다!"

드래곤 솔저 에카드나는 그렇게 속삭인 다음 다시 눈앞으로 다가드는 데스나이트를 향해 괴성을 지르며 돌격했다.

까마득한 높이에서 대륙의 동안을 가로지르던 지골레이드는 저 아래 희고 작은 점으로 반짝이고 있는 론리 시걸의 갑판을 흘긋 내려다보았다. 그의 경이적인 시각에, 굳어버린 채 자신을 올려다보는 갑판 위의 해적들의 모습들이 뚜렷이 들어왔다. 지골레이드는 잠시 론리 시걸의 주위를 맴돌며 망자에게 참배한 다음 자신 속을 향해 속삭였다.
"그는 그의 복수심과 함께 돌아갔습니다. 드래곤 로드."

그들뿐만이 아니었다. 아일페사스는 전 대륙의 곳곳을 향해 질문들을 보냈고 일자왕의 질문에 '대륙은 대답했다'. 그덴 산은 말도 의미도 아닌 굳건하고 진중한 산의 언어로 자신이 진정한 주인의 죽음에 복상하고 있음을 알려왔다. 줄란을 내려다보던 카레한 탑은 그 탑신을 휘감아 도는 거친 바람을 빌려 베이론 코다슈의 죽음을 알려왔다. 그 외에 무수한 대답들이 돌아왔다. 대륙은 모든 언어와 의미와 느낌을 통해 아일페사스의 질문에 대답했다.
꼿꼿이 세운 머리를 내린 아일페사스는 할슈타일 후작을 바라보았다.
아일페사스는 부활과 영생을 포기하고 표표히 죽음으로 돌아간 그 많은 자들의 모습에 목이 메어 말을 할 수 없었다. 그러나 말은 필요 없었다. 아일페사스가 받아들인 모든 대답들은 그대로 할슈타일 후작과 신스라이프에게 전달되고 있었다. 할슈타일 후작은 고개를 끄덕이며 말했다.

"네가 남겨두었던 콜리의 프리스트들도 모두 돌아갔다, 신스라이프! 그들은 너를 기다리는 대신 크레바스 속으로 몸을 던졌지. 그들은 영생을 원하지 않았다! 이것이 무엇을 의미하는지는 너도 잘 알겠지."

신스라이프는 창백해진 얼굴로 할슈타일 후작을 바라보며 이를 갈았다.

"그들은 시간의 장인으로 살기보다 그들 자신으로 살기를 원했다. 멸망은 참으로 완성의 귀결, 죽음은 시간의 장인인 그들의 최후의 작품. 그들은 그들 자신을 완성하고자 모든 것을 포기하고 그들의 죽음으로 돌아갔다. 그들은 너를 인정하지 않았다!"

신스라이프는 길게 심호흡했다. 나부끼는 빛살들이 그의 모습을 잠시 어지럽혔다.

"그런 것 같군……. 그래서?"

"뭐라고?"

"그래서? 과거의 망령들이 과거로 돌아간 것이 뭐 어쨌다는 거냐. 그들은 현재가 아니며 처음부터 이 시간과는 관련 없는 자들. 그리고 이 시간의 모든 자들은 나를 지지한다. 나는 이 현재와 하나가 될 뿐이지, 망령의 과거와 하나가 되려는 것이 아니다."

그것이 네가 원하는 시간이었나. 시체처럼 눈더미 속에 틀어박혀 있으면서도 오가는 대화를 모두 듣고 있던 레이저는 생각했다. 네가 하나가 되려는 시간은 바로 이 현재였나. 하긴, 그것이 당연하지.

"그리고 이 시간의 모든 자들은 나를 지지한다. 그들에게 물어보라.

죽고 싶은 자 누구냐고. 이미 죽었던 자가 아니라, 지금 시간을 만들어 내고 있는 자들 말이다. 지금 저기서 벌레 같은 모습으로 꿈틀거리고 있는 저 도박사 놈이 가장 가까이 있는 본보기인 것 같군. 저놈이 살기 위해 꿈틀거리는 모습을 보란 말이다!"

치밀어 오르는 모욕감 속에서도 레이저는 이것이 오기로 대답할 성질의 질문은 아니라고 느꼈다. 그는 자신을 향해 질문했다. 너는 정말 죽고 싶은가.

그리고 레이저는 다시 생각했다. 이런. 바보 다 된 모양이군.

할슈타일 후작은 이마를 찌푸리며 입을 다물었다. 신스라이프는 앞으로 걸어오며 말했다.

"그렇잖은가?"

"그럴 테지. 되살아난 자가 아닌, 지금 현재를 살아가는 이들 중에서 죽고 싶어 하는 녀석은 없겠지. 그 버러지들은 영웅으로 죽는 것보다는 거지로라도 사는 것이 낫다고 말할 테지. 특별히 비난받을 말도 아니고."

그 순간 할슈타일 후작은 검을 옆으로 뿌렸다.

"하지만, 난 아니다!"

5

고함 소리와 함께 할슈타일 후작은 앞으로 달려 나갔다. 미는 뜻 없는 소리를 지르며 그를 제지하려 했지만 이 상황의 어떤 국면에라도 영향을 주기에는 너무 늦은 행동이었다. 눈보라를 일으키며 달려간 후작은 어느새 신스라이프와의 거리를 모두 지워버린 다음 난폭한 내려베기를 시도하고 있었다.

휘둘러진 롱 소드는 신스라이프가 서 있던 자리를 지나 얼음바닥에 꽂혔다. 손목에 온 충격을 지우느라 잠시 멈칫하던 할슈타일 후작은 위에서부터 내려오는 발을 보았다. 제길! 뒤로 슬쩍 물러나 후작의 검을 피한 신스라이프는 가볍게 발을 들어 후작의 손목을 내려밟았다. 꽈광!

후작은 속수무책으로 무릎을 꿇었다. 후작의 두 손과 칼자루를 한꺼번에 내리밟아 얼음 바닥에 고정시켜 둔 신스라이프는 후작의 정수리를 내려다보며 말했다.

"넌 아니라고?"

후작은 눈과 얼음 속에 푹 들어가 버린 두 손으로부터 시선을 들었다.

"그래."

신스라이프는 비아냥거리는 투로 말했다.

"영웅으로 죽겠단 말인가? 악당 신스라이프를 처단하는 것이 자신의 죽음을 의미한다는 것을 잘 알고 있으면서도 그를 처단하고 장엄하게 죽겠다는 건가?"

"아니."

"아니라고?"

신스라이프는 고개를 갸웃했다. 이윽고 돌아온 후작의 대답은 그를 경악하게 만들었다. 후작은 '흡!' 하는 낮고 날카로운 소리를 내며 신스라이프의 발을 붙잡아 위로 집어던진 것이다.

맙소사! 레이저는 자신이 본 광경에 놀라 혀를 깨물 뻔했다. 할슈타일 후작이 밟혀 있던 두 손을 만세라도 하듯이 위로 쳐올리자 신스라이프는 쏘아진 화살처럼 위로 튕겨져 올라갔다. 재빨리 검을 집어든 후작은 하늘을 날고 있는 신스라이프의 몸을 겨냥하여 달리며 외쳤다.

"장엄함 따위 개나 줘버려! 죽음을 제외시킨 반쪽 삶을 치장하는 말 같은 건 내겐 필요하지 않아! 나는 내 온전한 삶을 원할 뿐이다!"

무한한 명암 사이를 빙글빙글 돌며 날아가던 신스라이프는 간신히 몸을 제어했다. 그러나 그의 몸은 이제 속절없이 떨어지고 있었고 후작은 저 아래에서 그가 떨어질 위치를 향해 달려오고 있었다. 신스라이프의 눈에서 불똥이 튀었다. 날개가 없는 이상, 신스라이프는 무력한 모습으로 후작의 검에 몸을 던질 뿐이었다. 신스라이프는 다급하게 외쳤다.

"세상 모든 사람들의 소망을 파괴하겠다는 거냐!"

"그놈들이 내 소망을 파괴하려 든다면, 난 그놈들 전부를 파괴하겠어!"

설원을 치달리는 후작의 뒷모습을 향해, 미는 안타깝게 외쳤다.

"안 돼요, 후작님! 파를……!"

"받아라!"

마지막 순간, 할슈타일 후작은 몸을 날렸다. 아래로 떨어지고 있는 신스라이프의 목이 그의 목표였고 그의 검은 주위를 떠도는 빛을 무수히 되튀기며 공간을 잘라들어 갔다. 신스라이프의 눈이 극도로 커졌다.

시축이 진동했다.

회전하고 있던 시축이 다음 순간 수백 배로 넓어졌다. 시축을 형성하며 그 자체로 시축이던 빛들이 무섭도록 회전하며 그 중심부로부터 튀어나왔다. 그 빛들은 사방으로 흩어졌지만 그중 가장 강력하고 가장 빠른 빛들은 할슈타일 후작을 향해 쏟아지고 있었다.

시야 전체를 신스라이프로 채우고 있던 할슈타일 후작과 미는 그것을 보지 못했지만, 아일페사스와 레이저는 그 모습을 똑똑히 보았다. 마법의 이름 아래 사부와 제자인 그들은 동시에 외쳤다.

"조심해!"

검끝이 신스라이프의 목을 꿰뚫기 직전, 할슈타일 후작은 자신과 신스라이프를 감싸는 빛무리를 느꼈다. 그리고 손아귀로부터 전해져 온 감각은 그를 절망에 빠뜨렸다.

이럴 수는 없어. 할슈타일 후작은 소리 없이 절규했다. 검 끝은 분명히 신스라이프의 목젖을 향하고 있었고 겨냥에는 한 치의 어긋남도 없었다. 하지만 빛들이 그들을 감싸는 순간 그것은 '빗나갔다'. 그리고 신스라이프의 몸은 검 아래로 떨어져 뒹굴었다.

바닥에 떨어진 신스라이프 역시 낙하의 충격보다 할슈타일 후작의 검이 빗나간 것에 더 경악하고 있었다. 비틀거리며 일어난 신스라이프는 그의 몸을 뛰어넘은 후작을 바라보았다. 후작은 가까스로 쓰러지지 않고 서서는 다시 검을 돌려 신스라이프를 겨냥했다. 의아한 눈으로 후작의 검을 보던 신스라이프는 시선을 들어 할슈타일 후작의 얼굴을 보았다. 그러나 그 시선은 그 얼굴을 지나 더욱 올라갔다. 신스라이프는 후작의 등 뒤에서 꿈틀거리고 있는 시축을 보았다.

조금 전, 그 빛은?

신스라이프를 노려보던 후작은 그의 등 너머를 향하고 있는 신스라이프의 시선을 느끼고는 조심스럽게 고개를 돌렸다. 그리고 할슈타일 후작 역시 의혹이 가득 담긴 눈으로 시축을 바라보았다. 조금 전, 저 빛이 우리를 감쌌다. 그리고 검은 빗나갔다…….

자각은 두 사람에게 동시에 찾아들었다.

"크하하하하!"

신스라이프는 온몸으로 웃었다. 그리고 할슈타일 후작의 얼굴은 일그러질 대로 일그러진 채 웃고 있는 신스라이프를 향했다.

"벌써 여러 번 말했잖아?"

신스라이프는 후작을 향해 두 손바닥을 내밀어 보였다.

"그들이 나를 만들었어. 그들이 나를 원해. 그렇기에 그들이 나를 지킨다. 알겠나. 그들이 내게 시간을 보내오고 있단 말이다!"

할슈타일 후작은 호흡을 가누며 생각했다. 그들……, 죽기를 원하지 않는, 죽음 같은 것은 생각하지도 않고 살아가는 모든 인간들. 그렇군. 저 시축은 지상의 모든 인간들이 만들어 보내는 시간들의 축이지. 할슈타일 후작은 시축을 바라보았다. 어떤 말로도 설명될 수 없는 모습으로, 어떤 규칙성이 있을 것 같지도 않은 모습으로 회전하고 있는 광륜(光輪)은, 어쩐지 그의 눈에 나무처럼 보였다. 가지도 잎사귀도 찾아볼 수 없었지만 그것은 하나의 상록수이자 유일한 나무였다.

할슈타일 후작은 갑자기 피로감을 느꼈다. 너무 길고 너무 황당한 난센스 속에서 너무 오랫동안 배역을 맡았어.

"나도 이미 말했다."

할슈타일 후작은 검을 좌우로 몇 번 흔들며 말했다.

"그들이 나를 거부하겠다면, 나는 모든 인간들을 상대로라도 싸울 것이라고."

"아아. 자네는 모든 인간들의 의지를 꺾으려 들 필요는 없어. 나의 의지만을 상대하면 돼. 내 의지가 곧 모든 인간들의 의지거든."

"그렇다면 이 검을 받아라!"

할슈타일 후작은 노성을 지르며 돌격했다. 하지만 신스라이프는 허리에 두 손을 얹은 채 히죽 웃었다. 그리고 그와 동시에 시축이 다시 거센 회전을 시작했다. 뿜어져나온 빛의 파도는 할슈타일 후작과 신스라이프를 감쌌다. 조금 전과 다를 것이 없는 상황이었다.

단 한 가지만 제외하고.

할슈타일 후작은 생애 동안 수천, 수만 번도 넘게 검을 휘둘러왔다. 하지만 지금의 공격처럼 휘두른 적은 한 번도 없었다. 후작의 공격은 엄밀한 의미에서 공격이 아니었다. 공격은 두 사람의 상호 작용이다. 공격자와 방어자가 있는. 하지만 할슈타일 후작의 공격은 그 자체로 완성되어 있었고 공격을 받을 대상 같은 것은 고려되지 않고 있었다. 그것은 순수한 움직임, 단일한 의미였다.

신스라이프의 얼굴에서 미소가 사라졌다.

"이런!"

마지막 순간 신스라이프는 옆으로 쓰러지는 것도 마다하지 않고 몸을 뒤틀었다. 그래서 호되게 땅에 부딪힌 대신 간신히 자신의 목을 구해 낼 수 있었다. 할슈타일 후작의 칼끝은 신스라이프의 옷깃만을 잘라냈다. 할슈타일 후작은 다시 검을 회수하며 무거운 눈길로 신스라이프를 바라보았고 신스라이프는 땅을 굴러 저편에서 일어나며 믿을 수 없는 눈으로 할슈타일 후작을 노려보았다.

"이건……! 어떻게 그럴 수 있었지?"

할슈타일 후작은 대답하지 않았지만 높은 곳에서 내려다보고 있던 아일페사스는 알 수 있었다. 키스할 때 누가 누구의 입술에 먼저 닿았는가 하는 순서가 없는 것처럼? 춤을 추거나 노래를 부르는 것처럼. 행동하며 동시에 결과를 가지는. 시간 가는 줄 모르고.

후작의 공격은 '완성되어 있었다'. 그것은 단일한 동작 속에 단일한 의미가 단단히 응결되어 있는 행동이었고 그것이 목표를 맞췄는가 맞추지 못했는가, 즉 성공했느냐 실패했느냐 하는 것은 애초부터 의미를 따질 수 없었다. 그것은 이미 완성된 것이기에.

그때 후작이 천천히 발을 들어 신스라이프와의 거리를 밟아 들어갔다.

그 걸음 하나하나는 지상의 어떤 발 달린 동물에게서도 찾아볼 수 없는 동작이었다. 굳이 찾는다면 차라리 춤과 비슷했다. 목적지를 위한 걸음이 아니라 하나하나가 목적인 걸음걸이. 그것은 이미 끝났기에 중단될 수 없는 연속이었고, 그 자체로 결말인 원인들이었기에 거칠 것이 없는 걸음이었다.

신스라이프는 짧은 비명을 지르며 뒤로 물러났다. 그러나 후작이 전혀 속도를 높이지 않았음에도 신스라이프와 후작의 거리는 빠르게 줄어들었다. 신스라이프는 괴성을 지르며 주먹을 들어올렸다.

"바다 속으로 꺼져라!"

신스라이프는 몸을 솟구쳤다. 그의 작은 주먹이 얼음 바닥을 후려치는 순간 아일페사스의 몸을 그 위에 얹고도 꿈쩍하지 않았던 얼음이 날카로운 비명을 토하며 갈라졌다.

콰……드드드득!

얼음이 길게 갈라지며 바닷물이 위로 치솟았다. 검은 바닷물은 현란한 빛을 받아 번들거렸다. 할슈타일 후작은 가볍게 몸을 띄웠지만 신스라이프는 뒤로 물러나며 계속해서 얼음 바닥을 내리쳤다. 주먹이 내리꽂힐 때마다 산사태에 준하는 굉음이 울려퍼지는 모습은 아일페사스를 아찔하게 만들었다.

신스라이프는 바닥을 내리치고 뒤로 뛰고 다시 바닥을 내리치는 행동을 반복했다. 갈라진 얼음들은 스스로의 무게에 의해 서로 부딪히며 격렬한 충돌을 일으켰다. 비산하는 얼음 조각들이 눈이 멀 정도의 빛을 반사하는 가운데, 신스라이프는 유빙과 지독하게 차가운 바닷물이 부딪히는 호수를 만들어버렸다.

마지막 타격이 끝나자 신스라이프는 피가 흐르는 주먹을 감싸 안고 바닥에 주저앉아 헉헉거렸다. 하지만 그 눈은 경멸을 담은 채 할슈타일 후작을 보고 있었다.

할슈타일 후작은 신스라이프를 보며 으르렁거리다가 고개를 홱 돌렸다.

"아일페사스! 심판하시오!"

그러나 아일페사스의 거대한 몸은 꼼짝도 하지 않았다.

"인간이 그를 인정했다, 할슈타일."

"아일페사스!"

"네가 공격했을 때……. 너도 알지 않느냐? 그것은 그의 힘이 아니라 그를 원하는 인간들의 힘이었다. 그 힘은 네 검을 빗나가게 만들었다. 너와 마찬가지로, 나 역시 그 모습을 똑똑히 보았다."

잠시 눈을 희번덕거리며 아일페사스를 올려다보던 할슈타일 후작은 갑자기 몸을 돌렸다. 후작은 괴성을 지르며 저편에 앉아 있는 신스라이프를 향해 롱 소드를 집어던졌다. 하지만 롱 소드는 충돌하며 치솟아 오르는 얼음덩이와 물보라에 휘말려 바다 아래로 사라졌다. 신스라이프는 피맺힌 오른손을 왼손으로 감싸며 힘겹게 일어났다.

"그, 그래. 후, 후후후. 드래곤이여. 겨, 결정하라. 나는 누구인가."

아일페사스는 무력한 표정으로 할슈타일 후작을 내려다보다가 다시 고개를 들어올렸다.

"너는……, 인간의……"

"적자가 아닙니다."

아일페사스와 할슈타일 후작, 그리고 신스라이프는 동시에 고개를 돌렸다. 그곳에는 쓰러진 레이저가 물속으로 빠지지 않도록 하기 위해 그의 몸을 붙잡고 힘껏 끌어당기고 있는 미의 모습이 있었다. 미는 끙끙거리다가 할슈타일 후작을 보며 말했다.

"저, 후작님. 미 좀 도와주세요."

할슈타일 후작은 깜짝 놀란 표정이 되었다. 그러나 그는 자신이 왜 놀랐는지 알 수 없었다. 후작은 어리둥절한 기분으로 레이저의 몸을 들어올렸다. 미는 이마의 땀을 닦으며 한숨을 내쉬었다. 그때 건너편에 있던 신스라이프가 외쳤다.

"무녀! 무슨 말을 하는 거냐!"

미는 대답하지 않았다. 대신 그녀는 눈과 얼음에 노출된 손을 호호 불면서 앞으로 걷기 시작했다. 미는 곧 얼음이 갈라진 가장자리에 서게 되었다. 미는 얼음덩이와 바닷물이 춤추는 광경을 바라보며 조금 머뭇거렸다. 레이저의 몸을 안아든 할슈타일 후작과 아일페사스는 그런 미의 모습에서 왠지 모를 안타까움과 기대감을 동시에 느꼈다.

미는 자신에게 말하듯이 낮게 속삭였다.

"왠지……, 될 것 같아. 응. 될 거야."

미는 오른손으로 가슴을 내리누르고는, 그 자세 그대로 발을 앞으로 내밀었다.

컹컹거리며 달려드는 아달탄을 힘겹게 밀어낸 쳉의 손이 셔츠 속으로 들어갔다. 쳉은 셔츠 속에서 목에 걸어두었던 작은 주머니를 꺼냈다. 쳉은 땅바닥에 누운 채 그 주머니를 열었다. 언덕 위를 휘몰아치는 바람이 그 주머니의 내용물을 휩쓸어 가지 않도록 조심하면서.

그리고 쳉은 오른손에 휘감긴 미의 머리카락을 들어올렸다. 언뜻 보기에 무표정한 쳉의 얼굴엔 형언할 수 없이 많은 감정이 담긴 두 눈이 고요히 빛나고 있었다.

할슈타일 후작은 시야 한구석에서 일어나는 심상치 않은 움직임을 지각했다. 그는 고개를 들었고 시축을 휘감아 도는 빛살들이 갑자기 움직이기 시작하는 모습을 보았다. 저건 뭐지? 신스라이프가 또 무슨 장난을 치는 건가? 그러나 이번에는 신스라이프도 당황한 모습으로 시축을 바라보고 있었다.

시축을 휘감아 도는 빛 중 하나의 빛이 맹렬히 움직였다. 갑작스럽게, 빛은 쏟아지듯 튕겨나와 미를 향해 날아왔다. 할슈타일 후작은 당황하여 외쳤다.

"조심해, 무녀……! 어엇?"

미는 물을 밟고 섰다.

그녀의 왼손은 마치 댄스 신청을 받는 레이디의 그것처럼 앞으로 살짝 뻗어져 있었다. 그리고 그 손은 시축으로부터 튀어나온 빛 위에 얹혀 있었다. 청년의 손을 붙잡고 무도회장 한가운데로 걸어가는 처녀처럼 미는 빛살에 왼손을 맡긴 채 물 위를 걸어갔다.

광포하게 포효하던 바닷물은 미의 걸음걸이에 따라 차츰 고요해졌다. 미는 거울처럼 고요한 수면 위를 빛의 인도를 받아 걸어갔다.

"누군가가……"

할슈타일 후작은 귓가에 들려오는 아일페사스의 목소리를 들었다. 그리고 그 목소리의 주인이 거의 전율하고 있다는 사실도 깨달을 수 있었다. 할슈타일 후작은 고개를 들어 아일페사스를 보았다.

"누군가가……, 그의 시간을 신스라이프가 아닌 미에게 주고 있어……. 그녀에게 보내고 있어……"

미는 창백한 월광과 현란한 암흑 속을 걸어갔다. 그녀의 발이 닿을 때마다 건조한 수면 위에 일어나는 파문은 상상할 수 없는 다양한 방식으로 빛을 반사했다. 허공으로 떠오른 빛들은 미의 볼과 팔, 그 몸에 부딪히며 미의 몸 주위에 아스라한 빛의 안개 같은 것을 만들어냈다. 하지만 그 안개 속에서도 시축으로부터 뻗어나와 미를 인도하고 있는 광선은 또렷이 떠올랐다.

가장 먼저 당혹에서 깨어난 것은 신스라이프였다. 신스라이프의 얼굴, 파의 얼굴, 그 작고 아름다운 얼굴이 일그러질 대로 일그러져 거멓게 죽어 있는 것처럼 보였다. 부들부들 떨리고 있던 신스라이프의 두 팔이 서서히 올라갔다. 그 팔의 움직임은 미의 가벼운 걸음걸이와는 비교할 수 없을 만큼 딱딱하고 거칠었지만 할슈타일 후작은 섬뜩한 공통점을 발견했다. 자매였던가. 아냐. 그것 때문만은 아니야. 저것은…….

"가라, 내 이름이여!"

격노한 신스라이프의 외침에 호응하여 시축이 크게 울었다. 할슈타일 후작은 천둥이 울렸다고 생각했지만 곧 자신이 아무런 소리도 듣지 못한 것을 깨달았다. 아무 소리도 없이, 단지 거대한 느낌과 함께 시축은 포효했다. 그리고 시축은 조금 전처럼 폭발했다. 허공을 소용돌이치는 월광들이 거대한 해일처럼 일어나 미를 향해 덮쳐왔다.

"왕이여!"

저 머나먼 일스의 바다 위에서 지골레이드가 하늘을 갈라놓을 듯한 포효를 토한 순간, 북해의 얼음 위에 있던 아일페사스의 몸 위로 타오르는 은청색이 번득였다. 아일페사스는 몸을 앞으로 날렸고 그 빠른 움직임보다 더 빠르게 벽력을 뿜어냈다. 입이 아니라 온몸으로 토해 낸 벽력은 노도 같은 기세로 월광의 해일에 부딪혀 들어갔다. 할슈타일 후작은 알아들을 수 없는 비명을 지르며 무릎을 꿇었다.

월광과 벼락은 미의 머리 위에서 부딪혔다. 빛은 차라리 암흑이 되었고 형언할 수 없는 충돌음은 정적이 되었다. 칠흑 같은 빛과 귀가 먹어버릴 듯한 정적 속에서 몸부림치던 후작은 간신히 눈을 떠 미를 찾았다. 이렇게 멀리 떨어져 있는 그에게도 그대로 죽을 것 같은 위압감이 있었다. 미는?

월광이 다시 시축 주위를 맴돌고 벽력의 잔재들이 암흑의 공간 위를 미끄럼질치는 가운데 미는 조금 전과 똑같은 모습으로 걸어가고 있었다. 증오 어린 눈으로 미를 보던 신스라이프는 아일페사스를 향해 외쳤다.

"드래곤! 왜 끼어드는가! 이곳엔 네게 할당된 권리 같은 것은 존재하지 않는다! 이것은 너 따위가 감히 간섭할 수 없는 시간과 인간의 일이다!"

아일페사스는 대답하지 않았다. 그때 할슈타일 후작은 엉뚱한 것을 느꼈다. 후작은 그의 품에 안겨 있던 레이저를 내려다보았고, 그의 눈꺼풀이 파르르 떨리는 열리는 것을 보았다.

"자, 이젠 108년 만에 시인이 부활할 차례인가?"

"네?"

파하스는 한쪽 눈을 찡긋하는 것으로 네리아의 질문에 대답했다. '10점 만점에 9점 주겠어요.' 네리아는 그렇게 생각하며 웃었지만 파하스는 자리를 박차며 앞으로 달려가고 있었기에 안타깝게도 그녀의 미소를 보지 못했다. 네리아는 생각했다. '만일 봤다면 그 자리에서 멈춰섰을 텐데.' 자신의 생각에 히죽 웃던 네리아는 파하스의 뒤를 따라 달려갔다.

파하스는 지면 30센티미터 상공을 나는 바람처럼 가볍게 달려 언덕을 치달아 올라갔다. 땅에 누워 있던 첸은 고개만 옆으로 돌려 파하스를 보았다. 언덕 정상을 향해 솟아오른 파하스는 그를 향해 가볍게 고개를 끄덕여주고선 그 옆을 지나쳤다. 첸은 그만이 취할 수 있는 완만함으로 서서히 몸을 일으켰다.

파하스는 해안 절벽 가장자리에 서며 왼손을 어깨 쪽으로 가져갔다. 민첩한 손놀림으로 망토 고정쇠를 푼 파하스는 절벽을 치달아오르던 바람이 그 망토를 가져가도록 내버려두었다. 파라락! 펄럭거리며 날아오른 망토는 영원을 향한 손짓처럼 수평선을 향해 날아갔다. 절벽 끄트머리에 꼿꼿이 서서 불어 닥치는 바람을 온몸으로 맞던 파하스는 이윽고 화려한 동작으로 어깨에 걸머진 하프를 들어올렸다.

파하스는 하프를 정성스러운 동작으로 안아든 다음 잠시 오른손을 아무렇게나 집어던진 채 허공을 바라보았다. 허공을 나부끼던 망토는 이제 한 마리 나비처럼 춤추고 있었고 그의 머리카락들은 모든 방향을 향해 흩날렸다. 그리고 파하스는 기다렸다. 하나의 노래를.

순간보다 길고 영원보다 짧은 기다림은 시작되지 않았던 것처럼 끝났다. 파하스의 손가락들은 어느 샌가 하프의 현 위에 얹혀 있었고 그의 입술은 허공에 키스하듯 꿈틀거렸다.

하지만 노래는 불려지지 않았다.

열리는가 싶었던 레이저의 눈은 다시 무겁게 닫혔고 그 몸은 할슈타일 후작의 팔 안에서 축 늘어졌다. 할슈타일 후작은 잠시 자신이 시체를 껴안고 있는 것이 아닌가 의심했다. 하지만 레이저는 고통스러운 신음을 토해 냈다. 할슈타일 후작은 이를 악문 채 수면 위의 미를 바라보았다.

미는 수면 위에 서 있었다. 그녀는 두 발을 붙인 채 꼿꼿이 서 있었지만 단순히 멈춰 서 있는 것이 아니었다. 앞으로 나아가고 있지만 나아가지 않는 모습으로 멈춰 서 있었다. 할슈타일 후작은 가슴이 철렁하는 것을 느끼며 그 모습을 자세히 보았다. 그리고 후작은 미를 이끌고 있던 빛이 깜빡거리고 있는 것을 발견했다.

'저 빛이……, 그녀를 이끌고 있지 않은 건가?'

물결치는 월광 속에서도 환히 빛나며 미를 인도하고 있던 빛은 이제 아지랑이처럼 가물거리고 있었다. 빛은 금방이라도 사그라들 것 같았고 미의 손가락들은 갈피를 몰라 방황하고 있었다. 그 빛이 가물거리는 것에 반비례하여 시축을 휘감아 도는 빛은 더욱 거세게 타올랐다. 시축은 이제 타오르는 나무처럼 소리 없이 포효했다. 그리고 그 아래 서 있던 신스라이프의 얼굴에는 야수와 같은 미소가 떠올랐다.

"아직은……, 안 돼!"

안 돼? 아직은 안 된다니, 뭐가? 할슈타일 후작은 신스라이프의 수수께끼 같은 말에 어리둥절했다. 그러나 신스라이프는 설명을 덧붙이는 대신 고개를 들어올려 미에게로 향하고 있는 광선을 쳐다보았다.

"이것은 그 감정 결핍자의 시간인가. 당연하다면 당연한 일이군. 다른 사람들의 시간과 하나되어 움직이지 않는 시간. 다른 자들의 욕망과 꿈에 당혹을 느끼는 자의 시간. 그래. 그가 너를 거기까지 인도할 수는 있겠지. 하지만 그렇기에 그는 나에게까지 올 수 없다."

미는 소리 없이 흐느끼며 신스라이프를 바라보았다. 그런 미를 비웃으며 신스라이프는 말했다.

"그는 이 시축으로, 그리고 나에게로 올 수 없단 말이다! 퓨처 워커, 넌 어디로도 걸어갈 수 없다!"

"아냐."

할슈타일 후작은 하마터면 레이저를 떨어뜨릴 뻔했다. 할슈타일 후작은 자신의 품에 안겨 있는 레이저를 내려다보고, 그가 두 눈을 똑똑히 뜨고 있는 데 다시 놀랐다. 레이저는 분명한 목소리로 조금 전에 했던 말을 반복했다.

"아냐. 하나라도 있을 것이다. 어쩌면 둘, 셋일지도 모르지. 하지만……, 분명히 하나는 있을 것이다."

할슈타일 후작은 잘 열리지 않는 입을 힘겹게 열어 말했다.

"있다니, 뭐가 있단 말인가."

"나를 내려줘요. 괜찮으니까."

후작은 고개를 가로저으려다가 다시 한번 레이저의 눈을 들여다보았다. 그러고는 레이저를 땅에 앉혔다.

레이저는 두 손을 땅에 짚고는 두 다리를 앞으로 마음껏 뻗은 채 미를 바라보았다.

"나는 믿어. 분명히 있을 거야."

파하스의 손은 애처롭게 허공을 긁고 있었고 그 입은 숨결 이외엔 아무것도 내놓지 않았다. 파하스는 진저리를 치다가 고개를 홱 돌렸다. 그에게 다가가던 네리아는 갑작스럽게 자신을 노려보는 파하스의 눈길에 놀라 걸음을 멈췄다. 파하스는 말했다.

"이젠 내 차례입니다. 부탁이니……"

"예?"

"내 이름을 불러요."

네리아는 의아한 얼굴로 파하스를 바라볼 뿐 대답하지 않았다. 그리고 그런 자신에 대해 이상하게 생각했다. 왜지? 내가 왜 이러지? 그까짓 이름을 불러주는 것이 뭐 어렵다고.

파하스는 간절한 표정으로 말했다.

"제발, 네리아. 내 이름을 불러줘요. 부디."

네리아는 금방이라도 울음을 터뜨릴 것 같은 얼굴이 되어 파하스를 보았다. 왜 이럴까. 그저 그의 이름을 불러달라는 것인데…….

네리아는 얼굴이 확 붉어지는 것을 느꼈다.

'왜 안아달라고, 하나가 되어달라고 말하는 것처럼 들리는 걸까?'

언제부터인가 파하스의 다리는 후들거리고 있었다. 금방이라도 주저앉을 것 같았지만 간신히 쓰러지지 않는 모습으로, 파하스는 네리아를 바라보고 있었다. 네리아는 자신도 모르게 뒤로 물러났다. 그녀의 입에서 무의미한 신음 소리가 흘러나왔다.

"어, 어……"

"부탁입니다."

금방이라도 뒤로 돌아서서 죽을힘을 다해 도망치고 싶었지만 네리아는 그러지 않았다. 그녀의 자제력이 강한 것은 아니었다. 도망조차 칠 수 없었던 것뿐이었다. 네리아는 그대로 졸도하거나 주저앉아 울음을 터뜨리거나 비명을 지르며 도망치거나 파하스에게 달려가 안기고 싶다는 생각들을 동시에 느끼며 그 생각들 사이에서 우선순위를 매길 수도 없었다.

네리아는 자신의 몸에서 솟아오르는 열기에 헐떡이며 파하스를 애처롭게 쳐다보았다. 파하스는 이제 시체보다도 더 생기 없는 얼굴로 비틀거리고 있었다. 네리아는 왈칵 울고 싶은 것을 참으며 파하스의 이름을 불러보려 했다.

"아, 어……"

그러나 그녀의 입에서 나온 것은 말이라기보다는 그냥 소리였다. 네리아는 다시 한 걸음 더 물러났고 파하스는 당장이라도 고꾸라질 것 같았다.

갑작스럽게, 네리아는 지독하게 뜨거운 자신의 몸 한곳에서 갑작스럽게 찾아드는 시원함을 느꼈다. 네리아는 힘들게 고개를 돌렸고 자신의 오른쪽 어깨 위에 올려진 크고 두툼한 손을 보았다. 고개를 더 돌려 손의 주인을 확인할 필요도 없었다. 네리아는 그 손에 감겨 있는 머리카락을 본 순간 다시 고개를 돌려 파하스를 보았다. 그리고 분명한 목소리로 말했다.

"파하스, 나의 시인."

삭풍이 휘몰아치던 황량한 절벽 위에서 불꽃 같은 노래가 터져나왔다.

레이저는 벌떡 일어나 외쳤다.

"걸어가! 퓨처 워커!"

레이저의 외침 소리와 함께 미는 발을 앞으로 내밀었다. 동시에 미를 인도하던 광선이 다시 환하게 빛나기 시작했다. 월광은 주춤하며 뒤로 물러섰고 신스라이프는 격노하여 외쳤다.

"불가능하다!"

가능했다. 미는 앞으로 걸어갔다. 그녀의 걸음걸이 아래에서 월광에 번득이는 수면은 단단한 길로 바뀌었다. 할슈타일 후작은 귓전에 시끄럽게 울리고 있는 소리가 자신의 호흡 소리라는 사실에 놀랐다. 신스라이프는 다시 외쳤다.

"멈춰! 넌 걸을 수 없는 길을 걷고 있다! 네가 감당할 수 없는 것을 소유하려 들고, 네가 이해할 수 없는 것을 알려고 하고 있다! 너는 그럴 수 없어!"

미는 빙그레 웃었다.

"그렇기에 '나'는 그것을 원해요."

"닥쳐! 스스로도 이해하지 못하는 말을 하지 마! 내 이름으로, 가라!"

신스라이프는 다시 두 팔을 휘둘렀고 시축은 전율하며 빛을 토해냈다. 조금 전에 일어났던 빛의 파도가 무색해질 만큼 거대한 빛이 솟아올랐다. 할슈타일 후작은 지평선이 보이지 않는다는 사실, 그리고 하늘의 상당 부분 역시 보이지 않는다는 사실에 경악했다. 빛은 시야의 끝에서 끝을 가득 채운 채 미를 향해 덮쳐왔다. 아일페사스는 날개를 한껏 펼치며 포효했다.

"크롸롸롸롸!"

아일페사스의 몸 전체가 눈 깜빡할 사이에 황금의 불꽃으로 달아올랐다. 온몸을 감싼 그 불꽃은 아일페사스의 몸을 급속히 타고 올라 그 머리로 집중되었다. 그리고 아일페사스가 입을 크게 벌린 순간, 백열하는 화염이 월광의 파도를 향해 뿜어져 나갔다.

화르르르르! 화염의 궤적을 따라 빙판이 폭발했다. 박살난 얼음들은 부서지거나 녹을 사이도 없이 그대로 수증기로 화했고 사방은 거칠게 피어오르는 증기들의 폭풍으로 가득 찼다. 수천 가지의 빛이 폭풍을 물들이는 가운데 화염은 그 모든 폭풍을 앞질러 날아가 미를 엄습하는 월광에 부딪혀 들어갔다. 소리 없는 충격은 할슈타일 후작과 레이저를 뒤로 날려버렸다.

"크우우욱!"

허공을 날아가면서도 할슈타일 후작은 레이저의 몸을 잡으려 애썼다. 저 녀석은 죽었던 녀석이 아냐, 젠장! 하지만 그 스스로가 가랑잎처럼 나부끼는 상황에서 레이저를 잡는 것은 불가능했다. 할슈타일 후작은 욕설로 점철된 비명을 토하며 자유 낙하하는 상황에 빠졌다.

신스라이프의 공격과 아일페사스의 공격이 맞부딪히며 야기된 모든 종류의 빛을 아우르는 폭풍 속에서도, 미는 자신의 손에 닿은 광선을 놓치지 않았다. 할슈타일 후작과 레이저를 날려버릴 정도로 물리적인 힘을 행사하는 빛의 폭풍은 설원과 암흑의 하늘 전체를 찢어 모든 것을 혼돈으로 몰아가려 들었지만 미는 앞으로 걸어가고 있었다. 이젠 아무것도 기억나지 않고 아무것도 느낄 수 없었다. 그녀는 앞으로 걸어가는 걸음 그 자체였고 그 이외엔 아무것도 아니었다.

'나'는 어디를 향해 걸어가고 있는 것일까.

'나'는 왜 걸어가고 있는 것일까.

'나'는 누구인가.

목적도 없었고 출발도 없는 걸음 속에서 미는 이상한 것을 보았다. 갑자기 그녀의 눈앞에서 그녀를 이끌고 있던 빛이 변화했다. 미는 눈을 깜빡거리다가 다시 가늘게 떠서 보았다. 하지만 빛은 분명히 그 형체를 바꿔가고 있었다. 먼저 손가락들이 보였다. 그리고 따스하고 커다란 손이, 굳강한 팔이, 그리고 미의 눈에 익은 어깨가 나타났다. 미는 키 큰 남자의 얼굴을 보기 위해 머리를 조금 들어야 했다. 그리고 그 얼굴, 그녀를 향해 조용히 웃고 있는 얼굴을 향해 미는 미소 지었다.

"쳉."

웃음 짓고 있던 쳉의 입술이 조용히 열렸다. 그리고 쳉은 미가 했던 말을 그녀에게 들려주었다.

아이를 가지자.

"그래."

우리를 향해 칭얼거리고, 우리를 배우고, 우리를 사랑하고, 우리를 떠날 아이를 만들어서, 미. 그 아이를 사랑해 주자. 바보처럼 사랑해 주자. 그러기 위해 태어났다고 믿는 것처럼, 헌신적으로 사랑해 주자.

"그래."

내가 보지 못할 아이를.

"그래."

네가 안아보지 못할 아이를.

"그래."

너무 빨리 자신의 시간을 끝내야 되는 아이를.

"그래, 쳉. 그래."

빛이 모여들었다.

노도 같은 빛살들의 무리 가운데서 하나 둘 빛들이 미를 향해 서서히 그 궤적을 비틀었다. 모닥불에서 튀어 오르는 불티 같이 작은 빛들이었지만 그것은 거센 빛의 파도를 조용히 무시하며 미를 향해 흘러들었다. 그리고 그 다음 빛이, 그 다음 빛이. 빛은 허공에 온갖 종류의 거대한 곡선을 만들어내며 미에게로 수렴되었다. 부드럽게 날아온 빛은 미의 주위에서 주저하듯 잠시 맴돌았고 미는 그 빛들을 향해 비어 있는 오른손을 들어올렸다. 빛은 나뭇가지를 찾아드는 작은 새처럼 미의 오른손에 날아들었다. 그리고 그 다음 빛이, 그 다음 빛이. 빛은 미의 두 손과 그 팔과 온몸에 휘감겨 들었다.

아일페사스는 혼잣말처럼 말했다.

"……그리고, 웃는 거지."

광풍(光風)에 휘날리며 기절했던 할슈타일 후작의 귀에 무수한 웃음소리가 들려왔다. 빛은 깔깔거리고 껄껄거리고 미소 짓고 폭소하고 홍소하고 히죽거리고 해죽거리고 빙글거리고 싱글거리고 웃고 있었다. 할슈타일 후작은 힘들게 눈을 떴고 사방을 가득 메우고 있는 빛에 놀랐다.

화려하던 암흑은 더 이상 존재하지 않았다. 위도 빛이고 아래도 빛이고 모든 방향이 빛이었다. 할슈타일 후작은 벌떡 일어났고 자신이 일어났다는 사실에 다시 놀랐다. 몸이 박살나지 않았나? 그때 저쪽이자 이쪽이며 그쪽인 곳에서 레이저가, 빛에 둘러싸인 자신의 모습을 보며 얼빠진 목소리로 말했다.

"이런 방식으로 합시다. 난 당신이 살아 있다고 말해 줄 테니, 내가 한 것만큼만 당신도 내게 해줘요. 물론 대부분의 사람들이 바로 그걸 못하긴 하지만."

"당신은 살아 있어."

레이저는 히죽 웃었고, 그 웃음은 강력한 전염성으로 할슈타일 후작을 엄습했다. 그래서 할슈타일 후작은 도리 없이 웃어버렸다.

망막을 통해 쏟아져 들어오는 지독한 빛은 아예 눈알을 안와 안쪽으로 밀어붙일 것만 같았다. 온몸이 그대로 사그라들 것만 같은 빛 속에서, 신스라이프는 한결같은 걸음으로 자신을 향해 걸어오는 미를 보며 온몸이 떨리는 분노를 느꼈다. 그때 그의 속에서 낮고 부드러운 목소리가 들려왔다.

'안됐군요, 신스라이프.'

신스라이프는 자신의 내면을 향해 고함질렀다.

"파!"

'인간은 미에게도 시간을 보내고 있군요. 쳉이 그녀를 안내했고, 그리고 인간이 그녀를 이끌고 있어요.'

신스라이프는 목이 터져라 외쳤다.

"비웃는 거야? 그들이 나를 포기했다는 건가? 좋아! 이런, 빌어먹을! 몇몇 얼간이들이 그에게 시간을 보내고 있을지는 모른다. 하지만 아직 나는 존재하고 있어! 제기랄, 그건 나를 원하는 인간들이 존재한다는……"

'아니오.'

"아니라니, 뭐가 아니라는 거야? 나를 원하는 놈은 없다는 거냐?"

'아니오. 그들은 당신을 포기하지 않았어요.'

"뭐야?"

'미를 보세요. 신스라이프.'

신스라이프는 어깨로 숨을 쉬며 외쳤다.

"오래 보고 있을 수는 없을 거야. 곧 없애버릴 테니까!"

'미를 보세요. 부정하지 말고. 그녀는 당신에게 오고 있어요. 뒤로 돌아가고 있지 않아요. 당신을 버리지 않아요.'

"그거야 너 때문이겠지! 어리석게도 너와 내가 분리될 수 있는 것이라고 믿기라도 하는 것처럼!"

'그녀가 모를까요.'

신스라이프는 대답하지 않았다. 그리고 그런 자신 속에서 무엇인가가 조용히 부서지는 것을 느꼈다.

신스라이프는 기도를 타고 넘어가는 빛의 질감을 아프게 느꼈다. 신스라이프는 손을 들어올렸다. 두 볼을 타고 흐르는 눈물을 닦아내기 위해서. 파는 더욱 낮게 속삭였다.

'인간은 정말 당신을 추구하면서 스스로 나에게 찾아오고 있다는 것을 모를까요.'

신스라이프는 목구멍에 치밀어 오르는 울음을 참기 위해 입을 틀어막았다. 그의 속에서부터 시작된 부서짐은 이제 눈물이 되어 샘솟았다. 신스라이프는 도르네이를 생각했다. 그는 울먹이며 말했다.

"알아. 그래. 그들은 알아."

'네. 신스라이프. 고마워요.'

"……파. 너는……"

'같이 가요.'

"난, 난……"

'가요. 신스라이프. 나와 같이. 그녀에게 걸어가요.'

신스라이프는 앞으로 걸었다.

얼어붙은 대지는 이미 존재하지 않았다. 광선들이 춤추는 하늘도 존재하지 않았다. 사위를 메운 빛 속에 시축은 이미 존재하지 않았다. 그들에게 남겨진 타성이 걸음으로 나타나고 있었지만 그들은 걷고 있지도 않았다. 그리고 그들은 서로를 향해 걸어갔다. 미는 미소 지었다. 선망은 인고를 수놓는 장식이었고 희구는 과거를 위한 이름이었다.

미는 걸어갔다.

신스라이프는 걸어갔다.

파하스는 기어코 하프 현을 다 끊어놓았다.

네리아는 곤혹스러운 미소를 지은 채 머뭇거리는 쳉의 손을 잡고 미친 듯이 춤추고 있었다.

신차이는 수평선을 향해 파이프 연기를 날려보냈다.

에카드나는 자신의 몸을 꿰뚫는 데스나이트의 검을 향해 욕설을 퍼붓고는, 그 검의 소유주를 향해 부러진 칼을 힘겹게 휘두르다가 그대로 땅에 쓰러졌다.

칼은 술잔을 들어올려 샌슨의 잔과 부딪치며 껄껄거렸다.

함은 눈앞에 펼쳐진 사막을 향해 희열에 찬 함성을 내질렀다.

시오네는 울었다.

이루릴은 모든 정령을 향해 웃음 지었다.

엑셀핸드는 운차이가 자신을 끌어안으려 드는 줄 알고 기겁했으나, 운차이의 목적이 단지 그의 허리에 매달려 있던 담배쌈지에 있었다는 것을 알고는 격노하여 주먹을 휘둘렀다. 그리고 운차이는 제레인트의 팔을 조용히 끌어당겨 엑셀핸드의 주먹을 침착하게 막아냈다. 제레인트는 졸도했다.

아프나이델은 아일페사스를 생각했다.

돌맨은 그란의 품에 안겨 숨이 막히도록 울고 웃었다.

궤헤른은 갑자기 고개를 돌려 북쪽을 바라보았다. 가이버가 그를 불렀지만 궤헤른은 듣지 못했다. 그의 입에서 다시는 부르지 않으려 했던, 그리고 부를 일도 없을 것이라고 생각했던 이름이 흘러나왔다.
"후작님."

미는 멈춰 섰다.
신스라이프는 멈춰 섰다.
그들은 서로를 향해 손을 내밀었다. 왼손을 내밀던 미는 푸홋 소리를 내며 웃었고, 그런 미를 보며 신스라이프는 미소 띤 얼굴로 다시 왼손을 내밀었다.

그들은 서로의 손을 부드럽게 쥐었다.

〈끝〉

퓨처워커 4

1판 1쇄 펴냄 2011년 12월 8일
1판 12쇄 펴냄 2024년 1월 24일

지은이 | 이영도
발행인 | 박근섭
편집인 | 김준혁
펴낸곳 | 황금가지

출판등록 | 2009. 10. 8 (제2009-000273호)
주소 | 06027 서울 강남구 도산대로 1길 62 강남출판문화센터 5층
전화 | **영업부** 515-2000 **편집부** 3446-8774 **팩시밀리** 515-2007
홈페이지 | www.goldenbough.co.kr

도서 파본 등의 이유로 반송이 필요할 경우에는 구매처에서 교환하시고
출판사 교환이 필요할 경우에는 아래 주소로 반송 사유를 적어 도서와 함께 보내주세요.
06027 서울 강남구 도산대로 1길 62 강남출판문화센터 6층 민음인 마케팅부

© 이영도, 2011. Printed in Seoul, Korea

ISBN 978-89-6017-293-7 04810
ISBN 978-89-6017-289-0 (세트)

㈜민음인은 민음사 출판 그룹의 자회사입니다.
황금가지는 ㈜민음인의 픽션 전문 출간 브랜드입니다.

이영도

1972년생. 경남대학교 국어국문학과 졸업. 1998년 여름, 컴퓨터 통신 게시판에 연재했던
첫 장편 『드래곤 라자』가 출간되어 100만 부를 돌파함으로써 한국에 판타지 시대를 열었다.
『드래곤 라자』는 일본, 중국, 대만 등에서도 출간되어 베스트셀러가 되었다.
라디오 드라마, 만화, 온라인 게임, 모바일 게임 등으로 만들어졌을 뿐 아니라,
고등학교 문학 교과서에 수록되며 그 가치를 인정받았다.
이후 『퓨처워커』, 『폴라리스 랩소디』, 단편집 『오버 더 호라이즌』을 차례로 발표하였으며,
장대한 구상 위에 집필하여 2003년 내놓은 대작 『눈물을 마시는 새』는 한국적 소재를 자연스럽게 녹여낸 판타지
대하 소설로 이영도 붐을 새롭게 했다. 2005년에는 후속작 『피를 마시는 새』가 출간되었다.
2009년에는 『드래곤 라자』와 『퓨처워커』의 뒤를 잇는 『그림자 자국』이 출간되어
문화관광부 우수 교양 도서에 선정되었다.